天津市哲学社会科学规划项目（TJWW11-007）

婚姻与联盟
——浪漫主义时期的苏格兰小说研究
Marriage and the Union: Scottish Fiction in Romantic Period

石梅芳　著

南开大学出版社
天　津

图书在版编目(CIP)数据

婚姻与联盟：浪漫主义时期的苏格兰小说研究 / 石梅芳著. —天津：南开大学出版社，2014.6

ISBN 978-7-310-04513-6

Ⅰ. ①婚…　Ⅱ. ①石…　Ⅲ. ①小说研究－苏格兰－19 世纪　Ⅳ. ①I561.074

中国版本图书馆 CIP 数据核字(2014)第 120979 号

南开大学出版社出版发行

出版人:孙克强

地址:天津市南开区卫津路 94 号　邮政编码:300071

营销部电话:(022)23508339　23500755

营销部传真:(022)23508542　邮购部电话:(022)23502200

*

天津午阳印刷有限公司印刷

全国各地新华书店经销

*

2014 年 6 月第 1 版　2014 年 6 月第 1 次印刷

210×148 毫米　32 开本　8.25 印张　230 千字

定价:28.00 元

如遇图书印装质量问题,请与本社营销部联系调换,电话:(022)23507125

序

石梅芳的博士学位论文《婚姻与联盟：浪漫主义时期的苏格兰小说研究》即将付梓，嘱我写几个字作为序言。作为老师，没有什么比看到自己的学生在学术上取得新的成果更高兴的事情，我首先要对她表示祝贺。

这部著作以苏格兰浪漫主义时期的小说为研究对象，尤其难能可贵，也值得学界同仁期待。因为，相比英格兰和美国文学研究、译介的繁荣局面，对苏格兰文学予以较为全面、深入探讨的国内学者很少，厚重的成果自然更是寥寥。除了诗人罗伯特·彭斯、小说家沃尔特·司各特，很多文学史上重要的苏格兰作家及其作品鲜有学者关注，对中国读者来说也相当陌生。外国文学是需要研究基础上的译介才能被广大读者所知的，学术界的关注度不够高，司各特之外其他苏格兰作家作品的译作不多也就是必然的。

造成上述结果的原因可能有多方面，但究其根本原因，恐怕与学界对“苏格兰文学”的概念尚有疑虑最为有关。1919 年，诗人 T. S. 艾略特就曾经质疑是否真有一个所谓的“苏格兰文学”，他下结论说即便曾经有过，如今也是没有的。的确，历史上的苏格兰早已成为了联合王国的一部分，但是她自身的文学与文化传统真的就被泯灭了吗？时至今日，文学史中不但有了“苏格兰文学”，还有了“威尔士文学”，不但有了“黑人文学”，还有了“印第安文学”。这种状况，与当代世界更加崇尚多元文化价值的大潮相契合，更与现当代文学批评和研究中更加注重对地域、族裔、文化身份、殖民与后殖民等问题的揭示直接相关。苏格兰作为一个曾独立存在的王国，在宗教、政治、法律、文化等方面均有自己独特的传统，文学上也有漫长的历史。显然，过去西方学界中屡屡提及的“英国文学的伟大传统”有意无意地遮蔽了这一传统在内涵上丰富的多样性和差异性，更多地彰显了英格兰伟大作家们的杰出贡献。这种认识已经发生了重要的改变，近几十年来，一些苏格兰学者不吝笔墨与时间，专注于发掘和复兴民族文学与文化，已使“苏格兰文学”成为“英国文学史”中熠熠生辉的特殊篇章。纵览西方编纂的英国文学史，越来越多曾被忽视的苏格兰作家开始受到重视。以著名的《牛津英国文学简史》为例，在国内学界几乎从未被提及的詹姆斯·霍格、苏珊·法里尔等作家均得到了或多或少的笔墨。爱丁堡大学出版社更是不遗余力地推出了一批又一批重要的著作，对弘扬苏格兰文学与文化起到了重要的作用。

在中国，也在发生着类似的可喜变化。从王佐良先生负责主编的五卷本《英国文学史》对苏格兰文学的关注，到日渐增多的相关研究论文，都表明了苏格兰文学研究逐渐升温的态势，尽管目前被关注最多的，仍然是司各特的创作。

梅芳接触和探究苏格兰文学已有较长的时间。早在 2003 年攻读硕士学位时，她就选定司各特作为研究的对象。当时对于这样一个选题，我们之间还曾有过反复的考量。司各特研究的一波高潮集中在 20 世纪八九十年代，到了 21 世纪初，司各特曾一度被认为是一个过于传统的研究对象，已经很难推陈出新。但是，文学研究需要从扎实的文本做起，而不是盲目套用某些理论，至少从国内来看，司各特研究还存在诸多空白点。因此，我鼓励她至少做一个学术研究的尝试，一边细读作品文本，一边积累和阅读相关的资料，这其中也包括历史、文化的资料。梅芳是一个勤奋的学生，她不但充分利用了南开大学和其他高校、研究机构图书馆、资料室的资源，还非常善于利用网络从国外获取大量原始材料。梅芳也是一个头脑敏锐的学生，在对作品文本和相关资料的阅读、思考、分析中，她的思路逐渐清晰起来，并且眼光独到地发现了存在于司各特小说创作中人物婚姻关系上的一个特殊模式——最终缔结婚姻的双方通常是苏格兰女子与英格兰男子。尽管对这一问题的阐述只占了她硕士论文的一部分，却为她后来的博士论文提供了重要的研究方向。恋爱、婚姻、家庭本是小说书写的常见内容，在 18、19 世纪的英国长篇小说创作中更是屡见不鲜。但是，如若在历史上英格兰与苏格兰特殊而复杂的民族文化关系语境中，形成了上述文学创作中一种具有普遍性的特定模式，那就形成了一个值得深入思考、具有别样意味和价值的学术问题。2006 年她完成了硕士阶段的学习，继续攻读博士学位，在确定博士学位论文的选题时，我即与她商定，就从这一角度出发，将对个案作家的讨论扩大到那一时期苏格兰作家群体的研究中。她不负所望，很快就在前期较多积累的基础上形成了初步的论文构架。正是凭借着对论题比较扎实的准备和思考，梅芳申请到了教育部公派联合培养博士生的奖学金，于 2008 年 9 月至 2010 年 1 月，远赴北美著名的苏格兰文学研究中心之一——美国加利福尼亚大学伯克利分校英语系留学。在美期间，她不遗余力地搜集、整理了大量苏格兰小说研究的资料，并选修了相关的课程，为完成学位论文进一步夯实了基础。

呈现在读者面前的这部学术专著，就是她在博士论文基础上修改后的成果，我以为鲜明的问题意识、比较宽广的学术视野和扎实、翔实的资料支撑是本书三个最明显的特点。在书中她提出了一系列的问题：文学史上是否有“苏格兰文学”这样的概念？是否有一个“历史小说之父”司各特辐射下的苏格兰作家群体？如果有这样的群体，是否其作品均表现出了类似的民族文化身份焦虑问题？其他作家是否也像司各特一样，在作品中叙述英格兰与苏格兰关系时表现出了基于婚姻结合的政治隐喻？从书中的论述来看，梅芳相当明确地回答了这些问题。她以婚姻与联盟的关系为切入点，在不列颠帝国的文化政治背景中来研究苏格兰小说家及其作品，考察了苏格兰作家对待不列颠联合王国的态度及他们在作品中对苏格兰民族身份的复原和重构，从而揭示出了苏格兰小说的民族性特征。她以深入、具体的分析，指出司各特在作品中大量使用了婚姻的政治隐喻，致力于构建不列颠联合王国之中英格兰与苏格兰的稳定关系，同时力求保证苏格兰的民族性。但是，霍格等其他作家却有不同的理解，这个作家群体在受益于司各特影响的同时，又试图挑战其权威，建构一种不同的苏格兰民族史。就所涉及的作家数量而言，这篇论文选择和讨论了 18 世纪末至 19 世纪上半叶苏格兰文化文学盛期近十位小说家和他们的作品，是目前国内少有的涵盖面广的苏格兰文学研究成果。而特别值得称道的是，全书的论证和观点、结论，不是套自某些普泛的理论模式的空洞议论，而显示出了持论有据的严谨和精细。她不但对司各特用工尤勤，而且通读了在国内相对还比较陌生的霍格、高尔特、法里尔、约翰斯通等作家的所有重要作品，在文本细读、历史文化的考察和作品分析几个方面能够融会贯通。正如在论文答辩时，答辩委员会主席、北京大学英语系刘意青教授所评价的那样：论文的研究方式采用了国际上新历史主义详细探究文本与历史现实的关系的做法。

这篇博士论文的学术价值是有目共睹的，对学界相对薄弱的苏格兰文学研究必将起到积极的推动作用。当然，论文亦有进一步探讨的空间。作者是在一个民族性的框架中展开自己的文学研究的，因此，对 18、19 世纪不列颠帝国广大的政治、历史、文化语境的论述还应进一步深入，对 18 世纪苏格兰启蒙运动的起源、发展脉络、思想内涵和特征等方面也应从理论思考上加强。我希望，这样一些问题会引导着作者去思考接下来的有关苏格兰文学研究的课题。

梅芳本科毕业于南开大学英语系，后进入文学院跟随我攻读硕士和博士学位，师生相识至今已十年有余。在读书期间，她先后参与了我的两项研究与翻译项目，其扎实的英语功底、较为全面的英美文学素养，特别是对学术研究的热忱都让我印象深刻。如今，她已成长为其所在高校外国语学院中的青年骨干教师，发表的一些论文也日渐在学界引起相关学者的关注。我期待并相信梅芳能在未来的学术研究中，不断有更多高质量的成果问世。

是为序。

王立新

2014 年 2 月 19 日于南开大学

前言

《婚姻与联盟——浪漫主义时期的苏格兰小说研究》试图在不列颠联合王国的广阔的文化政治背景中以婚姻现象为线索来研究苏格兰小说家及其作品，通过考察作家对待不列颠联合王国的态度及对苏格兰民族身份的复原和重构，理解特定历史背景下苏格兰小说的民族性和独特性。

本研究以浪漫主义时期的苏格兰小说为研究对象，选取包括沃尔特·司各特（1771—1832）、詹姆斯·霍格（1770—1835）、约翰·高尔特（1779—1839）和较少为人所知的苏格兰女性小说家玛丽·布朗顿（1778—1818）、苏珊·法里尔（1782—1854）、克里斯蒂安·伊泽贝尔·约翰斯通（1781—1857）等六位小说家及其代表作为考察对象。这六位小说家中，又以沃尔特·司各特为主要的研究对象。作为苏格兰浪漫主义时期最重要的小说家，司各特对霍格、高尔特等人的创作以及后世文学的发展产生了不可估量的影响。

除导言和结语之外，本书主体分为三部分。

第一部分，以司各特的五部作品为基础展开文本分析，论证了司各特如何在作品中以婚姻隐喻英格兰与苏格兰的联合，并将其作为塑造苏格兰民族性的基础，即去除了民族主义的政治层面，强调其文化意义上的独立性。

第二部分以詹姆斯·霍格和约翰·高尔特为研究对象，两位作家也以司各特的婚姻的政治隐喻为参照对象，各自塑造了截然不同的苏格兰史。他们试图挑战司各特的权威，重新看待联合问题。霍格站在反联合主义的立场上，以民间文化对抗精英文化。高尔特则以理论社会史挑战司各特的浪漫主义民族史，精心打造了反浪漫的、以经济发展为根本目标的社会进步理论。

第三部分是女作家研究。苏珊·法里尔的作品在一定程度上颠覆了司各特定义的苏格兰女人与英格兰男人的婚姻模式，试图从另一个角度探讨两个王国的关系，彻底改变苏格兰民族的弱势地位。约翰斯通则选择了苏格兰高地人民被迫移民海外的历史背景，强调了苏格兰与爱尔兰的血缘关系，高度赞扬了追求民族独立的自由精神。

目录

第一章 导 言

第一节 苏格兰文学的概念

提到苏格兰文学，很多人会产生这样的疑问：苏格兰文学是一个独立存在的概念吗？是否存在一个一以贯之、以苏格兰文化传统为根基的苏格兰文学呢？特别是1707年苏格兰与英格兰签署《联合法案》之后，是否还有真正意义上的苏格兰文学？长期以来，我们对苏格兰作家的了解大部分来自英国文学史，斯摩莱特、彭斯、司各特、卡莱尔、斯蒂文森等人的作品大都是被理所当然地放在更广大的英伦三岛或大不列颠的历史、文化背景中来考察的，很少有人会格外关注他们的苏格兰背景。从国内的学术研究来看，仅在已故著名学者王佐良先生1992年出版的《英国诗史》中，曾为苏格兰诗歌开辟了专门的章节，梳理了自15世纪的邓巴到20世纪的麦克迪尔米德的苏格兰诗人及其创作史。同时，在2006年外研社出版的《英国20世纪文学史》中，王佐良先生亲笔撰写了一章“苏格兰文学”。从整套《英国文学史》来看，业界的各位学者在2006年版中已经注意到族裔文学在英国文学史中的重要地位，因此，在2006年修订版中对苏格兰文学、盎格鲁—威尔士文学均开辟了专章。

历史上苏格兰曾是一个独立的国家，宗教、历史、法律、习俗方面均与英格兰大相径庭，因此也有相对独立的文学传统。从目前各种版本的苏格兰文学史的时期界定来看，大多将最早出现的具有“苏格兰精神”的文学萌芽定位在14世纪，即民间开始广泛流传巴博尔的《布鲁斯》与15世纪瞎眼哈利的《华莱士》之时。也就是说，苏格兰文学史家认为真正的苏格兰文学产生于抗击英格兰入侵之际。关于 1707 年与英格兰联合之后的文学史，学者们则比以往态度更鲜明地强调作家的苏格兰背景以及集中于苏格兰文化地域中出现的文学现象。

1971 年英国的格拉斯哥大学首次设立苏格兰文学系，也是迄今唯一将苏格兰文学从英国文学中独立出来的一所高校。[①]随后，其他苏格兰高校也多在英语语言文学系设立了苏格兰文学专业。1983 年麦克米兰版的《苏格兰文学导读》是较早的对“苏格兰文学”进行界定的著作。斯特灵大学教授罗德里克·瓦特森 1984 年出版的《苏格兰文学》从体例编排来看是一部比较完整的“苏格兰文学史”，包括了对上自 12 世纪、下至 20 世纪的作家、作品及文学现象的分析。他在序言中指出，几百年来苏格兰为了维护和确定民族身份感付出了巨大努力，旨在拒绝屈服于来自更大、也更强势的南方邻居的政治或文化压力。[②]这就意味着，《苏格兰文学》的出现伴随着一种强烈的民族意识。

学者道格拉斯·吉福德在阿伯丁大学出版的 1988 年版的四卷本《苏格兰文学史》的第三卷中曾就“苏格兰文学”的概念提出意见，他认为将苏格兰文学说成苏格兰人创作的文学或关于苏格兰的文学是可以理解的，特别是力图考察特殊历史和文化语境的 19 世纪文学部分。[③]吉福德当时的语气并不坚定，尽管“苏格兰文学”这个名称早在 19 世纪就已经出现了，但真正将“苏格兰文学”纳入文学史研究范畴还是 20 世纪中后期，殖民与后殖民主义理论再次催生对“民族主义”问题的研究之后。汤姆·奈伦的著作《不列颠的崩解》，更加深刻地影响了大英帝国作为一个稳定的联盟的观念。

1994 年，英国学者安德鲁·桑德斯在《牛津简明英国文学史》的引言中，分析英格兰文学传统及文学经典形成过程的主观性及民族性时，指出人们对“英格兰语”的关注首先来自 18 世纪中期苏格兰大学的教授们，而他们开展英语修辞和传统的教学本质上是要在保留苏格

① http://www.gla.ac.uk/departments/scottishliterature/.

② Roderick Watson, Introduction: Renewals and Revivals, The Literature of Scotland, Macmillan Publishers Ltd, 1984. P1.

③ Douglas Gifford, Introduction, The History of Scottish Literature, Vol. 3, Aberdeen University Press,1988. P1.

兰语的基础上精心打造一种“开明的欧洲模式”的“苏格兰知识分子”。20世纪以来“英语文学的非中心化”、“英语语言的世界化”必然伴随着与英格兰毫无关系的、异族的、使用英语创作的文学作品的大量涌现。独立于英国文学而存在的美国文学、澳大利亚文学、加拿大文学等的繁荣，必然使“苏格兰文学的独立性也在日趋变得明显起来”①。

进入21世纪以来，多种体例更完备、内容更丰富、学术性更强的“苏格兰文学”和“苏格兰文学史”相继出版。仅在2007年，至少有三部著作出版，其中包括罗伯特·克劳福德撰写的一卷本的《苏格兰文学史》、罗德里克·瓦特森两卷本的《苏格兰文学》修订版和伊恩·布朗等人主编的三卷本的《爱丁堡苏格兰文学史》。瓦特森的版本仍然是沿袭1983版的体例，属于教科书类型。而伊恩·布朗版的《爱丁堡苏格兰文学史》则更像当下较为流行的、多位学者通力合作的、学术性较强的文学史。当吉福德为2002年出版的，专为高中、大学本科和文学爱好者编写的《苏格兰文学：英语和苏格兰语》写前言的时候，已经可以非常从容甚至兴奋地指出：“这既不是一本文学史，也不是编年的词条……而是一部介于两者之间的书。”因为市面上已经出现了很多一卷本、甚至四卷本的文学史，也出版了相当有分量的导读著作。“这就是说，随着苏格兰议会的回归，学校和学院开设了很多新课程，更重视苏格兰文化。”②这时候，苏格兰文学至少在欧美已不再是编者或作者需要考虑与解释的概念。如《牛津英国文学简史》对以往被忽视的浪漫主义时期的苏格兰小说家詹姆斯·霍格、约翰·高尔特、苏珊·法里尔等人及其作品均作了简要介绍。

如今，苏格兰文学在西方已经不再是一个陌生的字眼，可以说已经是一个约定俗成的名称，只要是苏格兰人创作的或源于苏格兰背景之下的创作，无论是使用盖尔语、苏格兰语、拉丁文或英语，都属于

① 安德鲁·桑德斯著，高万隆等译：《牛津简明文学史》，北京：人民文学出版社，2000年，第19页。

② Douglas Gifford, Sarah Dunnigan and Alan MacGillivray, How to Use This Book, Scottish Literature, Edinburgh: Edinburgh University Press, 2002. P vii.

苏格兰文学的范畴。[①]尽管文学史的编撰和出版大多集中于苏格兰，但如今对苏格兰文学的研究在欧洲和北美非常普遍。这一点，会在后文进行阐述。

第二节　选题范围和选题背景

一、选题范围

既然“苏格兰文学”这个概念是存在的，那么，本书所选取的“浪漫主义时期的苏格兰小说”又是如何界定的呢？

通常英国的浪漫主义文学以 1800 年华兹华斯的《抒情歌谣集序言》的发表为开端，以 1832 年《改革法案》的颁布为终结，此前的阶段称为前浪漫主义时期。外语教学与研究出版社的五卷本《英国 20 世纪文学史》将浪漫主义时期划定为 1786～1832 年，罗伯特·彭斯和威廉·布莱克都被纳入其中。同时，《19 世纪英国文学史》使用了“浪漫主义小说”的概念，将埃奇沃斯、司各特、奥斯丁和玛丽·雪莱的作品都纳入了这个范围，也就是说民族故事、历史小说、家庭小说、哥特小说均可归入浪漫主义小说之列。学者玛里琳·巴特勒的《浪漫派、叛逆者与反动派》则将 1760～1830 年都纳入浪漫主义时期的大范围之中。本书也以年代划分，将浪漫主义时期的苏格兰小说囿于 1798～1832 年。更确切地说，本书将会集中讨论 1814 年沃尔特·司各特的《威弗莱》发表之后的 18 年间出版的苏格兰小说。1814 年之前，苏格兰的小说创作以女作家为主，如伊丽莎白·汉密尔顿、简·波特和玛丽·布朗顿等人，对这些作家和作品，本书仅在第五章中予以简单介绍和评论。1814 年之后，爱丁堡成为以司各特为首的苏格兰男性小说家的天下。本书使用“浪漫主义时期的小说”而非“浪漫主义小说”来界定这一时期的苏格兰小说，原因是：虽然在司各特影响下，

---

① 参见《不列颠百科全书》的定义。http://www.britannica.com/EBchecked/ topic/529719/Scottish-literature.

这一时期各位作家的创作呈现出比较一致的地域特色和对苏格兰历史及社会发展的思考，但小说作品仍然表现出十分鲜明的个人特色，因此我们不能将这一时期的苏格兰小说看成“地域小说”或“历史传奇”。比如司各特和高尔特所表现的联合倾向非常明显地代表了城市精英文化的立场，而霍格的作品仍然表现出苏格兰民间文化传统对精英文化所持的联合立场的质疑和否定。高尔特虽然与司各特政治立场非常接近，但他的作品又表现出迥异于历史小说的现实主义色彩。

本书选取包括沃尔特·司各特（1771—1832）、詹姆斯·霍格（1770—1835）、约翰·高尔特（1779—1839）、玛丽·布朗顿（1778—1818）、苏珊·艾莫斯顿·法里尔（1782—1854）和克里斯蒂安·伊泽贝尔·约翰斯通（1781—1857）及其代表作为主要考察对象。当然，这一时期创作小说的苏格兰作家并非仅有这六位。比如，供职于《布莱克伍德的爱丁堡杂志》的约翰·威尔森也涉足小说创作，约翰·吉布森·洛克哈特不但是一位出色的编辑、传记作者，在小说创作上也颇有成就。女作家更不局限于以上提到的两位。汉密尔顿夫人（伊丽莎白·汉密尔顿）和简·波特都是当时颇有名气的女作家，各自的代表作也曾风靡欧洲。本书之所以没有将这些作家及其作品列为主要考察对象，一则因为威尔森和洛克哈特小说作品并不出色，不能代表这一时期苏格兰小说的成就；再则因为伊丽莎白·汉密尔顿和简·波特的作品虽然是苏格兰小说繁荣之前的引子，且她们在多部文学史中被视为“苏格兰作家”，但是由于她们的父母只有一方是苏格兰人，且久居伦敦，她们对血统中苏格兰因素的认同也伴随着对爱尔兰或英格兰的感情。由于本书将涉及苏格兰作家存在对自我身份的“分裂意识”，选取这两位作家可能会没有说服力，故而只在女作家创作概述中分析她们对苏格兰小说创作的贡献及影响。

从文学史的篇目编排来看，20 世纪 80 年代初开始出现《苏格兰文学史》的时候，女作家并不被关注，甚至可以说被彻底忽略了。以罗德里克·瓦特森 1984 年版的《苏格兰文学》为例，不仅目录上看不到任何一位女作家的名字，甚至在正文中通篇也只提到了 17 世纪女诗人玛丽·麦克利奥德和 19 世纪小说家玛格丽特·奥里芬特，且篇幅十分有限。但是，在 2007 年的修订版中，仅在 19 世纪部分就增加了多达十三位女作家的名字。[①]这种显著的变化显然要归功于女性主义研究的热潮。随着研究视野的进一步扩大，“文学地图已经彻底重新绘制”，沉寂已久的女性小说家和她们的小说也随之受到关注。[②]安妮·K. 梅洛尔甚至言辞激烈地为浪漫主义时期的女作家辩护，指出浪漫主义的女性小说在构建一种新的性别思想体系——即在“女性浪漫主义”中扮演着重要的角色。[③]伊丽莎白·汉密尔顿、简·波特、玛丽·布朗顿和苏珊·法里尔等作家都在她所谓的“女性浪漫主义”小说家之列。

本书虽将女作家单列一章来讨论，但是不打算过多涉及梅洛尔提出的“女性浪漫主义”传统。当然，由于女作家的确由于性别原因承受着异乎寻常的社会压力，对她们的作品分析可以使我们从另一个侧面看待 19 世纪苏格兰小说中呈现出的民族特征与性别特征。

二、选题背景

苏格兰文学在中国是一个鲜有人接触的领域，多数研究者将其理所当然地看作是英国文学中微不足道的一部分，从而忽视了其因民族、文化等各方面的独特性而具有的特殊地位。不过，刘意青教授在 2006 年修订版的《18 世纪文学史》中专为苏格兰文学增加了一章，介绍了苏格兰启蒙运动和文艺复兴的丰富成果。王佐良先生也在《英国 20 世纪文学史》中为苏格兰文学开辟专章。笔者认为，这是一个非常明显的信号，“苏格兰”很有可能会被当作一个具有独特社会历史文化背景的实体来看待。非但如此，哲学中的“苏格兰学派”亦即“苏格兰

① 可对比 Roderic Watson, The Literature of Scotland, Macmillan, 1984; Roderic Watson, The Literature of Scotland, Vol 1, Macmillan, 2006。除玛格丽特·奥里芬特外，本书中谈到的伊丽莎白·汉密尔顿、简·波特、乔安娜·贝利、玛丽·布朗顿和苏珊·法里尔都在范围之内。另外还有些成就不太突出，但是也对 19 世纪的苏格兰文学发展作出了一定贡献的女作家，如拉甘的安妮·格兰特、玛丽·索莫维尔、卡罗丽娜·奥里芬特、珍妮·威尔士等人。

② 陆建德:《哥伦比亚英国小说史·导读》，哥伦比亚大学出版社、外语教学与研究出版社，2005 年，第 4 页。

③ Anne K., Mellor, A Novel of Their Own: Romantic Women's Fiction, 1790-1830,《哥伦比亚英国小说史》(英文)，哥伦比亚大学出版社、外语教学与研究出版社，2005 年，第 329 页。

启蒙运动思想”，最近也开始在国内被重新发现和重视。比如浙江大学出版社2010年最新翻译出版的《启蒙运动经典译丛·苏格兰系列》的总序中，罗卫东教授指出苏格兰学派在理论建构和问题意识上有别于大陆哲学影响下的理性主义启蒙学说，以亚当·斯密为代表的苏格兰学派对商业社会道德的思考异常深刻，“对反思当下的市场原教旨主义具有重要意义”[①]。

如果综合考虑苏格兰启蒙运动的背景，我们会发现，1707年苏格兰与英格兰签订《联合法案》前后是苏格兰身份面临巨大危机的时刻。面对联合的大势所趋，苏格兰启蒙运动的思想家们积极探索，以全新的政治思想、道德伦理观、经济理论和科学技术的发展观应对即将到来的新时代。而苏格兰启蒙运动在理论上的奠基，基本决定了苏格兰中上层对不列颠联盟的态度。启蒙运动思想家们积极思考英格兰与苏格兰联合的后果，希望借此改变苏格兰积贫积弱的现状，提高苏格兰整体的文明程度；另一方面，对联合之后苏格兰的身份问题的疑虑又使他们倍加珍视苏格兰独特的历史文化遗产，从而在苏格兰兴起了崇古和怀旧之风。以詹姆斯·麦克弗森的《莪相诗歌》为例，这些诗歌虽然大部分是伪作，却在整个苏格兰掀起了巨大的考古热潮和对苏格兰盖尔语文化的关注。大卫·休谟、亚当·斯密、亚当·弗格森等人兴奋地认为，这当然是真实的、苏格兰的古老传统的一部分。即使当约翰逊博士怀疑其真实性，苏格兰成立以亨利·麦肯齐为首的调查委员会启动调查，实际结果也证明《莪相诗歌》大部分是麦克弗森自己的创作之后，几乎完全没有影响到这些诗歌受欢迎的程度。在整个欧洲，《莪相诗歌》影响深远。《莪相诗歌》更是在从沃尔特·司各特到苏珊·法里尔等19世纪众多苏格兰作家的作品中留下了深刻的烙印。他们非常热衷于在作品中引用《莪相诗歌》，简·波特甚至在《苏格兰酋长》中让布鲁斯吟诵《莪相诗歌》中的片段。

苏格兰启蒙运动在苏格兰的影响十分广大和深远。伊恩·邓肯教授认为司各特创作的历史小说直接受益于大卫·休谟的怀疑主义哲学

① 罗卫东《总序》，弗朗西斯·哈奇森著，江畅等译：《道德哲学体系·上》，杭州：浙江大学出版社，2010年，第3～5页。

和历史观。本书认为，亚当·斯密的政治经济学和道德情感理论以及托马斯·里德的常识理论深刻地影响了约翰·高尔特笔下那些具有浓厚商业色彩的小说。苏珊·法里尔和克里斯蒂安·伊索贝尔·约翰斯通所着力强调的“同情”概念无疑来自启蒙运动中休谟、斯密等人反复论证过的“同情”或“同情感”是社会道德的基础的观点。民族主义与工人运动相结合，在20世纪20年代出现了“苏格兰文艺复兴”的浪潮。以麦克迪尔米德为代表的一批苏格兰本土作家开始重新反思苏格兰的文化身份问题，从而发动了用苏格兰语（苏格兰方言与书面苏格兰语结合产生的新语言）、盖尔语创作诗歌作品的热潮。这说明，在历史上每一个时期，苏格兰作家仍然在不停地反思，民族记忆仍然在不断地延续。

此外，20世纪中期以后出现的后殖民主义理论对苏格兰学者关注自身的身份问题影响甚巨。特别是阿卜杜尔·简一穆罕默德和大卫·劳埃德等学者提出的“少数族群话语”概念，推动了苏格兰对自身话语权的思考。这些影响体现在文学批评中，表现为很多学者开始从后殖民主义理论的角度看待苏格兰在不列颠帝国中的地位以及苏格兰作为少数族群的话语权遭到压制和边缘化的问题。90年代一批新兴的苏格兰作家群体，则从一度被边缘化的民间作家霍格等人的作品中，重新发现了先锋艺术的征兆和启示。历史和现实无数次地在爱丁堡、格拉斯哥、斯特灵等苏格兰城市发生碰撞，产生奇妙的艺术火花。

从政治现实来看，1997年苏格兰重新获得了组建议会的权力，并成功于1998年正式成立了苏格兰议会。这次组建苏格兰议会，无疑助长了民众的民族主义自豪感。1707年之前，苏格兰议会是苏格兰在政治上保持独立和自主地位的独一无二的象征。自从苏格兰国王詹姆士六世同时成为英格兰的詹姆士一世以后，斯图亚特王朝的历位君主都长期居住在伦敦，他们在政策法令上，往往从不引起英格兰臣民疑虑和反抗的角度考虑，从而忽视了苏格兰本身的利益。由于国王久居伦敦，苏格兰议会事实上成为苏格兰最重要的机构，政府的各项决策均是议会投票决定。可以说，议会是保证苏格兰独立地位的象征。1707年之后，苏格兰议会被取缔，但在英国议会中为苏格兰保留了有限的席位，重要的贵族也大部分迁居伦敦。虽则是“联合”，实际上由于在议会中所占席位甚少，真正起决定作用的并非苏格兰议员，这就意味着苏格兰失去了立法权。威斯敏斯特在决定社会和经济政策的时候，往往重视整个不列颠尤其是英格兰的利益，而苏格兰的利益则被边缘化了。因此很多人认为，1998 年组建的苏格兰议会表明在 1707 年《联合法案》中被取缔的议会的回归。上文我们提到吉福德教授就将苏格兰文化重新受到学校重视归功于苏格兰议会的回归，这种回归隐含着一种政治上的意义。那就是，苏格兰复兴有望。

在这种背景下，不但各种版本的《苏格兰文学史》相继出版，18 世纪、19 世纪的文学、哲学、政治经济学等各种文本也被重新整理和出版。爱丁堡大学出版社在这方面作出了突出贡献。也正是在这种情况下，我们才得以运用全新的视角看待一度被湮没的苏格兰著作。以浪漫主义时期的小说为例，长期以来得以进入英国文学史的作家仅有司各特一人，且面临逐渐被非经典化和边缘化的危险。事实上，以司各特为中心的苏格兰小说一度占据过整个不列颠小说市场，甚至在整个欧洲也颇有影响力。以苏珊·法里尔的著作为例，《婚姻》出版之后迅速被司各特作品的译者翻译成法文，不逊于如今翻译畅销书的速度。以司各特为代表的苏格兰小说家群体成为 20 世纪中期以来苏格兰文学研究的热点，这与他们作品中呈现的对民族身份的探寻和重塑的努力有关。小说作为一种极具表现力和容纳性的特殊文体，在这个过程中对苏格兰文化民族主义的塑造起到了非常重要的作用。[①]因此，本书选择浪漫主义时期的小说作为考察对象，将从这一时期小说家们所表现出的身份的“分裂意识”切入。在西方，关于以司各特为代表的浪漫主义小说的论著非常丰富，将在文献综述部分详细探讨。

① 可参见本尼迪克特·安德森的《想象的共同体》、埃里克·霍布斯鲍姆的《民族与民族主义》等关于民族主义的专著，他们对民族主义的论述深刻影响了对苏格兰、爱尔兰等民族文学的文学批评。

第三节 文献综述

一、国内文献综述

由于苏格兰文学的独特性未得到充分的重视，国内苏格兰文学的研究呈现出比较冷清的局面，说明人们尚未重视这个英国文学研究的新领域。罗伯特·彭斯、沃尔特·司各特和斯蒂文森是目前国内公开发表的论文中较多涉及的苏格兰作家。从浪漫主义时期的苏格兰小说的研究来讲，司各特是唯一一位较多被研究的作家。单从司各特研究的角度来看，20 世纪 80 年代曾出现一个短暂的研究高峰，近十年来司各特的作品又开始受到一定的关注。如杨思聪教授 1998 年在《西南师范大学学报》上发表的《论司各特的历史小说》，重新探讨了司各特历史小说的意义；韩加明博士 2003 年在《外国文学评论》上发表的《司各特论英国小说叙事》，从传统现实主义叙事、哥特小说叙事和论奥斯丁小说等三个方面分析了司各特对小说叙事理论的贡献；武汉大学的张箭飞副教授 2004 在《外国文学研究》上发表论文《风景与民族性的建构——以华特·司各特为例》，探讨了司各特如何把浪漫主义的自然之爱转变成一种文化民族主义的表达形式；高继海教授 2006 年发表的《历史小说的三种表现形态——论传统、现代、后现代历史小说》，梳理了历史小说的流变及不同时期历史小说的特点情况。

自 2005 年以来，关于司各特研究的论文逐渐丰富起来，大致可以分为以下五类：

第一种，这种论文仍然从传统的角度看待司各特的作品，将其定位为历史小说。其中包括高慧的硕士论文《传奇·现实·历史》、陈兵的《英国历险小说：源流与特色》、王光碧的《从〈艾凡赫〉的小人物描写看司各特的历史真实观》、李蕾的《从〈威弗利〉看司各特的历史小说》、张迎春的《从〈两个赶牛人〉看华特·司各特历史小说的特点》、刘洪涛和谢丹凌的《19 世纪英国历史小说简论》、冯文捷的《司各特与普希金历史小说创作比较》等。

第二种，强调司各特作品中的道德观和骑士精神。之所以将这两类归为一种，是因为这些文章对司各特作品所表现的道德观念的认识仍然停留在比较表面化的程度，尚未完全摆脱20世纪80年代国内对司各特作品思想的定位。如胡燕春的《浪漫主义时期欧洲文学中骑士形象的时代意蕴》、《浪漫主义时期文学中的骑士形象的叙事功能》，李晚婷的硕士论文《司各特历史小说的传统道德观探微》，高灵英的《苏格兰18、19世纪文学作品中的骑士精神研究——以司各特的苏格兰现代骑士为例》，张亚的《稀释后的历史——司各特历史小说〈艾凡赫〉中的骑士精神》，尹静媛和李云南的《从〈艾凡赫〉看犹太人的困境及司各特的犹太观》。

第三种，这一类论文关注司各特作品中的民族主义问题，其中包括从风景描写、人文地理的角度看待司各特对民族性的建构。如张箭飞的《风景与民族性的建构——以华特·司各特为例》、《作为浪漫主义想象的风景——司各特的风景意象解读》，高灵英的《论司各特的自然风景描写和苏格兰形象塑造》和《从〈威弗利〉的城堡描写看司各特的民族融合观》，杨蕾的《〈威弗莱〉的文学地理学解读》，孟春梅的《会说话的自然风景——从〈艾凡赫〉看司各特的景物描写》和接桂敏的《历史小说〈艾凡赫〉中的浪漫想象与生态意识》等。

第四种，关注司各特作品的叙事和话语。如郭平的《从新历史主义角度解读〈艾凡赫〉中汪巴人物形象》，王光碧的《刍议司各特历史小说的社会接受心理》，刘德军的《〈艾凡赫〉：一部狂欢化小说》，武雁飞的硕士论文《司各特的小说叙述模式》，张酉酉的《在历史小说家的背后》，姚石的硕士论文《司各特在〈威弗利〉中对主流话语的颠覆以及最终与其合谋》，彭立伟的硕士论文《在接受中发展》，郑琦的《〈威弗莱〉——成长小说与历史小说的冲突与融合》。

第五种，研究概述。孙建忠的《〈艾凡赫〉在中国的接受与影响（1905～1937）》，吴镝的《我国对沃尔特·司各特研究的初步述评》，易欣华的《司各特研究在中国》等均属此列。

以上论文，有相当一部分是硕士论文，主要集中于华中师范大学和四川大学，说明始终有学者和学生在关注司各特研究的进程。另外，从我们以上所列的论文整体来看，均集中选取了《威弗莱》或《艾凡赫》为文本分析的对象或依据。这些论文不但丰富了司各特研究的内容，也提供了一些颇为新颖的视角。

在这里，我们需要单独谈一下高灵英2007年的博士论文《苏格兰民族形象的塑造——沃尔特·司各特爵士的苏格兰历史小说主题研究》。这篇论文选取了《威弗莱》、《红酋罗伯》、《古董家》、《密得洛西恩监狱》、《黑侏儒》、《蒙特罗斯传奇》、《危险城堡》、《拉默摩尔的新娘》和《盖·曼纳令》九个文本作为分析对象。这是目前使用司各特文本最多的论文，也是目前国内可查到的第一篇关于司各特作品的博士论文，具有开创性的意义。作者并未就所选取的文本自身的主题展开探讨，而是选取其中的风景或人物来分析司各特怎样通过"苏格兰的自然风景和人文景观、苏格兰的现代骑士和苏格兰高地人的描写来建构苏格兰的民族形象"[①]。不过，西方文学批评界对将"高地"视为苏格兰民族代表的观点是存疑的，如果从这一时期的苏格兰小说整体来看，高地现象已经成为后辈作家试图在民族史中重新为其进行定位的一个对象。本书也将论述司各特试图依托高地（如弗洛娜·麦克伊沃的形象）建构民族性的努力遭遇了失败。

目前国内对浪漫主义时期的苏格兰小说的研究尚有一定的局限性：

1. 仅以司各特为关注对象，未能联系这一时期整个苏格兰的小说创作。

2. 多数论文仅选取了司各特的两部文本展开论述，因此对司各特的理解也只能局限在这些文本范围之中。

3. 关注司各特在小说中表现民族主义的问题时，没有将其放入英格兰与苏格兰联合的大背景之中考虑，忽视了苏格兰启蒙运动的丰富思想对司各特作品的影响。

总之，目前国内对苏格兰文学的研究并没有突破司各特、彭斯、斯蒂文森及个别的当代苏格兰作家的范围。比如《雷德冈利托》作为

---

① 高灵英:《苏格兰民族形象的塑造——沃尔特·司各特爵士的苏格兰历史小说主题研究》，河南大学博士学位论文，2008年，第6页。

司各特最重要的作品之一，并没有得到相应的重视；对 1798～1832年，司各特之外的苏格兰小说家基本没有提及。因此有待开拓的研究空间仍然相当大。

二、国外文献综述

近三十年来以作家司各特的研究为标杆延及苏格兰文学的研究在国外悄然兴起。人们开始正视司各特在浪漫主义文学史上的重要地位，重新将其列入“最重要的浪漫主义小说家”之列。各国研究者站在历史相对论的立场所进行的评论研究为重新定位司各特在浪漫主义时期的作品和他所生活、描写的政治、经济、文化背景中的地位作出了积极贡献。与此同时，苏格兰文学也开始进入人们的视野，并引起相当多北美和英国学者的关注，形成几个重要的苏格兰文学研究中心，如美国加州大学、英国爱丁堡大学、格拉斯哥大学、加拿大渥太华大学等。18、19 世纪的苏格兰文学作品、散文、哲学著作等也重新得到整理和出版，大大拓展了英美文学研究的空间，也逐渐增加了英国文学研究中苏格兰文学所占的比重。目前浪漫主义时期的苏格兰文学已经成为英国文学研究中一个非常重要的研究课题，仅以 2005～2007 年为例，就出版了大约 15 部关于司各特及浪漫主义小说的重要学术专著和几百篇相关的学术论文。由于涉及浪漫主义时期的小说的文学批评专著数量巨大，此处仅选取与本研究关系密切的部分内容进行介绍。

在浪漫主义小说研究的热潮中，有相当一部分学者注意到了性别问题和苏格兰、爱尔兰在不列颠联合王国中的地位问题。如加拿大学者伊娜·法里斯《文学权威的成就：性别、历史与威弗莱系列小说》（1991）将司各特的作品放在 19 世纪早期盎格鲁—爱尔兰民族故事的文本背景中来考察。她认为，文学权威决定文体的地位，威弗莱系列小说成为当时权威之作意味着小说文体地位的变化。《爱丁堡评论》等重要的期刊杂志推动了读者群体对男性作家创作权威及带有鲜明政治、历史色彩的小说的接受和认可，从而导致女性创作群体的衰落。[①]

---

① Ina Ferris, The Achievement of Literary Authority: Gender, History, and the Waverley Novels, Ithaca and London: Cornell University Press, 1991. P2-4.

她的另一部力作《浪漫主义的民族故事和爱尔兰问题》（2002）则推本溯源，对“民族故事”这一文体展开了详细考证，再次指出女作家（西德尼·欧文森和玛丽亚·埃奇沃思等人）的“民族故事”对不列颠联合王国中两个王国关系的探讨，深刻地影响了司各特的创作。

伊恩·丹尼斯的著作《早期历史小说中的民族主义和欲望》选取爱尔兰女作家欧文森的《狂野的爱尔兰女孩》、苏格兰作家简·波特的《苏格兰的酋长们》和沃尔特·司各特的《威弗莱》、《清教徒》等作品以及美国小说家詹姆斯·库柏的《最后的莫希干人》，以法国社会学家勒内·吉拉尔的“模仿欲望”理论为参照，认为这些作品均从想象本民族遭遇他者，或者说现实中真正的他者——强大、令人生畏而又无法抵抗的英格兰——来建构民族身份。这种身份的建构通过两性关系、父子关系来表现，形成不稳定的三角形欲望结构（以《威弗莱》为例，威弗莱对弗洛娜、露丝的欲望和选择，威弗莱、弗格斯对露丝的欲望等，表现了英格兰—苏格兰高地—苏格兰低地关系的调整和民族关系、身份的选择），最终会在调整中变成两性选择，危机重重的父子双方也会在妥协中握手言欢。丹尼斯的著作是在本书已经基本定稿的情况下才偶然进入笔者的视野，他非常富有启发性的、引入“模仿欲望”探讨民族关系的论述角度让笔者有一种豁然开朗的感觉。但是，不得不指出，尽管都涉及两性关系，甚至三角关系，丹尼斯更强调英格兰作为“他者”的欲望对民族关系的构建所产生的威胁。本书则主要关注作者（特别是司各特）通过女性形象塑造民族身份时所面临的困境。

玛丽·珍·科贝特（Mary Jean Corbett）的《1790～1870 年爱尔兰和英国作品中的联盟的寓言：政治、历史和家庭，从埃奇沃思到阿诺德》（简称《联盟的寓言》，2000 年），着重研究了整个 19 世纪期间再现爱尔兰与英格兰关系的小说和非小说散文作品。她认为这一时期作品中出现的家族和家庭的比喻（如伯克的大众情感、埃奇沃思的家族政治）建构了 1801 年英格兰和爱尔兰实现“联合”的可能性和规定性。科贝特的著作着眼点在于爱尔兰民族起义后，英格兰最终颁布 1801 年《联合法案》，将爱尔兰纳入大不列颠（并在事实上取缔了其政治权利）之前的“盎格鲁—爱尔兰”作家在理论思想上的奠基，因此所涉及的著作范围较广。科贝特的观点对本书影响较大，使本书将苏格兰小说中存在的婚姻与联盟的隐喻关系从一个模糊的、不成熟的状态最终转变成一个较有信心的论点。

詹姆斯·布扎德的著作《令人迷惑的小说：英国小说的自传式民族志作品》(2005）与科贝特有异曲同工之妙。不过布扎德是以小说为主要考察对象，在小说文体历史的具体阐释中强调了自传体民族志作品对英国内部文化发展的平衡所起到的重要作用。布扎德使用“自传体民族志”这个人类学的概念指称具有明显“地域性”和“本土性”特征的小说作品。司各特的《威弗莱》、狄更斯的《荒凉山庄》、夏洛蒂·勃朗特的大部分作品和乔治·艾略特、莫里斯·勒布朗的作品都被列入了其“自传体民族志”的范围。在这里，司各特当仁不让地成为首位自传性民族志小说的创作者。布扎德认为，司各特通过苏格兰小说的创作，平衡了不列颠联盟中失衡的文化发展步伐，通过小说提升了苏格兰文化的地位，更通过小说促进苏格兰旅游业的发展而进一步地使苏格兰本土文化发扬光大。

本尼迪克特·安德森提出的小说在现代国家塑造“想象的共同体”的过程中起到了重要作用的观点对文学批评产生了重要影响。《联合法案：苏格兰与不列颠民族的文学协商》的作者莱斯·戴维斯承认自己的论著从中受益良多。她认为1707年《联合法案》的签订对大不列颠的两个王国在文学作品中的自我表述产生了影响。此前英格兰的“想象的共同体”主要依据是“蒙莫斯的杰弗里”书写的以布鲁图斯国王的民族神话为中心的宫廷文学[①]，以及宗教改革之后的上帝选民的意识。苏格兰和英格兰的联合对英格兰人意味着民族身份的调整，由于他们从未将自己看作一个血统纯正的、单一的民族国家，这种调整也就没有产生什么威胁。联合虽然也带来了一些民族关系的紧张（如高地人的冲突)，但并没有从实质上威胁到英格兰民族的地位，因为英格兰始终占据着经济和立法权的优势地位。对苏格兰民族身份来说，联

① 蒙莫斯的杰弗里（Geoffrey of Monmouth, 1100–1155）是著名的亚瑟王故事的记录和创作者之一，也是重要的英国历史学家。他最著名的作品是拉丁文编年体史书《不列颠列王纪》（*History of the Kings of Britain*）。

合的后果更复杂。因为苏格兰从1320年签署《安布罗斯宣言》之后，宣告了苏格兰王国的独立。华莱士和布鲁斯的故事在口传文学和书面文学中流传非常广泛，在反英格兰的基础上形成了苏格兰的民族身份。1603年王位合一和1707年《联合法案》实际上改变了苏格兰的政治地位。威斯敏斯特在颁布经济和社会政策的时候，仅仅考虑增进整个不列颠（甚至仅仅英格兰）的利益，而忽视了苏格兰。[①]这些影响表现在文学作品中，就是英格兰作家和苏格兰作家在文学作品中所探讨的联合与民族问题的性质截然不同。戴维斯通对比丹尼尔·笛福与贝尔哈文爵士关于1707年前后对“民族”的定义、亨利·菲尔丁与托比亚斯·斯摩莱特对1745年斯图亚特王朝复辟的叙事、詹姆斯·麦克弗森和塞缪尔·约翰逊对似是而非的民族起源的争论、罗伯特·彭斯与威廉·华兹华斯的诗歌的比对，以及托马斯·珀西和沃尔特·司各特的边境歌谣对不列颠文化同质性与多元化的理解，指出由于在联合王国中的地位不同，他们对联合王国中民族身份的定位也大有区别。

第四节　创新点及尚需开拓的空间

一、创新点

首先，在国内英国文学的研究领域中，对浪漫主义时期的小说的研究通常以司各特为个案。本书则试图将以司各特作品为代表的“苏格兰小说”作为整体研究的对象，目前国内尚无这方面的论文或著作。国内对詹姆斯·霍格、约翰·高尔特、玛丽·布朗顿、苏珊·法里尔、克里斯蒂安·约翰斯通等人尚不太熟悉。比如，约翰·高尔特、詹姆斯·霍格等作家及其作品只出现在少量引文当中，或出现在对哥特小说的阐述中，并无实质分析。他们的代表作文本也尚未被翻译、引介到国内。因此，在涉及这些作家的章节，将会首先介绍其生平传记及

① Leith Davis, Acts of Union: Scotland and the Literary Negotiation of the British Nation, Stanford, California: Stanford University Press, 1998. P5-6.

主要作品，而在分析每一部作品文本之前，也会先对其内容作简略描述。附录中会详细记录每位作家的作品目录和出版年份。

其次，本书以婚姻与联盟的关系为切入点研究 19 世纪的苏格兰小说，阐述了这一时期苏格兰作家群体产生了对自我身份的质疑并试图在小说中探讨和解决这些问题。国外的很多论著也已经从政治、经济、宗教、叙事话语等各方面探讨过苏格兰浪漫主义。以伊娜·法里斯和朱迪斯·威尔特等人为代表的部分学者，虽然非常关注司各特作品中的性别倒置现象及司各特的历史小说的性别特征对女作家地位的威胁，丹尼斯等学者甚至从两性关系、父子关系方面讨论过历史小说中的民族关系和民族主义。不过，他们并未讨论司各特设定的婚姻模式下，苏格兰民族性可能面临的危机以及其他苏格兰作家对两个民族关系的种种设想。本书则试图以婚姻现象为着眼点，一方面分析司各特作品中美满婚姻的政治隐喻及其难以实现真正平等与完美的民族关系，另一方面通过对同时代的苏格兰小说的分析表现这一时期苏格兰作家的身份危机和对联合问题的不同理解与阐释。

不过，必须提到的是，本书并不试图面面俱到地在所有作家的所有文本中以“婚姻与联盟”之间的隐喻关系为唯一的论述线索。虽然詹姆斯·霍格也以婚姻的冷暴力和女性遭排斥的地位反抗司各特的婚姻叙事，这不意味着霍格的作品没有自己的独特性。事实上，霍格的作品对英国当代文学艺术产生了非常重要的影响，这一点甚至要远超司各特。又如，约翰·高尔特的作品非常重视财产的继承问题，他认为社会进步的动力来自资本积累和投入再生产，因此执著于家族（国家）历史问题，可能会陷入停滞不前的困境之中。作为反浪漫叙事，他笔下的婚姻常常与现实的经济利益相联系，远非司各特笔下的婚姻那样浪漫。其他作家，特别是女作家克里斯蒂安·伊索贝尔·约翰斯通则从激进的自由主义立场出发，将苏格兰高地的清洗运动与爱尔兰的独立运动结合起来，致力于打造高地与爱尔兰之间的婚姻与血缘关系。

再次，本书认为司各特的主人公左右摇摆的矛盾、霍格的主人公呈现精神分裂的症状、高尔特的主人公陷于经济发展和执著历史的困境，而约翰斯通的主人公则对“爱国主义”的概念产生疑问等，这些作品形象所呈现的明显的身份不确定性，也是苏格兰作家在特定历史时期质疑和思考自我身份的结果。以约翰斯通为例，她以爱尔兰士兵和苏格兰军团为例，提出了"爱国主义"与"民族身份"之间的矛盾冲突问题，但是最终的结果表明她无法解决这些冲突，只能打造一个"伊甸园"来逃避现实。

最后，这一时期的多位作家都非常推崇苏格兰启蒙运动中所提出的"同情"（同情感）概念，并将其作为重要的民族因素来使用，本书对此作了较为详细的分析论证。不过，这种论证并非集中进行，而是分散在对各位作家的文本分析的过程中。

二、拓展空间

本书试图在一个民族性的框架中囊括 19 世纪早期的苏格兰小说（或浪漫主义时期的苏格兰小说），必然需要梳理苏格兰民族主义的起源和苏格兰启蒙运动的深刻影响。这是值得用一个大的章节完成的工作，遗憾的是这部分内容并未完整地呈现在本书之中。司各特因未被翻译而遭到忽视甚至无视的作品《雷德冈利托》和《盖·曼纳令》还有十分广阔的研究空间，比如他对 18 世纪苏格兰经济、贸易、殖民问题的分析，在上述作品中均有十分精彩的表述。本书虽然只选取了詹姆斯·霍格的代表作《忏悔》，并不意味着他仅有这一部佳作。霍格对当代苏格兰文学艺术的影响远超司各特，霍格全集的重新整理出版、霍格研究专刊的定期出版均表明了他在苏格兰文学史上的重要地位。苏格兰女作家作为一个特殊的、长期被忽视的群体，如今正在成为研究的热点，但是国内目前实际上并没有人真正关注这一群体的创作所表现出的独特魅力。

第五节　本书结构

本书题目定为《婚姻与联盟——浪漫主义时期的苏格兰小说研究》，试图在联合王国广阔的文化、政治背景中以婚姻现象为线索来研究苏格兰小说家及其作品，通过考察作家对待苏格兰与英格兰联盟（即不列颠联合王国）的态度及对苏格兰民族身份的复原和重构，理解特定历史背景下苏格兰小说的民族性和独特性。

本书分为导言、主体和结语三部分。其中导言将综述本书的选题背景、文献综述、创新点及本书结构。本书主体部分为第二至五章：

第二章“浪漫主义时期苏格兰小说的历史背景与民族特征”分析了1800年以后苏格兰小说大繁荣的社会背景、小说文体的性别特征的转化及苏格兰作家的分离意识与民族身份的塑造。

第三章“婚姻与联盟——司各特的小说”选取沃尔特·司各特的四部小说（《威弗莱》、《红酋罗伯》、《密得洛西恩监狱》、《雷德冈利托》），从婚姻与联盟的关系切入，分析司各特的文化民族主义立场。由于司各特思想中存在无法调和的矛盾，他努力通过“婚恋—家庭”的模式建构的民族关系和民族身份陷入了无法解决的悖谬陷阱。

第一节介绍作家司各特的诗歌和小说创作与民族意识的关系，特别是詹姆士主义转化为民族主义和爱国主义的身份认同的过程。

第二节以《威弗莱》为例分析司各特创作小说之初遭遇的建构民族身份的两难处境。威弗莱选择婚姻对象的过程，是英格兰调整与苏格兰关系的过程。威弗莱面对弗洛娜和露丝两个婚姻对象，最终选择与露丝共结连理，实则是司各特联合主义立场的体现。但是由于女性的附属地位，司各特试图依托弗洛娜建构民族身份的努力也陷入了悖谬之中。

第三节以《红酋罗伯》为例，狄安娜的形象表明司各特重新调整了对苏格兰形象的塑造。狄安娜集弗洛娜的独立与露丝对父亲的顺从于一身，具有更强的对独立自主地位的诉求。但是狄安娜与法兰西斯貌似完美的婚姻关系，虽然从表面上解决了《威弗莱》中的难题，实则导致“苏格兰身份”陷入更大的危机——她的苏格兰人的身份在丈夫的回忆中彻底消失。

第四节，由于无法克服的矛盾，在《密得洛西恩监狱》中，司各特转向依托苏格兰普通民众的美德建构民族身份，但是公众事件的私人化、内省化对以法律和教会为基础的苏格兰社会结构的稳定性造成了威胁。与此同时，苏格兰与英格兰的血缘关系再一次得到巩固，主人公远走伦敦求情也说明了民间开始认可汉诺威王朝的权威。小说的另一层面是对道德问题的关注。珍妮与巴特勒因为理智和克制得到了平淡的幸福，而放纵情感的妹妹艾菲与英格兰人斯汤顿虽最终获得了金钱和地位，却陷入终身的痛苦。

第五节将分析詹姆士党的武装暴力和对经济发展的无能，表明作者建构弗洛娜式的民族身份的彻底失败。《雷德冈利托》是司各特“威弗莱系列”的最后一曲，也对斯图亚特王朝复辟事件作了最终的总结。这部作品强调了家族联姻为苏格兰带来的繁荣和富足。詹姆士党最英勇的举动——摧毁河口的桩网——也因此表现了司各特对暴力无能的讽刺。其次分析《雷德冈利托》中商人成为时代的英雄的原因，是对早在《红酋罗伯》中出现的隐含的商业主题的深化，也是司各特确立苏格兰和平、稳定的经济发展方向的最终结论。

第四章“霍格和高尔特的民族视域与联合问题”分析与司各特同时代的苏格兰小说家詹姆斯·霍格和约翰·高尔特的作品。这两位作家的作品风格截然不同，各自具有非常鲜明的特色。霍格从民间文化的角度解析苏格兰传统，得出与司各特迥异的结论。他笔下的苏格兰历史完全不像司各特的民族史那样完满，而是充满了冲突。

第一节介绍同时代的其他苏格兰作家及作品，包括约翰·威尔森和约翰·吉布森·洛克哈特的小说创作。

第二节第一部分介绍詹姆斯·霍格的生平传记及主要作品。第二部分通过分析霍格的代表作《称义罪人忏悔录》指出，霍格挑战了以司各特为代表的“精英文人”对苏格兰民间文化的阐释方式，消解城市文人对所谓迷信和超自然现象的启蒙式的理性解读，力图恢复民间传统的功能和地位。第三部分通过对《忏悔》中的婚姻现象和女性地位问题的分析，指出他以破碎婚姻挑战司各特的美满婚姻，表现出反联合的民间立场。

第三节第一部分介绍约翰·高尔特的生平传记及主要作品。第二部以高尔特的《教区纪事》为例，分析高尔特力图写作与司各特的“浪漫主义的民族史”不同的新民族史——即“社会理论史”，同时具体分析《教区纪事》中的人物形象与语言特色。

第四节以高尔特的代表作《限定继承权》为例，指出他反对司各特在一系列历史小说中塑造的浪漫主义民族史，通过树立资本主义社会全球化发展的现实主义立场，否定了司各特执著于怀旧、从历史中寻找民族根源的努力。

第五章《阴影下的舞蹈——苏格兰女作家的创作》以苏格兰女作家为主要研究对象，分析了在浪漫主义时期的苏格兰小说创作中，女性所起到的独特作用。

第一节介绍伊丽莎白·汉密尔顿、简·波特和玛丽·布朗顿的创作对当时苏格兰小说创作的影响。

第二节以苏珊·法里尔的代表作《婚姻》和《继承》为例，分析法里尔以迥异于男性作家的视角，表现了对理想婚姻的期待。她颠覆了司各特定义的苏格兰女人与英格兰男人的婚姻模式，试图从另一个角度探讨两个王国的关系，彻底改变苏格兰民族的弱势地位。

第三节以克里斯蒂安·伊索贝尔·约翰斯通及其代表作《阿尔宾族》为例，指出约翰斯通对苏格兰高地现状而非历史的关注。她一方面质疑社会政策，并通过主人公诺曼及爱尔兰士兵伯克在维护民族身份与不列颠爱国主义之间的矛盾立场对民族关系提出了质询。尽管如此，约翰斯通未能得出一个明确的结论，只是将高地打造成了理想的“伊甸园”，容纳了不列颠各王国和各社会阶层的人们，说明她的最终倾向仍然是联合主义的。

第六章得出结论。这一时期苏格兰文学的独特性在于面对从独立王国变成联盟的一部分（甚至附庸）的政治现状，积极地作出回应，从而在历史小说、地域小说和社会小说的不同的表现形式中体现了其现实主义特征和独特的苏格兰民族特征。

第二章　浪漫主义时期苏格兰小说的历史背景与民族特征

第一节　19 世纪的出版业对小说兴起的影响

1800 年之前，爱丁堡出版的书籍作品以启蒙主义哲学著作为主。随着出版业的工业化、市场化，这种出版结构逐渐发生了变化。以教科书为主的“苏格兰哲学”的历史、哲学、修辞学、人类科学的出版逐渐让步于对 19 世纪的图书贸易具有控制力的期刊和小说。19 世纪初期，特别是 1802～1832 年，苏格兰的出版业一度非常发达，在整个不列颠都占据着主导地位，重要的出版商及其代表性的杂志期刊层出不穷。因为这一时期，尤其是拿破仑战争时期，欧洲大陆对英国关闭之后，苏格兰的城市一跃成为整个英国的思想文化中心。[①]其中最富于代表性的莫过于康斯坦堡的出版公司及其赞助的辉格党律师创办的《爱丁堡评论》(*Edinburgh Review*, 1802)，布莱克伍德出版公司及其托利党倾向的《布莱克伍德的爱丁堡杂志》[②]（*Blackwood's Edinburgh Magazine*, 1817）。在这些杂志和出版社的麾下，聚集了一大批作家和评论家，掀起了 19 世纪早期浪漫主义小说创作和评论的高潮。

《爱丁堡评论》在整个 19 世纪都是英国最富有影响力的杂志之一，1818 年发行量曾高达 13500 册。约翰·莫莱在几位托利党名流支持下在伦敦创办《评论季刊》（*Quarterly Review*, 1809）的最初目的就是对

---

① 玛里琳·巴特勒著，黄梅、陆建德译：《浪漫派，叛逆者及反动派》，沈阳：辽宁教育出版社，牛津大学出版社，1998 年，第 268 页。

② 简称《布莱克伍德杂志》。

抗《爱丁堡评论》的社会影响。《爱丁堡评论》的创办者是几位支持辉格党和倾向于政治改革的律师弗朗西斯·杰弗里、锡德尼·史密斯和亨利·布雷厄姆，主要撰稿人有威廉·哈兹里特、托马斯·麦考莱等人，持一种温和的辉格党立场。杂志创办早期，司各特也为杂志撰写文章。杰弗里和哈兹里特、麦考莱都是19世纪英国的重要文学评论家，《爱丁堡评论》就是他们的重要舞台。杰弗里1802年至1829年期间任杂志的主编，是司各特小说的重要评论家之一。在这一时期，这些政治倾向性非常强的杂志之间的争论，引发了对战争、《谷物法》、国会改革等有关和平与民主大问题的讨论。

书商阿奇巴尔德·康斯坦堡，早在18世纪末就已经敏锐地意识到将文学作品与社会趣味相结合的巨大商业利益。司各特的《苏格兰边境歌谣集》（1802～1803）出版时，康斯坦堡便入股参与了赞助。两卷本的《苏格兰边境歌谣集》大受欢迎的原因，不外乎是对查特顿、麦克弗森等人挖掘复古热潮的响应，同时还有对本民族文化遗产的自豪和浪漫主义所推崇的自然之风。尽管歌谣集中掺杂了很多司各特翻译或改编过的歌谣，称不上是歌谣的原始面貌，但这并不影响人们对它们的接受。从歌谣开始，司各特涉足诗歌创作，成为英国浪漫主义时期的重要诗人之一。康斯坦堡对旗下作者的报酬十分丰厚，比如司各特的《玛密恩》出版之前，他就预付了1000畿尼稿酬，而《爱丁堡评论》的编辑们也获得了前所未有的高回报，这是19世纪文人可以脱离庇护制实现经济独立的重要一步。虽然司各特在1808年以后将重要作品的版权都交给了自己投资的约翰·白兰亭公司，康斯坦堡与司各特仍然存在合作关系。因为1813年之后司各特的作品，包括第一部小说《威弗莱》的版权都由康斯坦堡购得，印刷则交给白兰亭公司。

在《威弗莱》出版之后的五年之内，司各特都是最畅销、最多产和最富有影响的小说家。司各特的小说促成了不列颠浪漫主义小说出版的主要方向。根据学者彼得·加西德的观点，在这一时期小说开始取代诗歌成为最重要的文体，小说创作呈现职业化及市场的专业化的趋向、新作品格式也呈现出类似的标准（如三卷、八开本）。司各特的小说使一个一度成为女作家天下的文体变成了男性主导下的体裁。拿破仑战争结束之后的十年间，整个不列颠小说创作总量飞速增加，而司各特获得的巨大成功直接推动了当地的小说出版业的发展，小说的数量以惊人的速度呈现增长的态势。以 19 世纪的前十年为例，苏格兰只占整个英伦三岛小说出版量的 0.5%；进入 1810 年之后，这个数字增加到 4.4%，到 19 世纪 20 年代增加到 12%。最高潮时期是 1822～1825 年，当时整个不列颠出版的 359 部小说中，苏格兰占 15%，数量达 54 本之多。①

虽说 54 部之中并非每部都是精华之作，但这些小说的作者构成了司各特之后苏格兰小说的创作主体。爱丁堡的小说市场，并非康斯坦堡出版公司一家独霸天下。威廉·布莱克伍德很快就成为其最大对手。比如他在公司创办之初，曾经成功地邀请司各特发表作品，出版了《房东故事集》系列的第一部。1817 年他创办了《布莱克伍德的爱丁堡杂志》，大胆启用了年轻的约翰·吉布森·洛克哈特和约翰·威尔森担任编辑工作，为小说的出版提供了坚强堡垒。不久布莱克伍德就一跃成为爱丁堡最多产的小说出版商，仅在 1820 年至 1826 年期间就出版了 26 部小说，康斯坦堡公司仅 21 部。如果说康斯坦堡的出版公司以司各特为主要的作者，布莱克伍德在平分天下时则笼络到了更多年轻作家，如詹姆斯·霍格、约翰·高尔特、洛克哈特、威尔森、大卫·麦克白·摩尔、苏珊·艾莫斯顿·法里尔等人。1826 年康斯坦堡出版公司破产之后，厌恶布莱克伍德的保守托利党立场的激进主义作家克里斯蒂安·伊索贝尔·约翰斯通也在布莱克伍德出版了自己的最后一部小说作品《伊丽莎白·德·布鲁斯》（*Elizabeth de Bruce*, 1827）。

19 世纪 20 年代早期，霍格和高尔特是司各特之外最具有原创性的苏格兰散文小说的作者，他们在布莱克伍德旗下进行了多种文体尝试，如霍格的虚构性自传小说、高尔特的地域风俗史。作家们的大胆尝试不但促进了小说文体的发展，还有利于特定读者群体的生成。

苏格兰女作家创作群体在这一时期逐渐黯淡。19 世纪初期司各特进入小说领域之前，女作家及其作品最著名的当属伊丽莎白·汉密尔

① Ian Duncan and Douglas Mack, Hogg, Galt, Scott and their Milieu, The Edinburgh History of Scottish Literature, V2, Edinburgh: Edinburgh University Press, 2007. P211.

顿和她的《格兰伯尼的农舍居民》(*The Cottager of Glenburnie*, 1808)，玛丽·布朗顿（Mary Brunton）和她的《自制》(*Self-Control*, 1811)、《训诫》(*Discipline*, 1814)。这些作品都属于女作家的家庭小说和道德训诫的传统，评论家通常将这种传统追溯到英格兰的弗朗西丝·伯尼。而玛丽亚·埃奇沃斯，她对爱尔兰身份的关注则给这种传统的家庭小说增加了民族化的色彩。司各特对苏珊·法里尔赞赏有加，认为她是苏格兰女作家的杰出代表。苏珊·法里尔本身对汉密尔顿、布朗顿、汉娜·摩尔、埃奇沃斯和简·奥斯丁的作品都非常喜爱，她的小说三部曲《婚姻》(*Marriage*, 1818)、《遗产》(*Inheritance*, 1824)和《命运》(*Destiny*, 1831)除了道德劝诫之外，更多了一种法里尔自身所独有的幽默特征和苏格兰方言喜剧的魅力。克里斯蒂安·约翰斯通虽然也在小说领域不断尝试，但是她始终对女作家常常涉足的家庭小说避之唯恐不及，甚至在评论中多次讽刺这些作品中的道德训诫。她的作品《阿尔宾族：一个民族故事》(*Clan Albin: A National Tale*, 1815)和《伊丽莎白·德·布鲁斯》(1827)是尝试将苏格兰和爱尔兰民族的风习与故事结合的民族小说。而最独特的、也是约翰斯通生前最畅销的作品《烹调和家庭主妇手册》(1826)将真实的苏格兰食谱与当时流行的司各特和法里尔小说中的虚构人物相结合，创造了一种独特的文体。

第二节　以司各特为代表的苏格兰小说的问题意识

司各特的小说出现之前，奥斯丁"上承18世纪英国小说的现实主义传统，下启维多利亚时代社会现实主义的高潮"[①]，成为当时最有成就的小说家。18世纪末、19世纪初的小说层出不穷，但是质量普遍不高，除部分优秀的哥特小说外，多数是女性创作的家庭生活小说。小说文体的地位在这一时期已经降至冰点，用瓦特的话说"文学正变

① 侯维瑞、李维屏：《英国小说史》，南京：译林出版社，2005年，第190页。

成一种主要的女性消遣物”[①]。女性由于被排除在主要的男性社会活动之外，有充分的闲暇博览群书，也因此产生了亲自参与的念头，促成了小说创作的繁荣。虽然其中不乏优秀作品，但更多质量低劣的小说充斥了市场。难怪哥特小说作家僧人刘易斯，仅是听闻苏珊·法里尔有意开展小说创作，便言辞激烈地发表反对意见:“我对那些三流女作家真是又厌恶、又可怜、又蔑视。针，而不是笔，才是她们应该使用的工具，也是她们至今用得最灵巧的工具。”[②]刘易斯通过贬低女性的创造力，否定女作家在小说创作领域的地位，是一种极端的男权主义立场。不过，这也从另一个侧面反映了当时小说市场的混乱局面。

因此，司各特在1814年出版的《威弗莱》，以其鲜明的地域色彩、独特的民族特征、充满浪漫气息的主人公和举重若轻的历史感等为略显沉闷的小说市场注入了令人耳目一新的空气。实际上，在司各特的《威弗莱》之前，也有几部女作家的带有鲜明的民族特色的作品出现，如摩根夫人的《狂野的爱尔兰女孩》，玛丽亚·埃奇沃斯的《拉特伦特堡》、《缺席者》，简·波特的《苏格兰的酋长们》等。摩根夫人和埃奇沃斯的作品虽然从比较保守的角度谈论爱尔兰问题，但是也触及了一些比较深层次的问题，比如英格兰与爱尔兰之间的关系，爱尔兰地主阶层对爱尔兰民众应该承担的责任等。这种“民族故事”的主题对司各特的影响不言而喻，尽管他对沃尔波尔、刘易斯等人的哥特小说评价更高，他也十分尊重女作家的创作。埃奇沃斯和奥斯丁的作品都受到司各特的高度赞赏，他在《威弗莱》序言中对埃奇沃斯作品带给他的启示直言不讳。在乔治四世访问爱丁堡期间，司各特曾坦言简·波特的《苏格兰的酋长们》是他开始创作以高地为主要场景的苏格兰系列小说的主要动力。[③]

实际上，对民族身份问题的探讨浪潮早在进入浪漫主义之前就已

① 伊恩·P. 瓦特著，高原、董红钧译:《小说的兴起》，北京：生活·读书·新知三联书店，1992年，第41页。

② Rosemary Ashton, Introduction, Susan Ferrier, Marriage, London,1986. Pxv.

③ Carol Anderson and Aileen M. Riddell, The Other Great Unkowns, from Douglas Gifford and Dorothy McMillan edited, A History of Scottish Women's Writings, Edinburgh: Edinburgh University Press, 1997. P183 (PP179-195).

经开始了。18、19世纪的民族主义运动和浪漫主义诗歌，表现出对个体身份和民族问题的强烈关注。法国大革命是这个时代最重大的事件，堪称欧洲发生的强烈地震。此时正是英国工业革命进入迅速发展的时期，国内的社会阶级结构急剧分化，阶级矛盾日趋尖锐，激进主义者和保守派的斗争不断发展。英国国内保守派对法国大革命的到来及其巨大影响感到非常不安。埃德蒙·伯克就在此时写下了著名的《法国大革命的反思》，对法国大革命进行了彻底的否定，同时他盛赞英国的"光荣革命"，认为这才是合理有节的政治变革。但是激进的民主主义者，如罗伯特·彭斯等人则对法国大革命的到来表示热烈的赞赏。彭斯创作了《自由树》这首著名长诗，他在《自由树》中声言，法兰西这棵自由树，将使人类变得平等、世界获得和平。

法国大革命对英国的冲击还存在另一方面，那就是激起了苏格兰和爱尔兰要求民族独立的激烈情绪。随着法国大革命的爆发，因宗教改革而萌发的民族主义意识得到了进一步的强化。同时法国的对外侵略对民主意识的扩散和传播起到了客观作用，而法国的统治又反过来导致了这些国家与地区民族主义意识的崛起。在法国大革命的鼓舞下，信仰天主教的爱尔兰率先于1798年爆发了大规模的起义。虽然独立运动领导的优柔寡断、叛徒告密和政府的残酷镇压等因素导致起义以失败告终，但爱尔兰民间始终保留着强烈的独立意识。原本积极活跃的爱尔兰人联合会等组织悄悄转入地下工作，同时民间还出现了"绿丝带社团"等秘密组织，继续为降低地租、保障佃农的权益和反对地主、反对英格兰人的统治而努力。在法国大革命的影响下，素来反对英国统治、对自由独立王国时期充满热切向往的苏格兰民族诗人彭斯创作了《苏格兰人》一诗，他通过对苏格兰独立王国时代历史的回顾，颂扬了民族英雄华莱士和布鲁斯等人英勇抗击英格兰入侵的伟大事迹，激励苏格兰人民团结起来争取自由。

麦克弗森和彭斯的诗歌，致力于表现苏格兰民族文化中的优良传统，强调历史与现实之间的对比，希望激起民众对苏格兰历史和文化，更重要的是精神方面的珍惜；尽管《莪相诗歌》是伪作，大部分内容乃是麦克弗森仿照苏格兰古代诗歌创作的，但是这种富有"新意和力量”[①]的创作对18世纪以来的苏格兰文化和历史的复兴起到了重要的作用。特别是麦克弗森的《芬格尔》，至今仍是苏格兰文学课堂上必不可少的一课，其质朴、简洁的语言再现了氏族社会时期的英雄和战争场景，对苏格兰人民族意识的觉醒具有极大的鼓舞作用，使苏格兰人意识到自己的民族文化遗产与英格兰不相上下，更值得珍惜。

工业革命横扫一切的威力让苏格兰的有识之士备受鼓舞，同时也意识到虽然在强大的不列颠帝国内部存在不平等，但是苏格兰仍然能分享帝国商业扩张和经济发展带来的可观利益。如司各特在《盖·曼纳令》中借主人公布朗之口所言："英格兰是个聪明的民族，但是他们自吹自擂又爱贬低别的国家。幸好，天窗和后门还给我们开着呢，这样一来，我们这些陌生人——尽管天性不喜如此——还能分享他们的部分优势。"[②]另一方面，政治和经济上占有双重优势地位的英格兰自然也在商业扩张和经济殖民的过程中逐渐弱化甚至消解了与商业文明格格不入的苏格兰传统文化。而当时英国的官方舆论则强调"不列颠人"，试图重新塑造一种大不列颠民族的概念，试图淡化以王国为单位的民族性。对于苏格兰人而言，这是相当严峻的事实与危机。政治上失去独立地位的苏格兰必须保护并延续自己的民族文化，重新树立独立的文化身份与民族身份，才能避免整个民族被消解的命运。众所周知，苏格兰启蒙运动的很多学者对高地的蒙昧状态不满，他们认为应该改善和提升这种落后面貌，体现文明的力量。这种思想不仅仅在当时沙龙讨论或评论文章中出现，很多小说作品也将改良高地看作苏格兰走向文明世界的手段。如伊丽莎白·汉密尔顿的《格兰伯尼的农舍居民》，表现的就是文明的理想对于提高和改善高地的修养与风俗的作用。这是一种普遍的对于改造"野蛮不开化"的世界的理解，埃奇沃斯的小说也有同样的主题。在当时的知识分子看来，苏格兰（或爱尔兰）所代表的落后、野蛮、肮脏的形象，急需文明的力量来改变。

---

① 转引自刘意青主编：《英国18世纪文学史》增补版，北京：外语教学与研究出版社，2006年，第273页。

② Walter Scott, Guy Mannering, Neil Davidson, Origins of Scottish Nationhood, London: Pluto Press，2000. P160.

但是，封建庄园制和封建氏族制，从政治和经济方面来看与现代的资本主义的政治经济体制相比也许落后，但是民风和人性却不能以此论优劣。18 世纪作家和知识分子所着力强调的“改善”和“提高”的民风、民俗，是否就一定是“落后”的呢？女作家苏珊·法里尔的作品，在背景的设置上特意突出了英格兰和苏格兰在经济发展方面存在的巨大差异，高地的荒凉和伦敦的繁华。主人公玛丽从被称为“蛮荒之地”的苏格兰高地来到更加“文明”、更加“繁荣”的英格兰，却时常感到孤单无助，因为在这里人与人之间的关系非常冷漠，所谓繁琐的礼节其实冷淡而表面化，缺乏真正的感情。即便真诚如艾米莉，也难免过于强调自我的感受。约翰·高尔特笔下的巴尔惠德尔牧师在几十年后终于有机会乘坐快捷马车前往大都市伦敦，却发现那里的人表面上的客套远多于真正的善意和帮助。经济上的繁荣和文明的高度发展是否一定会有助于道德的改善和美德的形成？多位苏格兰小说家对这个问题提出了质疑。在法里尔看来，伦敦的繁华背后是虚情假意、腐败堕落和奢侈无度，就好像苏格兰民歌可以勇敢袒露心怀——“你愿意成为我的爱人吗”（彭斯），而自视高雅的人却认为这种表达粗俗不堪，将异国的意大利咏叹调和法国歌剧视为真正的艺术。高尔特则在《继承人》中的格拉斯哥商人表现出的强烈的自我利益趋向和贪婪无度的控制欲望中，进一步批判了忽视道德建构和扭曲人类自然本性的毫无节制的商业社会规则。

18 世纪的苏格兰文坛出现了两部分人——即民间诗人和文人的对立。以阿兰·拉姆齐和罗伯特·彭斯为首的民间诗人，怀念过去、谴责出卖民族利益的上层社会，为苏格兰失去了自己的国家地位而伤感，试图重新复兴这种民族身份。复古之风当然并非自他们而起，但是从英格兰的珀西《英诗辑古》开始到麦克弗森假托中古诗人莪相所作（实际上大部分为自己创作）的《莪相诗歌》是一种寻找依托的努力。在这种寻找依托的过程中，斯图亚特王朝成为民众追溯苏格兰国王时代的一种象征。大众民族感情支持詹姆士党的复辟思想及苏格兰身份的内在统一性，但是苏格兰的文人，受过良好教育的苏格兰上层和中产阶级，却走在相反的道路上，试图以“盎格鲁语言”创作文学作品的方式来提高升华自我身份，甚至有很多人刻意淡化自己的苏格兰身份，用英语创作，居住在伦敦，甚少回苏格兰。比如与父亲决裂、追随约翰逊的鲍斯威尔，就是一个最典型的例子。甚至苏格兰首府爱丁堡的新城、旧城在设计风格和布局方面，也表现出一种苏格兰传统与不列颠风格的对比。我们甚至可以进而总结，整个 18 世纪的特征就是思想意识上的分裂和两极分化。不但宗教信仰中有稳健派和激进派之别，哲学思想上也存在休谟的怀疑主义和常识学派的对立。休谟以内省的、怀疑的视角看到人性，常识学派则提倡一种普遍的、内在的道德才能，与社团的思想相感应和同情产生的相互帮助。

这种分裂到了 19 世纪已经集中表现为个体身上的双重自我和矛盾的分裂状态。这种身份和思想意识的分离特征，在司各特的小说作品中表现得尤为明显。他倾向于联合王国又倾向于民族文化独立性；既拥抱开放的商业文明又留恋封建庄园制经济。他的思想在小说与现实中也表现出背离，比如现实中的政治托利党和保守派，小说作品中则表现出真正的宽容与同情，一方面同情天主教徒、犹太教徒等弱势群体，另一方面又坚决反对《改革法案》，反对解放天主教徒，反对普选权；对社会发展的清晰敏锐的历史观与现实生活中守旧的作风做派判若两人。

同样，这种分离意识在众多的苏格兰作家身上都有鲜明的表现。不过，自司各特之后，苏格兰作家所表现出的这种身份认同的焦虑感逐渐地淡化、细化了。比如，霍格的分离感一方面源自其反联盟的立场，另一方面则更多源自对文学身份的逐渐否定和试图确立自我——即“霍格”作为一个个体存在的努力，他不愿再承担以往的“牧羊诗人”所代表的原始、甚至粗野的乡民和乡下传统的职责。城市文人与民间诗人的对立在一定程度上反映了代表文明的话语对原生文化的压制。高尔特虽然在作品中也多次描写苏格兰与英格兰之间的隔离感，外乡人的孤魂只能与未受洗的死婴分享墓地。但是经济的发展毕竟已经打破了深深的隔阂，一个小小的苏格兰埃尔郡的达尔美令教区就在 19 世纪初接纳了来自英格兰、爱尔兰，甚至美国、土耳其等外来居民，成为各民族的聚居地。

18 世纪的苏格兰文学，无论小说家还是诗人都在高地上大做文章，小说作为一种特别富有表现力和传播途径更广泛的文体，对苏格兰高地取代低地，成为苏格兰传统的代表起到了不可忽视的作用。特别是司各特实际上通过小说树立了知识分子以高地为依托的苏格兰传统。詹姆斯·霍格等人显然试图超越司各特的成就，在不断强调自己作品的独创性的同时，努力尝试新的文体和创作方法。约翰·高尔特对此也颇有怨言，因为他的《教区纪事》的初版早在《威弗莱》出版之前就曾投稿至康斯坦布尔的出版公司，但是却以“苏格兰小说不会受欢迎”的理由被拒绝了。但整个 19 世纪上半叶的苏格兰小说实际上仍然堪称司各特创作的缩影，一方面表现出对民族性和地域性的强烈兴趣，一方面提出历史现实主义的问题。

司各特的小说在过去常被称为“历史小说”或“浪漫主义小说”。现代研究者则认为他的作品具有更多现实主义的因素，对维多利亚时代的现实主义小说产生了重要影响。伊恩·邓肯指出，大卫·休谟为司各特将历史与罗曼史相结合提供了哲学依据，“休谟式的启蒙运动思想以怀疑主义解构了现实的形而上的基础，代之以对‘日常生活’的感性关注，有时被公认为一种得到风俗修正的、对现实的想象性建构”[①]。因此，司各特的小说让历史走下了神坛，成为民众可以消费和理解的故事。历史的构成不再是重大的历史事件或无生命的数字，他对日常生活的关注，强调了普通人在历史进程中的巨大作用。司各特创作的浪漫主义诗歌，特别是长篇叙事作品，对中世纪以来的苏格兰历史人物或虚构人物的描写，激荡澎湃，洋溢着英雄主义和民族主义的激情，展现在氏族或民族冲突中的爱情悲剧中。但是当他转向创作小说时，原有的浪漫主义因素往往与现实格格不入、是导致最终失败的成因。在强大的（或许庸俗的）现实面前，浪漫之情变成了幼稚或年少轻狂的主人公的弱点，最终他们会对社会现实妥协。以爱德华·威弗莱和法兰西斯·奥斯巴尔迪斯顿为代表的年轻主人公对政治现实和商业文明的最终妥协说明单纯的浪漫主义仅存在于神话中。从这种意义上来

① Ian Duncan, Scott's Shadow, Edinburgh: Edinburgh University Press, 2007. P29.

说，他的诗歌作品是浪漫主义的，小说同时具有“反浪漫”的现实主义因素。

浪漫主义和政治经济学并存的奇特现象，是司各特作品的独特性。两种思想、两种行为并行，几乎每一部作品都呈现出这种特点。浪漫主义美学和实用主义精神，集罗伯特·彭斯与亚当·斯密于一身，在作品中虽然往往以两个人物来表现，实际上体现了一种分离意识。法兰西斯·奥斯巴尔迪斯顿与尼科尔·贾尔维、达西与阿兰，理论上、感情上和现实问题上都存在这种分离性。不过，奇特的是两者并行不悖，没有产生严重的正面冲突。一种是理想主义的层面，另一种是现实主义的层面，但是最终现实主义必然占上风。即政治经济学的范畴成为民族发展中最重要的东西，精神层面上仍然保留着浪漫主义的思想传统。文化的构成与经济的发展平行前进。无论哪一种，实际上都是一种经济方面的设想——保留美好的景致，可能会发展成风景区；开发，则可能会开垦成良田或发展渔业。所以，司各特的小说，从某种意义上来讲是以浪漫主义的手法反浪漫主义，具有明显的现实主义风格。马克·吐温对司各特的浪漫主义（骑士精神）荼毒美国文学之论，实际上有片面理解之嫌。

从很多方面来说，19 世纪后半期现实主义的兴起，淹没了人们对司各特及其为代表的苏格兰作家及作品的兴趣。毋庸置疑，维多利亚时期的小说无论在叙事技巧，还是对现实的思考深度上都远远超越了他们的成就。但这个重要的时期和作家群体作为一种独特的文学现象的重要性却不容忽视。

第三章　婚姻与联盟——司各特的小说

第一节　司各特与《威弗莱》系列小说的创作

一、司各特的诗歌与民族意识

沃尔特·司各特（Walter Scott, 1772—1832）1772 年出生于爱丁堡，父亲是一位律师，母亲是当时爱丁堡大学医科教授的女儿。司各特幼年时期在苏格兰边境地区的农场度过，深受当地流传的各种歌谣和故事传说的影响，对詹姆士党的历史产生了浓厚兴趣。

司各特一直在爱丁堡接受教育，成年后获得律师资格，大部分时间也是在爱丁堡度过的。1783—1786 年和 1789—1792 年，司各特在爱丁堡大学系统学习了逻辑学、数学、拉丁文、道德哲学、苏格兰历史和法律等各方面的课程。爱丁堡是 18 世纪苏格兰启蒙运动的中心之一（另外两个是阿伯丁和格拉斯哥），与欧陆的关系十分密切。德国文学通过莱辛、歌德、席勒等人的著作，开始吸引整个欧洲的关注。司各特在年轻时代就热衷于翻译德国狂飙突进时期的作品，曾出版包括毕尔格的诗歌《莱诺尔》、歌德的悲剧《葛兹·冯·伯利欣根》在内的多部译著。尽管后来他将狂热地翻译和模仿德国戏剧的创作称为“幼稚”的行为，德国浪漫主义对民族文化的珍视以及对民间歌谣、故事的搜集整理工作，仍然给司各特的一生打上了深刻的烙印。

1786～1789 年，司各特曾因病中断在大学的学习，病愈后进入父亲的律师事务所担任实习生。枯燥的文书工作虽然无聊，但案件卷宗中所记载的一些古今案例，却给了他无限的动力。与此同时，律师的身份也使他有机会回到苏格兰山区考察民风，搜集和整理民间歌谣。托马斯·珀西的《英诗辑古》对司各特的影响十分深刻，可谓是司各特在边境地区搜集民间歌谣的直接动力。1802～1803 年，三卷本的《苏格兰边境歌谣集》（*The Minstrelsy of the Scottish Border*）出版，反响十分强烈。1802 年前两卷出版时，司各特仅获得 78 英镑 10 先令的酬劳。1803 年第三卷出版时，出版商朗曼亲自从伦敦赶到爱丁堡，支付了 500 英镑买下了三卷本的版权。[①]罗德里克·瓦特森在 1984 年版的《苏格兰文学史》中指出："这部歌谣集成为苏格兰文学界再现自己过去历史的里程碑。"[②]这并非虚夸之言，英国学者桑德斯在《牛津简明英国文学史》中也认为，"《苏格兰边境歌谣集》……在重要性方面只有帕西大主教的《英国古诗拾遗》（1765）可以与之相提并论"[③]。

珀西的《英诗辑古》主要收录了英格兰的古诗和歌谣，同时也收录了部分苏格兰边境地区的民谣，司各特的《苏格兰边境歌谣集》则将他多年来在边境地区搜集整理的歌谣记录下来，其中大部分尚属首次发表。1802 年《苏格兰边境歌谣集》前两卷出版之后，司各特还曾专门向包括珀西在内的很多重要人士寄送了歌谣集。斯坦福大学的赖斯·戴维斯教授分析指出，《苏格兰边境歌谣集》是与珀西的《英诗辑古》中提出的"同质"的不列颠文化模式的直接对话。她认为："尽管《苏格兰边境歌谣集》也参与了苏格兰并入不列颠的过程，但它首先开始确立苏格兰歌谣的重要性并非因其是不列颠外围的诗歌，而是不列颠遗产的核心内容。"[④]这就意味着，司各特搜集出版歌谣，并非兴之所至，而是有针对性地试图为苏格兰文化谋得更大的空间，将一贯被视为不列颠"外围"的苏格兰诗歌逐渐推进到中心地位。

从这个时候起，"苏格兰历史"成为司各特文学创作的重要题材。这种历史，显然伴随着为苏格兰传统和文化在不列颠联合王国中争取

---

① Edgard Johnson, Sir Walter Scott, New York: The Macmillan Company, 1970. P194.

② Roderick Watson, The Literature of Scotland, Macmillan Publishers Ltd.1984. P249.

③ 桑德斯著，高万隆等译：《牛津简明英国文学史》，北京：人民文学出版社，2000 年，第549 页。

④ Leith Davis, Acts of Union: Scotland and Literary Negotiation of the British Nation, 1707-1830. Stanford: Stanford University Press, 1998. P156.

更大地位的希望。他的诗歌秉承浪漫主义的传统，从发掘边境歌谣、创作具有苏格兰民族特色的浪漫主义诗歌开始。1805 年，司各特自己创作的《末代行吟诗人之歌》（*The Lay of the Last Minstrel*）出版，这部以苏格兰高地为背景的诗歌受欢迎的程度甚至远远超出了司各特的想象。历史故事从一个潦倒的、被时代抛弃的行吟诗人的竖琴中弹拨出来，增加了人们对苏格兰民族历史记忆的感伤。这部以苏格兰与英格兰的历史恩怨为主题的长篇叙事诗歌不但奠定了司各特诗歌的基本主题基调，也为后来的苏格兰小说（即《威弗莱》系列小说）打下了基础。

司各特在诗歌创作的黄金十年（1805～1815），先后创作了《玛密恩》（*Marmion*，1808）、《湖上夫人》（*The Lady of the Lake*，1810）、《唐·罗德里克的幻像》（*The Vision of Don Roderick*，1811）、《洛克比》（*Rokeby*，1813）和《特里亚明的新娘》（*The Bride of Triermain*，1813）等主要作品。其中《湖上夫人》堪称经典之作，仅在 8 个月之内就售出了 25000 册之多。

司各特显然不是一个象牙塔中的作家或学者，他一直密切注视着社会现实，并积极参与其中。作为一个政治上的托利党，他反对法国大革命，厌恶拿破仑战争。他支持政府援助西班牙游击队的抗法战争，而杰弗里等人则认为西班牙抵抗组织是一群由农民组成的乌合之众，他们的抵抗行动不过是马背上的堂·吉诃德与下等的桑丘·潘沙之流，根本无力抵抗拿破仑的军事机器。杰弗里甚至在《爱丁堡评论》上撰文称英国不该为了一个毫无希望的理由而去趟浑水，否则万一法国人从爱尔兰登陆，恐怕难以回身抵抗。[①] 1808 年，因在西班牙战争问题上的立场，司各特与辉格党的《爱丁堡评论》决裂，与他人商议创办托利党杂志《评论季刊》和《爱丁堡年鉴》。其中《评论季刊》由出版商约翰·莫莱在伦敦担纲于 1809 年创办，获得了时任外相的托利党人乔治·坎宁的支持。期刊杂志是政治论战、文学评论、时事关注的重要阵地和传播途径，对文学作品的创作导向具有重要的影响。在上一

① Edgard Johnson, Sir Walter Scott, New York: The Macmillan Company, 1970. P300.

章中，我们已经讨论过这个问题，这里不再赘述。

根据莫莱·皮托克的分析，大量证据表明，司各特对华莱士的形象感到不快，尽管他也称其为“他的国家自由的不朽的支持者”，司各特在诗歌中却更倾向于强调华莱士事迹的传奇性色彩（即民间传说多于历史事实），及其残酷的、不人道的行为。[①]因此，涉及到 14 世纪苏格兰民族独立斗争的历史时，司各特更愿意用布鲁斯而不是华莱士的故事做例证。这也从另一个侧面表现出司各特“官方民族主义”的立场。

二、“詹姆士党”主题与《威弗莱》系列小说的创作

1812 年起，拜伦与司各特开始保持通信联系，为自己的年少轻狂之作《英格兰诗人与苏格兰评论家》中对司各特的攻击道歉。司各特本人则敏锐地觉察到拜伦在诗歌创作上的巨大能量，转而尝试写作小说。1814 年他的第一部小说《威弗莱》正式匿名出版，获得了空前成功。这部小说的销量在英国史无前例，评论家也普遍给予高度评价。《爱丁堡评论》的主编杰弗里指出：“该书完全凭借它的力量、真实性和生动的色彩，竟已使得一大批中庸寻常的作品相形失色。他超越了琐屑无聊的地方传奇，堪与最受欢迎的现代诗歌相提并论。”[②]杰弗里将一部小说与现代诗歌的地位相提并论，在当时可谓惊世骇俗之言，但这也充分证明了司各特的作品如何改变了小说的面貌和地位。拜伦在 1821 年的日记里宣称，自己至少将司各特的所有小说读了 50 遍，盛赞他是“苏格兰的菲尔丁”、“一个了不起的人”[③]。

从 1814 年《威弗莱》出版以来，司各特以 17、18 世纪的苏格兰为背景，相继创作了《盖·曼纳令》（*Guy Mannering*, 1815）、《古董家》（*The Antiquary*, 1816）、《清教徒》（*Old Mortality*, 1816）、《黑侏儒》（*The Black Dwarf*, 1816），《红酋罗伯》（*Rob Roy*, 1818）、《密得洛西恩监狱》

---

① Murray Pittock, Scottish and Irish Romanticism, Oxford and New York: Oxford University Press, 2008. P199.

② 转引自文美惠编选：《司各特研究》，北京：外语教育与研究出版社，1982 年，第 202 页。

③ 转引自桑德斯著，高万隆等译：《牛津英国文学简史》，北京：人民文学出版社，2000 年，第 552 页。

（*The Heart of Midlothian*, 1818）、《拉美莫尔的新娘》（*The Bride of Lammermoor*, 1819）、《蒙特罗斯传奇》（*A Legend of Montrose*, 1819）等作品，若将 1824 年的《雷德冈利托》（*Redgauntlet*）加入其中，就完整地构成了司各特的苏格兰地域小说。

1820 年以后，司各特将小说的历史背景转向了英格兰甚至欧洲大陆，相继创作了《艾凡赫》、《修道院》、《修道院长》、《肯纳尔沃思堡》、《海盗》、《昆丁·达沃德》等优秀作品。一直到去世之前，他始终保持着旺盛的创作力。但是，评论家普遍认为，司各特的真正天才在于其以苏格兰为背景的"威弗莱系列"小说。而"威弗莱系列"小说，除《清教徒》和《古董家》之外，均以斯图亚特王朝复辟及詹姆士党的故事为中心线索。

詹姆士党人（Jacobites）指的是 1688 年光荣革命后被废黜的詹姆士二世的支持者，詹姆士主义（Jacobitism）则指支持斯图亚特王朝复辟的思想或行动，与法国的雅各宾主义（Jacobinism）是截然不同的两个概念。[①]光荣革命发生以后，詹姆士二世及其后裔流亡欧陆，长期待在法国，图谋有朝一日重返英国执政。在英国国内，支持斯图亚特家族复辟的多是政治上的保守派，如新教的地主乡绅阶层和天主教徒。这些人主要集中在苏格兰高地、英格兰边境地区以及部分爱尔兰地区。1715 年和 1745 年两次复辟均以失败告终，英国政府对参与"叛乱"的地主和贵族阶层残酷镇压，除了判刑处死、剥夺封号、没收田产外，苏格兰高地各氏族因两次参与叛乱而遭受了大规模清洗，正如司各特借小说人物之口所说的，"但我想，你们没剩下多少伯爵夫人了，——马雷沙尔、艾尔利、温顿、威米斯、巴尔摩利诺，都烟消云散了——"[②]

随着历史的推移，到 18 世纪末、19 世纪初，斯图亚特复辟事件对英国社会的影响已经逐渐淡化。但是这两次叛乱对苏格兰高地的影响却很深远，彻底改变了高地的氏族制度。在苏格兰民间特别是比较

① 在很多译著中，一些译者常将 Jacobinism 与 Jacobitism 混淆，实际上前者指的是法国大革命时期的激进的雅各宾主义，后者指的是赞成和支持斯图亚特王朝的詹姆士二世及其后裔的王位继承权的思想或行为。

② Walter Scott, Redgauntlet, New York: Quill Pen, 2008. P270.

偏僻的边境地区，长期保留和流传着很多关于叛乱的故事和歌谣。司各特幼年时期，还常常能发现一些废弃的城堡和所谓战争的遗址，也常能听到上了年纪的人回忆起当年关于战争的轶事。1814 年在《威弗莱》的后记中，司各特总结了 1745 年叛乱的后果：

> 欧洲没有哪一个国家，在半个多世纪内经历过象苏格兰王国那样全面的变化。一起四五年的叛乱，造成了如下的后果：摧毁了高地首领的族长权力；废除了低地贵族和男爵们世袭的裁判权；彻底消灭了詹姆士党，他们虽然反对跟英国人交往，反对采用他们的习惯，长久以来一直以保存了苏格兰古代风习而自豪，也开始发生变化。随着财富渐渐流入，商业渐渐发展，加上上述影响，苏格兰人也发生了变化。①

正如司各特所说的，“变化虽稳定而迅速，但是渐进的；就像在一条水深而平稳的河上漂流一样，只有盯住现在已离得很远的起点，我们才意识到漂流了多远的距离。”②司各特对历史的浓厚兴趣，具有反观现实的意义层面，而不是一些人强烈批判的所谓纯粹的复古意识在作怪。时过境迁，经济飞速发展的后果，已经使詹姆士党失去了政治上的目标，民间对詹姆士党的记忆也就逐渐转化成一种怀旧思想。司各特对詹姆士党历史的兴趣，从根源来说属于欧洲 18 世纪末、19 世纪初浪漫主义思潮和民族主义运动的一部分。

随着 1746 年库洛登战役的彻底失败和詹姆士党失去存在的根基，对斯图亚特王朝的记忆逐渐在民间转变成一种怀旧情绪——“感伤的詹姆士主义”。诗人罗伯特·彭斯第一次使用这个词，“为的是指出，那些人虽然承认 1745 年的叛乱是不符合时代潮流的愚行，却在它失败以后对它有一种民族主义的同情。”③司各特的小说，通过不断重复

① 司各特著，石永礼译：《威弗莱》，北京：人民文学出版社，1987 年，第 510 页。
② 同上，第 511 页。
③ 戴维·戴希斯：《司各特的雷德冈利托》，文美惠编选：《司各特研究》，北京：外语教学与研究出版社，1982 年，第 243 页。

1715 和 1745 年的历史事件，增强了民间的这种“感伤的詹姆士主义”的演变，更促进了“詹姆士主义”与“民族主义”相互认同的进程。

比如，《红酋罗伯》一书中，罗伯·麦戈瑞格将自己因受压迫和侮辱而被迫走上“强盗”之路的原因，归咎于汉诺威政府，明知复辟成功的希望渺茫，仍然义无反顾地支持这一“正义的事业”。主人公法兰西斯虽然持相反的政治立场，却“很容易理解他那番话里所蕴含的深刻的民族感情”①。虽然格拉斯哥商人贾尔维补充了苏格兰的另一面，英格兰人法兰西斯对苏格兰的概念几乎完全源自罗伯。也就是说，高地民族在司各特笔下成功地变成了苏格兰民族的代言人。《威弗莱》对 1745 年那绝望的复辟事业的描写，夹杂着司各特对参与者钩心斗角、各怀鬼胎的厌恶，但是他所描摹的弗洛娜·麦克伊沃的神圣、庄严与高贵及弗格斯·麦克伊沃从容赴死时对政府迫害高地的一番言论，不但抵消了人们对战乱的厌恶感，还为复辟蒙上了一层浓重的民族主义色彩。

司各特曾经遗憾地说自己的盖尔语很糟糕，说明他意识到语言对民族身份的认同具有重要意义。作品中弗洛娜·麦克伊沃使用盖尔语和复兴盖尔语诗歌的意义，与 20 世纪 20 年代“苏格兰文艺复兴运动”中涌现出的大量使用苏格兰语和爱尔兰语创作的作家在某种意义上有相通之处。

《雷德冈利托》，主人公达西·拉蒂默（亚瑟·亨利·雷德冈利托）则几乎是一场感伤的“詹姆士主义”的旅行了。从爱丁堡前往苏格兰边境地区的旅行中，他几乎是在一场历史长河中游荡。人们争先恐后地讲述自己和家族的历史，詹姆士党则是构成这些历史的不可或缺的符号。最终将复辟与民族主义画上等号的是达西的叔叔——雷德冈利托爵士的一番话：

> 英格兰并非近年才知道征服独立的邻国的绝佳机会就是在他们中间制造分裂和内战。无需我提醒你也该知道，导致苏格兰被

① 司各特著，李俍民译：《红酋罗伯》，上海：上海译文出版社，1983 年，第 495 页。

> 奴役的状况是布鲁斯和巴利奥尔之间的派系之争带来的；我也无需提醒你，凭借不朽的布鲁斯的领导和英勇无畏，我们才得以摆脱外来的奴役，然而整个班诺克本的胜利果实在可怕的杜普林和哈利登大溃败中丧失殆尽；爱德华·巴利奥尔，这个和英格兰的主子同名的走狗和家臣，短时期内似乎安全无虞地占据了刚刚才由整个欧洲最伟大的将军和最英明的王子拥有过的王位。但是布鲁斯的经历并未随其死亡而烟消云散。仍然有很多曾和他并肩作战的人，所有人都记得处在和他儿子同样的不利状况下，他依靠努力成功解放了苏格兰。①

在雷德冈利托的口中，爱德华王子和查理王子与布鲁斯画上了等号，斯图亚特王朝的复辟与苏格兰历史上最著名的民族独立战争也因此等同起来。司各特是怀着一种矛盾的心理来对待这种等同的。当他一次又一次地将这段历史在自己的作品中再现，心中怀着一种什么样的感情呢？在《雷德冈利托》的序言中，当他在 1832 年的修订版中最后一次为复辟作总结的时候，对查理及其事业怀着深深的同情，甚至将其传奇化了——

> 以真实的或可能的事件为基础来创作小说，18 世纪、特别是 1745 年叛乱期间的詹姆士党的狂热可谓是最佳主题。这次内战，以及那些不同寻常的事件，仍被我们这代人铭记在心，却不怀任何怨恨之情，而内乱是极少不被这种情绪干预的。查尔斯·爱德华军队的主要力量是高地人……他们的王子，年轻、勇敢，具有面对失败的耐心和无视危险的勇气，率领军队经过最艰苦的徒步行军，在三次战役中打败了一支正规军……②

毫无疑问，司各特所谓的人们对复辟叛乱“不怀任何怨恨之情”，显然是一种夸张。叛乱带来的社会恐慌和动荡，只是由于时间的流逝

① Walter Scott, Redgauntlet, New York: Quill Pen, 2008. P239.
② Walter Scott, Redgauntlet, Philadelphia: Lippincott, Grambo & Co., 1855. P5.

才逐渐淡化了，但旁观者决不会认同詹姆士党将复辟视为一种正义事业的观点。司各特“假设”在最后一次复辟失败之后大约20年以后，查尔斯王子再次潜回苏格兰组织复辟。结果是仅仅组织了一次由十几个胸中仅剩下一点点怀想、无法割舍现实的和平与幸福的乡绅的聚会。他们的行动一切都在汉诺威政府的掌控之中，坎贝尔将军甚至不愿意浪费枪弹，几句话就打碎了一次浪漫主义的幻想。查尔斯王子最后的话：“我们将永远不会再看到这些海岸了；但是我们会谈起它们，谈起我们失败的抗争。”[①]司各特设定这些场景，无非是为“詹姆士主义”作一次总结，复辟将成为被浪漫化的历史和传奇不断地被人们谈起，查尔斯王子则以“勇敢的查理”和“英俊的骑士”在民谣中继续保持其光辉。但是，斯图亚特王朝的故事将永远成为历史。

法国学者吉尔·德拉诺瓦在《民族与民族主义》一书中指出：“民族意识的特点是不断回到叙事的程式和内容。叙事重新描述民族冒险的历程，自由与强制相互交织构成民族历程的背景。”[②]司各特在小说中对这段历史的频繁回顾，无疑增强了人们对“詹姆士主义”与“民族主义”相联系的印象和认同感。一些激进的苏格兰民族主义者，比如特勒沃尔-鲁珀坚持认为，司各特败坏了苏格兰民族性，用他自己的构想和偏爱代替了历史和传统的真实。[③]

三、高地清洗

18世纪的启蒙运动中，精英文化逐渐意识到知识和理性对改善社会面貌的重要作用，从而开始审视文明发达程度较低的地区。伊丽莎白·汉密尔顿的《格兰伯尼的农舍居民》就是以“改良”和“提高”高地居民的“落后”生活习惯为主题的小说。但是，1745年之后高地的真实面貌到底是什么样子呢？我们在前一部分已经探讨过暴乱的直接后果就是高地氏族制度几乎遭到彻底破坏。实际情况要比人们想象的

① Walter Scott, Redgauntlet, New York: Quill Pen, 2008. P468.

② 吉尔·德拉诺瓦著，郑文彬、洪晖译：《民族与民族主义》，北京：生活·读书·新知三联书店，2005年，第199页。

③ Hugh Trevor-Roper, “The Highland Tradition of Scotland” in Eric Hobsbawm and Terence Ranger, eds., “The Invention of Tradition”, Cambridge: Cambridge University Press, 1983, PP29-30.

严重得多，现实也远比司各特笔下充满浪漫主义色彩的叙事残酷得多。

18世纪后期，苏格兰高地经历了“高地清洗”（Highland Clearances）。这种“清洗”并非叛乱之后的抢劫和掠夺，而是大规模的驱逐行动。英国的农业革命和工业革命的发展，彻底摧毁了苏格兰高地在1745年叛乱之后残存的氏族社会组织。农业资本家纷纷来到高地承包大量土地用于放牧，而世代居住于此、以氏族首领为中心、租种小片土地维持生活的佃农，因无法续租而被迫全家移民。有些人沦为苏格兰低地或英格兰的农场或工厂工人，更多的人移民到美洲。移民美洲的高地苏格兰人在“1760年到1775年间达1.5万至2万人”[①]。第二次严重的清洗运动是1811～1820年由萨瑟兰公爵夫妇发动的，清除了领地上大约15000名说盖尔语的贫穷高地人。据说一天之内就有2000个高地家庭失去了世代租种的土地和家园，更有大量人口流离失所冻馁而死。[②]当时的苏格兰女作家克里斯蒂安·伊索贝尔·约翰斯通在1815年出版的《阿尔宾族》中揭露了高地遭到大清洗的残酷现实，尽管并没有对萨瑟兰指名道姓，同时代的读者却能立刻联想到此前发生的惨案。她还曾在杂志上撰文严厉批判萨瑟兰公爵夫人的丑恶行径，指出财富分配的极度不公，“我们再增加一个教区，萨瑟兰郡的教区阿辛特，在1760年那里有大约60%的人口是永久的或时常的贫民，每年给这些人分配的一共只有14英镑，或平均每人每周1便士”[③]。萨瑟兰公爵夫妇却以“提高”本地居民素质为由，大量驱逐贫民，将土地租给中产阶级农业资本家，制造了苏格兰历史上的流民惨案。

早在1803年，尚未正式进入文坛的牧羊人詹姆斯·霍格曾前往高地旅行，目的是寻租一块适合当作牧场的土地，司各特鼓励他记录在高地的见闻，并发表在《苏格兰人》杂志上。霍格通过记录他与当地一个佃农的谈话，表明一大片牧场常常意味着几十户佃农流离失所。

令人遗憾的是，尽管司各特在小说作品中经常表现出王佐良先生

---

① 张亚东著：《重商帝国：1689～1783年的英帝国研究》，北京：中国社会科学出版社，2004年，第152页。

② Tomas Runmhar, Killing the Celt, Lincoln: iUniverse, 2005. P63.

③ Christian Isobel Johnstone, Condition of the Labouring Poor, and the Management of Paupers in Scotland, Tait's Edinburgh Magazine, January 1837, PP681-96. P691.

所说的“民粹派”立场，对劳动人民和下层民众表现出真正的同情，但他的保守政治立场使他始终维护地主乡绅的利益，比如他坚决反对解放天主教徒法案和普选权的实施。同时，司各特关于苏格兰历史的著作并未像约翰斯通一样讨论这种残酷的“高地清洗”运动。虽然1815年的《盖·曼纳令》也涉及了高地移民运动的后果，但是他对地主的指责是通过一个半疯的女人梅格·梅尔利斯之口，大大削弱了对现实的批判力度。

以《威弗莱》为例，斯图亚特王朝的最后一次叛乱失败以后，高地麦克·伊沃族族长弗格斯在监狱中对威弗莱斥责了英国政府在法律上对待苏格兰人的不公：“这种叛国法，是你们那自由的国家赐给贫穷、古老的苏格兰的恩惠之一；我听说，英格兰自己的刑法，温和得多。不过，我想总有一天——当高地人再也不是野蛮的高地人可以任其宰割的时候——他们会从案卷中抹去这条把高地人当吃人生番对待的法律。”[①]此处，“叛国法”将犯有叛国罪的人先处绞刑，再砍头示众，亲属收敛的只能是无头尸。这种法律主要针对苏格兰和爱尔兰人。苏格兰高地氏族多信奉天主教，一贯与斯图亚特王朝的复辟活动有关，因此政府采取了极为残酷的镇压手段。关于“爱国”和“叛国”概念的冲突，约翰斯通已经在《阿尔宾族》（1815）中通过爱尔兰士兵菲利姆·伯克的个案展开过深入的探讨。伯克是王公的后代，但是到父辈就只剩下一座空荡荡的城堡和郁郁寡欢的父亲罗德里克·伯克。1798年起义失败，贵族或逃或被捕。显然，伯克也应该被公开执行绞刑，然后砍头示众，只是他事先将匕首藏在袖子中，自杀身亡了。死之前说了令周围的人动容的一番话：“如果我真的欠英格兰一条命，现在我已经用自己的手偿还了。只要他们愿意，就让他们砍断我毫无价值的尸体吧；但是刽子手的绳索永远不可能第二次贬低我的自由和爱尔兰精神所寄存的肉体！——来吧，刽子手们——奴隶们——”[②]立场保守的司各特绝对不会像约翰斯通这样，在作品中公然提出“自由”和“人

---

① 司各特著，石永礼译：《威弗莱》，北京：人民文学出版社，1987年，第489页。

② Christian Isobel Johnstone, Clan-Albin: A National Tale. Glasgow: University of Glasgow, 2003. P541.

权”的问题。类似的场景中，他只表达了一种希望——公平对待高地人民和苏格兰文化。

第二节 婚姻的政治隐喻——《威弗莱》

当代的读者阅读沃尔特·司各特的小说，常被跌宕起伏的爱情罗曼史所吸引，而忽略其隐含的重要意义。以《威弗莱》为例，主人公威弗莱与三个年轻女性的恋爱、婚姻的确是贯穿小说始终的一条重要线索。然而婚姻问题并非作者的根本意图所在，“裙箍、美人痣、鬈发和一件真正的法国新绸外衣”[①]包裹下的世俗婚姻已然无法容纳小说的主题。威弗莱的故事与重大的历史事件交叉重叠，更多地“呈现出爱情罗曼史、政治和历史的多面性和复杂性”，集中表现了司各特对苏格兰民族政治、经济、文化状况的深刻思考。[②]因此，婚姻的另一面是政治。正如列维·斯特劳斯所言，人类的婚姻是社会行为，常常隐含“男人和男人之间以女人为媒介”的交换关系。[③]司各特以婚姻隐喻苏格兰与英格兰的关系，通过威弗莱选择婚姻对象的过程，在历史的场景中还原和阐释了家族联姻背后的政治意义。他一方面通过威弗莱与露丝的婚姻表明了自己支持联合的立场，另一方面则试图创造和维护苏格兰独特的文化身份。

《威弗莱》以1745年斯图亚特王朝复辟事件为历史背景，讲述一个英格兰青年在苏格兰高地的冒险并在这个过程中成长、成熟的故事。主人公爱德华·威弗莱随军驻扎在苏格兰时，受托前往图莱－维俄兰拜访伯父的故交布雷德沃丁爵士。不料，在布雷德沃丁家做客时，遭遇了高地强盗到低地掳掠的事件，从而卷入了斯图亚特王朝复辟的暴风骤雨之中。他在高地遇到麦克伊沃族的族长弗格斯及其姐姐弗洛娜。

① 司各特著，石永礼译：《威弗莱》，北京：人民文学出版社，1987年，第34页。

② Ian Duncan, Scott's Shadow: the Novel in Romantic Edinburgh, Princeton and Oxford: Princeton University Press 2007. P9, PP28-29.

③ 张京媛主编：《当代女性主义批评》，北京：北京大学出版社，1999年，第430～435页。

出于对弗洛娜的迷恋、弗格斯的怂恿及对父亲命运的一时激愤，威弗莱加入了叛乱的大军。但是战争很快就让威弗莱清醒过来，在塔尔博特上校等人的帮助下，他恢复了身份和地位。叛乱被平息之后，威弗莱最终放弃了对弗洛娜的爱，选择了温柔谦恭的露丝·布雷德沃丁为妻。随着弗格斯被处死，弗洛娜归隐修道院，英格兰的威弗莱家族与苏格兰低地的布雷德沃丁家族成功实现了幸福美满的联姻。在这部小说中，威弗莱的恋爱与历史事件的双重线索并行，成功地将起于苏格兰的事件通过一个尚未获得人生经验的英格兰青年的视线折射出来，英格兰与苏格兰的关系问题渐渐浮出历史水面。

一、政治隐喻

18 世纪末 19 世纪初，危机四伏的世界局势与英国社会息息相关。美国独立革命（1774）、法国大革命（1789）和爱尔兰民族起义（1798）等大事件同时也在苏格兰民族内部引起了剧烈的思想动荡。尽管托利和辉格两派经常互相攻击，在法国大革命事件上意见却出奇地一致。苏格兰法庭逮捕并流放了“兄弟会”的领袖，严重警告具有吉伦特党倾向的约翰·米勒、道格拉斯·斯图亚特等知名大学教授，还有积极响应并支持大革命的平民诗人罗伯特·彭斯等人。[①]在这期间，英国的文学作品中普遍出现了对大革命及其引发的后果的反思。哥特小说中的暴力场面将面对社会动荡时人们的焦虑情绪表现得一览无余。“民族故事”[②]的创作者也在大革命之后开始更多地关注政治问题。司各特并不赞同暴力行为和激进的思想，对爱尔兰起义被镇压的血腥后果也心有余悸。他坚决反对苏格兰像 1798 年的爱尔兰起义那样以武力对抗不列颠的统治。他认为，“我们最好保持与英格兰的联盟，即使有像诺森伯兰那样成为附庸的危险，也应该首先考虑民族的重要意义，而

① Ian Duncan, Scott's Shadow, P24.

② 民族故事（national tale），一般特指 18 世纪末 19 世纪初英国的爱尔兰小说，也可推及欧洲、美国等地出现的具有民族主义色彩的小说或叙事作品。公认的民族故事作者有摩根夫人（Lady Morgan）、玛丽亚·埃奇沃思（Maria Edgeworth）、查理斯·马图林（Charles Maturin）等人，甚至沃尔特·司各特也可纳入此范围。Ina Ferris 和 Katie Trumpener 等学者近年的专著，都对民族故事进行了详尽的研究。

不是等到出现关系破裂的可能性的时候再作补救。”[①]苏格兰高地的变迁与其在 1715 和 1745 年复辟战争中的角色不无关系，武力对抗能否解决苏格兰存在的政治现实问题，高地氏族的命运就是最残酷的答案。因此，他力图在历史的框架中，重新思考和确立联合王国中苏格兰与英格兰的关系。

《威弗莱——六十年之前》就是司各特对苏格兰政治、文化现状的深刻思考。在《威弗莱》诞生之前，联姻是风靡一时的“民族故事”常见的叙事模式。摩根夫人希妮·欧文森的《狂野的爱尔兰女孩：一个民族故事》（1806）是其中的代表作。旅行者与本地人结婚，在联合的产业上定居，几乎成为民族故事的定式。作家们试图通过展示“对比、吸引、不同文化世界的联合”[②]，探讨和理解不列颠各王国的地位和文化融合的过程。欧文森、埃奇沃思等爱尔兰女性作家的小说启发了司各特，他在序言中提到自己的作品“为的是约略地模仿埃奇沃思小姐所描绘的那些令人赞赏的爱尔兰人的形象”[③]，为苏格兰人和苏格兰的形象正名。不过，这并不意味着司各特仅仅模仿民族故事。他的创作在深度和广度上远远超越了以往的“模式”，将地域小说推向了世界文学的舞台。《威弗莱》的联姻已不仅是两个民族在经历文化的冲击和碰撞之后的简单融合，更多地蕴含了司各特对苏格兰政治、文化身份二元分裂的历史与现状的思考，也是对历史事件和政治现实之于不列颠联合王国的思考。

《威弗莱》一书中，司各特在弗洛娜·麦克—伊沃这个形象上显然倾注了很多心血，却无法让她获得幸福。根本原因就是她的命运与高地氏族的命运息息相关，而其决然的分裂立场与不列颠联盟的政治现实相背离，因而注定了其孤独一生的悲剧性结局。而没有政治立场、只担心父亲和爱人生命安全的露丝却获得了最后的幸福，与威弗莱缔结了婚姻。究其原因，也不外是露丝的个性和立场有利于联盟的稳定。自小说诞生之日起，评论家就发现了威弗莱这一角色的被动性，对持

① Neil Davison, Origins of Scottish Nationhood, London, GBR: Pluto Press, 2000. P160.

② Katie Trumpener, Bardic Nationalism: the Romantic Novel and the British Empire, Princeton: Princeton University Press, 1997. P141.

③ 司各特著，石永礼译：《威弗莱》，北京：人民文学出版社，1987 年，第 512 页。

骑墙立场的人物成为主人公颇为不解，并各有阐释。[①]实际上，正是威弗莱式角色的摇摆不定和双重选择的可能，使小说呈现出不同于一般民族故事的复杂性。司各特认为，“任何个体，无论其怀着怎样的理想主义或英雄主义的抱负，始终无法超越整个社会体系和历史的力量。”[②]威弗莱亦如此。他在政治立场上的摇摆及选择婚姻对象的犹豫彷徨，既是他个人成长的过程，更寓意了苏格兰与英格兰两个民族在结合前后的彷徨与最终抉择。

二、合适的对象实质是出于对英格兰、苏格兰关系的确立

在高贵优雅的弗洛娜与温和柔顺的露丝之间，威弗莱最终认定露丝才是合适的伴侣。[③]这种“合适”无疑是司各特试图确立英格兰与苏格兰之间关系的结果。他期望双方在这种关系中各自具有平等自主的地位。

露丝·布雷德沃丁是司各特理想中的女儿和妻子的形象。他在小说中处处刻意强调露丝与威弗莱性格、趣味等方面的契合，表明威弗莱与露丝的结合是“命中注定的”[④]。这种婚姻与相爱与否并不相关，却符合19世纪人们对婚姻的理解和定位，又恰如其分地暗示了两个民族的联合必然性。与当时的大多数女性一样，婚姻和家庭必将是露丝的最终归宿。她被塑造成一个不偏不倚、生气勃勃的形象。她是父亲心目中的好女儿，“性情温柔，父亲安排她看什么书，她就满意地，甚至是愉快地看什么，虽然其中不仅有厚厚的几册对开本的历史，还有几大册关于高教派的论辩的书”[⑤]。同时她也具备了成为好妻子的潜质，待人接物丝毫不错礼仪。她谈吐间虽无弗洛娜的高雅气质，却一

① 传统的评论多为“非英雄”、“骑墙派”，而朱迪·威尔特（Judith Wilt）提出了“性别倒错”，认为威弗莱身上出现了“性别倒错”，他与哥特故事中被诱拐的女性的角色惊人的相似。见Judith Wilt, Secret Leaves: The Novels of Walter Scott, Chicago: University of Chicago Press, 1985. P117。

② Ronald Carler, Routledge History of Literature in English: Britain & Ireland, Florence, KY, USA: Routledge 2001. P239.

③ Ina Ferris, The Achievement of Literary Authority: Gender, History and the Waverley Novels, New York: Cornell University Press, 1991. P87.

④ Judith Wilt, “Walter Scott: Narrative, History, Synthesis”, in John Richetti ed., The Columbia History of the British Novel, New York: Clombia University Press, 1994. P313.

⑤ 司各特著，石永礼译：《威弗莱》，第97～98页。

心一意地维护威弗莱；她没有明确的政治立场，更无参与政治的野心，只关心父亲与威弗莱的生命安全。这些特质如和风细雨，浸润在威弗莱的生活中。因此，当威弗莱在经历人生的动荡之后，最终发现“生来就适合于过相亲相爱，互相关怀体贴的幸福家庭生活”①的露丝才是他的最佳选择。

> 既然露丝·布雷德沃丁对他有救命之恩，他现在认为，他也可以心甘情愿为了她的事而牺牲自己。既而一想，他认为还是为她而活更合适、更愉快；他现在有了一笔财产，无论在国外还是国内，她都可以跟他过舒适的生活。②

露丝的柔顺性格及危难中对威弗莱的救命之恩，让他有理由彻底放弃对弗洛娜的爱，选择露丝作为婚姻对象，过舒适的生活。与以麦克—伊沃族为代表的高地氏族惨遭屠杀和清洗的悲惨结局不同，苏格兰低地的布雷德沃丁男爵在英格兰朋友的多方斡旋下，重新获得了爵位和房产。最后他们高举酒杯：“为威弗莱—昂纳和布雷德沃丁两家联姻繁荣昌盛干杯！”③

这种门当户对的联姻显然可以为双方带来“繁荣昌盛”。17 世纪末 18 世纪初的苏格兰，由于对外拓殖的遭遇失败，更因土地贫瘠、人口众多和技术落后，已经无力承担政治独立的代价。他们迫切地需要更广阔的市场和更多的贸易渠道，改变贫困的现状。联合前后，启蒙运动的思想家为苏格兰的未来作了很多政治、经济、文化甚至道德等方面的设想。联合之后能否实现苏格兰作为特殊的政治实体的独立地位，如何看待苏格兰与英格兰人的关系等始终是萦绕苏格兰人心头的问题。与英格兰政治上联合的确为苏格兰带来了参与帝国对外拓殖的机会，但与此同时是苏格兰面临被“内部殖民”的危险。从某种程度上而言，1715 年和 1745 年的叛乱部分原因就是对联合的不满。尽管

---

① 司各特著，石永礼译：《威弗莱》，第 380 页。
② 同上，第 463 页。
③ 同上，第 509 页。

时过境迁，百余年后大部分人已经接受了政治联合的事实，但是人们始终没有忘记强调自己作为“苏格兰人”的独特性。美国独立革命、法国大革命和爱尔兰起义再次引起了思想动荡，将苏格兰与英格兰的关系问题再次摆在了面前。

司各特的创作与这次思想动荡和政治局势的变化不无关系。鲜明的政治立场、强烈的民族性可能会导致摩根夫人《爱尔兰酋长》的结局——可怕的民族离异。[①]威弗莱和露丝的结合就是司各特谨慎思考的后果，无疑既是对 1798 年爱尔兰起义的一种思考和警示，更是面临法国入侵的可能时的一种积极应对。但是，联姻之下苏格兰文化能否完整地延续并保持司各特一直希望的独立的文化身份？文化与政治能否彻底分离？司各特无法解决这些问题，露丝的婚姻实际上使苏格兰陷入了丧失自我身份的危险境地之中。

三、合适的悖谬

威弗莱与露丝的结合是建立在露丝没有政治立场、对父亲顺从、对威弗莱崇拜的基础上的。因此，可以说露丝在二者的关系中始终处于被动的地位。与弗洛娜相比，她缺乏政治敏感，更适合过家庭生活。面对政府军队的搜捕，她甚至希望父亲能够向政府投诚以保全性命。她从未想象狄安娜·沃尔依（《红酋罗伯》）那样倾尽全力去保护父亲。她在政府闻讯前来低地搜查可能与叛乱有关的人时，给威弗莱写了一封信，信中动情地说道：

> 这里出事了，似乎必须告诉你，我担心这样贸然打扰很失礼，但我实在不能委托别人转告。如不妥，请原谅。因为，唉！威弗莱先生，***我只能靠自己的感情为我出主意，没有更好的办法了；家父现已出走，他什么时候才能回来帮助我，保护我，只有上帝知道。***也许你已经听说了，由于高地传来令人不安的消息，当局

① 民族离异（national divorce），斯威夫特的戏剧中最早提到民族离异，他将爱尔兰拟人化为一位女士，惨遭英格兰的蹂躏。而摩根夫人的《爱尔兰酋长》的惨烈结局再次阐释了两个民族之间的矛盾冲突并预见了离异的后果。

已发出逮捕令，要逮捕这一地区的几位绅士，其中就有我亲爱的父亲。***尽管我苦苦哀求，要他自已向政府投案，他还是跟福尔克纳和其他几位绅士一道，带着大约四十几个人马，往北方走了。***因此，我最担心的倒是以后的遭遇，还不是他目前的安全，麻烦才刚刚开始呢。不过，这对你都没有关系，威弗莱先生，只不过是怕你偶然听说我父亲有危险，我想，你听到他脱险的消息，一定很高兴。

……那些撤回去的军人，把你的仆人抓走了，把你的两匹马和你留在图莱—维俄兰的东西也全拿走了。愿上帝保佑你，愿你平平安安地回到英格兰，我常听你说，那里氏族之间不允许用武力，也不允许打斗，一切都按保护安分守法的人的平等的法律办事。也许我的看法不对，但我总觉得这关系到你的安全和荣誉，才冒昧写信给你，望能见谅。***我相信——至少我认为我父亲会同意我给你写这封信***；因为鲁布里克先生已逃到没有军人和辉格党危害的杜克兰，他堂兄弟家里，而麦克惠布尔管事又不爱（他的话）管别人的闲事，***可是我希望，在这样的时刻做一点可能对我父亲的朋友有所帮助的事，不能说成是多管闲事***。再见吧，威弗莱先生！也许再也见不到你了……①

露丝在这封信中，清晰地暴露了女性在社会组织结构中的地位。一个女人天生需要男人保护，首先承担这个保护职责的是“父亲”。女人自己无权作出决定，甚至写封信（给男性）也要获得允许。西蒙娜·波伏娃在《第二性》中指出，女性受压迫源于她的他者性质。男性是自由的、自我存在的主体，他给自己的存在定义。女性是他者、对象，她作为对象的意义是被决定的。如果妇女要成为自我、主体，她必须像男人一样超越所有那些限定她存在的定义、标签和本质。②显然，露丝的自我身份是通过父亲的存在而确立的，失去父亲的保护，她无

① 司各特著，石永礼译：《威弗莱》，第209～210页。

② 罗斯玛丽·帕特南·童著，艾晓明等译：《女性主义思潮导论》，武汉：华中师范大学出版社，2002年，第8页。

所适从。在不得不由自己作出决定的时候，露丝则首先强调"只能靠自己的感情为我出主意，没有更好的办法了"。这种"感情"的标签，其实不是露丝的自我定义。同时代的女作家苏珊·法里尔在《婚姻》中通过艾米莉之口批判了女性在家庭中的地位——"尽管男人是一种理性的生物，他应该知道并认可女性也一样——有时候——理智。男人总是自以为理智，从而认为女性是愚蠢的，想在婚姻中树立威严，让孩子们害怕、妻子们崇拜。"[①]法里尔作为19世纪的女作家，未能坚决地指出"女人也和男人一样理智"，但是至少强调了"女性……有时候——理智"。给女人贴上"感情"生物的标签，显然是贬低了女性的智力和判断力。但是露丝对父亲的维护和顺从，是一种符合社会道德要求的美德，在司各特看来是获得幸福的必备品质。

司各特的道德局限和社会身份使他无法看到露丝表面幸福的婚姻生活背后潜藏的中产阶级女性的共同悲剧。正如沃尔斯通克拉夫特夫人所言，资产阶级或中产阶级妇女，像鸟儿一样被限制在笼子里生活，除了"装腔作势地栖身之处高视阔步"，就没什么事好干。作为"被圈养"起来的妇女，她们为了其丈夫所能提供的无论什么声望、乐趣和权力而牺牲了健康、自由和美德。[②]而司各特为威弗莱精心打造的妻子实际上就是一个百年后弗吉尼亚·沃尔夫竭力与之抗争的"屋里的安琪儿"[③]。她缺少最重要的"个人维度"，只有社会赋予她的身份，却没有独立的自我。而这正是18世纪末以来女性主义者猛烈抨击并试图破除的现象。

露丝与弗洛娜都曾劝说威弗莱，不要参加即将发生的叛乱。但是弗洛娜的劝说一方面基于威弗莱与这项事业毫无干涉，另一方面是出于对威弗莱个性的了解。至于她本人，是坚决要为"恩人"重获王位摇旗呐喊甚至不惜牺牲生命的。露丝则不然。她劝说威弗莱"决不要

① Susan Ferrier, Marriage, Oxford: Oxford University Press,1986. P385.

② 罗斯玛丽·帕特南·童著，艾晓明等译：《女性主义思潮导论》，武汉：华中师范大学出版社，2002年，第17页。

③ 参见弗吉尼亚·沃尔夫：《妇女与写作》，玛丽·伊格尔顿主编，胡敏、陈彩霞、林树明译：《女权主义文学理论》，湖南文艺出版社，1989年，第89页。

参加这不幸的阴谋，尽快逃回你幸运的家乡”[①]。从根本上来说，露丝否定了复辟的正义性。父亲牵涉其中，因而这是“不幸”，“阴谋”一词更表明她反对战乱、维护和平的立场。露丝的弱女子形象（至少外在特征如此）与流行的女性小说中的形象相似。在她身上表现了女性的绝对弱势地位，而她那几乎是乞求怜悯的感情，激发了威弗莱作为男子汉的责任感。众所周知，司各特对当时作品中流行的“家庭话语”颇有微辞，自己却塑造了一个完全适合过家庭生活的正面的女性形象[②]，这本身相当匪夷所思。他无法跳出传统的男权思想，却寄希望于联合王国中的独立身份，露丝因代表联合王国中的苏格兰民族一方的代表，实际上将苏格兰置于被女性化和作为丈夫的附属品的危险之中。

战争和婚姻突出了威弗莱的男性化气质。他在战争中褪尽了与帝国身份不匹配的女性气质，而亲历背叛的羞耻感增强了他作为英格兰人的责任感，与露丝的婚姻则强化了他作为一个男子汉的身份。与此同时，以高地氏族为代表的弗格斯的被处死和布雷德沃丁男爵的最终妥协却表明苏格兰作为政治势力的独立性遭遇彻底的失败，也是其丧失男性化特征的象征。强大的帝国文化不允许男性气质文化的共存，试图挑战英格兰的“国家民族”（state-nation）地位的人必然遭到残酷镇压，被送上绞刑架的弗格斯·麦克—伊沃就是暴力反抗者的结局。可以说，在这次战争中，英格兰取得了彻底的胜利。司各特一再强调和珍视的苏格兰民族精神中的男性特征消亡了。如果布雷德沃丁和弗格斯·麦克—伊沃属于苏格兰的历史，那么露丝及其后代就是苏格兰的未来。但是她的后代能否延续纯正的苏格兰民族身份显然仍然是个问题。司各特的中篇小说《高地寡妇》也部分地向我们展示了这种未来。小哈密什与死去的父亲无论在外貌上如何相似，世界观和价值观已相去甚远。这也是司各特面对以婚姻缔结联盟的政治隐喻的一个不可避免的后果。

---

① 司各特著，石永礼译：《威弗莱》，北京：外语教学与研究出版社，1982 年，第 210 页。

② Ina Ferris, The Achievement of Literary Authority: Gender, History, and the Waverley Novels, Cornell University Press, 1991. PP87-89, PP101-103.

尽管司各特一再强调露丝外貌上的苏格兰特征，她却完全不具备弗洛娜那样的民族性。她的柔顺、善于打理家庭事务、初级鉴赏能力等优点无一不符合社会对女性的要求。比如19世纪哲学家叔本华贬低女人的智力——"……女人天资最适于担任养育婴儿及教育孩童的工作。为什么呢？因为女人本身就像个小孩，既无所事事又浅见——一言以蔽之，她们的思想是介于小孩和成年男人之间。"[①]

露丝并不关心苏格兰民族独立与否的政治意义，更不参与讨论，婚前她一切完全仰赖父亲的关爱。从婚姻的角度来看，她能否在夫妻关系中获得独立的地位、平等的身份呢？仅从社会传统和法律的角度而言，18、19世纪的英国社会，女性在婚姻关系中处于绝对的依附地位，结婚意味着"丈夫和妻子以婚姻的方式在法律上变成'一个人'"[②]。她既无权处理自己的财产，也无法抚养自己的孩子。换句话说，在法律意义上女性作为独立个体的存在从结婚那天起就中止了。她不但失去了婚前理论上拥有的权利，其财产也会转入丈夫的控制之下，甚至对自己生育的孩子也不具有法律上的抚养权。不经丈夫允许，她甚至不能擅自离开丈夫的家。她离开家庭，那就意味着她放弃了丈夫的支持和庇护，也就失去了法律的保护。[③]在这种婚姻中占主导地位的绝不可能是代表苏格兰的露丝，甚至连"平等"也只是表面化的。"联合"不过是"被合并"，双方的地位不可能实现真正的平等，恰如女性与男性的结合仅仅意味着男人补全了缺失的一根肋骨。丈夫借此获得了完整的自我，妻子作为个体的身份却消失了。正如弗洛娜所断言的，露丝的幸福与不幸完全掌握在丈夫手中。[④]她毫无个性，更缺乏自我成长的能力，也就不可能承担塑造苏格兰民族文化身份的重任。从这种意义上讲，这种模式的联姻，无异于默认苏格兰在英苏联盟中的附庸地位。

布雷德沃丁家族的庄园的转手就体现了这种意义。虽然庄园最终

---

① 叔本华著，金铃译：《爱与生的苦恼》，北京：光明日报出版社，2006年，第72页。

② William Blackstone, Commentaries on the Laws of England (1765-1769), London: Reeve & Turner, 1896. P97.

③ Ibid, P97.

④ 司各特著，石永礼译：《威弗莱》，第171页。

又回到了布雷德沃丁手中，性质却已经发生了根本性的改变。此时的庄园是威弗莱和塔尔博特上校的赠予，不再是苏格兰的布雷德沃丁家族代代传承的遗产。参与两次复辟之后，布雷德沃丁男爵彻底变成了无产者，被剥夺了一切权利，而依靠同情获得了自由和财产。[①]苏格兰的土地最终还是苏格兰人的，但已失去政治意义上的所有权，变成了英国人让他们管理的土地。英格兰青年威弗莱通过联姻继承了英格兰和苏格兰两个家族的爵位，实现了利益的最大化。苏格兰显然是被并入（incorporated）不列颠，而不是与英格兰平等联合（united）。这意味着联姻必然使苏格兰丧失自我。面对苏格兰启蒙运动思想家和司各特所一直考虑和摒弃的后果，司各特的联姻显然陷入了悖谬之中。

四、独立的悖谬

支持联合、希望不列颠联盟保持稳定性的司各特，也始终在寻找保证苏格兰身份独立性的途径。司各特对苏格兰文化的保存和复原具有强烈的兴趣，早期曾致力于编纂歌谣集及诗歌创作。现代民族主义者对司各特颇有诟病，认为他在“保存文化和制造文化的行为之间搭了一座桥梁，甚至干脆抹煞了它们之间的界限”[②]。然而，这种质疑却无法抹杀他对保存和传播苏格兰民族文化的贡献。莱斯·戴维斯认为，司各特试图确立不同于前辈诗人麦克弗森和彭斯的“苏格兰身份”，同时建立一种强调民族异质性的不列颠历史。[③]通过自己的创作，他试图将苏格兰文化从不列颠联盟中的边缘转移到核心位置[④]，以表现苏格兰在联合王国中与英格兰文化的平等地位。这恐怕也是司各特没有像彭斯等苏格兰作家那样选用华莱士及独立战争作为创作题材的重要原因。

---

① 关于布雷德沃丁财产转手的意义，可以详见 Wolfram Schmidgen, Picturing Property, Waverley and the Common Law, Studies in the Novel, Volume 29, number 2, Summer 1997, PP191-213。

② Miranda J. Burgess, Scott, History, and the Augustan Public Sphere, Studies in Romanticism, 40 Nol. Spring 2001, P123.

③ Leith Davis, Acts of Union: Scotland and the Literary Negotiation of the British Union, 1707-1830. Stanford, California: Stanford University Press, 1998. P16.

④ Ibid, P156.

在英格兰或大陆文明社会的眼中，苏格兰素来以其贫困且荒凉而著称，高地地区更是贫瘠甚至蛮荒之地的代名词。然而，在司各特的笔下，我们却感受到了荒凉的背后慷慨激昂的民族主义热情。他的作品中常常精心描写苏格兰，特别是高地的风景。张箭飞认为，这是司各特将“自然之爱转变为一种文化民族主义的形式”①，这种观点不无道理。而在这种文化民族主义的塑造过程中，弗洛娜·麦克—伊沃充当了司各特的代言人。她的高贵优雅与高地荒凉的风景特征对比鲜明而又相得益彰，为高地风光增添了浓厚的浪漫主义色彩。

弗洛娜是司各特所钟爱的形象，她高贵优雅、个性独立、纯洁无私。为了保存和延续高地文化，她积极地学习、研究盖尔语的传统音乐和诗歌，甚至向下层民族民众“登门求教”。弗洛娜从一开始就自觉自主地展开了对苏格兰，特别是高地文化的民族性建构。为了坚持理想，她毅然拒绝了婚姻的幸福，将自己的命运与高地紧密相连，随着屠杀和清洗的到来归隐修道院。从这种意义上来说，弗洛娜比露丝更适合作为苏格兰民族的代表。弗洛娜之所以深深吸引了威弗莱，就在于她的浪漫主义激情和富有传奇性的经历符合了威弗莱的幻想。但他们之间却始终无法展开真正的交流，因为威弗莱对弗洛娜的理解仅出于一个充满浪漫主义幻想的青年对梦中情人的理解。他没有意识到宗教信仰、政治观念对幸福生活的深刻影响。究其根本，他与弗格斯一样，无法理解弗洛娜异于普通女性的思想。他们从未意识到弗洛娜竟会为了理想抛弃世俗婚姻的幸福。

弗格斯之死使我们看到，司各特在打造理想婚姻的过程中否定了苏格兰民族性中的政治性因素，否定了武力反抗的道路，转而试图追求文化身份的复兴。弗洛娜与司各特一样，将文学想象与现实融合，醉心于复活古代的诗歌和其中蕴含的尚武、忠诚等民族精神。她翻译的盖尔语诗歌充满了慷慨激昂的英雄主义热情：

当这些旗帜在山上荒野闪耀/这是召唤英雄们去杀敌或牺牲/

① 张箭飞：《风景与民族性的建构》，载《外国文学研究》2004 年第 4 期，第 135 页。

召唤你们抗上盾牌，拿起刀剑/前去集合，冲锋上阵！

愿愤怒的首领的剑像芬的剑!/愿他们的愤怒像火流喷涌/像你们祖先当年那样，砍断这外来的枷锁/否则宁愿战死，也不再忍辱偷生![1]

在这一刻，我们似乎看到了彭斯的身影和他为苏格兰独立自由发出的呐喊。但彭斯虽是司各特所崇拜的前辈诗人，他们走的却是各不相同的道路。司各特一贯无法接受极端的立场，他甚至认为彭斯的雅各宾主义是导致他早逝的原因之一。因此，弗洛娜的命运必然异于皆大欢喜的结局。司各特赞赏弗洛娜的美好品质，但她过于决绝的理想化和坚定的信念，对联合王国产生了威胁。她过强的独立性和近似狂热的激情会导致苏格兰丧失联姻的机会。这种激情甚至远远超出了弟弟弗格斯的预想。早在威弗莱进入苏格兰之时，就看到高地如“挡住去路的庞然大物”，“轻蔑地俯视它脚下那一片较平坦的原野”[2]。高地是英格兰与苏格兰之间成立联合王国的障碍，高地氏族被清洗和迁出的历史事实，见证了追求政治独立带来的巨大破坏性。司各特一方面认同甚至试图依托弗洛娜建构民族身份，一方面解构了这种可能性，也表明他意识到追求独立可能会给苏格兰带来的毁灭性后果的担忧。

在民族问题中，文化与政治能否彻底分离？无论是霍布斯鲍姆还是安德森，都无法将苏格兰纳入到民族主义的典型事例中来研究。文学想象在民族形成过程中的重要作用已经得到广泛认可[3]，但他们同样认为政治因素是民族主义不可或缺的因素。因为民族身份和民族文化一旦获得重建，强烈的认同感必然会排斥其在联盟中的附属政治地位。弗洛娜的理想中就包含这种排斥性。不过，在自我解构的悖谬中，司各特仍保留了希望。弗洛娜对婚姻的排斥，也使其民族主义理想避

---

① 司各特著，石永礼译：《威弗莱》，第 167 页。

② 同上，第 47 页。

③ 霍布斯鲍姆说，“民族乃是通过民族主义想象得来的产物”，因此不可忽视“在民族建立的过程中人为因素的重要性”。埃里克·霍布斯鲍姆著，李金梅译：《民族与民族主义》，上海：上海人民出版社，2006 年，第 8 页。本尼迪克特·安德森著，吴叡人译：《想象的共同体——民族主义的起源与散布》，上海：上海人民出版社，2005 年，第 6 页。

免了被扼杀的危险。婚姻尽管可能会带来世俗的快乐，却会消解她的民族身份和独立自由的理想。因此，修道院反而成为保护弗洛娜激进而完美的自我的庇护所。

从另一方面来说，弗洛娜所受系统教育具有鲜明的"文明社会"的特征，导致她无力承担建构民族性的重任。尽管她尽力服从了氏族对未婚女性的服饰要求，却仍然"衣料精美，甚至富丽，式样兼有巴黎式和高地装饰的更为朴素的特点"，"乌黑的卷发""用镶满钻石的发圈拢住"[①]。这与几乎陷于赤贫状态的氏族民众的生活状况形成极其鲜明的对比，表明他们之间的距离深如沟壑。在实际行动中，弗洛娜甚至在她最喜欢的一处天然景观，用人工种植树木的方式增添该处的浪漫主义气息。她所采取的挽救高地文化的意义，从一定程度上反映了苏格兰启蒙主义思想家们对高地所作的貌似冷酷的"野蛮"定义。正如霍布斯鲍姆所说的，"官方或民族主义运动的意识形态，并不足以代表最忠诚的公民或支持者的看法"[②]。因此，弗洛娜建立在文学想象和祖先传统的忠诚基础上的信心，实际上不能代表民众的声音。

五、结语

特鲁姆佩纳对《威弗莱》的结尾不甚满意，认为与摩根女士的《爱尔兰酋长》相比，联姻的结局过于乐观了，赋予历史的动荡以一种反动的意义、目的和辩解。[③]但鱼死网破并非司各特所追求的英格兰与苏格兰关系的结果。与众多苏格兰小说家一样，司各特对自我身份的认同始终处于进退两难的困境之中。这与整个苏格兰文化中呈现的精神分裂的状态是一致的。司各特无法解决思想及行动上的矛盾，究其根本是整个苏格兰社会的政治、历史状况导致的。他的社会身份、政治立场、经济状况及其对历史问题、文化民族主义的理解，既有新托利派的特征，又有辉格党的特征。《威弗莱》作为他的第一部小说，仅

---

① 司各特著，石永礼译：《威弗莱》，第152页。

② 埃里克·霍布斯鲍姆著，李金梅译：《民族与民族主义》，上海：上海人民出版社，2006年4月，第10页。

③ Katie Trumpener, Bardic Nationalism: the Romantic Novel and the British Empire, Princeton: Princeton University Press, 1997. P148.

是他开始深入思考苏格兰民族身份问题的开端。如果说他希望通过还原历史场景来将问题暴露出来，从而思考苏格兰民族身份的问题以及英格兰与苏格兰之间关系的问题的话，《红酋罗伯》则作了更深刻也更具现实意义的思考。他深入探讨了新兴的商业社会的道德观对苏格兰传统思想和文化的冲击，先进的工业化生产与封建庄园及氏族制度下家庭手工业的冲突。在种种更现实的冲突中，苏格兰民族所面临的政治地位、民族身份问题也变得更加尖锐。同时，司各特的联合立场也更加明确，更加坚定。与弗洛娜境况极为相似的狄安娜·沃尔侬，融合了露丝与弗洛娜的双重特征，比露丝多了民族性，又少了弗洛娜的极端立场，从而得以从修道院中出嫁。他始终寄希望于在联姻中更多地保存苏格兰民族的因素，以实现文化、经济、贸易等各方面的平等。

第三节 完美婚姻表象下的悖谬——《红酋罗伯》

一、《红酋罗伯》的历史背景与故事内容

18、19 世纪的英国诗歌、戏剧、报刊甚至布道词和国会演说的口径十分统一，都把商业帝国不断扩张的过程看作非暴力的和平行为，有助于英国赢得比其他国家更大的优势。在海外的拓殖活动中既可以增加大英帝国的财富，又能为被殖民的地区带来现代化的商业文明。美化商业文明的溢美之词在那个时代常常被用作将苏格兰并入统一王国的理由。1706 年，笛福在一系列文章中指出，新的贸易机会将怎样让苏格兰在和平现代化的进程中受益，并能促进苏格兰自由的范围。这种论调将商业文明、和平、美德和优雅视作改变苏格兰文化的总计划的一部分。[①]当然，笛福作为政府指派的说客之一，自然会尽职尽责地夸大合并的优势，弱化联合可能对苏格兰经济、文化本身产生的

① Dickey, Laurence, “Power, Commerce and Natural Law in Daniel Defoe’s Political Writings 1698-1707”, A Union for Empire: Political Thought and the British Union of 1707. Ed. John Robertson. Cambridge: Cambridge University Press, 1995. PP63-96.

不利影响。

17 世纪末，苏格兰王室遭遇了严重的财政危机。苏格兰倾其全力支持的巴拿马群岛投资行动失败，财政濒于破产。同时在对外拓殖时，由于没有强大的海军支持，遭遇西班牙、葡萄牙的阻击，而有能力帮助他们的英格兰海军却冷眼旁观。至此，维持独立的成本已太高，苏格兰难以承受，因此 1706～1707 年的苏格兰议会讨论英格兰议会提出的合并提案时，多数人投了赞成票。很显然，英格兰方面多从政治角度考虑，因为苏格兰土地贫瘠、经济落后、人口过剩，多数人认为合并苏格兰有可能会拖累英格兰经济发展的步伐。但是，合并对英格兰来说也有利益。第一是扼杀斯图亚特王朝复辟的机会。第二，如此一来，骁勇善战的苏格兰军队将成为其对外征战和拓殖方面的得力助手而非卧榻之侧的仇敌。此处，我们暂时将政治和宗教方面的考虑放到一边，专门谈论商业方面的问题。

苏格兰王国传统的贸易对象是欧洲大陆的法国和西北部地区的国家以及波罗的海沿岸的国家和地区，商人一贯珍视与欧洲大陆的商业关系。但是随着英国经济的飞速发展，17 世纪以来，苏格兰的对外贸易重心已经开始向英国转移。假若两个王国合并，英格兰就会取消边界关税，如此一来大大有利于苏格兰的牲畜、谷物和粗呢的出口。更重要的是英国的"航海条例"将对苏格兰放开，使其可以直接与英国的海外殖民地开展贸易，甚至可以和英国人一样在海外建立种植园。由于土地贫瘠，苏格兰发展农业的条件有限，只能寄希望于扩大对外贸易，才能维持经济的良性发展。英格兰拥有成熟的农业文明、繁荣的商业经济和强势的对外贸易，在开展贸易合作的地理条件上显然大大优于欧洲的大陆各国。那么合并的结果如何呢？《红酋罗伯》的历史背景就是合并之后不久发生的 1715 年第一次斯图亚特复辟战争前后，表现了新兴的商业社会道德对苏格兰传统思想和文化的冲击，先进的工业化生产与封建庄园及氏族制度下手工业的冲突。

《红酋罗伯》采取了回忆录的形式，以法兰西斯为第一人称叙述者，讲述了他年轻时在苏格兰经历的一段故事。与《威弗莱》相似，这部小说有两条线索。第一条线索是法兰西斯在边境地区及苏格兰的遭遇。

法兰西斯是伦敦最大的商行——奥斯巴尔迪斯顿商行创始人威廉·奥斯巴尔迪斯顿唯一的儿子，老威廉希望儿子能子承父业，年轻的法兰西斯却沉迷于文学，决心做个诗人。父子俩产生了冲突，于是法兰西斯被“流放”到边境地区诺森伯兰的叔父希尔德布兰爵士家，并结识了智勇双全、开朗大方的狄安娜·沃尔侬。叔父的幼子、法兰西斯的表兄赖希利则被派往伦敦帮助老威廉打理生意。孰料赖希利竟趁威廉不在伦敦之机携款逃跑，奥斯巴尔迪斯顿暂时陷入了财政危机，前往苏格兰寻求帮助的管家欧文又遭陷害被关进监狱。在格拉斯哥商人尼科尔·贾尔维和高地酋长罗伯·麦戈瑞格的帮助下，法兰西斯成功地收回了被赖希利席卷的债券。另一条线索则是1715年斯图亚特王朝的第一次复辟活动。狄安娜和父亲沃尔侬爵士、以罗伯为代表的高地各氏族、投机分子赖希利·奥斯巴尔迪斯顿及其父兄同属复辟活动的支持者。这次复辟活动并没有像《威弗莱》一书中的1745年叛乱那样占据很大篇幅，只是通过罗伯、狄安娜等人的命运从侧面反映了复辟活动的仓促和失败。两条线索交织前进，其中第一条线索中的很多重要情节背后都有詹姆士党积极活动的身影。比如赖希利卷走奥斯巴尔迪斯顿商行的债券和现金，一方面有筹集活动资金的因素，另一方面也有利用这些债券逼迫苏格兰高地和低地的绅士参加复辟的因素。

从题目来看，罗伯的故事是小说的主体。小说通过法兰西斯的目光塑造了一个被迫走上“侠盗”之路的高地酋长的形象。但是，罗伯及其氏族的处境从根本上来说是现代社会自由放任的经济发展模式与苏格兰尚不完善的手工业生产模式之间的矛盾。而“侠盗”罗伯与税吏莫里斯可谓各自代表了自由、和谐的苏格兰民族生活方式与僵化、掠夺的英式管理模式。英格兰和苏格兰的合并使得“苏格兰的命运无情地同自由主义的，更加类似商店管理式的英格兰联系在一起”[①]。这种联系的结果，一方面是繁华的格拉斯哥城开始朝着象征大商业的伦敦的方向发展，正如奥斯巴尔迪斯顿商行就是格拉斯哥商人贾尔维的发展目标一样；另一面却是苏格兰的历史和传统文化遭到所谓启蒙

① 安德鲁·桑德斯：《牛津简明英国文学史》，北京：人民文学出版社，2000年，第550页。

理性带来的“商业文明”的野蛮消解，苏格兰高地人们的生存空间受到严重威胁甚至被剥夺得一无所有的惨烈现实。①苏格兰并入不列颠联合王国，就意味着接受了“现代国家体制”，高地的氏族制度必然被取代，那所谓的“忠诚”——司各特所称赞的美德不可避免地面临新体制下新观念在道德观、价值观方面的影响，进一步加剧了瓦解的过程。

在这个崭新的工业化时代，理性的力量赋予了欧洲人更深刻、更科学地认识世界的能力和把握文明进程的自信。伦敦成了世界的中心，而地球上剩余的地区则被视为边缘地带。格拉斯哥商人眼中的苏格兰高地无疑就是这种等待着文明社会的开发和利用的边缘地带。作为被合并的一方，苏格兰和爱尔兰、威尔士在各方面显然不具备英格兰的独特优势。贸易、立法等各方面的确存在不平等或者不适应苏格兰民情之处。由于英格兰工业发达，对苏格兰以手工业为主体的自然经济产生了极大的破坏。大量廉价商品的涌入，使苏格兰经济面临凋敝甚至破产的境地。正如《密得洛西恩监狱》中女裁缝格里泽尔·特麦霍伊所说：“别提伦敦啦！麻烦总是打那儿来的。他们抢去了我们的议会，他们压迫我们各行各业。我们的大人先生们再也不让苏格兰的针在衬衫上打褶子，在领带上缝花边了。”②

但是，罗伯的暴力反抗与斯图亚特王朝的复辟必然失败，武力反抗汉诺威王朝无法对抗经济迅猛发展的现实。如此一来，似乎只剩下坦然接受这一条道路。但是，联合之后，苏格兰的地位问题仍然没有得到有效解决。比如苏格兰对殖民地的贸易仍然是通过英格兰间接开展的，所以《红酋罗伯》中以贾尔维为代表的苏格兰商人对此表示不满，要求更大的贸易自由——直接与北美殖民地和西印度群岛开展贸易。他指出，“我们有我们斯特林的哔叽，默斯尔堡的呢绒，阿伯丁的袜子和爱丁堡的斜纹里子薄呢，作为羊毛织物和精纺呢绒的出口货；

① 参见 Andrew Lincoln, “ Scott and Empire: The Case of Rob Roy”, Studies in the Novel, Volume 34, Number 1, Spring 2002.

② 司各特著，王楫、任大雄译：《密得洛西恩监狱》，南京：江苏人民出版社，1980 年，第 39 页。

我们还有各种亚麻织物，要比你们伦敦货更价廉物美。”[①]司各特在格拉斯哥商人尼科尔·贾尔维这个从手工业者成长起来的苏格兰本土商人身上，表达了自己平等的希望。贾尔维身上保留着为作者所称道的苏格兰人淳朴的道德观念，以及勤劳、善良、正直等优秀品质。最重要的，他时刻维护着自己的“苏格兰人”的尊严和地位，不愿牺牲宝贵的尊严来换取更多的商业利润。他要求的是与经济富裕的英格兰人以“完全平等”的地位进行商业或者其他方面的交往。贾尔维在英国人欧文眼里是个“骄傲自负的苏格兰货郎”，因为他决不低眉顺眼，“只愿以完全平等的立场互相交往，否则宁可不做生意”；但是把欧文送进监狱的正是表面谦恭、本质虚伪狠毒的麦维蒂和麦芬，而危难中赶来解救他的却是“住在盐市场的倔老头”贾尔维。[②]

司各特反对一切试图消解苏格兰传统的行为，但是他的民族主义立场并不是要寻求政治上的独立性。学者特鲁姆佩纳认为在民族塑造和帝国构建的类比中，“司各特更突出帝国意识形态的广阔性”[③]，也就是说他的立场与当时整个不列颠帝国在扩张时强调的“不列颠人”的身份并不冲突，因此他的民族主义又被称为“官方民族主义”。与彭斯的“激进民族主义”相比，官方民族主义实际上是司各特既要维护统一，又不想失去苏格兰民族身份的矛盾产物。

二、完美婚姻表象下的悖谬——《红酋罗伯》中的婚姻与民族身份

司各特在第一部小说《威弗莱》之中，强调了青年威弗莱在经历1745 年的复辟战争之后成长为一个真正意义上的男子汉的历程和两个民族互相理解与和解的过程。娇柔、顺从的露丝·布雷德沃丁与威弗莱的结合预言了两个家族的繁荣，更暗示了两个王国的未来，那就是联合王国的前途充满了幸福和光明。在这部作品中，司各特致力于

① 司各特著，李俍民译：《红酋罗伯》，上海：上海译文出版社，1983 年，第 329 页。

② 司各特著，李俍民译：《红酋罗伯》，第 190 页。

③ Trumpener, Katie, Bardic Nationalism: The Romantic Novel and the British Empire. Princeton, NJ: Princeton University Press, 1997. Pxiii.

打造完美的联姻模式，重点表现姊妹王国之间血浓于水的关系。

但是上一章中，通过分析我们发现，露丝之所以取代弗洛娜成为威弗莱的妻子，完全是司各特的一种权宜的考虑。苏格兰高地的格伦纳夸克庄园的弗洛娜如花神般耀眼的光芒既可以淹没肤浅的塞西莉亚（他在家乡时产生朦胧感情的女子），也足以遮挡“图莱—维俄兰的玫瑰”露丝的柔光。露丝的那种小家碧玉的温柔气质显然无法与弗洛娜的高贵优雅、特别是在高地风景与文化背景下所产生的令人震惊和赞叹的气质相比。这个具有“惊人特性”的女子，很容易让人忽视“适合过家庭生活”的露丝。小说的线索和结局之所以朝着有利于露丝的方向延伸，完全是因为露丝的非政治性、长老会信仰和柔顺的性格更有利于促进两个王国联合基础的稳定性和长久性。英格兰丈夫与苏格兰妻子的结合，常常需要作出牺牲。对英格兰而言，需要摒弃浪漫主义的激情获得稳定、幸福的家庭；对苏格兰而言，牺牲的却往往是民族性。合适的婚姻中存在悖谬，毫无个性特征的布雷德沃丁小姐不可能成为苏格兰民族身份的代表，而过于强调苏格兰民族独立性的弗洛娜则使联合丧失了存在的基础。如何解决这种矛盾，成为摆在司各特面前的重大问题。

《红酋罗伯》的历史背景与《威弗莱》相差无几，同样遭遇了斯图亚特王朝复辟，同是来自英格兰的男子与苏格兰姑娘的曲折恋爱并最终结合，但是故事更复杂，涉及两个王国在政治、经济、文化各方面的冲突与融合。前面我们已经分析过经济的层面，这一部分将重点分析司各特再次通过婚姻来暗喻联合时，如何通过人物形象的再塑造解决露丝·布雷德沃丁缺乏民族性、弗洛娜·麦克—伊沃则威胁到联合王国的基础的矛盾问题。

（一）性别倒置的意义——狄安娜

伊娜·法里斯指出，威弗莱系列小说中呈现出一个独特的特征，那就是对男女性别交换的兴趣。[①]这种交换，不仅仅体现在法里斯所说的服装上的选择，比如乔治·斯汤顿穿上野火玛姬的女装（《密得洛

① Ina Ferris, The Achievement of Literary Authority: Gender, History, and the Waverley Novels, Ithaca and London: Cornell University Press, 1991. PP100-101.

西恩监狱》）或达西·拉蒂默被迫换上女人的裙装（《雷德冈利托》），还体现在男性所表现出的游移不定、温和懦弱的性格及部分女性角色精神上的独立或身体上的强壮。

以《红酋罗伯》为例，“侠盗”罗伯·麦戈瑞格（或称罗伯·坎贝尔）的妻子海伦甚至比他更悲怆、威严，不但服装上倾向于男人，外在特征也表现出明显的男性化。她率领氏族的老弱妇孺抗击英国军队时所表现出的那种镇定自如、英勇无畏，足以让作品中的任何男人逊色。叙事者记录了一场激战之后出现的海伦的形象，“她的前额、手和裸露的臂膀上，却都沾上了斑斑点点的血迹，她继续紧握在手中的那柄阔刃宝剑的剑锋上也沾着血迹，还有她涨红的脸，她那些从她插着羽毛的红色苏格兰无檐软帽下乱纷纷地披散到她肩上的漆黑头发，这一切显然可以说明她刚刚参加过这次战斗”[①]。法兰西斯见到海伦，恐惧过后，却联想到“法国天主教堂里见到的那些壁画上的鼓舞人心的女英雄”，容貌与神情显得非常令人可敬。[②]司各特对海伦的英雄气质显然予以精心描写，反抗压迫的行为无论从什么角度而言，都是一种正当或正义的行为。

但是司各特对海伦的英雄气质的赞赏虽与主人公法兰西斯一致，他却不允许一个女人成为真正的英雄。作品中的格拉斯哥商人贾尔维逆势而上，试图利用社会规范和《圣经》将法兰西斯心目中的女英雄推向其丈夫罗伯·麦戈瑞格的身后。因此他“不合时宜地”指出“每个妻子必须尊敬丈夫，这是天经地义，《圣经》也认为这是正当的……”[③]。作者司各特对海伦由于曾被压迫和侮辱而表现出的仇恨表示理解的同时，也对其强硬的性格提出了质疑。同时，司各特通过处死税务官莫里斯的场景，最终否定了海伦作为英雄的一面。莫里斯在海伦面前瑟瑟发抖、言不成句，无论如何乞求与辩白均无法打动她的心，最后终于被海伦处死——身上绑缚巨石沉尸湖底。法兰西斯和贾尔维作为整个事件的见证者，从这时起才陷入彻底的恐怖。他们认为这是不人道

---

① 司各特著，李俍民译：《红酋罗伯》，第421页。
② 同上，第422页。
③ 同上，第424页。

的、引起“病态的恐怖”的“血淋淋的凶残的谋杀”，意义完全不同于战争中必要的伤亡。[①]从这个场景，我们也可以理解司各特激烈反对法国大革命及雅各宾主义的原因之一，就是暴力带来的血腥恐怖。司各特笔下最优秀的中篇小说之一《高地寡妇》中的埃尔斯帕斯丧夫失子的悲剧，也被归结为其过于强悍的性格，认为这种妻子是引导男性作恶的源头。更甚者，你可以从每一部司各特小说中看到违法犯罪或地位卑下的女性，都多多少少拥有一种男性气质。

女主人公之一的狄安娜·沃尔依，也是一个不符合传统社会规范要求的女性形象。司各特的传记作者埃德加·强森指出，狄安娜是司各特笔下最值得骄傲的人物形象之一，与莎士比亚《庸人自扰》中的比阿特丽斯、简·奥斯丁《傲慢与偏见》中的伊丽莎白·班奈特堪称精神上的姐妹。[②]狄安娜所享有的精神自由和行动自主，则是任何上流社会的女子所无法比拟的。她具有一种非常强烈的、致力于摆脱社会强加给女性的桎梏的愿望，排斥一切女性活动（比如刺绣、养鸟、梳妆、弹琴），反而成为男性活动中的能手。她不是一个爱读小说的女子，却对苏格兰历史和家族的纹章了如指掌，骑马、打猎均不在表兄之下，甚至对马辔头、猎枪的枪机等一般女性想也不会想到的东西作了卓有成效的改进。法兰西斯更是对狄安娜直截了当而又锋芒毕露的口气感到震惊，因为那分明是“一位绅士用平静然而坚决的口气要求另一位绅士对他的行为做出解释时的那种磊落的态度，完全不像上流社会女性要求异性做出解释时所施展的转弯抹角、迂回曲折、遮遮掩掩、扭扭捏捏的那一套”[③]。这一切，即使伊丽莎白·班奈特也无法做到，遑论那些貌似精神自由却始终无法摆脱束缚的艾米莉（法里尔的《婚姻》）、莫尼米亚（约翰斯通的《阿尔宾族》）们。

那么这种性别上的颠倒，对狄安娜个性中独立、自主的因素的强化，是出于什么原因呢？为什么狄安娜·沃尔依可以骑马驰骋、言语坦率自由，却没有带给任何人不快的感觉，反而被称为“荒野的玫瑰”

---

① 同上，第433页。
② Edgar Johnson, Sir Walter Scott, Volume I, New York: The Macmillan Company, 1970. P608.
③ 司各特著，李俍民译，《红酋罗伯》，第170页。

呢？最根本的原因是狄安娜虽然像男人一样猎狐走马，却没有对男性主导的社会产生实质性的影响，这与海伦拿起武器抗击英军，或埃尔斯帕斯协助丈夫打家劫舍性质完全不同。司各特在狄安娜身上所寄托的是一种非暴力的民族性。

虽然同样生活在山地，狄安娜却不像苏珊·法里尔笔下的玛丽曾接受母亲一般的道格拉斯夫人的情感教育，也没有被一群姑祖母要求她读詹姆斯·福迪斯的《针对年轻女性的布道词》。她母亲早亡，寄居在姑妈家，然而姑妈也早已去世，实际上她是与一群男人（姑父和表兄）生活在同一个屋檐下，用奥斯巴尔迪斯顿府的园丁安德鲁的话说，"我们这儿除了老玛瑟之外没有一根'多余的肋骨'"[①]。这就意味着，她并没有受到任何来自口头或书面的对女性的地位、身份和言行举止的束缚，也无言传身教的影响。她自小寄人篱下，既不受父亲管教也得不到父亲保护，父亲要么远在法国，要么行迹隐秘地在某处执行颠覆汉诺威王朝的任务。这反而是她形成自立、自主的性格的重要原因。

由于她的姑父和一群表哥整日沉迷于饮酒打猎，几乎毫无值得尊敬之处。她也不像露丝对爱德华·威弗莱那样轻易地对一个陌生男子产生崇拜之情。她具有敏锐的判断力，反而时常坦率地指出法兰西斯的弱点。比如，他的轻信、高傲和偏见都曾遭到狄安娜的严厉批评。她不像露丝·布雷德沃丁那样羞怯而彬彬有礼，见到来自"文明社会"的男子之后，抽空赶紧去"穿好衣服，戴上漂亮的首饰"[②]。狄安娜出现在法兰西斯面前时，她是一个因骑马猎狐而面庞发红、一身男人的装束——"一件短外套，一件背心和一顶帽子"——的"小姐"。[③]她对待法兰西斯的态度，像对待两小无猜生活的朋友一样，完全没有扭捏之态。法兰西斯那所谓代表文明社会的教养，在狄安娜面前也因此完全无效。他可以将奥斯巴尔迪斯顿府邸的效率低下的生活方式与伦敦商行那高效、简洁的作风尽情对比，然而这套文明的标准却无法直接套用到对狄安娜的评论上。狄安娜的直白坦率虽然不符合当时流行

---

① 司各特著，李俍民译：《红酋罗伯》，第78页。
② 司各特著，石永礼译：《威弗莱》，第63页。
③ 司各特著，李俍民译：《红酋罗伯》，第54页。

的法国宫廷那套“严格讲礼仪与客套的作风”，她的知识和见解却比任何人都毫不欠缺。甚至她在见识上远远高出了法兰西斯。比如他的户外生存能力的欠缺，对猎狐、马匹、家族纹章的无知，在狄安娜看来简直可以说是“缺乏男子汉气概”和“忘本”。

法兰西斯对家族纹章的无知，可以说是中产阶级崛起之后商人阶层不再珍惜家族历史甚至民族历史的表征。商人阶层脱离了土地，成为依靠商业贸易致富、进而成为对国家的前途命运产生重要影响的阶层，家族历史对他们而言正如已陈刍狗，变成了陈旧的象征。但是，对狄安娜来说，家族历史和民族历史紧密相连。她摒弃女性特征的努力（尽管这不可能），一方面源自她寄人篱下、努力自保的地位，另一方面源自她强烈的民族精神，家族纹章的重要性对保存家族与民族历史的意义不言而喻。《红酋罗伯》创作前后，司各特曾向政府提交请愿书，要求积极开展寻找象征苏格兰王权的权杖、宝剑、皇冠等物品的行动。他认为找到这些象征并将其带回苏格兰本土安放对联合的稳定至关重要。[①]

狄安娜显然比弗洛娜（《威弗莱》）承担了更多的责任。首先，弗洛娜源出苏格兰酋长与法国女人的婚姻且常年在法国接受宫廷教育，与法国的关系成为认证她纯正的苏格兰民族性的巨大障碍。她对高地文化的发掘和保存显然是一种民族身份的回归和重塑的过程，所依托的斯图亚特王朝复辟事业也具有不可靠性。狄安娜则不需要这种认证的过程，完完整整地呈现出一个可以为苏格兰民族争取一切权利的女性形象。比如，她多次义正词严地批驳法兰西斯和赖希利对苏格兰人的偏见和污蔑言辞，毫不畏惧地据理力争。唯有如此才有可能打破法兰西斯及所有英格兰人对苏格兰民族的历史偏见——苏格兰人“作为一种民族在战争的时候是渴血的，在议和的时候是反复无常的，在平时的商业活动中则是见钱眼开、自私自利、贪得无厌和诡计多端的”[②]。

其次，弗洛娜作为女性，尽管狂热地支持复辟事业，但她的狂热

① Edgar Johnson, Sir Walter Scott: the Great Unknown, 2 volumes. New York: Macmillan, 1970. P615.

② 司各特著，李俍民译《红酋罗伯》，第81页。

即使在弟弟弗格斯看来也只属于精神层面，她的高贵优雅的气质始终不可能与下层氏族民众的习俗相融合。狄安娜则努力摒弃自己的女性特征，这使她既可以与男人一样骑马驰骋，也可自由与高地氏族，如红酋罗伯等人保持密切联系。她甚至可以用自己的力量保护父亲的秘密和人身安全。社会对女人的要求就是当男人在前方打仗时为他们担心、恐惧、悲伤甚至哭泣，即使弗洛娜也只能镇静而坦然地为弟弟缝制尸衣。狄安娜所表现出的迥异于露丝或弗洛娜的强大行动能力和独立精神通过父亲菲德烈·沃尔侬之口得到了强化：

> 她经受了严重的考验，那简直可以使一位殉道者的历史增添无上的光彩。她曾经面临形形色色的危险和死亡的威胁；她所忍受的极度劳累、困苦和匿居生活的艰辛，使一些体格最最健壮的男子汉也要望而生畏。她在黑暗中度过白天，又在黑夜里为我值班守护，却从来不曾发过牢骚或者出过一声怨言。①

最后，狄安娜不但是父亲秘密的守护者，还实际上成为法兰西斯的拯救者。用狄安娜的话说，“我亲爱的表哥，我生来就是你的保护天使。”②当法兰西斯面临税吏莫里斯的抢劫指控时，整个奥斯巴尔迪斯顿府邸只有狄安娜一个人为他策马奔波，将他送至苏格兰境内避祸。当法兰西斯的父亲面临巨大危机时，也是狄安娜亲手将赖希利卷走的那些商业单据、债券亲手归还到法兰西斯手里。与狄安娜和海伦·麦戈瑞格相比，法兰西斯表现得既软弱、自私，又充满狭隘的偏见。他时而轻信赖希利的言辞，时而嫉妒狄安娜与他人的关系，更因要命的“高傲”而拒绝倾听狄安娜的解释，导致无法与她和解。赖希利和法兰西斯都是英格兰人，他们对苏格兰人的指责集中表现了两个民族之间的矛盾。

司各特在塑造狄安娜的形象时通过综合露丝与弗洛娜的优点，摒弃她们的缺点，并赋予她更多的行动能力，强化了她作为苏格兰民族

① 司各特著，李俍民译：《红酋罗伯》，第539页。
② 同上，第460页。

代表的独立性因素。但是，狄安娜是否真正如司各特所愿，成为完全平等的民族关系中的一方呢？

（二）回归女性身份——联合

我们仍然记得法兰西斯第一次来到狄安娜闺房时的震惊与狄安娜的一番话：

> 我认为，那是因为您既没有看到一幅配上漂亮的乌檀木框的有牧羊人和牧羊女的绒绣，也没有看到一只鹦鹉标本或者是一个养着好几只金丝雀的饲笼，或者是一个家庭主妇用的黑银嵌镶的首饰盒，或者是一张放着好多个像圣诞节馅饼那么多角的日本黑漆小盒的梳妆台，或者是一架背面破损的古式钢琴，或者是一架三条弦的竖琴，或者是一个假山盆景，或者是一个贝壳工艺品，或者是一架绣花绷，或者是任何女红，或者是一头叭儿狗伴着一窝没有睁开眼睛的狗崽子。这些宝贝我连一件也没有。[①]

狄安娜一口气说完这么多东西，罗列的全是在这个社会中，一个女人被认为天经地义地应该从事的活动，如莫尼米亚的金丝雀（《阿尔宾族》）、葛楚德的竖琴（《遗产》）、朱丽安娜的小叭儿狗（《婚姻》）。她之所以努力排斥女性特征，是因为她意识到男女在社会中的不平等的地位。尽管她从未能受到母亲或近亲女性的教育和呵护，她却始终无法彻底脱离所生活的社会的道德规范。比如，园丁安德鲁鄙薄地称她为“走邪道的野姑娘”，赖希利暗示“她那狂热的性情……是极端的轻率和对体面的蔑视”。在治安法庭书记官、讼棍约伯逊口中，她“只是一个没有法定保护人的姑娘，不皈依国教而信天主教的罪人”。就连十分疼爱她的治安法官英格尔伍德也希望她远离政治，“小狄狄，我的美人儿，还是让小伙子们相互为对方指出通过沼地的道路吧”[②]。

无论怎样努力，狄安娜根本无法彻底摆脱这些束缚。因此她宁愿法兰克称她为“汤姆·沃尔依”。一个汤姆·沃尔依显然比狄安娜·沃

① 司各特著，李俍民译：《红酋罗伯》，第132页。
② 同上，第79、153、122、117页。

尔依更容易获得理智而平等的对待。因为“可怜的姑娘”和“不幸的性别”往往带来的是虚伪的、庸俗的奉承，而不是真心实意的谈话。另外，个性上的独立自主是婚姻中可能取得公平地位的重要因素。法里尔在《婚姻》中通过艾米莉之口表达了女性对婚姻的预期——她关注的是婚姻中女性的地位。假如她结婚，丈夫和她应该分享更公平的地位。男性也要承认，女性（有时候）也与男人一样理智，而不是他们的玩偶。[①]狄安娜与艾米莉一样，在与男性交往时，试图建立一种对等的关系。这种关系首先不能建立在性别差异之上，否则便会流于庸俗和虚伪。

但狄安娜自己也意识到，她的努力其实最终是无效的：“首先，我只是一个姑娘而不是小伙子；只要我干了我想干的一半事情，我就会被关进疯人院里去；但如果我具有您那幸福的性别，按照您所愿意的那样行动，那就一定会使全世界的人发疯一般地模仿我和赞美我。”[②]

因此，无论司各特如何强调狄安娜对女性特征的厌恶和鄙视，她始终不可能摆脱女性身份。尽管她抛弃了上流社会女性的绫罗绸缎的束缚，却无法摆脱父权的压制。此前我们所看到的生机勃勃、独立自主的狄安娜，是父亲沃尔依爵士尚未来到英国时的形象。一旦“合法的管教者”到来，狄安娜便无法抵抗来自父权的强大压力，不得不顺从父亲的权威，无法再随心所欲地保持与外界的联系。这时候的狄安娜才逐渐表现出女性在社会中的劣势地位与不幸命运。由于她要隐藏父亲的行踪，导致法兰西斯对其产生误会时，通过赖希利之口我们才得知狄安娜的率性和自由建立在对自己的未来无法掌控的基础上。尚未出生，她的婚姻就已注定：要么从希尔德布兰爵士的六个儿子中选择一个做丈夫，要么选择修道院孤独终老。她有限的自由，是因寄人篱下，没有受到母亲的教育和父亲的强制性安排带来的，本质上是更大的不自由。她既是一个父辈契约的牺牲品，又是斯图亚特王朝复辟政治的牺牲品。她的命运具有强烈的隐喻意义。为了保证地产不被没收殆尽，多次参与叛乱的沃尔依爵士早已将产业秘密转移至希尔德布

① Susan Ferrier, Marriage, Oxford: Oxford University Press, 1986. P385.
② 司各特著，李俍民译：《红酋罗伯》，第 123 页。

兰爵士名下。这意味着，苏格兰的产业实际上早已与英格兰的产业合并了。尽管二者都是复辟的支持者，希尔德布兰爵士已经丧失了参与复辟的能力——作品的开篇我们就闻到了奥斯巴尔迪斯顿府的腐朽气息。

斯图亚特王朝的命运已经永远地和法国结合在一起，历史也已证明了这一点。如果狄安娜是坚定的复辟活动的支持者、斯图亚特王朝的忠实信徒，她归隐修道院的意义就与弗洛娜一样是主动地放弃婚姻的幸福。狄安娜此前表示自己决意做一只鹞鹰，如果不能搏击长空，宁愿在铁栅栏上撞个粉身碎骨，说明她对修道院具有强烈的抵制心理。但是，一旦她面对父权，立刻丧失了抵抗能力。这时候的她变成了一贯对父亲顺从的露丝，甚至和露丝一样，试图劝阻法兰西斯涉足暴乱："我们去的地方，你切勿跟踪前往；我们的所作所为，你也不应当参加"[①]。这时候的狄安娜是一个多愁善感、情绪压抑、顺从并维护父亲的女儿形象。

如果我们还能想起菲德烈·沃尔依对女儿的不吝赞美之词，表现出一个英勇无畏的女英雄形象的同时，请别忘了他的结束语："总之，法兰西斯·奥斯巴尔迪斯顿先生，她是一个值得我献给上帝的最宝贵的牺牲品，因为她就是菲德烈·沃尔依所仅有的最亲爱、也最珍贵的一切，我决定把她献给天主。"[②]无论他如何强调狄安娜的宝贵，在他眼中始终是一件物品，属于他所有，任由他支配。

狄安娜变成了露丝。这个令人震惊的转变，其实说明司各特不会也无力改变女性的附属地位，为了实现联姻，狄安娜也必须改变其独立自由的个性。如果狄安娜强大到不顾父亲的命令和社会道德规范对女性的束缚，她可以选择与法兰西斯私奔，而不是与他诀别；如果她是"全郡最激烈的詹姆斯叛党"，她会像弗洛娜一样坚持进入修道院。[③]她坚强独立的背后仍然隐藏着社会对女性真实自我的压制。更重要的是，两个王国的联合更需要狄安娜的女性身份而不是男性气质。

① 司各特著，李俍民译：《红酋罗伯》，第460页。
② 同上，第539页。
③ 同上，第80页。

即使在最初，狄安娜表现出男性化和独立的一面时，法兰西斯却时刻注意寻找她柔弱的一面。比如，她纵马猎狐，即使“以极其令人羡慕的风度与非凡的勇气策马前行，还是因为受到阻碍而落后……”[①]借此机会，法兰西斯才可以在适当的情况下予以协助。海伦·麦戈瑞格已经证明女性的强大可能威胁到男性的地位。因此，虽然海伦是个值得称赞的“女英雄”，却被视为暴力的根源。在司各特看来，女性一旦参与政治，可能产生巨大的危害。司各特将海伦的暴力斥为危险的行为，反而赞赏罗伯性格中妥协的一面。这些也可以从人们的争论中发现，比如高尔布列斯少校和蒙特罗斯公爵争辩是否应该处死罗伯时的一番话——

> 红毛罗伯尽管是我们低地一个可恨的邻居，尽管他曾经使大人特别恼火，尽管他所经营的没本钱的生意的规模要比目前任何一个头领更大，***他毕竟是个有头脑的人，还是可以设法跟他讲讲道理***；***但他的老婆和孩子们却是无可理喻的家伙***；他们天不怕，地不怕，具有杀人不眨眼的铁石心肠，要是让他们来率领他部下的喽啰们，那会使这一地区生灵涂炭、民不聊生，比罗伯当头子的时候糟糕万倍！[②]

司各特的暗示之意不言而喻。女性是“感情”生物，缺乏理性，容易在激情驱使下走向极端。罗伯在复辟失败之后的幸存，一方面是因为他在复辟中寻求的是“为自己的民族求得生存的机会”，而不是弗洛娜的掺杂着政治野心的积极参与；另一方面只有妥协才有可能保存实力，暴力反抗和武装对立难免会遭遇被绞杀的命运。

商人威廉·奥斯巴尔迪斯顿最终同意了法兰西斯娶狄安娜为妻的想法，请注意他的话：“我想不到我的孩子会成为奥斯巴尔迪斯顿府邸的主人，更想不到你将到一个法国修道院里去寻找配偶。可是，一个

---

① 同上，第 55 页。
② 司各特著，李俍民译：《红酋罗伯》，第 442 页。

如此尽心竭力侍奉父亲的女儿，一定会成为一个很好的妻子。”[①]狄安娜英勇无畏的行为被汉诺威政府的坚定支持者轻易地化解为一个女儿对父亲的孝顺，她的身份更被淡化成女儿和妻子，不再是狄安娜了。从掌握着半个帝国命运的伦敦大商人威廉·奥斯巴尔迪斯顿的话中，我们看到狄安娜无论曾经如何决绝地排斥女性身份，她在英国人看来只是一个女儿和妻子，而绝不是一个苏格兰人。而女性的命运，从来都是父亲、丈夫或儿子的附属品。德国哲学家叔本华认为，每一位处于完全独立的非自然位置的女人都要直接依附于某个男人，使自己接受他的统治与支配。他在《论女人》中极力贬低女性的地位，他指出——

> 从女人的体态来看，我们知道女人天生就不适于从事精神或体力上的重大工作，她们在行动上无法承当人生的债务，所以，造物者特别安排一些受苦难的事情加在女人身上，以求补偿，诸如分娩的痛苦，对子女的照顾，对于丈夫的服从等——通常女人对丈夫总具有高度忍耐力，且能给予慰藉。[②]

所以，当狄安娜恢复女性气质时，才具备了两个人联姻的可能性。法兰西斯在与贾尔维和罗伯的交往中，也消除了固有的偏见。叛乱的失败也从客观上消除了障碍——希尔德布兰一家全部死亡，狄安娜不用嫁给其中的任何一个。同时沃尔依爵士病亡，去世前终于提出狄安娜可以自己决定是否选择修道院。法兰西斯的叔父希尔德布兰老爵士和儿子们的死是必然的。这种死亡的必然性与高尔特作品中呈现的死亡的偶然性不同，高尔特爱用死亡制造矛盾冲突，司各特则喜用死亡解决问题。《红酋罗伯》中死亡破除了一切障碍，是法兰西斯和狄安娜顺利结合的必要手段。英格兰人使用武力破除了苏格兰与法国之间的联盟关系，又通过与苏格兰的联姻建立了不列颠联合王国。

① 同上，第555页。

② 叔本华著，金铃译：《爱与生的苦恼》，北京：光明日报出版社，2006年，第72页。

（三）继承奥斯巴尔迪斯顿的意义

司各特的传记作者埃德加·强森认为，法兰西斯进入他曾经拒绝的奥斯巴尔迪斯顿和特列沙姆商行，继承奥斯巴尔迪斯顿老宅，以及与狄安娜的婚姻意味着此前分离的商业世界和有地产的绅士阶层的统一（联合）。[①]这也就意味着商人阶层最终上升到真正的“绅士”地位。

当我们回顾诺森伯兰的奥斯巴尔迪斯顿老宅，想到的除了希尔德布兰爵士和他毫无希望的一群类型化的没有头脑的儿子们和他们饮酒无度、斗鸡遛狗的腐朽生活之外，还不得不注意游荡在图书室壁毯后面的幽灵。这座大宅与伦敦简洁、高效的生活形成了鲜明的对比。沃尔侬爵士不得不躲藏在暗处装神弄鬼，从而将斯图亚特王朝复辟这一所谓“正义”的事业蒙上了一层哥特式的阴暗氛围，早已预示了他们的失败。苏格兰王室文化成了消亡的历史。商人阶层与传统的绅士阶层合而为一，成为联合之后新的“不列颠商人”的形象。这种形象“有助于为男人和女人确立一种文明的盎格鲁一不列颠的身份，压制苏格兰的民族性”[②]。女性身为苏格兰人的身份在婚姻关系中，首先被取缔了，然后就是确立妻子在婚姻生活中的附属地位。

值得注意的是，《红酋罗伯》的结尾非常仓促。法兰西斯和狄安娜之间婚姻的障碍仅用两页篇幅就消除了。司各特的朋友路易莎·斯图亚特夫人读完小说后指出：“我觉得这部小说的结局有点混乱，就好像作者累了、烦了，想迫不及待地摆脱他的人物，毫不留情地给他们闷头一棍。”[③]而司各特也在给好友莫里特的信中写道：“我实在没耐心或者说我的计划里没有第四卷，最后只能给出一个粗略的和匆忙的结尾。”[④]匆忙的结尾中，狄安娜已经变成了一个故去的妻子，司各特并未讨论这个问题，甚至刻意避开了对婚后生活的描述。事实上，狄安娜为这桩婚姻付出的代价比露丝更大。在法兰西斯·奥斯巴尔迪斯顿

---

① Edgar Johnson, Sir Walter Scott, New York: The Macmillan Company, 1970. P609.

② Andrew Lincoln, Scott and Empire, The Case of Rob Roy, Studies in the Novel, Volume 34, Number 1, Spring 2002, PP43-59.

③ John Gibson Lockhart, Memoirs of the Life of Sir Walter Scott, Vol V., Familiar Letters, vol. ii. P11.

④ Ibid.

的回忆录之中，她留在丈夫记忆中的只是她的美貌、温柔和贤惠，追求独立自由的狄安娜一去不复返了(显然这就是特鲁姆佩纳所谓的“帝国健忘症”的明显表征)。[①]

《威弗莱》的结尾，布雷德沃丁家族的庄园经过一系列的转手之后虽然最终回到了布雷德沃丁手中，性质却已经发生了根本性的改变。这是英格兰人塔尔博特上校的赠予，不再是苏格兰的布雷德沃丁家族代代传承的遗产。参与两次复辟之后，布雷德沃丁男爵彻底变成了无产者，被剥夺了一切权利，而依靠同情获得了自由和财产。[②]苏格兰的土地最终还是苏格兰人的，但已失去政治意义上的所有权，变成了英国人让他们管理的土地。《红酋罗伯》的结尾也涉及一个庄园的归属权问题。这次，庄园并没有改名换姓，仍然是奥斯巴尔迪斯顿的地产；甚至也不是外人的赠予，而是合法程序下的遗赠。但是，威廉·奥斯巴尔迪斯顿为儿子成了庄园的继承人之兴奋溢于言表，他还为其合法获得庄园而积极奔走。因为他觉得当年分配不公，他原本应该获得庄园，如今只是一种归还罢了。封建社会遗产继承制度非常严格，代表那种制度彻底崩溃的复辟叛乱的失败，为商人获得地产提供了便利条件。18世纪，商人已经有足够的财力购置大批田产。奥斯巴尔迪斯顿本人远在伦敦，却购置了大批苏格兰高地的山地林木，作为木材贸易帝国的一部分，实质上掌控了高地与叛乱者的经济命脉。老宅本身可能并不代表真正的金钱价值，但是政治意义非凡。

以父亲为代表的伦敦大商人及其背后的汉诺威王朝才是真正的统治者。法兰西斯能够迎娶狄安娜，是获得父亲批准和个人作出妥协之后的结果，浪漫主义的激情不能解决联合的问题。只有当苏格兰呈现出无害性和柔弱性之后，才能实现联合。罗伯虽然得以逃脱，他的儿孙却不能逃脱绞刑架。司各特虽然试图通过罗伯的形象强化苏格兰的民族性，但与高尔特等其他苏格兰作家所否定的一样，高地历史不能取代苏格兰历史，他所表述的高地历史也不一定是真正的高地。美满

① Katie Trumpener, Bardic Nationalism , Princeton: Princeton University Press, 1997.

② 关于布雷德沃丁财产转手的意义，可以详见 Wolfram Schmidgen, Picturing Property, Waverley and the Common Law, Studies in the Novel, Volume 29, number 2, Summer 1997, PP191-213。

婚姻是否能彻底地化解恩怨，实现关系的平衡和地位的平等？司各特所设计的苏格兰妻子与英格兰丈夫的模式实际上无法走出联合与民族性冲突的悖谬陷阱。

司各特在1830年修订《湖上夫人》时所写的序言中指出，虽然“半个世纪以前，英格兰与苏格兰之间的长期不睦和政治纠纷，也许会使不列颠王国最富饶繁荣地区的人们厌恶一部以苏格兰高地为背景的诗歌，但现在这种厌恶感已在一片同情声中消匿了。英格兰民族比其他任何民族都更加同情一个高尚的敌对民族的不幸”[①]。他对于这种和解的希望和姿态，更通过格拉斯哥商人的话得到了完整的体现，那就是“联合是件好事，不过还可以使它好上加好，这才是我们对‘联合王国’的正确看法”[②]。显然，这种好上加好指的就是苏格兰在不列颠帝国中应该分享平等的地位、均衡的机会和适当的利益。

第四节 苏格兰法律与教会的性别困境——《密得洛西恩监狱》

通常评论家将《威弗莱》、《红酋罗伯》和《密得洛西恩监狱》视为三部曲（trilogy）。在前两部小说《威弗莱》和《红酋罗伯》中，司各特一方面通过英格兰与苏格兰人的联姻表现联合的立场；另一方面从苏格兰面临的社会结构和道德沦丧问题入手，质疑和批判现代商业文明对高地文化的摧残。在联姻的基础上，他设想了苏格兰与英格兰在不列颠联合王国中的身份问题。他通过消解苏格兰民族性中的暴力反抗的政治因素，将苏格兰拟人化为妻子的身份。但是由于女性在社会结构中的不利地位，联姻实际上陷入了将苏格兰贬低到附属地位的悖谬之中。司各特显然无法从根本上解决这个问题，因此转而试图从更小的地域，更集中地找到另外一种表述方式和解决方法。道格拉

① 司各特著，曹明伦译：《湖上夫人·一八三〇年版序言》，长沙：湖南人民出版社，1986年，第1页。

② 司各特著，李俍民译：《红酋罗伯》，第355页。

斯·吉福德的《苏格兰文学》认为“司各特选择珍妮·迪恩斯……来象征苏格兰的坚韧、体面和救赎的善良品质”[①]。也就是说，司各特将目光从重大的历史事件和浪漫主义的传奇故事进一步转向普通民众及私人生活的领域。

一、教会与法律的困境

（一）《密得洛西恩监狱》的内容

与司各特的其他小说一样，《密得洛西恩监狱》也存在两条线索，一条是1736年发生在爱丁堡城的波蒂厄斯暴乱（the Porteous Riot），另一条是农家女艾菲·迪恩斯被判杀婴罪入狱。波蒂厄斯暴乱是历史上的真实事件，18世纪初，苏格兰的走私势力十分猖獗，不但公然对抗法律，还与龙骑兵发生过多次正面冲突。波蒂厄斯暴乱源起某个走私团伙竟然抢劫了税吏，这无疑是对政府权威的公然挑衅。为了杀一儆百，将这个走私团伙的头子安德鲁·威尔逊和乔治·罗伯逊判处绞刑。最后乔治·罗伯逊成功越狱，威尔逊则被执行绞刑。行刑后，刽子手直接割断了绳索，没有对尸体采取保护措施，这在围观者中引起了巨大争议。苏格兰民众向来对走私活动并无太大的反感，他们认为交钱买东西天经地义，买东西还要交税才不合天理。甚至有些地主乡绅也在暗地里支持走私行为。因此，苏格兰乡村民众痛恨税吏，却常把某些走私贩当作英雄对待。人群激烈抗议刽子手不人道的行为，爱丁堡市政厅担心事态扩大，派波蒂厄斯的市卫队前来维持秩序。面对群情激奋的民众，波蒂厄斯命令卫兵鸣枪示警，不料枪弹击中了从街道对面的窗户中观看行刑的人。这一意外事件导致局势最终失控，波蒂厄斯恐慌之中下令对民众开枪，造成了六人死亡、多人受伤的惨案。波蒂厄斯随后被指控谋杀，这件事引起了伦敦政府对爱丁堡时局的关注。时任首相的沃尔波尔及王后卡洛琳介入此事，要求爱丁堡方面推迟行刑，重新审理此案。

来自伦敦的干涉引起了爱丁堡民众的不满，一群组织严明的人在

① Douglas Gifford, Sarah Dunnigan, Allan MacGillivray ed. Scottish Literature, Edinburgh University Press, 2002. P216.

深夜秘密潜入监狱，对波蒂厄斯执行了绞刑。伦敦政府为爱丁堡发生这种无法无天的事而震怒，下令严查凶手，并要求牧师布道之前要宣读缉凶法令。但高达 200 镑的赏金也未能使任何一个人告密或提供线索，这件事最终不了了之。这次暴乱的影响深远，引起了伦敦政府对如何管理苏格兰问题的关注，有人说这是一次詹姆斯党的阴谋，也有人说这是走私团伙的报复，甚至有人说是苏格兰长老会的激进主义分子所为等等。总之，这次事件是 1715 年斯图亚特王朝复辟之后，发生在苏格兰社会的一次重大历史事件，严重威胁到了联合王国特别是伦敦政府的权威。

司各特的《密得洛西恩监狱》巧妙地将波蒂厄斯事件的线索与一位普通的农村姑娘艾菲·迪恩斯被指控杀婴而面临死刑的线索交织起来，将这次暴乱从政治的、公众的领域转入到一个家庭的、私人的空间。佃农之女艾菲·迪恩斯未婚产子，但婴儿去向不明。她既拒绝说出孩子的父亲，更说不出孩子的去向和死活，虽然缺乏直接的杀婴证据，爱丁堡民事法庭仍根据推断法宣判她犯下杀婴罪。根据律师和市政官的提示，只需姐姐珍妮·迪恩斯作证，妹妹艾菲曾向她透露过怀孕之事便可免除她的死刑。但珍妮深受苏格兰长老会的清教思想的影响，坚守对上帝的信仰，拒绝在法庭上作伪证。但是，她决心步行到伦敦找国王请求赦免妹妹的死罪。这个拯救的历程堪与约翰·班扬的《天路历程》相比，遇到重重苦难和险阻后，珍妮最终到达了伦敦，如愿得到了阿盖尔公爵的帮助，从王后卡洛琳那儿拿到了赦免令。这两条线索的连接点，就是逃亡的走私犯罗伯逊与被判杀婴的艾菲·迪恩斯之间的关系。司各特假设罗伯逊率众来到爱丁堡监狱，将获得缓刑的波蒂厄斯处死；在监狱中他试图劝说已被判死刑的情人艾菲逃走，却被拒绝。正是由于艾菲并未逃走，才最终产生了珍妮·迪恩斯的拯救之旅。最终，艾菲获得赦免，与罗伯逊（实际上是乔治·斯汤顿）远走法国。多年后回国时，这两个人已经是外表光鲜亮丽的社交界名人斯汤顿爵士夫妇。珍妮也已与相恋多年的鲁本·巴特勒牧师结婚。但是财富和地位不能带来真正的幸福，斯汤顿夫妇始终受到往日所犯罪行的精神折磨，平凡的珍妮则获得了幸福稳定、儿女成群的家庭生活。

艾菲和珍妮·迪恩斯与波蒂厄斯暴乱的联系，弱化了最可能引起政治危机的猜测——詹姆士党的阴谋、苏格兰长老会的激进行为。司各特将波蒂厄斯暴乱简化为走私商贩的报复行为，从而化解了可能会引发的伦敦与爱丁堡的对立，强化了联合王国的共同立场。

司各特创作的前三部苏格兰背景的"威弗莱系列"小说——《威弗莱》（1814）、《盖·曼纳令》（1815）和《红酋罗伯》（1817），甚至此后的所有小说的第一主人公都是男性。然而，《密得洛西恩监狱》（1818）却以一个出身乡村佃农阶层的年轻女性珍妮·迪恩斯为"女英雄"，承担并完成了拯救妹妹艾菲·迪恩斯的任务。但是这个"养牛人的女儿"是否能承担吉福德所说的"象征苏格兰民众的美好品质"的重任，并实现司各特从民众中寻找民族性的愿望呢？我们先来看珍妮作为一个女英雄的意义。

（二）女英雄

除了最终嫁给英雄或主人公、获得幸福的女性，司各特的作品中还存在很多"女英雄"。比如我们讨论过的海伦·麦戈瑞格、弗洛娜·麦克—伊沃，几乎每部作品中都有一位超越了世俗规范的女性。詹妮·卡德尔总结道："司各特作品中的一些女性，……她们不是嫁给他的英雄们的女人，而是自己本身表现出强烈的英雄气概，比如弗洛娜·麦克—伊沃，梅格·梅瑞丽思和玛吉野火。另一种英雄品质则是《密得洛西恩监狱》中的珍妮·迪恩斯，她的高贵独立并非一种富有激情的表现力而是源自承诺。"[①]

弗洛娜或狄安娜的独立性，源自对斯图亚特王朝复辟事业的激情，源自对自我身份认知过程中的反抗；海伦的英雄气度源自长期受压迫而产生的仇恨。在《密得洛西恩监狱》中，还有一种"男性化"的人群，那就是被边缘化的默多克森母女。玛吉野火在相貌上所具有的男性的美与司各特对海伦外貌的刻画类似，都使用了一种不属于女人的词语——"英雄气概"来描绘。作为被压迫、受侮辱的人，玛吉无法

---

① Jenni Calder, Heroes and Hero-makers: Women in Nineteenth-century Scottish Fiction, The History of Scottish Literature. Vol.3: the Nineteenth Century, edited by Douglas Gifford. Aberdeen: Aberdeen University Press, 1988. P270.

像海伦那样直接使用有形的武器反抗，她的武器是疯癫和大段地演唱浪漫主义色彩的歌谣，其中不乏对詹姆士党的记忆。这些英雄，或多或少都属于社会的边缘群体，即使最终获得幸福婚姻的狄安娜，也是一个“没有法定保护人的天主教徒”、“全郡最激烈的詹姆士党”。

唯有珍妮·迪恩斯是个例外。尽管她出身卑微的佃农之家，仍属于社会主流群体，其社会身份和个体身份都得到了官方的认可。她的外貌平常，“她身材矮小，因而显得过于粗壮；灰色的眼睛，淡色的头发，圆圆的脸庞，皮肤晒得黑黝黝的。她唯一动人之处是一种安详宁静的神态，这种神态出自内心的善良、仁慈、满足，以及对家务的操持。可以说这位乡村女英雄的外貌和举止并没有特殊惊人之处”①。但是，正是其“善良、仁慈、满足”与“朴素的感情和谨慎的习惯”使她在艾菲杀婴罪之后毅然承担起救赎的责任。

珍妮成为女英雄是在作者将其与他人对比的过程中产生的。比如，面对艾菲杀婴罪的事实，重视名节的顽固的卡梅隆派老父亲迪恩斯先是断然不承认有辱门楣的艾菲为女儿，当知道尚存一线希望时，又迫切希望大女儿珍妮能上庭为艾菲作（伪）证。孰知，迪恩斯一贯以狂热、坚定、高傲不屈的清教徒自居，竟然暗暗希望珍妮能作伪证救妹妹一命，给读者留下法利赛人的印象。珍妮·迪恩斯从小受到严格的宗教和道德方面的教育，面对妹妹“救救我”的呼喊，她却选择了讲真话：“唉！唉！这一点她从来没有跟我言声。”②

在外人看来，这个伪证仅是个无足轻重的小谎言，却能挽救一条鲜活的生命。珍妮不肯救妹妹，不但显得过于顽固，甚至未免有些残酷无情。然而，对珍妮来说，世俗的法律终究无法与上帝的法律相比。老迪恩斯平日滔滔不绝地谈论信仰的纯正性，抨击天主教徒、国教徒，甚至温和的长老会派的信仰，最终却敌不过世俗的欲念。珍妮却能在保持对上帝的坚定信仰的情况下，敢于作出步行到伦敦为妹妹求情的决定。老迪恩斯拒绝面对现实的昏厥，证明了他无论从精神上还是行

---

① 司各特著，王榍、任大雄译：《密得洛西恩监狱》，南京：江苏人民出版社，1980 年，第 88 页。

② 同上，第 260 页。

动能力上都不如女儿珍妮，甚至无法承担父亲的“保护”职责。

与珍妮相比，珍妮生活中另一个重要人物恋人鲁本·巴特勒显得更加弱势。暂且不论年少时巴特勒身体病弱，与珍妮的健壮能干几乎没有可比性。艾菲杀婴罪的危机到来时，珍妮决意步行到伦敦之前，见了巴特勒一面。这时候的巴特勒持续低烧，“要把身子拖到以劳役换取当天的面包的地方几乎都办不到”[①]。除了身体上的虚弱，精神也远没有珍妮那样坚韧，甚至经济上都需要珍妮的救济。即使多年以后，两个人终于结成连理，想要购置一座住宅时，也是珍妮从某个地方取出几千镑“积蓄”才能解决问题。

珍妮在与生命中最重要的人物——父亲和准丈夫的对比中，表现出一个女英雄的面貌。但是这种“英雄”并非由于性别特征形成的，而是源自社会强加于其性别和阶层之上的习俗惯例和道德观念。或者说，她并不像玛吉野火那样敢于自由地大声歌唱或反抗，“她既非世俗的反叛者也非流浪者，对寻找一种可被接受的、表达女性的性别存在的途径不具备任何激励作用”[②]。也就是说，通常女性形象所具有的英雄特质是通过强化其外貌上的英武或身体上的强壮来表现的。对男性来说，英雄行为更可以强化其性别特征，比如爱德华·威弗莱和法兰西斯·奥斯巴尔迪斯顿的苏格兰之旅。他们在经历战争和动乱之后性格中过于柔弱的成分减少了，代之以成熟的男子汉气概。而珍妮的英雄主义却不能强化她的性别特征。她的性别首先就限制了她成为真正的“英雄”。当她回归家庭的时候，仍然是对父亲恭顺、对丈夫忠诚、对家庭无微不至地照顾的典型女性形象。因此，伦敦之行不会让她的性别特征发生明显的变化。

从《威弗莱》到《红酋罗伯》，司各特给我们呈现的都是英格兰男子的苏格兰之旅。《密得洛西恩监狱》却是一场苏格兰女子的伦敦朝拜之旅。但是旅行的方向和性别的变化并没有改变司各特叙事的根本立场。安德鲁·林肯明确指出，珍妮·迪恩斯之所以能承担起女英雄的

---

① 司各特著，王楫、任大雄译：《密得洛西恩监狱》，第 294 页。

② Jenni Calder, Heroes and Hero-makers: Women in Nineteenth-century Scottish Fiction, The History of Scottish Literature. Vol.3: The Nineteenth Century, edited by Douglas Gifford. Aberdeen: Aberdeen University Press, 1988. P270.

职责，显然并非所谓小说表现的民主化的重要一步，珍妮之所以能成功，因为她“不可能获得公众发言权”[①]。这同时也说明，女性始终处于社会结构的附属层面，并不会因为珍妮迈出大多数女人难以迈出的一步而改变。

（三）女性化与苏格兰身份面临的危机

苏格兰与英格兰组成联合王国之后，原本行使政府决策功能、象征苏格兰政治独立的议会被取缔，转而在英国议会中为苏格兰议员保留了一定数目的席位。苏格兰教会和苏格兰法律得以保留，成为联合之后苏格兰王国重要的民族象征。

伊恩·邓肯认为，《密得洛西恩监狱》将城市暴乱的社会问题转移到母性与姐妹情谊所面临的家庭危机上，隐喻了苏格兰长老会的“家庭化和女性化”，从而将信仰从政治领域转移到道德层面。[②]显然，邓肯认为珍妮的伦敦之行，意味着以老迪恩斯为代表的苏格兰长老会在政治上的无能。随着女性承担起教会原本应该承担的责任，更将重要的民族特征（苏格兰教会的独立地位）道德化了。

长老会曾经在苏格兰的政治生活中扮演着极为重要的角色，但如今面对来自伦敦法令的威胁虽然群情激奋地认为“凡属公众礼拜方面的事情，只有教会大会才有绝对的权力作出规定；在苏格兰的教坛上，即使用上议院的大主教的名义来宣布什么，也等于承认主教统治制；而立法机关的禁令更无异于政府当局对长老会的神权（jus divinum）的干预”[③]，但是，面对国会法令的干预，教会也没有作出什么有力、有效的反应。最终，司各特也没有给我们提供更多的关于忠于教会的人如何维护苏格兰教会的权威和独立性的实例。反而，更多的是强调迪恩斯如何顽固地、傲慢地在私人生活中自恃“最纯真的苏格兰教会的唯一代表”[④]。

然而珍妮·迪恩斯在作出前往伦敦这一重大决定时，竟然决定不

---

① Andrew Lincoln, Conciliation, Resistance and the Unspeakable in The Heart of Mid-lothian, Philological Quarterly 79, No. 1, Winter, 2000. P75.

② Ian Duncan, Scott's Shadow, Princeton: Princeton University Press, 2007. P41.

③ 司各特著，王榾、任大雄译：《密得洛西恩监狱》，第 209 页。

④ 同上，第 215 页。

征求父亲的意见，因为：

> 珍妮对她父亲虽然孝顺，内心却觉得她父亲纵然正直而高尚，可是同时代精神格格不入，对于当此危机关头该采取怎样的措施不可能作出合理的判断。她自己对原则问题虽说同样正直，但态度比较灵活。她觉得要求她父亲同意她这次远行是断然办不到的，在那种情况下，她在旅途上或者碰到什么事情就得不到祝福了。因此她打定主意，要等她出发之后不久再把她的行动和打算通知他。①

父亲的功能在珍妮面对现实问题时被弱化到象征性的地位——无法提供建设性的意见，只能起到祝福（祈祷）的作用。父亲在珍妮的一生中原本是宗教信仰、道德规范的指导者，与教会在民众的精神世界中的重要地位相当。但是父亲面对道德问题时表现出的缺陷（伪证）表明他已经失去了威信。无论是老迪恩斯个人面对女儿艾菲的问题，还是苏格兰教会面临伦敦政府法令，都表现出一种无能为力的状态。使伦敦方面最终取消高压政策法令（要求苏格兰牧师在布道前宣读镇压波蒂厄斯叛乱者的法令）的，也是珍妮向卡洛琳王后请求赦免妹妹时的一个附带后果。一名女子独立承担了教会应该承担的拯救的职责。女性本身的非政治性，特别是珍妮作为女英雄所缺乏的男性化特质，使她只能承担道德责任，也淡化了教会的功能。

其次是法律问题。波蒂厄斯犯下谋杀重罪却被赦免，艾菲·迪恩斯仅凭推断而无真凭实据却被判死刑，苏格兰的法律似乎陷入了无法代表公平正义、无法保证民众安全的泥沼。市政府官员的名字具有某种暗喻之意，市政官米德尔伯格（Middleburgh），burgh 在苏格兰语中是“城镇”之意，说明苏格兰政府的市政官走的是中间道路，并非为苏格兰民众谋福利；某官员费尔斯克利夫则没有固定的立场，只靠在利益和权势之间迅速移动摇摆来实现“公平”（fair scrieve）；负责法庭

① 司各特著，王楫、任大雄译：《密得洛西恩监狱》，第 279 页。

和警务的市检察官沙比特劳（Sharpitlaw）则代表“骗人的法律”（sharpie law）。苏格兰法律没法查出艾菲杀婴背后的真相，也无法找到波蒂厄斯案件的真凶。真相只能靠珍妮·迪恩斯的偶然发现，拯救则只能靠珍妮的双脚和一颗真诚的心。

从另一个层面来说，珍妮求得王后的赦免令从而救了妹妹一命，却将苏格兰法律的意义消解了。人们不由得对苏格兰法律和教会支撑下的苏格兰社会结构的稳定性提出质疑。从波蒂厄斯事件中，伦敦一方感受到君主权威受到威胁，从而对苏格兰实行了高压政策。珍妮的伦敦之行，实则是对君主权威的认同。同时，苏格兰在波蒂厄斯事件之后所面临的政治危机也通过珍妮的伦敦之行转化为纯粹的家庭问题。

阿盖尔公爵带珍妮·迪恩斯向卡洛琳王后申诉时，卡洛琳试图挑起“苏格兰问题”，谈起苏格兰人强烈的氏族观念和家族联系以及不久前发生的波蒂厄斯暴乱。但是阿盖尔公爵极力撇清珍妮之行的“政治因素”，强调她作为一个普通的、诚实可靠的“苏格兰妇女”的身份。珍妮能否在卡洛琳王后内心引起“同情”，成为能否获得赦免令的关键。比如，面对卡洛琳王后对波蒂厄斯事件的愤怒，珍妮说出这样一番话：

> 如果能使您高兴的话，夫人，我愿意走遍天涯海角，去救约翰·波蒂厄斯的性命，或者任何同他处境相同的人。但如果要我去为他复仇，我当然会怀疑我能做些什么呢。这也许是行政长官应该做的事。他已经死了，魂归天国；杀害他的人一定会罪有应得。可是我的妹妹——我可怜的妹妹艾菲还活着，虽说她剩下来的日子已经屈指可数！——她还活着，只要国王口中一句话，就可以回到一个心都碎了的老人的身边，这个老人日夜祷告，从来不曾忘记祈求国王陛下国运昌隆，子孙万代，繁荣昌盛。哦！夫人，一个犯罪和受苦的人心如刀绞，不知是死好还是活着好；而别的人为她悲哀，同她一起痛苦，这种日子又该多么难受。[①]

① 司各特著，王榕、任大雄译：《密得洛西恩监狱》，第420页。

这番最终打动了王后的话，表现出司各特的精心设计。阿盖尔公爵巧妙地避开敏感的政治问题、民族矛盾，试图将一场城市暴乱（甚至在王后看来是苏格兰人的“叛乱”）消弭于一个家庭的范围之中，获取王后个人感情上的“同情”。要想化解矛盾，避免冲突，必须去除这次事件的政治意义。因此也只有珍妮·迪恩斯本人才能完成这一任务，无论是巴特勒或老迪恩斯，甚至阿盖尔公爵均不可能做到。“可怜”、“心碎”、“心如刀绞”、“悲哀”、“痛苦”，这样的词汇，只有从女性嘴里说出来才更有感染力。

莫雷·皮托克认为，司各特对苏格兰方言的使用显得自相矛盾。[①]比如，初见珍妮时，阿盖尔公爵被她的乡音（即苏格兰方言）所感动；临近结局时，珍妮·迪恩斯向卡洛琳王后求情，显然使用的是英语。试想她那一番打动王后的话，若非使用英语，而是通过阿盖尔公爵的翻译还能否引起王后的同情，实在不得而知。但是，皮托克的话从另一个侧面反映出司各特对珍妮性格的刻画细致入微。随时随地，珍妮都非常用心地设计自己的服饰和语言，从而最大限度地促进愿望的达成。在拜见阿盖尔公爵时，她特意换上自从进入英格兰境内之后就未穿戴过的苏格兰花格呢披风，讲话时也注意使用纯正的苏格兰方言。拜见王后卡洛琳时，虽然她并不知道面对的是王后本人，言谈间却非常巧妙地避开了王后的问题，拒绝对波蒂厄斯暴乱发表意见，将问题转移到了妹妹的案件和一个家庭的幸福与不幸上。与此同时，整个故事的基调似乎也从政治领域转向了道德问题上。

二、狂热与欲望之罪：司各特小说与苏格兰启蒙思想

道德问题是苏格兰启蒙运动中一个非常重要的问题。苏格兰启蒙运动尽管属于不列颠启蒙运动的一部分，却有着自己的独特性，保留了自己作为鲜明一致的知识分子现代化的内在完整性。以休谟所谓“人的科学”为核心，指向现代性作为一种历史的、社会经济的和文化的状况的思考。弗朗西斯·哈奇森继沙夫茨伯里之后，开展了关于道德

① Murray Pittock, Scottish and Irish Romanticism, Oxford and New York: Oxford University Press, 2008. P202.

的感情和审美基础的探究。哈奇森批判理性主义，巩固了经验主义在英国伦理学中的地位。他认为道德感是一切道德行为的基础，虽然也承认理性在道德活动中发挥作用，但是他否定利己主义，认为利他主义是社会道德的根源。休谟和亚当·斯密的道德情感论，虽然也承认道德感是一切道德行为的基础，却承认利己主义有利于社会道德的形成。另一方面，苏格兰启蒙运动更多地研究人与自然的关系、社会的自然史，认为诗歌是人类与自然关系的产物，与他者的内在对话产生了我们所生活的现实。道德情感理论分析了与构成商业社会的价值交换和劳动分工的经济原则的一致性。人类“本性”的动力是系统的社会性和惯例。

约翰·德维尔认为，苏格兰启蒙运动不仅仅是理性的时代，人们忽略了它与 18 世纪后半期在整个欧洲广泛流行的感伤主义潮流的关系。不过，启蒙运动的作家们也从不轻信任何一套感情理论，而是努力寻求和培养理性与感情两者之间的平衡。例如，社会感情并非总是温和的，而爱的激情显然与社会关系中的人密切相关，这种社会关系是人类社会的根本基础。一般而言，它可唤起勇敢、无私和利他主义的美德。但是，如果这种社会情感走向极端，也可能会导致轻率、失控，进而导致暴力行为，从而对社会秩序产生负面影响。同一个社团中的成员之间的同情（感情）的联系保证了和谐与防御的共存。假设防御心过强，又会走向压迫差异的不宽容行为，导致文化狂热主义和极端民族主义。因此，当启蒙作者们提到社会性和同情心的庇护时，他们小心地指出这种热情是在文明和礼貌的社会中培养出来的。为了社会的共同利益，必须采用节制和适度的原则，在理性和感情之间找到平衡点。

苏格兰启蒙思想家们对适当和有节制的感情有助于美德形成的理论，对浪漫主义时期的苏格兰小说产生了巨大影响。苏格兰小说以相同的地域和共同的历史为共同特征，展示了苏格兰小说家力图塑造民族身份或重现民族历史的种种努力。几乎所有的小说家都曾将对道德问题的拷问贯穿作品始终。司各特非常重视对激情的控制和平衡，认为过多的激情可能会导致狂热和谬误。他在多部作品中，多次刻画和抨击激情和狂热导致的罪恶。这种狂热和谬误常常伴随着某种形式的民族主义。司各特通常采用对比的方式表达自己的观点。作品中的人物常常成对出现，比如露丝与弗洛娜、明娜和布伦达、珍妮和艾菲、罗文娜和蕊贝卡等。与奥斯丁的《理智与情感》一样，他喜欢将理智、平凡而善于持家的女性与浪漫的、激情的、爱幻想的女性对比。激情洋溢的女性往往得不到幸福，司各特的浪漫主义是启蒙的浪漫，更多具有现实主义的成分。甚至可以说，他的作品充满了对感伤主义小说中常常出现的主人公或女主人公的讽刺。因为生活是现实的，人们必须在社会和家庭与个人关系中找到平衡点。没有人的婚姻与爱情可以超出社会或政治的范畴，至少是与国家、社团、民族或家族相关的。

传统上的司各特研究将司各特定位于“历史小说”的首创者，往往强调其在还原历史事件和表现历史人物中的创造性天赋，一旦进入更深层次的探讨，则会承袭托马斯·卡莱尔的定论，认为司各特的作品缺乏道德意识，无法触及人的心灵。[①]这种偏见因卡莱尔的影响而延续了将近两百年，弗吉尼亚·伍尔夫曾指出，作为以宁静和明朗出名的作家，司各特的作品只是被人享受或者忘记，甚少被人评论和研究。[②]但是，司各特的创作是否真的浅尝辄止，仅仅带给人们阅读的愉悦却缺少“反省的力量”呢？以司各特的苏格兰小说为例，《威弗莱》所未重点讨论的道德问题和思想危机，陆续出现在《清教徒》和《中洛辛郡的心脏》中，这三部曲几乎完整地反映了司各特对于政治、宗教和道德问题的全面思考。这与他的前辈大卫·休谟、亚当·斯密等人的思想是一致的，司各特以小说的形式展开了类似的探讨，论证了人性善恶、狂热与迷信的危害、社会的道德基础等问题。

伊恩·邓肯教授认为，司各特创作的历史小说直接受益于大卫·休谟的怀疑主义哲学和历史观，他指出“在休谟之后，司各特把小说变成了一种自由主义意识形态的表现形式，宣称从默默无闻的生

---

① Thomas Carlyle, The Amoral Scott, London and Westminster Review, 1838. From Hayden, John O, Walter Scott, Routledge, 1995. PP345-373.

② 弗吉尼亚·伍尔夫著，葛林译：《古董家》，《司各特研究》（文美惠编选），北京：外语教学与研究出版社，1982 年，第 216 页。

活史、盲目暴怒的政治学中提炼出道德和认知的观念，从而超越了原始的信仰模式（迷信和狂热），进入了现代主义”[①]。但《威弗莱》重于强调苏格兰与英格兰之间的联合（联姻），并未完成司各特为“苏格兰民族创造再生的神话”[②]的目的。《清教徒》从困扰苏格兰多年的宗教纷争问题入手，试图找到社会动乱的根源。《密德洛西恩监狱》则试图以社会底层女性珍妮·迪恩斯式的苏格兰“朴素的感情和谨慎的习惯”实现整个社会道德的升华。正如安德鲁林肯所言，“司各特的进步的历史观表明，那些企图为了坚持原则或信仰而抵抗社会进步潮流的人可能会被视为‘激进主义者’、‘狂热分子’或‘叛乱者’”[③]。以巴尔福（《清教徒》）为首的卡麦隆派的狂热极端行为，不顾及社会稳定，既阻碍了苏格兰的社会进步，又危害到了普通民众的生活；另一方面以斯汤顿（《密得洛西恩监狱》）为代表的极端个人主义的纵欲对社会道德产生极大的负面影响。

作为小说创作者的司各特认为，欲望会引发突破现实极限的罪恶和野心，而狂热的情感则会将人引入幻象的世界无法自拔，陷入精神的困境。因此他提倡“适度”的感情和足够的理智以实现心灵的宁静和自由。他曾在日记中谈到自己的焦躁不安：“这种感觉真可恶，如果我将自己的想象力沉浸在宗教事务上，一定会让我变成狂热分子。我总是小心地将我的思想放置到最平静的状态，这种状态可以保证我在做私人祷告时感到安宁。”[④]不仅如此，司各特反对将一切会引起狂热的思想状态，并试图将破坏性的后果归因于此。他在作品中多次塑造“罪人”形象，均受到严重的心理折磨。

约翰·洛克反对狂热，认为“所谓狂热，既非源于理性，也不是来自上帝启示，而是头脑发热的奇想。这种狂热一旦产生，就会比理性和上帝启示更强有力地作用于人的行为，因为人更倾向于服从自己

① Ian Duncan, Scott's Shadow: The Novel in Romantic Edinburgh, Princeton and Oxford: Princeton University Press, 2007. P29.

② Douglas Gifford Sarah Dunningan and Alan Macgillivray ed, Scottish Literature, Edinburgh: Edinburgh University Press, 2002. P214.

③ Andrew Lincoln, Conciliation, Resistance and the Unspeakable in the Heart of Mid-Lothian. Philological Quarterly 79, No.1, Win 2000, P72.

④ Richard H. Hutton , Sir Walter Scott, Middlesex: The Eco Library, 2006. P77.

的冲动”[①]。休谟继承了洛克的思想，认为迷信和狂热是两个恶端，两者相比起来，狂热的害处比迷信的害处更大。崇尚迷信的希腊教和罗马教，由于它们对人的情感和理智影响较小，害处也比较小；而加尔文派新教，由于它主要是以狂热为手段，严重地影响了人的情感和理智，为害尤为剧烈。[②]司各特在《清教徒》一书中所塑造的伯利的巴尔福就是宗教狂热和排他主义的极端。巴尔福所属的喀麦伦派相信“救赎预定论”，坚信自己是世界被造之前即已被上帝选中救赎的人。他们认为，包括长老会的温和派在内的其他人的信仰都是“伪信仰”，上帝是借他们的手来清除伪信者。这种极端和狭隘的思想与人民渴望和平的心态水火不容，加上其对社会秩序和稳定的极大破坏性，注定了其失败的结局。

终其一生，作家司各特都将狂热视为人类的大敌。他几乎在每一部作品中都曾塑造过因信仰狂热而走上极端道路的人。他以不偏不倚的客观的态度面对其信仰，但是谴责一切利用宗教来实现个人政治目的的行为。巴尔福是狂热的喀麦伦派（即卡梅隆派），无论何时何地都随身携带袖珍版的《圣经》，与人交谈的时候也引经据典，句句不离《圣经》。但是，他引述经典的时候常常断章取义，且喜引用暴力及以暴制暴的段落。他从不宽恕，在追杀另一个人的时候，路遇夏普大主教，暴怒之下竟杀死了这个白发苍苍、手无寸铁的老人。同时，巴尔福的宗教狂热与政治野心纠缠在一起，他不惜使用一切手段实现自己的目的。但巴尔福的命运已是休谟对狂热者精神和理智损害的最好说明。狂热的信仰、易怒的性格、从不宽恕的暴力行为使他产生了沉重的心理压力，每到夜晚梦魇就会纠缠、刺激着他自认坚强的神经。教民流传说他常常挥舞利剑与“恶魔”作斗争，其实不过是他在遭受良心的痛苦折磨。司各特认为，当人处于极度兴奋的状态下，会出现鬼魂或魔鬼等幻象。[③]巴尔福备受折磨，或喃喃自语或狂暴地挥剑欲刺，最

---

① 原尼迪齐编，洛克著：《人类理解论》，第 399 页。转引自刘意青主编：《英国 18 世纪文学史》（增补版），北京：外语教学研究出版社，2005，第 59 页。

② 大卫·休谟著，郑之骧、曾文经译：《自然宗教对话录·中译本序言》，北京：商务印书馆，1962 年，第 3 页。

③ Sir Walter Scott, Letters on Demonology and Witchcraft, London: George Routledge and Sons, 1885. P10.

后只能藏身山洞，却仍然念念不忘挑起战争。司各特对其精神状态的细致入微的刻画，表现出一个作家的敏锐洞察力和表现力。此处的巴尔福可以说是詹姆斯·霍格于1824年出版的《忏悔》中罗伯特与"魔鬼"吉尔·马丁依赖而又无法摆脱的雏形。以巴尔福为代表的宗教狂热，带有强烈的战斗性和暴力倾向。尽管得到了部分下层民众的支持，但因其破坏性和对抗历史进步的本质而不能长久存在。

与司各特同时代的作家霍格在《忏悔》中曾提到牧师布朗查德的一段话，明确指出："宗教是一种崇高和壮丽的事业，是维系人类社会的纽带，也是人性与神性之间的联系，但是对人类来说没有什么比歪曲这些原则或强迫他们摆脱束缚更危险的。这是一条毁灭之路，没有如此轻而易举的事情。如果一个人将经典作为验证自己正直与否的证据，他必然会误入歧途。……绝对的预定论……到达一定程度，其结果就是全面地抛弃宗教和启示；至少将他们弄混，以致人类无法鉴别其正误。"[①]这是一个预言性的劝说，实际上，喀麦伦派即使不遭到镇压，也将逐渐失去民心。因为苏格兰长期的战乱、宗教纷争导致其发展的步伐大大落后于英格兰，只有和平、稳定的社会环境才有利于苏格兰经济、贸易的发展，最后实现文化的繁荣。

我们前面已经谈到，《清教徒》中的巴尔福及其所属的喀麦伦派的宗教狂热是社会动乱的根源，《密德洛西恩监狱》中斯汤顿则是为满足个人私欲破坏社会秩序的代表。他所犯之罪，真正的危害不在于他曾带头劫狱反抗来自王后的谕令，而是面对爱情不够理智，致使天真少女"受人引诱而犯下谋杀之罪"[②]。在司各特看来，这种道德层面的罪行必将深刻地折磨犯罪之人，使其一生都无法摆脱精神折磨和道德的拷问。约翰·米勒也曾特意警告读者，任何在爱情层面的堕落都会损害心智，削弱家庭的功能，最终会危害文明。[③]《一个医生的女儿》中的威瑟林顿夫妇，《密得洛西恩监狱》中的乔治·斯汤顿和艾菲，《古

---

① James Hogg, The private Memoirs and Confessions of a Justified Sinner, Hertfordshire: Wordsworth Edition Limited 1997. PP90-91.

② 司各特著，王楫、任大雄译：《密得洛西恩监狱》，第108页。

③ John Dwyer, The Age of Passion: an Interperetation of Adam Smith and Scottish Enlightenment Culture. East Linton: Tuckwell Press Ltd., 1998. P6.

董家》之中的格伦奈伦伯爵，都为他们年轻时候逾越道德界限而受到了精神惩罚。若不能控制感情，美好的爱情也无法带来全部的幸福，人类将终生为自己的罪恶赎罪。因此，这样的人在作品中往往都站在幸福的对立面，成为威弗莱、亨利·莫顿、珍妮·迪恩斯的对比。

与霍布斯的人性本恶的理论不同，18世纪的苏格兰思想家们一直强调人同时具有社会性和自我利益趋向两种本性。大卫·休谟虽然持自然神论，从而扬弃了弗兰西斯·哈奇森的神授道德观，仍然在哈奇森的道德情感理论基础上发展出了类似功利主义的观点。休谟在《人性论》中指出，人性天然地趋利避害，道德的基础是以情感（同情）而非理智为主。亚当·斯密在《道德情感论》中进一步发展了这个观点，他认为同情（sympathy）是换位想象之后的结果。这种换位构成了现代社会中陌生人主体间的纽带，具有调节自我和他者之间界限的作用。[①]不过，这并不意味着一味放任感情，启蒙思想家提倡的"适度"，就是寻求社会情感的最佳平衡点。同一社会中的人与人之间的感情联系保证团体的和谐与秩序。假设这种感情走向某一个极端，就会导致对异己的打击和压迫，导致文化狂热和对一切外来者的攻击。因此，苏格兰的启蒙主义思想家在提到人的社会性和同情心时，特别小心翼翼地将其限制在"文明社会"、"受过教育的人"的范围之内。他们并不反对消除自私的情感，而是提倡适度的自私和社会激情，通过礼貌和对他人的慈善行为淡化自我的要求。

《密德洛西恩监狱》的主人公珍妮·迪恩斯貌不惊人，但司各特认为，其最宝贵的品质就是保持了苏格兰人的"朴素感情和谨慎的习惯"[②]，珍妮"她有不寻常的坚强的禀赋，从不受任何精神上的刺激或意外的干扰。（须知精神不健康往往侵害人体各种机构，影响人们的心灵。）而她的坚强禀赋必然会形成单纯、坚毅和果敢的性格"[③]。她的恋人巴特勒也一样，两个人的恋爱过程虽然漫长而无奈，但始终没有被激

① John Dwyer, The Age of Passion: an Interperetation of Adam Smith and Scottish Enlightenment Culture. East Linton: Tuckwell Press Ltd., 1998. P76.

② 司各特著，王楫、仟大雄译：《密得洛西恩监狱》，第14页。

③ 同上，第84页。

情冲破头脑。在司各特看来，性格上的优点远比外貌重要，艾菲和斯汤顿显然是站在他们的对立面的。艾菲的漂亮引人注目，但性格“却有点自负和固执，容易激动和烦躁”，所以才会“受人引诱而犯下谋杀之罪”。斯汤顿尽管容貌俊秀、仪表大方，但由于情绪的激动、思想的压抑和罪恶感，呈现出的活脱脱是一个双目通红的魔鬼的精神面貌，他甚至口出狂言：“我就是魔鬼！”[①]斯汤顿作为强盗和走私犯的身份是掩盖在“罗伯逊”之名下，但是两个人所承受的精神惩罚却是由于婚前纵欲、未婚生子导致婴儿失踪而来。这种罪远比司法惩罚深重。与被动犯罪的艾菲相比，乔治·斯汤顿罪孽深重，早在认识艾菲之前，就已经种下苦果。勾引乳母之女玛吉，使其怀孕，更严重的是玛吉丧子之后变得神志不清、疯疯癫癫。他实际上是导致默多克森母女衣食无着、被迫四处流浪、成为众人眼中的“女巫”和“娼妓”的罪魁祸首。因此他被玛格丽特·默多克森报复，艾菲之子生下之后即告失踪，接着艾菲被控杀婴而锒铛入狱。这一切都源自于斯汤顿的放纵。他自称不可救药，认为自己不论今生和来世命中注定要遭殃：

> 生我的母亲为我而遭殃，爱我的朋友为我而遭殃，信任我的女子为我而遭殃，我所生的无辜的孩子也因我而遭殃。假如干了这一切勾当的人是个罪人，而苟全性命是件不幸的话，那么我就是最有罪也最不幸的人了。[②]

斯汤顿与艾菲最后都获得了赦免，但并未获得法律上的无罪证明，因此隐藏在斯汤顿勋爵和夫人光鲜面具背后的仍然是“强盗罗伯逊”和“杀婴罪嫌疑人艾菲”[③]。从表面上看，斯汤顿和艾菲的确获得了赦免，在海外过着奢侈的生活，社会地位也很高。但司各特在小说结尾的一段话揭露了他们生活的实质：“犯罪的人纵能荣耀一时，却不能

① 司各特著，王樨、任大雄译：《密得洛西恩监狱》，第101、108、118页。
② 同上，第164页。
③ Leland Monk, The Novel as Prison: Scott's The Heart of Midlothian, Novel: A Forum on Fiction, Spring 94, Vol. 27, Issue 3. P302.

得到真正的幸福；一个人犯了罪，其恶果将在作恶之后存在很久，它像被害者的阴魂，永远随着作恶者的足迹；而美德的道路上虽然看不到世俗的伟大，却永远是愉快和宁静。”[①]这种鲜明的对比是通过艾菲与斯汤顿回乡探望姐姐珍妮，看到珍妮的幸福生活：温暖的壁炉，两个孩子，一座小屋。平静而幸福的生活衬托出斯汤顿夫妇奢华背后的痛苦：自从上次失去孩子，他们再未添丁。多年来生活在愧疚和负罪之中，无法摆脱阴影。这出悲剧的真正高潮在于，斯汤顿在路上被抢劫，杀死他的正是已成为强盗黑邓肯手下一颗棋子的亲生儿子——多年前的罪孽终于受到了惩罚。

珍妮·迪恩斯的原型海伦·沃克实际上孤老终身，并未结婚。司各特却赋予珍妮自己笔下所有幸福女性的最美好结局：幸福的家庭和成群的孩子。在司各特的男性立场来看，女性的整个世界与最终归宿就是家庭，理智的、平凡的、善于持家的女子与浪漫的激情的爱幻想的女性相比，前者更容易获得家庭的幸福。正如蒙克所言，司各特在《密得洛西恩监狱》一书中，塑造的是一个乌托邦，犯罪之人虽大都得以逃脱司法审判，但正义是通过自我惩罚来实现的。犯罪的、痛苦不堪的自我被囚禁在光鲜的社会角色中备受折磨。[②]斯汤顿夫妇与珍妮夫妇相比，社会地位虽高，其人生却是一出真正的悲剧。

与斯汤顿夫妇相比，珍妮·迪恩斯所拥有的武器就是“同情”和“正直”。“……休谟所强调之处乃同情的非自愿的、易感染的力量与一种惩戒性的意愿一起得以将感情和感觉从它们的身体的混乱本源中抽象出来。同情是一种道德工具，可以保持社会的‘冷静’，有效地削弱或中立‘正当行为’的领地。它以另一个头脑的想象为媒介，打倒潜在的暴力和无政府主义的狂热激情。同情因此包含着不仅仅是‘受苦者的任何感情的反应’，而且还有旁观者自己的考虑，假如落到这步田地自己会有什么样的感觉’。”[③]普通苏格兰民众的美德是一笔宝贵的

---

① 司各特著，王榍、任大雄译：《密得洛西恩监狱》，第574页。

② Leland Monk, The Novel as Prison: Scott's The Heart of Midlothian, from Novel: A Forum on Fiction, Spring94, Vol. 27, Issue 3, P299.

③ John Dwyer, The Age of Passion: an Interperetation of Adam Smith and Scottish Enlightenment Culture. East Linton: Tuckwell Press Ltd., 1998. P76.

精神财富，是对抗商业社会堕落——冲动与犯罪——的最佳武器。这个时代已经不属于喀麦伦派，因此老戴维·迪恩斯，只能在宗教信条上吹毛求疵，却对女儿的审判无能为力。珍妮·迪恩斯不肯违心作伪证，但真心愿意救妹妹艾菲，因此宁愿步行前往伦敦向卡洛琳王后求情。一句谎言被长途跋涉取代，其意义正像疯癫的玛吉野火所比拟的：珍妮就是班扬《天路历程》中所描写的克里斯蒂娜。她一个人对抗社会的丑恶，道德上的纯洁无瑕极其可贵。多数维多利亚时代小说中的英雄，扮演拯救角色的都是男性，以强调男性的攻击性和女性的被动性。即使有少数女性作为姐妹或者朋友试图救赎自己堕落的姐妹，却通常是隐姓埋名或身罩白袍，这些女性仅有道德意义上的存在，而无真正的法律或经济上的身份。[①]因此很多人也指出珍妮·迪恩斯虽然承担了救赎的角色，她的声音却仍是属于民间的、被动的声音，起不到决定性的作用。这种自觉的道德能否拯救社会的堕落也是司各特无法正面回答的问题，但他至少已明确指出宗教信仰的狂热和偏执无法拯救道德的堕落，美德的力量乃是维护社会进步的必要武器。

第五节　民族主义的感伤——《雷德冈利托》

在这部作品中，司各特沿用了婚姻的隐喻来强调苏格兰从联合中获得的既得利益。如果说，布雷德沃丁家族因与威弗莱家族联姻而即将迎来其繁荣还只是瞻望的话，约书亚·格迪斯之所以能成功地实现理想——在农牧渔业等各方面开展改良、提高效率并获取更大的收益——其根源还在于父亲与一位英格兰富家女的联姻，从而成功地通过经商致富并赎回家产。

联合之于苏格兰，在这部作品中终于尘埃落定。主人公达西·拉蒂默虽然是坚定支持 1745 年斯图亚特王朝复辟的雷德冈利托家族的后代，但同时他也是坚定的乔治国王的支持者和臣民。更重要的是，

① Michael Cohen, Empowering the Sister: Female Rescue and Authorial Resistance in the Heart of Mid-Lothian, College Literature, June 1993, Vol.20, No.2, P58.

达西本身就是英格兰人与苏格兰人联姻的后代。这部小说与以往大为不同，因为婚姻双方的性别出现了重大改变。司各特通常在作品中以苏格兰女子与英格兰男子的联姻表现对不列颠统一帝国的认同。然而，在这部作为詹姆士党历史结束语的小说中，联姻的模式却被彻底颠覆了。比如成功、富有的贵格会商人约书亚·格迪斯的父亲通过与英格兰的一位富家小姐结婚，得以通过经商发财致富的方式重振家业，恢复被剥夺的田产；而达西的父亲雷德冈利托，身为一个坚定的詹姆士主义家族的第一继承人，他却娶了一位出身豪富之家的英国小姐。贫困的苏格兰人与富有一方联姻是一个赖以翻身的巨大机会。斯摩莱特早在《汉弗莱·克林克》中就已经暗示了这一点。这种转变，表现在《雷德冈利托》之中，都是上一代的联姻。到了达西·拉蒂默、约书亚·格迪斯等人这一代，事实上已经承认了汉诺威王朝的合法统治，甚至都是坚定的国王和议会的支持者。当极少数人试图利用苏格兰边境地区残存的一点同情和怀旧情绪再次发起一场"复辟"时，他们反而变成了苏格兰民族史的局外人。

司各特的《雷德冈利托》发表于1824年，这部小说是近年来国外司各特研究的一大热点。评论家认为，司各特的真正天才之处在于"威弗莱系列"小说，而《雷德冈利托》则是其中最优秀的作品之一。20世纪早期的一位英国政治家和文学家约翰·布臣（1875—1940）曾指出："如同《安东尼与克莉奥佩特拉》位列莎士比亚的四大悲剧一样。它（《雷德冈利托》，不仅是其中之一，而是包含着最优秀的不可思议的东西。在这部作品中司各特回归了他的真正的记忆之库……唤起了他少年时代关于在《威弗莱》中曾经描写过其高潮时刻的詹姆士党那缓缓退却的波浪的记忆。"①

《雷德冈利托》本身呈现出的多重叙事方式、多层面的历史回忆等不同于以往的叙事特征，也是其在现代受到评论家广泛关注的重要原因。小说仍然采用了以往类似的线索——英格兰青年前往苏格兰高地游历，却置身于詹姆士党的复辟活动中。然而，与1715年或1745年

---

① John Buchan, Sir Walter Scott, New York: Coward-McCann, Inc., 1932. P264.

的历史事件不同，这个以1765年左右为时代背景的故事纯粹是作者的虚构。同时，小说呈现出叙事角度、文体和身份上的复杂性，评论的热点多集中于小说的叙事与身份或历史编纂学，忽视了小说对政治经济学的关注。

在这部小说中，教友派商人约书亚·格迪斯冲破阻碍，成了寻找和拯救主人公达西的英雄和精神上的"父亲"。这一角色承担着除詹姆士余党策划未发动便宣告流产的复辟活动之外的第二线索的重要作用。同时，这更是一个亚当·斯密笔下理想的士绅形象。他的父辈专心贸易，家产丰厚。而他却退出各大贸易公司的股份，回家乡开展农牧渔业等各方面的改良和改革，成了一位"亲手栽种自己园子的园艺家，一身兼地主、农场主和劳动者三种资格"[①]。从表面看，格迪斯从大部分商业公司退股，专心经营农场似乎是历史的倒退。实际上，这正符合亚当·斯密反对重商主义、提倡重视农业改良的观点。苏格兰农业改良的迫切性早在启蒙运动时期就已经引起了知识分子的普遍注意。亚当·斯密曾严厉批评苏格兰各地因为固守传统、拒绝新式方法导致的落后局面。司各特饱受亚当·斯密的经济学理论的影响，早在大学时代就已形成了从封建到现代商业文明的进步思想观，一方面赞成开展广泛、自由的商业往来，一方面关注农业文明的发展状况。[②]在《红酋罗伯》(1818)中，除了尼克·贾尔维等苏格兰商人形象所表现的民族性之外，格迪斯对农牧渔业的改革已然代表了在和平稳定的年代苏格兰经济发展的大方向。

一、鱼叉与桩网

达西怀着对自己身世的疑问，从爱丁堡出发前往苏格兰高地与英格兰边境地区游历。面对索尔维河对面的英格兰故乡，达西在迷茫之中差点被激流冲走，幸被陌生的渔夫所救，但也因此陷入了一个巨大

① 亚当·斯密著，谢祖钧等译：《国富论》，长沙：中南大学出版社，2003年，第45页。此处译文略有改动。

② John Sutherland, The Life of Walter Scott: A Critical Biography, Cambridge, MA: Blackwell, 1997. P41.

的阴谋之中。他不但亲眼见证了“索尔维河地主”与贵格派的约书亚·格迪斯之间发生的鱼叉与桩网之争，更身不由己卷入一场暴乱。一群支持斯图亚特王朝复辟的“暴徒”手持武器，攻击了河口的捕鱼站，摧毁了桩网，绑架了主人公达西。这些人的首领，就是当日救起达西的“索尔维湖地主”。从起因看，这场暴乱似乎纯粹是生产方式之争。

鱼叉是以“索尔维湖地主”为首的渔夫们所使用的工具，桩网则是格迪斯和英格兰潮网公司架设在英格兰与苏格兰边境的索尔维河口的捕鱼工具。在达西眼中，鱼叉这种简单原始的捕鱼工具，似乎是那些“渔夫”（即暴乱参与者）的娱乐和运动的工具。他们用鱼叉捕鱼时的矫健身姿、灵活动作与快乐情绪给达西留下了深刻的印象，这一切与索尔维河沿岸的自然风光互相映衬，造就了一种世外桃源般的效果。在达西看来，用鱼叉捕鱼真是一门男子汉的艺术，使他用网袋捞鱼的行为变得幼稚可笑。达西与法兰克（《红酋罗伯》）、爱德华（《威弗莱》）等人一样涉世未深、心怀浪漫。然而，现实并非梦境。有“索尔维湖区地主”之称的渔夫首领与被称为“贵格”的教友派商人约书亚·格迪斯之间发生的言语上的冲突以及随后捕鱼站被毁、住宅被破坏的恶劣事件表明了现实的残酷性。可见，渔夫们使用的鱼叉和格迪斯架设的桩网，绝非捕鱼工具的不同这样简单。

进入18世纪，农业革命与工业革命开始大规模地席卷苏格兰。但是苏格兰的地理条件导致了发展的极为不均衡。一方面，格拉斯哥、阿伯丁等中部和低地由于交通便捷、土地条件较好可以提供纺织业所需的羊毛，从而逐渐发展成为大型的工商业城市。但高原地区、特别是边境山区，地理条件恶劣，且因内陆河流多接近瀑布线不适合运输之用而相对闭塞。小说中的主人公达西·拉蒂默骑马在邓弗里斯地区旅行时处处涉险，足可窥其一二。索尔维河是穿越英格兰与苏格兰边境的一条河，水深湍急，以盛产肥美的鳟鱼闻名。限于当时的地理状况，渔业发展成为当时此地发展经济的唯一的可能。因此，苏格兰商人格迪斯与英格兰潮网渔业公司合作，在索尔维湾的潮汐口架设了桩网，建立了捕捞站。根据亚当·斯密的理论，分工是提高劳动生产力的必要条件，而采用适当的机器既方便又可以降低原来的劳动强度。[①]桩网尽管算不上复杂精细的大机器，却是大规模捕捞的必要工具。然而，这种做法引起了苏格兰人一致的反感甚至仇恨——普通渔夫、吟游诗人、复辟者、甚至律师阿兰，对此均持反对态度。这背后显然隐藏着深刻的政治、经济方面的原因。

“索尔维湖地主”反对的原因有二。首先，格迪斯及其公司的捕捞方式违反了苏格兰传统，是一种非法的、不公平的行为；其次，这种捕捞方式将会彻底毁灭索尔维湖的鱼类，将下游的五十几户渔民置于危险的境地。[②]从今天的角度来看，这种说法非常符合生态和自然保护的原则，也极易引起读者的同情。然而，“索尔维湖地主”本身并非索尔维湖或索尔维河附近土地的拥有者，他的这种一湖之“主”的身份，只是一种自我认可。他所强调的违反传统，并非单单针对捕捞鱼类的方式而言。作为斯图亚特王朝复辟的坚定支持者之一，他想要维护的是整个封建社会的生产生活方式。使用破败的渔船、渔网和原始的鱼叉捕鱼，也不是他赖以谋生的手段，这是几十户追随他的渔夫们的生活。他屡次扬言要摧毁捕捞站、摧毁格迪斯圈围的“猎场”的真正原因是围场和桩网捕鱼必然对渔猎“运动”带来破坏。复辟活动的组织者之一雷德冈利托更加明显地指出：“我鄙视他（格迪斯），也很讨厌那些贪婪的设施，他用那些东西毁灭了一种富有男子汉气概的运动。”[③]雷德冈利托的立场比起“索尔维湖地主”更具有贵族的特征，他彻底忽略了底层民众的需要。在达西看来如同娱乐般的叉鱼活动，对渔夫来说是生计的需要，对于地主和贵族而言却仅仅是运动和娱乐的方式。格迪斯以新时代的商人兼农场主的立场，设立捕捞站、将场地圈围起来的方式，影响到他们的渔猎活动，因而屡屡受到威胁。

亚当·斯密认为，“打猎和钓鱼是人类未开化社会中最重要的两种职业，在进步的社会里变成了人类惬意的娱乐。昔日为生活需要而渔猎，今日则为寻欢作乐而渔猎。因而在进步社会里把别人当作消遣的

① 亚当·斯密著，谢祖钧等译：《国富论》，第16页。
② Walter Scott, Redgauntlet, New York: Quil Pen Classics, 2008. P60.
③ Ibid, P248.

事而作为自身职业的人，他们都是一些极端穷困的人。……大多是对于这些职业有天然偏爱的人才从事这种行业，而不是因为靠它们可以过上舒适的生活。”[①]从达西亲眼见证的座次编排、餐具区分可见，这些聚集在低矮的农舍中的“捕鱼人”仍然被束缚于封建庄园制的等级制度之下，保持原始的捕捞习惯，从而也维持着贫困的生活。另一方面，人类征服自然的信心在启蒙运动之后大大膨胀，因此对自然资源的开发存在暴力的、非再生性的破坏。企业主和资本家在进行原始的资本积累的同时，也极大地破坏了周边的自然环境。在索尔维河口设立的桩网，的确大大提高了捕捞率，但对那些以捕鱼为生的渔民而言，具有破坏性的一面。这种负面影响，也是司各特在作品中常常表现出左右矛盾的心理原因之一。工业文明一方面有利于社会发展，有利于苏格兰的进步，另一方面对传统的生活方式的彻底破坏也很让人痛心疾首。苏格兰民众各阶层从律师到治安法官到普通小贩都同情索尔维湖“案犯”，也是出于对斯图亚特家族及其所代表的旧秩序和古老的生产生活方式即将彻底告别历史舞台的一种怀旧的留恋。

我们前面还曾谈到，普通渔夫、吟游诗人、复辟者、甚至律师阿兰，都对在索尔维河口设桩网持反对态度。“索尔维湖地主”就曾指出，这是“非法的”。达西的好友、年轻的律师阿兰·费尔福德也毫不迟疑地对达西说：“从专业的角度来看，你的朋友约书亚所采取的捕鱼模式的合法性，连我们最好的律师都持怀疑态度，而且假如桩网真的被看作是一种非法的、影响了河口流通的障碍，应该有一群人前去推倒和破坏它们，从法律角度看不会被认为犯了暴乱罪。……如果你真像堂·吉诃德举着长矛，前去保护那些桩网和难看的袍子，我敢肯定你一定是个失败的骑士。”[②]然而，格迪斯却说“我们是受到这个国家的法律保护的……”，希望那些“粗人”不要破坏私人财产。真正的暴乱事件发生之后，地方治安法官似乎也不着急镇压或捉拿凶手，他在给老费尔福德的信中，非常轻描淡写地说道：“我借此机会多说件事，在那些索尔维河的渔夫中间发生了一次大骚乱，他们摧枯拉朽地将河口

① 亚当·斯密著，谢祖钧等译：《国富论》，第76页。
② Walter Scott, Redgauntlet, P93.

的桩网破坏了；另外他们还攻击了贵格会格迪斯的房子，造成了一定的破坏。他是潮网渔业公司的合伙人。”①

到底这件事的性质是什么呢？谁是非法的一方，谁是合法的一方呢？这涉及自从1707年英格兰与苏格兰签署联合法案之后，关于苏格兰立法的问题。“联合法案”早已签署60年之久。但民众的抵触情绪犹在。关于索尔维河口上的桩网，其实宣告的是对自然资源的占有权。据司各特的注释，此事是根据一个真实的事件来写的。阿兰、“索尔维湖地主”、治安法官和其他苏格兰人都是从苏格兰法律的角度来看待这件事的。“索尔维湖地主”和阿兰的法律，显然指的是苏格兰传统法。格迪斯的“国家”却指的是不列颠联合王国，并非单指英格兰或苏格兰。格迪斯的“国家的法律”保护财产权，对于自然资源和公共用地，无论是英格兰还是苏格兰都早已规定了圈地之后的所有权。关键问题是，索尔维河位于边境地区，英格兰和苏格兰人都有权利使用索尔维河的资源。桩网等设施虽属于格迪斯本人的私人财产，但是由于他是英格兰潮网公司的代理人，并在公司拥有股份，他的这部分财产若遭受损失，将有公司出面索赔并给予补偿。

暴徒们的暴力行为当然是犯罪，这是双方都认可的。只是人们从传统和民族主义的角度来看待这个问题，导致了对问题避重就轻的说法。阿兰强调桩网非法，或治安法官强调“英格兰潮网公司”，暗示暴徒的行动有所指。最终并未对任何人采取法律措施。虽然小说的主旨是斯图亚特王朝的最后一批支持者们永远地失去了现实的可能性，同时也表明他们所能采取的最暴力的行为也仅仅是对经济发展采取的报复手段。联合之后苏格兰保留了原有的法律制度和教会，但是获得了与英格兰互通贸易、享受国内关税的待遇，同时可以共同分享英格兰在海外的殖民地。若非如此，贾尔维是不可能夸口自己在西印度群岛的种植园的。

① Walter Scott, Redgauntlet, P172.

二、果园与荒原

然而，“索尔维湖地主”与从事农渔的“渔民们”的落后生产方式，显然只能延续苏格兰的贫困。产业革命以来，苏格兰经济尽管也取得了相当的进步，但远远无法与英格兰成熟、完善的产业模式和市场化程度相比。农牧业方面的落后状态尤其引起了人们的关注，亚当·斯密认为封建残余多的地方，就会对经济发展造成严重阻碍，联合之前苏格兰低地的休耕制度致使“苏格兰土地中那部分能够很好耕作的土地所生产的与其完全能够生产的相比也要低得多”[①]。18 世纪，苏格兰的可耕地仅有 3 万英亩，不到全部土地的 10%，还有约 13%的质量参差不齐的可放牧的土地以及 3%的可砍伐的森林[②]，与此相反的是人口增长的趋势。这种现象在高地更加明显，人口伴随着贫困更加疯狂地增加。马尔萨斯在《人口论》中专门分析过苏格兰高地的现象。他比亚当·斯密更加重视农业生产的重要性，认为“一国的幸福……取决于食物增加的速度”[③]。因此，他建议重奖农业改良者，“用财富改良土地，使农业家栽培入不敷出的土地成为生产的，在各种可能的财富用法中，也许是最有利于国家，最有利于下层阶级的”[④]。对苏格兰发展前景的忧虑，使得苏格兰上层知识分子格外重视农业的研究。1783 年由当时著名的文人亨利·麦肯齐主持成立了爱丁堡皇家协会，主要资助和奖励在科学、艺术和自然科学等方面的创新。同时农业改良的紧迫性不断获得学术性的认可，最终于 1790 年在爱丁堡大学设立了农业教席。[⑤]在这种情况下，研究和普及农作物（植物）的知识、开展农具的改良开始弥补苏格兰自然条件的不足。

在当时，将场地圈起来、特别是种植树木作为农场边界的做法是一种成熟的农业文明的象征。英格兰农业生产的天然条件比苏格兰要

---

① 亚当·斯密著，谢祖钧等译：《国富论》，第 154 页。

② Alexander Broadie ed., The Cambridge Companion to the Scottish Enlightenment, Cambridge University Press, 2003. P9.

③ 马尔萨斯著，郭大力译：《人口论》，北京：北京大学出版社，2008 年，第 58 页。

④ 同上，第 122 页。

⑤ Alexander Broadie ed , Scottish Enlightenment, P108.

好得多，作为农场边界的树篱和修剪平整的草皮通常成为文明进化的表现。苏格兰女作家苏珊·法里尔在小说《婚姻》中，就以女主人公玛丽的眼光描述了英格兰农场缀满鲜花的树篱和悠闲、体面的农夫。[①]尽管她更喜欢高地打赤脚的农夫，也不得不承认成熟的农耕条件让英格兰乡村的春天如同诗歌般美好。贵格约翰·格迪斯的农场以圈地为主要特色，整齐而又蓬勃的树篱与果园给主人公达西·拉蒂默留下的印象最深。这恰恰反映了18世纪风行整个英格兰的以树篱和篱笆圈围耕地或牧场进行开垦和改良的浪潮。当时，树篱在苏格兰并不十分流行。

苏格兰虽然早在1695年就已经实施圈地条例，也有很多人通过圈围公用地的方式宣告所有权。但采用栽种树木形成树篱作为土地边界的方法直到19世纪30年代还不常见。传统的苏格兰低地和高地农业，大部分使用石墙圈地，费时费力费钱。“迟至1750～1776年，苏格兰几乎所有耕地都还没有圈围起来：这个地方依然像过去一样的没有篱笆，而且大部分是树木俱无。甚至七十年后，没有篱笆也没有围墙的天地还是很普通的。”[②]

1773 年塞缪尔·约翰逊在鲍斯威尔的陪伴下到苏格兰西部的岛屿旅行时，他对苏格兰呈现出的触目惊心的光秃秃的状态感到非常震惊。他不无挖苦地说，土地之间要么没有可见的边界，要么只有松散的石墙，整个国家惊人一致地赤裸裸、光秃秃。在苏格兰见到一棵树就像在威尼斯见到一匹马那样罕见。[③]他认为撒种子并不费事，保护树木成长也非难事。然而在这里，“既无林木充当栅栏，又无荆棘充作篱笆”，真是令人费解。[④]

正是在这种背景下，小说中的约翰·格迪斯于荒原的包围之中，在祖先的产业上开辟了一块鲜花盛开、果实累累的“伊甸园”。达西离开“索尔维湖地主”时，亲眼见证了一片苍凉、荒芜的峡谷和低矮的

---

① Susan Ferrier, Marriage, Oxford: Oxford University Press, 1986. P442.

② 克拉潘著，姚曾廙译：《现代英国经济史》，北京：商务印书馆，1997 年，第 41～42 页。

③ Samuel Johnson and James Boswell, A Journey to the Western Islands of Scotland and The Journal of a Tour to the Hebrides, Penguin Classics 1984. P39.

④ Ibid, P40.

农舍与棚屋区及散乱各处的破败的渔网、渔船和渔具。当他穿过峡谷来到格迪斯的“蒙特沙龙”，发现自己“来到了一个更加开化的、与世隔绝的世界，在可耕种的和适合放牧的土地上如此宜人地布满了小树林（果园）和树篱”[①]。这些“精心修整过的草皮，整修过的小径、荒野和奇特的树木及灌木丛”都是爱好园艺、勤劳务实的格迪斯的劳动成果。这种鲜明的对比，已经暗暗隐喻了詹姆士党的复辟活动必然失败的命运。

然而，外部的景观不是最重要的。农业改革的成果不能仅从外观上来判断，否则就变成了华而不实的试验，与没有实践经验、也不考虑设得兰岛恶劣地理条件的空想家崔普托尔马斯（《海盗》）无异。司各特详细记录了格迪斯在农业改革方面的理念和实践。用雷切尔的话说，他采用最新、最流行的样式对土地实行改良，既得到了善意的称赞，也备受某些人的指责和讽刺，认为“改变我们祖先的习俗是愚蠢的行为”[②]。但是，格迪斯的成就是毋庸置疑的。他在农场四周种植的树木集中在北部和西北部，既可以当树篱，也有抵挡北方风沙的防风林的作用。同时，为了便于灌溉，这里水利设施完善，还形成了温室、良田、牧场等生产多种产品的田地。农业改革也不仅仅体现在对土地的多功能利用上。由格迪斯的妹妹雷切尔精心管理的养殖场，圈养着各种常见和珍稀的物种，采用的也是人性化的管理方式——尽可能地让这些家畜、家禽在“生前”过得舒适。[③]格迪斯作为一个商人，强调产出，也就是强调生产力最终转换为商品和利润并变成再次投入生产环节的资本。他对达西说，如果我是农场主，就会把羊送到市场上去卖（而不是吃掉它）。[④]因此，将渔猎视为休闲娱乐的“运动”方式，是他极为不齿的。在索尔维河口设立捕鱼站，只需一个看守人就可以每天捕捞大量鲑鱼；圈养家禽、家畜既节省人力又节约资源，还可以获得更多的收益。

同时代的作家约翰·高尔特在小说《教区纪事》也不无深意地指

① Walter Scott, Redgauntlet, P70.
② Ibid, P83.
③ Ibid, P78.
④ Ibid, P65.

出了 1765～1766 年埃尔郡的小镇上开展农业改良运动的重要意义。吉伯克先生在一片争议声中于农场四周栽种了一圈枞树林，此后成了一道亮丽的风景，使向来光秃秃的苏格兰山地有了异域风情。[①]从外地来到小镇承包布莱德兰庄园经营农场的库尔特先生，大量栽种果树，采用轮耕制等新式耕作方法，农场丰富的产出为促进当地经济发展产生了极大的鼓舞作用，从而使教区的“农耕的热情”盖过了“走私的风头”[②]。这些人的努力，与约翰·格迪斯有异曲同工之妙，农业发展的蓬勃生机隐喻着苏格兰的希望。

三、暴徒与英雄

然而，这种有可能改变苏格兰未来的农业发展模式却以格迪斯的捕捞站被摧毁和庄园受到攻击为终。暴徒就是“索尔维湖地主”及其手下的渔夫和走私犯们。他们将格迪斯称为“精于算计的老恶棍”，鄙视他的商业化的行为，“如果你和他有买卖的交易，那么他在你面前完全是一只温顺的绵羊”，认为所谓的“贵格贸易”就是“算计和欺骗”[③]。然而，这种判断在达西看来完全相反。通过他的日记，我们看到的格迪斯兄妹秉承“诚实”为上的原则，格迪斯本人正直、坦率、善良而不乏勇气。这种截然相反的判断是如何得出的呢？假设这些人纯然地超脱于贸易之上，与商业没有任何关联的话，他们憎恨商人也不无道理。然而，这些渔夫，“大部分人都参与在这个地方和英格兰海岸之间的违法的贸易；而且他们都极其熟悉各种谎言和欺骗”[④]。他们抵触正常的商业往来，却大肆走私商品。与亚当·斯密在《国富论》中以走私为例，说明开放的贸易政策的必要性不同，司各特在这里表现的政治因素更强。走私者和詹姆士党人之间的联系，他们与法国的联系，影响了苏格兰的稳定和不列颠的整体性。[⑤]

在苏格兰试图开拓对外殖民的希望落空之后，政府为免于破产被

---

① John Galt, Annals of the Parish, Rockville Maryland: Serenity Publishers, 2009. P36.

② Ibid, P39.

③ Walter Scott, Redgauntlet, P62, P133.

④ Ibid, P81.

⑤ Ayse Celikkol, Free Trade and Disloyal Smugglers in Scott's Guy Mannering and Redgauntlet, ELH, Volume 74, 2007. PP 759-782, P760.

迫于1707年与英格兰联盟，成为不列颠帝国的一部分，得以分享帝国的商业利益。然而在苏格兰民间，人们认为联合只是上层为了金钱利益出卖了国家。他们对英格兰仍然有明显的抵制态度，特别当英格兰的大宗廉价商品进入苏格兰之后，对小农经济、手工业等产生了巨大的冲击。就像一位女裁缝抱怨的，“我们的大人先生们再也不让苏格兰的针在衬衫上打褶子、在领带上缝花边了”①。出于对英格兰的偏见，联合之后，苏格兰商人仍然倾向于与法国等大陆国家保持贸易往来，而不愿与英格兰商人建立贸易联系。格迪斯由于家族关系，与英格兰方面多有往来，尽管退出多数商业股份，却仍然保留了在英格兰“潮网渔业公司”的股份。因此，边境地区的“渔夫们”——索尔维湖渔夫们所否定的，与其说是格迪斯本人，不如说否定的是以他为代表的新式商业体系及与英格兰的合作。他们拒绝将鱼类变成商品，拒绝将自由飞翔的禽类圈养起来，他们否定利润，实际上否定的是现代工商业经济。老式贵族雷德冈利托从封建地主的立场指出商人为谋求利润不择手段的贪婪本性，“约书亚是那种靠长时间的祷告就能让自己占有寡妇的房产的人——他很快就能收回损失。只要他遭点灾祸，他和其他的算计者就会把那当作欠上帝的一笔债，就算去诈骗也不会良心不安，直到债务抵消、实现收支平衡，或者让自己变成获利的一方”②。地方治安法官对这件事睁只眼闭只眼的漠然态度一方面出于对旧王朝及已经无法再兴风作浪的詹姆士二世党人的同情，另一方面也有弥漫于整个乡间的抵制英格兰的本能反应。然而，司各特在塑造约书亚·格迪斯时，并没有抹黑商人的形象。他非但并不贪婪、算计和吝啬，反而善良可亲、仁慈大方，过着真正意义上的简朴而舒适的生活。

从作品的叙事结构来看，格迪斯的捕捞站和庄园的被毁，只是詹姆士二世党人为绑架达西产生的副产品。然而，格迪斯的形象具有比其所占篇幅更重要的意义。伊安·邓肯认为，在司各特的叙事中商业企业的发展被置于浪漫主义的危险之中，而商人则被树立为适合现代

① 司各特著，王楫、任大雄译：《密得洛西恩监狱》，第39页。
② Scott, Redgauntlet, P248.

社会的英雄。[①]格迪斯之所以具有了英雄的特征，不但因为他英勇无畏，打算用“理智”战胜武器，赤手空拳面对几百人；还因为他在达西被“绑架”之后，可以毅然放弃生意与精心照管的园林，遍寻“绑架”达西的“走私者”的踪迹，无私地努力“拯救”达西。“理智”是现代社会的重要武器，这种淡定和自觉采用“法律的和平和理智的武器”寻求解决问题的方法的态度，是对抗传统暴力的现代方式。传记作者埃德加·强森指出，约书亚的“善意与和平主义，他的非暴力和非极端主义，使他成为在农夫、渔夫和类似雷德冈利托地主那样狂热分子企图采用欺诈和暴力的世界里保持着理性的声音”，也因此“不仅使自己几乎成为达西精神上的父亲，他自己在很多方面也成为小说中主流价值观的代言人”[②]。

格迪斯的形象，更因为其教友派的身份而别具一格。司各特曾多次在作品中回顾和再现历史上苏格兰的清教运动，批评了宗教狂热与武力冲突对苏格兰稳定的影响。但是，詹姆斯·霍格和约翰·高尔特指责司各特的叙事角度，认为他毁灭性地对待清教历史和民族精神。为此，高尔特1823年出版的《瑞根·吉尔海兹》（又名《盟约者》），挑战对象就是司各特的《清教徒》。因此，司各特的《雷德冈利托》在应对这一挑战时，重申了其历史小说的怀疑主义态度和美学的立场。[③]历史并非连续的、完整的铁板一块，而由破碎的、断裂的点经由个人和家族历史的回忆连缀而成。多重叙述的不确定性使得历史呈现出多重面貌，但最终面对的是现实。

在这部作品中，格迪斯的家族史是最早被回忆和复述的历史。从混乱的暴力到宗教信仰的选择及其随之而来的迫害，进而到联姻之后带来的富足和稳定的生活，与以达西为代表的浪漫主义和詹姆士党的分离主义面对政治和经济现实时的无力相比，更突显了汉诺威王朝及其统治下的工业文明所代表的现代性的未来。

---

① Ian Duncan, Scot's Shadow—the Novel in Romantic Edinburgh, Princeton University Press, 2007. P105.

② Edgar Johnson, Sir Walter Scott: The Great Unknown, New York: The Macmillan Company, 1970. P923.

③ Ian Duncan, Scott's Shadow-the Novel in Romantic Edinburgh, P249.

教友派诞生之初，由于不受圣餐、不参加宗教聚会等极端行为，除了受到英国政府迫害之外，还曾遭到来自卡梅隆派等新教派别的歧视与迫害。直到1689年《宽容法案》的颁布，才使他们获得了真正的自由。因此，司各特将格迪斯的身份安排成一位教友派商人具有特殊的意义。众所周知，教友派商人在当时是一支重要的经济力量，而教友派“和平、非暴力、勤勉、节俭”等信条是现代经济发展的必要因素。马克斯·韦伯在其重要著作《新教伦理与资本主义精神》中，就以德国的再洗礼派和英国的教友派为例，大量引用教友派辩护者巴克莱的作品，来论证资本主义精神的产生得益于清教的“禁欲”和对上帝的敬畏之心。“感谢神的恩宠以使个人在道德上无可非议的心情，浸透于清教市民阶层的整个生活氛围里，并且塑成了资本主义英雄时代的代表人物发展出特有的、形式主义严正且坚韧的性格。”①因此，格迪斯本身所具有的绝非“贪婪”、“吝啬”和“算计”的特征，而是“恬静、清醒、极为诉求良心的性格”②。格迪斯被小本杰故意戏弄时，仍然担心他的安危，怕他被暴涨的溪流冲走，因为小本杰是“寡妇的独生子”。他面对几百个携带武器的“暴徒”，却毅然地将猎枪投入水中，决心以“理智”对抗暴力。这种对格迪斯的非暴力武器的描写，用邓肯的话说显得有些“夸张地理想化”。但是，这非常符合教友派宣扬的和平、非暴力的原则。同时，18世纪后期，苏格兰偏僻的边区尚存以“索尔维湖地主”为首的封建庄园制经济与现代政治经济体制相对立的“非法”存在，也是司各特制造故事冲突的重要手段。这种戏剧性的、以绝对的封建领主制和绝对的现代性并存的极端对立方式，可以更鲜明地突出历史发展的最终趋向。旧势力的代表爱德华王子和老雷德冈利托与家乡永别，重新投入法国的怀抱。格迪斯虽损失惨重，却“很快就能恢复”③。因为他背后不仅有英格兰潮网渔业公司，更有整个工商业文明做后盾，局部的破坏并不能真正动摇经济发展的基础。

---

① 马克斯·韦伯著，康乐、简惠美译：《新教伦理与资本主义精神》，桂林：广西师范大学出版社，2007年，第165页。

② 同上，第141页。

③ Walter Scott, Redgauntlet, P248

四、结论

经济的发展需要和平与稳定的环境，长期饱受战乱之苦的苏格兰更加迫切地需要和平。索尔维湖区渔夫和走私者们与流亡海外的斯图亚特王朝的关系以及可能产生的暴乱，极大地影响到苏格兰的稳定和不列颠帝国的整体性，进而威胁到了联合为苏格兰带来的文化与经济方面的进步成果。

格迪斯自信地说，真正的懦弱是采用暴力。①和平与理智是文明社会最重要的武器。格迪斯家族从富裕到贫困、从贫困到富裕的过程，完整地呈现出苏格兰的历史轮廓。格迪斯的理想和理想的格迪斯代表了苏格兰的发展方向，证明了联合是使苏格兰尽快摆脱贫困和战乱的要素，而其"资本主义精神"也是苏格兰繁荣富足的必要保障。亚当·斯密在《国富论》中指出，政府应该扶持开展农业改革和改良的人，虽然为投入大而见效慢，却是国民财富的基础。由于商人的收入主要来源是利润，地租是构成利润的最基本的要素，从政治和经济的角度而言，只有这些绅士所提的改良意见才是最值得信任的，因为他们的收入来源中利润的成分最小。

---

① Walter Scott, Redgauntlet, P61.

第四章　霍格和高尔特的民族视域与联合问题

第一节　浪漫主义时期的苏格兰小说家概述

一、霍格与高尔特

沃尔特·司各特在19世纪英国小说领域所取得的成就，同时代的苏格兰小说家显然无人能望其项背。他的历史小说的流行，实质上影响并引导了当时整个苏格兰小说创作的方向。威廉·布莱克伍德虽然在创建出版公司之初就获得司各特《房东故事》其中一卷的出版权，但他知道若想建立起自己的出版帝国，就必须挖掘新的作家和作品。尽管最初采取的手段颇有些令人诟病，但布莱克伍德最终还是达到了自己的目标。1818年之后爱丁堡出现的重要作家几乎全部出自布莱克伍德旗下或获得布莱克伍德的倾力支持，这些被称为"二流苏格兰小说"的作品和司各特的小说一样迅速风靡不列颠甚至整个欧洲。

霍格和高尔特是布莱克伍德成功推出的两位最具有独创性的重要作家，但是他们的平民出身也决定了赚钱养家的巨大压力。1807年霍格出版《山地诗人》后，市场反响不错。布莱克伍德兄弟公司成立后（最初只是一家书店）对霍格青睐有加，相继为其出版了历史叙事诗《女王的觉醒》（1813），再版了《山地诗人》等诗集。但是，霍格的稿酬非常有限。例如，康斯坦堡1807年为司各特的《玛密恩》提供1000畿尼（近1100英镑）的预付款，1818年已经确立了文坛地位的霍格的小说《博德斯贝克的棕仙》仅获得每卷150英镑的报酬。[①]同样的

① Gillian Hughes, James Hogg: A Life, Edinburgh: Edinburgh University Press, 2007. P175.

情况也出现在高尔特身上。高尔特在与布莱克伍德合作之前，是伦敦几家杂志的撰稿人和编辑，依靠撰写各种文类、各种内容的稿件为生。与布莱克伍德的合作虽然对他在创作上的成就有所帮助，稿酬比起以往也较为优厚。但一卷本的小说《教区纪事》的版权费仅为60 畿尼；三卷本的《限定继承权》稿酬约定为500 畿尼，后来高尔特希望能增加200～300 畿尼，遭到布莱克伍德的断然拒绝。[①]相比之下，司各特依靠诗歌和小说作品的优厚收入所修建的阿伯茨福德城堡，让霍格和高尔特们实在望尘莫及。

霍格在爱丁堡的名声主要是由于其代表了苏格兰民间文化——原生态的民间传统。"埃特里克的牧羊人"之称，最初对他来说是个美誉。司各特对埃特里克森林地区的原始状态的强化，进一步增加了人们对霍格承担的"牧羊诗人"所吟咏的民间歌谣的真实性和权威性的期待。与彭斯不同，霍格早期有意地强化了自己"牧羊诗人"的身份。霍格对个体身份的自我塑造意识与他所处的苏格兰文学、文化产业的商业化色彩不无关系。正如司各特在匿名发表《威弗莱》之后，使用"威弗莱的作者"之名所隐含的神秘性，将他自己创造的苏格兰小说推向高潮。但是当霍格试图通过司各特的发展路径进一步在文学上获得发展时，他的"牧羊诗人"的身份变成了一种障碍和束缚。布莱克伍德和杂志对他的定位就是苏格兰民间文化的载体，代表最原始甚至粗野的、与现代文明截然不同的一种身份。霍格这个身份与以司各特为首的城市文人并行不悖，而他试图摆脱这个身份，重新确立"詹姆斯•霍格"在小说领域的地位，则构成了对他人的威胁。霍格每多走出一步，就要付出惨重的代价。约翰•威尔森匿名发表的文章将霍格形容成一个"令人厌恶的动物般的形象"[②]，洛克哈特则在小说《彼得与家人的通信》（1819）中继续强调霍格的"埃特里克的牧羊人"身份，《安布罗斯夜话》更是强化了他的这种身份。可以说，霍格在小说领域的最后尝试《称义罪人忏悔录》（1824）是一种出离愤怒的绝望反击之作。从当时的反响来看，小说并不成功。但是小说从叙事形式到心理描写，

① Ian A. Gordon, John Galt: The Life of A Writer, Edinburgh: Oliver & Boyd, 1972. P63.

② Gillian Hughes, James Hogg: A Life. P178.

以及对精英文化叙事的可靠性的质疑和颠覆，非常成功地用民间传统消解了文明社会对苏格兰民族文化的阐释和理解。这部作品，不但暗示洛克哈特和威尔森及他们背后的司各特是传统的破坏者和扭曲者，还用戏仿司各特的叙事方式颠覆了整个启蒙文化对历史和传统的认知。暴力冲突、破碎的思想意识和文明社会失去正义的判断力都表明司各特的统一的、稳定的联合叙事的不可靠。

高尔特也有自己的雄心。他一方面为司各特对自己作品的赞赏而高兴，另一方面则在《埃尔郡的遗产继承人》大获成功之后，开始精心构建自己的叙事体系。《安德鲁·威利爵士》（1822）和《埃尔郡的遗产继承人》一样，都是一种“反向”旅行，即从苏格兰前往伦敦，而非司各特笔下英格兰人的苏格兰之旅。安德鲁·威利在伦敦使用各种手段致富，从一个苏格兰小人物逐步走上政坛获封爵士，然后又返回苏格兰迎娶地主的女儿。这部小说从某种程度上类似家庭小说，但是与法里尔的主人公隐退高地恰恰相反，主人公选择了在伦敦这个大染缸进行自我形象的塑造。高尔特对主人公威利不择手段地谋取财富和地位，并没有提出什么质疑和否定。或者说，这其中也裹挟着高尔特的雄心——希望在伦敦这个大市场获得成功。这种极端现实主义和缺乏道德维度的创作，引发了一片责备之声。尽管这种尝试并不成功，高尔特仍然用《瑞根·吉尔海兹》挑战了司各特的清教徒历史。当然，高尔特对苏格兰小说的重要贡献在于他的“社会理论史”的建构。《蒸汽船》、《教区纪事》、《教区长》和《限定继承权》一系列作品，否定了司各特的浪漫主义的民族史，开创了表现资本主义经济发展历程的现实主义之风。高尔特出身于商业之家，因此对商业的发展和经济的进步保持着高度敏感，这使得他的作品在当时的苏格兰小说中独树一帜。

二、约翰·威尔森

当时的小说界，除霍格和高尔特之外，还有两位不太重要的小说家，他们就是《布莱克伍德杂志》的重要评论家和编辑约翰·威尔森和约翰·吉布森·洛克哈特。他们的小说并不出色，威尔森的作品甚至充斥了一种造作的伤感，与当时剧烈变革的社会现状形成鲜明对比。不过，由于其重要报人的身份，对当时以爱丁堡为中心的苏格兰文学的发展方向起到了推波助澜的作用。

约翰·威尔森（John Wilson, 1785—1854）自1817年起与洛克哈特共同成为《布莱克伍德的爱丁堡杂志》的主要撰稿人，自1820年起担任爱丁堡大学道德哲学教授。他并非一位重要的小说作家，而是当时的文学评论家和诗人。威尔森与《布莱克伍德的爱丁堡杂志》的密切关系，使他对当时的苏格兰文学产生了重要影响，20世纪30年代以后成为爱丁堡的“苏格兰文学领头人”①。那时候，爱丁堡已经失去了司各特在世时曾在整个不列颠甚至欧洲拥有的辉煌地位和巨大影响。并且，威尔森的保守政治和文学立场及其对苏格兰文坛的“专断”统治引起了很多苏格兰作家的不满，导致托马斯·卡莱尔、路易斯·斯蒂芬森和玛格丽特·奥里芬特等人出走伦敦。他主导下的苏格兰文学呈现出对社会现实麻木不仁的沉默状态，无视经济发展导致的人民流离失所，城市中出现大量生活条件极其恶劣的贫民窟等社会现象，反而致力于将苏格兰伪饰成一个虔诚的、有机统一的社会。这也是司各特去世后，苏格兰文学呈现出荒原状态的重要原因。②

约翰·威尔森出生于苏格兰的佩斯利，是一位富有的制造商的长子。父亲在他11岁时去世，他次年便被送进格拉斯哥大学学习。1803年，威尔森进入牛津大学马格达伦学院继续学习，是一名在校十分积极活跃的学生，毕业时成绩优异。由于财产丰厚，他毕业后无需工作，在自己的庄园过了一段悠闲自在的日子。学生时代，威尔森对华兹华斯的《抒情歌谣集》表现出强烈的兴趣，并于1802年给作者写了一封热情洋溢的长信，提出了“非常中肯的见解”③。1811年他出版了诗集《棕榈岛》，在湖区购置了房产，与华兹华斯、柯勒律治、托马

① Andrew Noble, John Wilson (Christopher North) and the Tory Hegemony, The History of Scottish Literature. Vol.3: The Nineteenth Century, edited by Douglas Gifford, Aberdeen: Aberdeen University Press, 1988. P125.

② Douglas Gifford, Sara Dunnigan and Alan Macgillivray, edited, Scottish Literature, Edinburgh: Edinburgh University, 2002. P317.

③ Ibid, P129.

斯·德·昆西等人结识，并与托马斯·德·昆西结下终身亲密的友谊。他的另一部比较有影响的诗集是 1816 年出版的以伦敦大瘟疫时期为背景的《瘟疫之城》。威尔森的诗歌从审美及道德取向到政治立场都明显受到华兹华斯的影响。特别是他的一些早年诗歌，往往取材于华兹华斯的作品，将其变得更柔媚、更女性化，被克雷布·罗宾逊贬称为“女华兹华斯”的作品。[①]这种女性化和对道德意义的强化，弥漫着病态的伤感情绪，改变了早期浪漫主义诗人在作品中表现出的民主、自由的立场，也成为威尔森作品的致命伤。

1814 年，威尔森从父亲那继承的庄园因经营不善而面临破产，他被迫开始挣钱谋生。1815 年他被选入律师协会，正式开始了其作为托利党文人的生涯。1817 年受邀成为《布莱克伍德的爱丁堡杂志》的撰稿人和执行主编。约翰·威尔森最初为布莱克伍德撰稿时，曾经以耸人听闻的对不列颠多位作家及作品的攻击而名声不佳，其中就包括粗暴地公开华兹华斯、柯勒律治和哈兹里特等人隐私的《洽尔迪手稿》（*The Chaldee Manuscript*）。威尔森所供职的《布莱克伍德的爱丁堡杂志》的阅读对象是新兴的中产阶级，是文化趣味和教养都急需提高的一个阶层，这也决定了他的创作风格与高雅文学之间的距离。

威尔森对苏格兰文学的贡献主要集中在《安布罗斯夜话》（*Noctes Ambrosianae*）中，这个总共延续十几年的夜话也充分表现了他的创作才能。1822 年，《布莱克伍德的爱丁堡杂志》开始刊载一系列《安布罗斯夜话》，最初的撰稿人除威尔森之外还包括洛克哈特、威廉·马金和詹姆斯·霍格，1825 年至 1834 年期间的主要作者变成威尔森。《安布罗斯夜话》是布莱克伍德文学思想的代表，采取了自由的杂谈形式，以“克里斯托弗·诺斯”（即约翰·威尔森）、“英国鸦片吸食者”（即托马斯·德·昆西）、“埃特里克的牧羊人”（即詹姆斯·霍格）、“蒂莫西·迪克勒”（罗伯特·席姆）等半虚构的人物为主要谈话对象，其中包括非常精彩绝伦、但有时候也离题万里的对文学、社会、时事的评论和杂谈。《安布罗斯夜话》语言轻松幽默，充满了持续不断的快乐的

① Douglas Gifford, Scottish Literature, P131.

畅想。由于《布莱克伍德的爱丁堡杂志》的发行量非常大，当时这一系列《安布罗斯夜话》的影响遍及整个不列颠。《安布罗斯夜话》实际上也将另一位苏格兰作家詹姆斯·霍格置于非常痛苦的境地。威尔森喜欢制造引人瞩目的轰动效果，他早年的文学评论也因常常出现耸人听闻的攻击言辞而备受诟病。詹姆斯·霍格就是他这种行为的受害者之一。霍格作为他的同事，原本也为《布莱克伍德的爱丁堡杂志》撰稿，但持续地受到威尔森的排挤。最初，霍格以"埃特里克的牧羊人"身份获得了诗歌创作的成功，司各特对其也多有提携。但是威尔森在多篇评论中，特别是在《安布罗斯夜话》中将霍格塑造成一个言行粗野、性欲旺盛、说着一口粗俗的乡村苏格兰语的"埃特里克的牧羊人"形象，严重地损害了霍格的自尊心和他在爱丁堡社交界的地位。

威尔森的小说作品包括《苏格兰生活的光明和阴影》（*Lights and Shadows of Scottish Life*, 1822）、《玛格丽特·林赛的考验》（*The Trials of Margret Lyndsay*, 1823）及《福瑞斯特一家》（*The Foresters*, 1825）。约翰·威尔森的小说叙事基调是感伤主义，完全与现实生活脱节，关注虚假的社会繁荣的层面，因此显得矫揉造作，价值不高。霍格曾针对威尔森的短篇小说集《苏格兰生活的光明和阴影》创作了《男人的三重危险》，批判他伪饰现实、脱离实际的倾向。

威尔森的小说在遣词造句上非常文雅流畅，但是他的故事平铺直叙，既没有精彩的对话，也没有波澜起伏的情节，因此在当时远没有将其推上"小说家"的宝座。比如，他对牧羊女艾米·戈登，"里德丝戴尔的百合花"的描写清新淡雅，故事情节则最终落入"灰姑娘与王子"的俗套：

> 她是牧羊人唯一的孩子，自己也是一位牧羊女。她从未走出过出生的山谷；但是当她与羊群在山坡上休息时，当她朝着父亲的门微笑或在安息日更安静美丽地端坐在教堂时，周围的很多人往往仅为了看她一眼而来。①

① John Wilson, Lights and Shadows of Scottish Life, Edinburgh: William Blackwood, 1822. P3.

《玛格丽特·林赛的考验》（1823）是威尔森在当时较有影响的作品，主题是对上帝和命运谦卑恭顺的人经历重重考验之后，最终也会在世俗生活中获得成功。

父亲沃尔特·林赛因通奸罪行与情人一起死去，导致全家人被迫离开乡间农舍，来到爱丁堡。通奸罪带来了一系列的死亡，被认为是上帝的惩罚。女儿玛格丽特是虔诚恭顺的象征，她的恋爱与婚姻也因此经历了多重考验。她与一个英格兰水手哈利·尼德汉姆热恋，两个人已到谈婚论嫁之时，哈利却因沉船溺水身亡。玛格丽特的母亲也因陷入痛苦而去世。随后玛格丽特被爱丁堡的中产阶层韦德伯恩姐妹收留，她们的兄弟理查德爱上玛格丽特，却遭到她的拒绝。因为她意识到两个人之间的地位悬殊，不可能获得幸福。她逃离韦德伯恩家，在舅舅的支持下教书为生。在这期间她与卢德维克·奥斯瓦尔德结婚，但事实证明卢德维克此前早与汉娜·布兰泰尔结婚并育有一子。随着他的儿子出场，卢德维克逃跑了。汉娜在狂乱中死去。不久之后，卢德维克因为健康恶化又返回爱丁堡。这时候理查德·韦德伯恩和姐妹们再次出现，扮演了救助者的角色。卢德维克并未死去，而是拖着病体与玛格丽特共同生活了多年。作者威尔森在结尾告诉读者，“上帝一直没有放弃这个孤儿”[①]。这个结语完全脱离了时代、脱离了社会现实，很难想象威尔森何以会高度称赞约翰·高尔特的《限定继承权》的现实主义精神。

正当同时代的作家沃尔特·司各特完成对复辟历史的总结，塑造苏格兰真正的英雄人物——商人格迪斯（《雷德冈利托》，1824），约翰·高尔特表现克劳德·瓦金肖（《限定继承权》，1823）为代表的新兴中产阶级的功利主义道德与苏格兰社会发展趋向时，威尔森却病态地将资本主义发展过程中，失去土地的乡村居民大批流离失所涌入城市，成为依靠工资生活的工人阶层甚至一无所依的贫民的原因，归咎于“原罪”或“通奸罪”，致力于打造一个宗教道德束缚下的、与“现

① John Wilson, The Trials of Margret Lyndsay, Boston: Saxton & Kelt, 1845. P258.

实对立的、有机统一的社团”[①]。这不但有违历史发展的规律，更将维多利亚时代的苏格兰文学引向了与整个欧洲现实主义小说相背离的道路上。这种背离，隐隐地表现出威尔森内心深处对于一个变革时代到来的恐惧不安。

三、约翰·吉布森·洛克哈特

约翰·吉布森·洛克哈特（John Gibson Lockhart, 1794—1854）在文坛的地位主要是以司各特的传记作者著称，他撰写的七卷本的《司各特生平》（*Life and Memoirs of Sir Walter Scott*）被誉为仅次于鲍斯威尔《约翰逊传》的、最优秀的英语传记作品。洛克哈特经历了浪漫主义运动的后期和维多利亚时代早期，因此他的文学创作也可分为两个阶段。第一阶段，他就职于《布莱克伍德的爱丁堡杂志》，与约翰·威尔森一起为杂志在整个不列颠的流行及对苏格兰文学的宣传作出了重要贡献。他人生的第二阶段属于维多利亚时代，他的主要成就是担任伦敦的《评论季刊》的编辑期间撰写的文学评论和优秀的传记作品《司各特生平》。洛克哈特作为一个“小说家”的主要成就，是在爱丁堡完成的。他在这一时期创作了几部较有影响的小说，如书信体小说《彼得致家人的信件》（*Peter's Letters to his Kinsfolk*, 1819）、《亚当·布莱尔》（*Adam Blair*, 1822）和《马修·瓦尔德：一个疯子的故事》（*Matthew Wald: The Story of a Lunatic*, 1824）等。这些取材于苏格兰社会、具有鲜明地域色彩、同时又深度表现社会心理和人性欲望的作品，无疑属于整个浪漫主义时期苏格兰小说的范畴。其中《亚当·布莱尔》再现了人性的本能欲望与现实规则之间的冲突，其细致深入的心理描写颇受现代评论家的重视，已经再版数次，被选入“百部最优秀的苏格兰小说”之列。[②]从题材上看，《亚当·布莱尔》和《马修·瓦尔德》对另一位作家詹姆斯·霍格的《称义罪人忏悔录》（1824）具有较为明显

① Andrew Noble, John Wilson (Christopher North) and the Tory Hegemony, The History of Scottish Literature. Vol.3: The Nineteenth Century, edited by Douglas Gifford, Aberdeen: Aberdeen University Press, 1988. P135.

② http://www.list.co.uk/articles/100-best-scottish-books/.

的影响。①

洛克哈特出生于拉纳克郡，父亲是牧师。他的经历和威尔森非常相似，12 岁去格拉斯哥上学，14 岁去牛津的巴利奥尔学院，除了正常的科目之外，他还阅读了大量法语、意大利语、德语和西班牙语的著作，而且对古典著作和不列颠的考古学产生了极大的兴趣。从牛津大学毕业之后，洛克哈特曾在格拉斯哥生活了一段时间，然后到爱丁堡学习苏格兰法律，1816 年被选入律师协会。

《布莱克伍德的爱丁堡杂志》创刊之初的一些文学评论曾在整个英国引起轩然大波，那些恶名远扬的评论文章，比如曾对爱丁堡上流社会大加攻击的《洽尔德手稿》，洛克哈特显然也要承担一定的责任。1817 年洛克哈特加盟《布莱克伍德的爱丁堡杂志》之后，布莱克伍德资助他前往德国游历。他有幸在魏玛拜访了歌德，并对德国浪漫主义理论产生了极大的兴趣。回国途中，他就将弗里德里希·冯·施莱格尔的《新旧文学史》（*Geschichte der Alten und Neuer Literatur*）翻译成英文。学者伊恩·邓肯认为，洛克哈特受到席勒的审美教育观与施莱格尔的浪漫主义的影响，结合埃德蒙·伯克的崇高美的理论，形成了托利党政治主导下的"文化民族主义"的思想。②《彼得与家人的通信》就试图传达这种思想，并开创了苏格兰文化的民族主义批评的现代传统。③洛克哈特与司各特的政治立场一样，都是托利党的联合主义。也正是通过《彼得与家人的通信》及后来的《司各特生平》，他树立并巩固了司各特作为文化民族主义代表的形象。

洛克哈特在撰写评论文章的同时，还为《布莱克伍德的爱丁堡杂志》翻译了很多西班牙歌谣，这些作品在 1823 年单独结集出版。1818 年，洛克哈特结识当时已经名满天下的司各特，并颇受其赏识，两年之后成为司各特长女夏洛特的丈夫。在 1818 年至 1825 年期间，洛克哈特出版了大量著作。1819 年他的半虚构作品《彼得与家人的通信》出版，1822 年他编辑了彼得·毛特斯（Peter Motteux）版的《堂吉诃

① Douglas Gifford etc. Scottish Literature in English and Scots, P315.
② Ian Duncan, Scott's Shadow, Princeton· Princeton University Press, 2007. P28.
③ Ibid.

德》，并为其添加了塞万提斯的生平。在这期间他先后创作了小说《瓦里留斯》（*Valerius*, 1821）、《亚当·布莱尔——科洛斯·梅克尔的教堂牧师》（*Adam Blair, Minister of Gospel at Cross Meikle*, 1822）、《瑞吉纳德·达尔顿》（*Reginald Dalton*, 1823）和《马修·瓦尔德》（1824）。

1825年洛克哈特接受了《评论季刊》的编辑工作，工作重心转向伦敦。此时，英国正在经历第一次经济危机，工商业和银行业均遭受了严重打击。爱丁堡的出版业也不例外，司各特投资的白兰亭兄弟公司宣告破产，康斯坦堡公司也濒临破产，布莱克伍德公司也面临严重的经济压力。从这个时期开始，苏格兰小说的黄金时期已过，司各特本人也陷于为还债而疯狂写作的困境。洛克哈特就是在这样的危机到来之前接受了伦敦《评论季刊》[①]的邀请。由于获得了洛克哈特产业的继承权，他在经济上也更加独立。洛克哈特在伦敦被公认为是一位非常富有才华的编辑，为《评论季刊》组编、并撰写了大量稿件。洛克哈特在这一时期的主要作品就是七卷本的《司各特生平》（1837—1838）。他在传记中大量采用了司各特的通信和日记，是目前最有参考价值的司各特传记之一。

《亚当·布莱尔》开头强力渲染了牧师布莱尔与妻子之间相知相依、心灵相通的幸福婚姻，以及妻子去世带给他的巨大打击。他陷入精神上的困境，信仰虽然时时扫荡怀疑的阴影，但是"无形的幻想仍然时刻聚集成形，变成无法被驱散的鬼魂出现"[②]。这时候就已经暗示了布莱尔内心深处某些东西是他的信仰无法束缚的。教士阶层往往是当地受教育程度最高（苏格兰教会的牧师多数要完成神学博士学位）的人群，在偏僻的小镇或小村庄的牧师常常难以寻找具有类似教养的人，缺乏沟通。布莱尔与妻子之间深厚的感情，不但是两个人相爱的表现，更深层的还是精神上的沟通。不能忍受的孤单和无法宣泄的欲望，也是同时代的作家约翰·高尔特的《教区纪事》中巴尔惠德尔牧

① 《评论季刊》，1809年由约翰·莫莱（和沃尔特·司各特）针对辉格党的《爱丁堡评论》创办，获得了时任外相、后任首相的乔治·坎宁的支持。《评论季刊》的第一任编辑是威廉·吉福德，1824年由诗人柯勒律治的侄子约翰·泰勒·柯勒律治爵士接替。1825年上任的洛克哈特是第三任编辑。

② John Gibson Lockhart, Adam Blair, Edinburgh: The Saltire society, 2002. PP4-5.

师每次丧妻之后都迫不及待地再娶的重要原因，尽管他每次都含混地说女仆不善于理家、家里必须有个女主人他才能专心准备布道等。在《亚当·布莱尔》之中，则表现为布莱尔在丧妻之后长久的精神孤单和肉体空虚之后，对来访的夏洛特·坎贝尔产生了本能的欲望，最终导致犯下通奸罪行。夏洛特·坎贝尔本人并非一个放荡的女人，恰恰相反，她品质高尚、耐心细致、热情。作为布莱尔去世妻子的表妹及最亲密的好友，她的吸引力是双重的，首先她受过良好教育，与亚当·布莱尔常常就各种问题展开争论，并且以姨妈的身份关心布莱尔和妻子唯一的女儿萨拉；其次就是作为一个婚姻不幸的女人的魅力。由于被教区居民视为道德楷模的高标准和作为普通人的基本人性需求之间存在巨大的鸿沟，牧师的通奸行为尤其难以被接受。甚至布莱尔自己也不相信自己会犯罪，在城里的同事们之间流传关于布莱尔和坎贝尔之间的不正当关系时，无论教区居民还是布莱尔都对此不屑一顾。但是，这件事最终发生了。布莱尔陷入比丧妻更大的精神危机之中。

这个故事取材于1746年苏格兰教会的一个真实故事，这位牧师被教会罢免。但是经过一系列的抗辩之后，他与情妇结婚，并重新被教会接纳。洛克哈特的《亚当·布莱尔》显然没有如此轻而易举地原谅这种不道德行为，而是让布莱尔经历了更深层的精神痛苦的折磨。在这部作品中，还传达了洛克哈特试图在《彼得与家人的通信》中努力强化的审美教育观和“文化民族主义”立场，希望通过提高道德品质和教育水平，提高民族的整体素质。这部作品从另一个角度，暴露了历史上对苏格兰教会影响甚深的清教主义思想对人性的压抑。

在这部作品中，洛克哈特还描写了一些其他类型的女性，比如以塞玻尔太太为代表的中产阶层女性，对家人的关注仅仅停留在饮食层面，忽视了男性在精神方面的需求——“她们似乎认为胃是构成整个人类的一切机构之中最最重要的部分”①。但是，这种对女性的贬低，实际上更突出了18世纪末女性在家庭和社会中的地位低下，一切服从丈夫和子女的需要。由于受教育机会受限，只能将全部精力放在烹调、

① John Gibson Lockhart, Adam Blair. P15.

缝纫、编织等家务劳动上。

小说在结构上稍显松散，但是其中的风景描写异常优美，且常常能反映人物的内心情感，在一定程度上弥补了结构上的不足。

第二节 詹姆斯·霍格与他反精英文化、反联合叙事的小说《忏悔》

一、霍格生平与作品概述

詹姆斯·霍格（James Hogg，1770—1835）出生于一个远离文明世界的偏远山区埃特里克森林。埃特里克位于苏格兰塞尔扣克郡的一个偏远山区，距离最近的镇 29 公里，距离最近的市场 26 公里，霍格就在这里生活了整整 40 年。霍格的父亲罗伯特·霍格是一位边境地区的牧羊人，世代出身佃农。母亲玛格丽特·雷德劳能言善辩、聪明机智，头脑中储存无数关于幽灵、鬼魂、精灵和棕仙的故事与歌谣，在乡间十分有名。她随时欢迎任何有故事的人来自己家做客，也善于向他人讲述故事。霍格作品中对大量民间故事的运用，与母亲的熏陶影响不无关系。

与同时代的作家司各特、高尔特、洛克哈特和约翰·威尔森等人相比，霍格几乎没有接受过正规教育。前辈诗人罗伯特·彭斯在出版第一部诗集之后，曾在爱丁堡受到热烈欢迎，因为那些名流看到了一个活生生的“高贵的野蛮人”[①]。霍格也不例外，他的“埃特里克的牧羊人”之称与其说是美誉，不如说是文明世界给他贴上的“原始”标签。一旦他试图揭下这个标签，像“沃尔特·司各特爵士”一样为自己树立“詹姆斯·霍格”的声名，敌意便接踵而至。[②]他以牧羊人的身份承担着向文明世界发布其诗歌原生性的保证，这是布莱克伍德

① Douglas Gifford, Sara Dunnigan, Scottish Literature in English and Scots, Edinburgh: Edinburgh University Press, 2002. P112.

② Duncan,Ian. Scott's Shadow: the Novel in Romantic Edinburgh, Princeton: Princeton University Press, 2007. PP147-148.

出版社和《布莱克伍德的爱丁堡杂志》的导向和销量的保证。霍格和同时代的高尔特等作家一样，注定要被一个商业利益至上的社会所束缚。

詹姆斯·霍格的世界对大多数年轻人而言，是一个非常小的世界，平日只有近亲或附近的家庭互相交往。他在后来创作的诗歌《向埃特里克告别》中提到他曾以为这个地方就是"世界的中心"。由于生活的贫困与艰辛，霍格的知识大部分是利用业余时间勤奋自学而来。他在大约 7 岁时就开始为附近的人家放牛，十五六岁便进入农场当雇工。最让他自豪的是他终于当上梦寐以求的牧羊人，这是当时在乡下最受欢迎的工作，比耕地的雇工报酬大约高 1/5。工作之余，他寻找一切可以读书的机会，同时将他在书籍或报刊中读到的非同寻常的东西都记录下来。他从 1793 年左右开始尝试写作。1794 年 10 月在《苏格兰人》杂志上第一次发表诗歌《一个夜晚的错误》。大约在 1797 年，他开始接触到彭斯的诗歌《汤姆·奥桑特》，备受鼓舞之下觉得也许自己也能出诗集。当牧羊人期间，由于经常要往返市场、集市之间，他开始有机会在苏格兰境内游历。

霍格文学生涯的真正开始源于结识司各特。1801 年开始，霍格协助司各特搜集《苏格兰边境歌谣集》，后来曾受邀到爱丁堡拜访司各特。传记作者纪连·休斯说，"霍格与司各特的第一次会面是制造浪漫主义神话（myth－making）的伟大时刻之一。"[①]在 1803 年《苏格兰边境歌谣集》第三卷出版以后，司各特向霍格送了一套三卷本的歌谣集，感谢他的协助。司各特与霍格逐渐建立起友谊，并鼓励他外出旅行时以通信的方式撰写游记——《1803 年高地游记》，再经由司各特推荐发表在《苏格兰人》杂志上，那个时候他恭敬地将司各特尊称为"我的守护天使"。

霍格出版第一部诗集《山地吟游诗人》（*The Mountain Bard, 1807*）之后，试图在文学领域获得影响和地位，开始自己创办杂志《间谍》，一年之后就不幸失败了。1813 年他的历史叙事诗《女王的觉醒》（*The*

① Gillian Hughes, James Hogg, A Life, Edinburgh: Edinburgh University Press, 2007. P43.

Queen's Wake）反响不错，为他获得了梦寐以求的名声。1817 年布莱克伍德邀请他加入《布莱克伍德的爱丁堡杂志》。然而，霍格在《布莱克伍德的爱丁堡杂志》期间的出名，却是以另一种方式实现的。《布莱克伍德的爱丁堡杂志》是专门针对当时影响力巨大的辉格党立场的《爱丁堡评论》而创办的，要想打败对手，杂志必须刊登一些极具影响力和震撼力的作品。威廉·布莱克伍德找到了理想的撰稿人，即两位年轻的托利党律师约翰·威尔森和约翰·吉布森·洛克哈特。霍格在创作中经常使用一种类似《圣经》风格的语言，这与他早年自学和创作时常参照《圣经》英语有关，而这种风格很快在威尔森和洛克哈特手中发展到极致。他们最初发表的文章《洽尔迪手稿》用《圣经》风格的语言讽刺爱丁堡的社会引起了巨大争议，曾迫使布莱克伍德出面道歉。

但是随着杂志的畅销，霍格发现自己逐渐成了圈外人。沃尔特·马金和托马斯·德·昆西等人加入了撰稿人的行列，而他的创作份额却在逐渐缩小甚至被彻底排挤在外，这在当时颇有影响的《安布罗斯夜话》中尤其明显。霍格在自己的创作中试图朝着司各特的方向前进，1813 年历史叙事诗《女王的觉醒》就是一个重要转折。至 1818 年，他尝试以 17 世纪盟约派的斗争为历史背景，创作了小说《博德斯贝克的棕仙》（*The Brownie of Bodsbeck*, 1818）。这部小说充分地展现了霍格对苏格兰乡村传统的了解，记录了苏格兰的盟约派被镇压后流亡边境山区，利用当地流传的棕仙迷信及对巫术的恐惧，乡民的女儿凯瑟琳成功掩护了盟约派首领约翰·布朗。霍格早在 1813 年左右就完成了这些故事，但是始终没人接受。1818 年的出版也是布莱克伍德勉强为之，因为出版商考虑更多的是销量和收益，而不是作品本身的内涵。这部小说当时没有产生什么反响，或者说得到的反面批评大于正面评价，但其意义重大。司各特的《清教徒》的出版，因其对盟约派的狂热和好战充满反感的描写引起了巨大的争议。霍格的小说则从反面讨论了这个问题，强化了苏格兰民间对盟约派的支持态度（即反政府的立场）。同时代的作家约翰·高尔特的《里根·吉尔海兹》（又名《盟约者》）也是出于同样的目的。这种挑战的姿态表明，司各特所创建起来的苏格兰民族史和苏格兰传统的权威性受到了挑战。1820 年，霍格出版了故事集《冬夜故事》，最初由奥立佛和博伊德公司出版。霍格的故事集，代表了一种与沃尔特·司各特或玛丽亚·埃奇沃斯的民族小说彻底对立的“截然不同的、非长篇小说文体的民族小说，从根源上更接近大众印刷媒体（杂谈、民间小册子）以及口传的故事”①。

随着 1822 年《男人的三重危险》(*The Three Perils of Man*)和 1823 年《女人的三重危险》(*The Three Perils of Woman*)的出版，霍格高调进入小说领域，试图摘掉代表原生文化和粗野习惯的“牧羊人”的帽子。但是直到 1819 年，洛克哈特仍然在布莱克伍德连载的半虚构小说《彼得与家人的通信》中强调霍格的“埃特里克的牧羊人”和“民间诗人”的身份。这顶帽子，更由于《安布罗斯夜话》得到了进一步的巩固。原本霍格也是《安布罗斯夜话》的撰稿人之一，后来他撰稿的机会越来越少，甚至于后来他发现自己成了一个被取笑的对象。1822 年开始刊登的《安布罗斯夜话》，是以一些半虚构的形象在小酒馆饮酒夜谈的对话形式，其中就包括“埃特里克的牧羊人”。这个牧羊人就是根据霍格虚构的，这个形象粗野、头脑简单，他说着一口当时的文学作品中从未出现过的最粗俗、最乡野的苏格兰语。《安布罗斯夜话》是《布莱克伍德的爱丁堡杂志》最受欢迎的栏目，而杂志本身就是当时英国最畅销的刊物之一，这使得“埃特里克的牧羊人”的形象在整个不列颠帝国声名远扬，甚至在遥远的殖民地也不例外。这让霍格陷入深深的愤怒和痛苦之中。同时，小说的不成功也深深地刺激着他的神经。

到 1824 年，由于《安布罗斯夜话》的影响，霍格在爱丁堡已不是处处受人敬重的人物。他和布莱克伍德杂志的关系也愈加冷淡。他的小说代表作《称义罪人忏悔录》就是在这种情况下完成的，这是他在小说领域的最后一次努力。但是，这部小说并未在文学批评界或读者市场引起强烈的关注，似乎受到刻意的冷淡。唯一来自《布莱克伍德

① Gillian Hughes, James Hogg: A Life, Edinburgh: Edinburgh University Press, 2007. P158; 或 Ian Duncan, Scott's Shadow, P207.

的爱丁堡杂志》的匿名评论则恶毒地攻击了这部小说。其实，自从霍格与奥立佛和博伊德出版公司多次合作之后，布莱克伍德便对霍格失去了信任，合作过程中两个人也多次因为报酬的问题产生龃龉。更重要的是，约翰·高尔特的作品出版之后反响良好，司各特和麦肯齐都给出高度评价，这使得布莱克伍德将大部分注意力集中到高尔特身上。

二、霍格式的苏格兰传统——《称义罪人忏悔录》

在法国作家安德烈·纪德发现、并以现代主义的眼光来解读 19 世纪英国作家詹姆斯·霍格的代表作《称义罪人忏悔录》(下文简称《忏悔》)之前，霍格的小说久已被忽略甚至遗忘。1824 年出版的这部小说在当时并未受到很大的关注，评论家大多不能接受这样奇特的风格。[①]因其主人公精神的极度混乱状态及离奇的谋杀事件制造的恐怖氛围，《忏悔》常被划归"哥特小说"的行列。在整个维多利亚时代，很少有人提及霍格的这部作品。进入 20 世纪，《忏悔》引起了人们的广泛注意。最受现代批评家称道的是霍格细致入微的、具有明显的现代主义特征的心理描写。他对英国现当代、特别是苏格兰的当代文学艺术产生了不可估量的影响，包括穆丽尔·斯帕克、阿拉斯岱尔·格雷、詹姆斯·科尔曼和欧文·威尔士等人在内的大批当代优秀小说家均曾受益于他的作品。"霍格的《忏悔》是有史以来写得最棒、最有才气的小说之一……所有的格雷和科尔曼的素材都是从这里开始的。"[②]

与同时代的作家沃尔特·司各特恢宏大气的历史视域、约翰·高尔特对社区生活的精细刻画相比，霍格具有更浓重的苏格兰本土作家的特征。他自学成才、40 岁才依靠司各特的提携进入文学圈，是个名副其实的"牧羊诗人"。他对苏格兰边区的原始民风、民俗和信仰了解之多、体会之深恐怕也是通过乡间采风来创作的司各特所难以企及的。因此，霍格在蒙司各特所开创的本土小说之荫开展小说创作时就已表

① Blair, David. Introduction, James Hogg, The Private Memoirs and Confessions of a Justified Sinner. Hertfordshire: Wordsworth Edition Limited, 1997. P vii.

② Douglas S. Mack, Scottish Fiction and the British Empire, Edinburgh: Edinburgh University Press, 2006. P227.

现出超越的雄心。《忏悔》作为其小说代表作，仍隶属于19世纪苏格兰浪漫主义小说的一部分，具有强烈的地域性和民间传统的特征。在这部作品中，霍格挑战了以司各特为代表的“精英文人”对苏格兰民间文化的阐释方式，消解城市文人对所谓迷信和超自然现象的启蒙主义式的理性解读，力图恢复民间传统的功能和地位。

（一）局外人编撰的故事

首先，我们从叙述形式上看《忏悔》。第一部分是“编者的叙述”。自称“编者”的匿名作者，在了解到苏格兰乡间发现的一具有上百年历史的无名尸骨及一份手稿之后展开了调查。他结合“历史”、“教区记录”和“传统”等各方面产生的材料，还原了达尔卡索庄园和科万家的故事。第二部分是自传，由主人公罗伯特·凌席姆的印刷体《忏悔》和逃亡时的部分手写体日记构成。第一人称的叙事角度，让我们了解到罗伯特一生中发生过的事件及其心路历程。第三部分以附录的形式出现，由一封自称发现尸骨的人公开发表的书信及两个年轻人前去考察尸骨并发现手稿的过程构成。这种叙事方式完整立体，既可以拉近全能叙事的距离感，又得以避免纯自传体叙事的主观偏见，加上曾真实地发表在《布莱克伍德的爱丁堡杂志》[①]上的通信，看起来像科学发现一样确凿可信。殊不知，正是这貌似科学的叙事模式下隐藏着霍格的雄心。

在编者的故事中，主要事件是科万夫妇早年因妻子的极端宗教立场分居，长子乔治·科万随同父亲和管家生活在达尔卡索庄园；老科万拒认次子罗伯特，致使他出生一年后尚未受洗，幸有凌席姆牧师让他受洗为罗伯特·凌席姆，自此他便随母亲和凌席姆牧师生活。罗伯特天性聪明，醉心于神学，但个性阴郁偏执，谋杀了天性乐观随和的哥哥乔治，成为达尔卡索庄园的主人。管家罗根女士在卡尔沃特太太的协助下，指证罗伯特为凶手，洗清了被诬陷的高地绅士德鲁蒙德的

①《布莱克伍德的爱丁堡杂志》由威廉·布莱克伍德在1817年创刊，是托利党的主要刊物之一。当时其麾下有大批年轻的作家和评论家，包括J.B.洛克哈特、约翰·威尔森及约翰·高尔特等人，作为主要撰稿人之一的霍格，屡遭其他年轻编辑的讽刺与排挤。霍格为了增加故事的真实性，的确引用了自己曾发表于杂志上的通信。

冤屈。

故事本身脉络清晰，分析丝丝入扣，处处皆有证据——或是根据教区记录，或是根据法庭记录，加上编者本人对达尔卡索庄园的考证，意在表明这部分记录是真实、可靠的。另一方面，编者又始终以怀疑的态度对待诸如罗伯特的手稿中所记录的场景，认为这不过是“不幸的、拙劣的隐喻”[①]或宗教寓言，不可能是真实的——“我不能保证任何理性的人会相信”[②]，“要说那些场景真的出现过，那当然是不可能的”[③]。因为罗伯特的手稿中提到了神秘的具有超强的精神力量、可以随意变换形状的同伴吉尔·马丁，在罗伯特逃亡生涯中始终如影随形的恐怖的魔鬼气息和鬼魂骚动，某卡梅隆教派的村民被撒旦引诱的故事等。然而，附录中发表在《黑森林杂志》的信件也表明，这个自杀事件是很“邪门的”，因为“一千根苏格兰草绳里面也挑不出一根能吊死一只牧羊犬的”[④]。附近的人们都认为他肯定有魔鬼帮忙才能用草绳自杀。两个年轻人希尔和索德前去查看时发现一百多年前的尸体皮肤还有弹性，衣饰保存很完整。第二次有人再去掘墓查看时，尸体则在轰然之间化为了灰尘和骨骸。对牲口贩子詹姆斯·霍格的信件中提到的魔鬼、保存百年不腐的尸体，编者也提出了质疑，怀疑是乡民的迷信思想作祟。面对法庭记录中的罗根女士和卡尔沃特查找真凶的过程，编者采信的是部分证据，即罗伯特被卡尔沃特太太和另一个男性亲眼看到罗伯特挥动匕首杀死了乔治·科万。至于两个女人提到的那个与罗伯特同时出现的、和德鲁蒙德相貌几乎完全一样的神秘年轻人，那个故意向罗根女士暴露罗伯特·凌席姆的、与死去的乔治·科万相貌极相似的神秘年轻人到底是谁？编者只是一笔带过，似乎那根本无关紧要，要么是科尔沃特太太的谎言，要么是罗根女士的幻觉。总之，不过是女人的迷信天性在作怪罢了。

詹姆斯·霍格想要警示读者，以科学考证的方法讲述的故事是不

---

① Velasco, Ismael, Paradoxical Readings: Reason, Religion and Tradition in James Hogg's Private Memoirs and Confessions of A Justified Sinner, Scottish Studies Review, Spring 2006. P41.

② Hogg, James. The Private Memoirs and Confessions of a Justified Sinner, P167.

③ Ibid, P176.

④ Ibid, P168.

是一定就更接近历史事实本身呢？这种用一种存在掩盖另一种存在的方式，无疑将罗伯特的文本和乡民（詹姆斯·霍格）的记录贬低到拙劣的隐喻和无知的迷信的地位，清除出历史真实之外了。

同时，编者显然过多地将政治立场融入了叙事的过程之中。他一方面将科万夫妇的结合过程处理得极具幽默感，类似一出轻喜剧；另一方面又将如影随形地纠缠乔治的罗伯特的阴郁狂躁与大规模的党派冲突和混乱联系起来，似乎罗伯特·凌席姆（即罗伯特·科万）的狂热是辉格党的特征，而乔治·科万的开朗随和是骑士党（保皇党）的天性一般。编者的保皇党立场在提到被诬陷的苏格兰高地绅士托马斯·德鲁蒙德时展露无疑：他先是在奥地利军队中成为"声名显赫的军官"，后来在"那值得纪念的 1715 年的战争中为苏格兰殉职"[①]。为斯图亚特王朝复辟而献身，在编者看来是伟大的壮举。因此他对德鲁蒙德的推崇，已然不是对某个人物个体的倚重，而是对一个特殊的政治实体的偏爱。

这种抱有偏见却伪装成客观的立场，在一定程度上暴露了编者叙述的不可信。另一方面，编者对罗伯特手稿的怀疑和无力解读，更加表明启蒙式的理性不能解决一切问题，特别是民间传统所隐含的内容。这实际上影射的是司各特的休谟式历史编纂学和启蒙思想对迷信的理性解读方式。

休谟曾在《人性论》中详细地论证"灵魂的非物质性"，从而证明灵魂的不存在。[②]司各特也在《巫术与魔鬼学信札》中总结指出哲学发展对于灵魂的非物质性和不可能存在的理解的意义，以及民间盛行迷信的原因。他指出，民间对灵魂的存在深信不疑，是因为尚未普及科学知识，人们更无任何哲学观念。[③]司各特受休谟的怀疑论哲学的影响深刻，往往将超自然现象与迷信和民众的愚昧无知相联系。事实上，系统地接受启蒙运动思想的精英知识阶层，不仅常常质疑鬼魂的存在，且常常批判乡村的愚昧传统。斯摩莱特在《汉弗莱·克林克》

① Hogg, James. The Private Memoirs and Confessions of a Justified Sinner, P66.

② 大卫·休谟著，关文运译：《人性论》，北京：商务印书馆，2004 年，第 260～280 页。

③ Scott, Sir Walter. Letters on Demonology and Witchcraft. London: George Routledge and Sons, 1885. P12.

中，就提到利斯玛哈戈之父的鬼魂在墓地和房子附近游荡，用暴打和诅咒来惩罚孙子对传统生活方式的破坏。整个社区的人都相信这是真实发生过的事件。唯有布兰伯尔先生不相信，认为这只不过是一种幻象。结果也证明那不过是利斯玛哈戈本人的杰作。以布兰伯尔为代言人的斯摩莱特与司各特对民间所描述并相信的超自然事件持相同态度，认为传统的偏见影响至深，即使被证明是错误甚至荒谬的，仍会代代流传。这种思维方式的吸附力极强，理智之力虽能将其分开片刻，却促使它们重新更紧密地延续。①

不过，无论斯摩莱特还是司各特都未试图否认或抹杀这种传统。众所周知，司各特的作品正是由于其地域性很强的色彩、历史事件与苏格兰的民间故事的结合与阐释而受到关注的。然而，霍格不满足于司各特记录和阐释这些超自然现象和民间文化的方式。司各特的《雷德冈利托》和霍格的《忏悔》几乎在同时期出版，“同样采用奇幻的手法揭示超自然的历史与现代身份和民族性之间的关系”②，却采用了截然不同的理解和表述方式。司各特的“适度的”幻想将幻想与现代分离，将幻想打上过去的标签，为的是接纳现实主义的商业化的现在和联合的未来。然而霍格不可调和的超自然和理性的叙述是将幻想与现代性混淆，将司各特版本的苏格兰民族身份复杂化了，以一种无可解决的可能性打破了读者的期待。③被斯摩莱特、司各特和其他作家归为迷信、而普通民众却坚信不疑的超自然现象，在霍格心目中乃是真实的存在，是构成传统的一部分。魔鬼的危险气息、化身人形的撒旦的蹄子、纠缠罗伯特的恶鬼（狗）等，并非空穴来风的迷信。其中蕴藏着貌似愚昧的下层民众的真正智慧与传统的经验。这是对司各特的历史叙事学的挑战，“对受到启蒙思想影响的历史小说的挑战和对立”④。

① Smollett, Tobias George, The Expedition of Humphry Clinker, Athens, Ga: University of Georgia Press. C1990. P260.

② Sandner, David, Supernatural Modernity in Walter Scott's Redgauntlet and James Hogg's Private Memoirs and Confessions of a Justified Sinner, Extrapolation, Vol. 48, No.1, 2006. P73.

③ Ibid, P80.

④ Mackenzie, Scott, Confessions of a Gentrified Sinner: Secrets in Scott and Hogg, Studies in Romanticism; Spring 2002. P7.

（二）无道德感的边缘人

罗伯特·凌席姆的《忏悔》部分完全采用个人经验，对灵魂获得拯救的热烈期望和对所犯错误及罪行的自我开脱，表现了他对“救赎预定论”的偏执理解及面对现实中的道德问题时心理的矛盾纠结。

温和的长老会派在苏格兰占据主导地位之后，清教徒中的卡梅隆派等极端的加尔文主义派别虽然历经残酷镇压与迫害，仍然有一批牧师和追随者坚持“救赎预定论”[①]的观点，自命为独得上帝恩宠的“义人”，其他人则被他们视为“罪人”。这种观点认为，上帝早已在创立世界之前就选定了一部分人作为救赎的对象，而其他人都是注定受到诅咒的，无论其如何信仰虔诚、品行高洁，都无法获得救赎。被救与否无关对神的信心是否坚定或是否行善抑恶。但个人如何得知自己是否属于被称义的人呢？由加尔文派新教信仰而产生的诸多教派对此也无法给出真正的答案。这也是困扰罗伯特终生的核心问题。

罗伯特在自己是否获得上帝恩宠、实现了无罪之身的问题上陷入了痛苦无望的思考。在每晚例行的《教义问答》中，他提出了与“有效召唤”对应的“无效召唤”的问题，反问母亲什么是“无效召唤”。面对超出问答范围而惊慌失措的母亲，他指出“‘无效召唤’就是福音对那些顽固不化、不知悔改的罪人之心的毫无效果的外部召唤”[②]。从预定论的观点看，这种毫无效果，并非因为信心不够坚定或不够虔诚，乃是因为罪人是预定的无法被救赎的对象。如凌席姆牧师认可教堂管理员老巴内特道德上无可挑剔，却认为道德上的一切优良品行无助于他被上帝称义，因此巴内特并未得到上帝的恩宠和荣耀。[③]罗伯特加上“顽固不化、不知悔改的罪人”的限定词，显然是针对凌席姆牧师所谈及的罗伯特自己尚未获得上帝拯救的应许而言的。他增加了祷告的次数，却陷入更加无助无望的地步，因为假设有罪，那他的祈祷和誓言不可能到达上帝那里。而即使他能够赎自己的罪，道德上的

---

① 在1618～1619年的多尔德国际宗教会议上确定下来“救赎预定论”的基本要义：罪人全面的堕落；圣父上帝无条件的拣选；基督特定的限量的救赎；圣灵不可抗拒的施恩；圣徒恒忍蒙保守。

② Hogg, James, The Private Memoirs and Confessions of a Justified Sinner, P68.

③ Ibid, P71.

正义仍然无法清除原罪。[①]罗伯特自己无法解决这个巨大的悖论。因此，他刻意将那些顽固不化的罪人与自己（知道悔改的罪人）对立起来，从而找到了憎恨世界上的一切“邪恶的人”的借口。

霍格在塑造罗伯特的形象时，特别突出了其“边缘身份”和道德感缺失的原因——遭到排斥和孤立引发的仇恨以及唯信仰论的偏执狂。罗伯特在自传开头便指出，自己是一个“无家可归的人”(Outcast)。Outcast也可指流浪的人、被驱逐的人。罗伯特自出生便不被父亲承认，一岁多都未能受洗，最后是凌席姆牧师接纳了他。另一方面，母亲与教父所属的改革派，在英国乃至苏格兰地区，都属于边缘群体。极端的加尔文主义，诸如卡梅隆派、唯信仰派等始终与迫害和被迫害的阴影相关联。尽管国王威廉已实行大赦，这些教派可以合法存在，却始终属于极少数。罗伯特的性格，就是在极端孤立的生活环境中形成的。他不但没有继承权，还是得不到认可的次子。他从小生活在阴影中，身体孱弱，又没有玩伴，因此宗教神学成了他的救命稻草，是其改变现状甚至谋生的唯一途径。

在罗伯特看来，既然上帝的恩宠和荣耀超越了人间的道德律法和制度，那被拣选者的一切行为也不应受此束缚。在这种悖谬的逻辑之下，道德被罗伯特弃如敝屣，无所顾忌地打击和报复他人。老巴内特不是被上帝称义的，那属于罪人之列，对他的报复自然也符合上帝的旨意，因此罗伯特在凌席姆牧师那里诋毁常常批评他的巴内特，使他失去了工作；莫吉尔的母亲曾被称为“女巫”，那么莫吉尔必然是与魔鬼订约才会有那么优异的成绩，因此清除他也是为上帝的事业而战。所以罗伯特通过各种卑劣的手段终于使成绩始终高他一头的莫吉尔被学校开除了。这种无道德感，甚至为报复成功而感到兴奋的心态，是促使他进一步走上杀兄、弑母道路的内在驱动力。

值得注意的是，母亲罗比娜和教父的关系，虽然编者或罗伯特的自传都没有明确地指出罗伯特是他们的私生子，但他们的关系始终超出了学生与精神导师的范围。显然，罗伯特生活在这种阴影下，产生

---

① Hogg, James, The Private Memoirs and Confessions of a Justified Sinner, P69.

了对母亲乃至所有女性的极度厌恶。这也是他对道德产生怀疑甚至彻底将其抛弃的原因之一。但从另一方面而言，罗伯特并非完全没有道德感，而是游离于社会之外，不顾及他人的利益和公众利益，将人性中自私自利的一面发展到相当极端的地步。从他不停地在向上帝忏悔，以及他所表现的痛苦和心灵的扭曲来看，他的良心未泯。因为“世界上没有任何一个国家、任何一个国家中也没有任何一个人完全没有道德感，没有一个人在任何一个例子中从来不曾对于习俗和行为表示过丝毫的赞许或憎恶。这些情绪在我们的天性和性情中是那样根深蒂固的，若不是由于疾病或疯狂使心灵完全陷于混乱，绝不可能根除和消灭它们的”[①]。

大卫·休谟曾详细地探讨道德感的问题。首先他认为道德属于感觉，是心灵认知的一部分，因此道德判断并非由理性产生，而是一种感觉。这种感觉是自然的，被判断为正义或非正义的道德感其根源是人的社会属性。道德判断是在人类社会中为了对抗自私的本能、维护社会公益（维护每个人的私有财产等利益）而产生的。因此荣誉感和正义感既是一种天生的感情也是后天培养的结果，这种感情就是“同情”[②]。亚当·斯密进一步探讨了“同情”作为人类天性中的一种“原始感情”所产生的社会根源。他认为，人要通过想象和换位思考才能与他人的情感产生共鸣，或产生相同的情感。最重要的是，人必须生活在社会中才能产生这种共鸣。[③]

人没有社会性就不会产生“同情心”，无法与他人的情感产生共鸣，从而无法与社会的道德感步伐一致。罗伯特无法与社会中的他人产生共鸣，在吉尔·马丁出现后，逐渐地脱离家庭，进而疯狂杀戮，布兰切特牧师、大法官、哥哥乔治、父亲老伊万、母亲罗比娜和我们无法确认的恋人吉勒小姐之死，莫不与他有关。这个神秘的吉尔·马丁，我们无法言明他是撒旦还是罗伯特的第二自我。在罗伯特看来，他拥

① 大卫·休谟著，关文运译：《人性论》，北京：商务印书馆，2004 年，第 514 页。

② 同情一词指 sympathy，而不是 pity。关于用词的问题，亚当·斯密在《道德情操论》中有专门论述。

③ 亚当·斯密，谢宗林译：《道德情操论》，北京：中央编译出版社，2008 年，第 2～4 页。

有强大的精神力量，尽管宗教观念更极端，却又极具说服力。吉尔·马丁一方面弥补了罗伯特缺少同伴的孤独，另一方面又集朋友的信任与导师的崇拜于一身，从而使他产生了依赖感。他的存在贯穿了罗伯特从被称义直到自杀身亡前的生活之中，就像一只无形的手始终操控着他的思想和行动，促使甚至迫使他逐渐地彻底断绝一切社会联系。

霍格的"无道德感"人物的塑造，明显具有反观自身的意义，这是一个边缘人物的抗争史。霍格在爱丁堡文学圈中就如同罗伯特一样，毫无归属感，更缺乏安全感。与孤独无助、只能求助于唯信仰论的教条获得精神胜利的罗伯特·凌席姆相比，哥哥乔治·科万的生活具有18世纪典型的绅士阶层的社会性特征，体面、悠闲而又合群，拥有大批同龄的朋友。罗伯特面对哥哥乔治时的无助与无奈，甚至所采取的极端手段，正反映了霍格等来自民间的作家群体的集体疏离感。

从罗伯特·佛格松、罗伯特·彭斯到詹姆斯·霍格，苏格兰民间作家群体的涌现基本上都受益于当时联合大环境之下寻求苏格兰自身传统、回归乡村和自然之风。卢梭对"高贵的野蛮人"所下的定义及"天赋耕犁诗人"之称是彭斯在爱丁堡受到热烈欢迎的原因之一，因为其未经修饰的自然诗风在一定程度上满足了人们对"高贵的野蛮人"的认同。[①]霍格不遗余力地突出自己"牧羊诗人"的身份，也正是为了获得像彭斯一样的地位。然而，民间诗人与精英文人之间的巨大差异不容忽视。怀抱雄心远走伦敦的查特顿、备受彭斯推崇的佛格松都死于绝望无助和穷困潦倒。在苏格兰这个气候与地理条件都相对贫瘠和恶劣的地方，天才诗人们也饱受饥饿和贫困的威胁。罗伯特·彭斯未能成功地挣脱农民的身份，而霍格试图通过文学改变自身地位的努力更是异常艰难。

真正的城市文人虽然曾对这些诗歌予以称赞，却多存高高在上的俯视心理，很难以平起平坐的态度对待他们。另外，对作者身份的商业化运作，更加影响了他们的命运。霍格尽管在初期以"埃特里克的牧羊人"的身份走出了埃特里克森林，成为一名专业的"诗人"。人们

① Gifford, Douglas, ed, Scottish Literature, Edinburgh: Edinburgh University Press, 2002. P112.

期待的是“牧羊人”对流传的民间故事和歌谣的权威性。一旦霍格试图以“詹姆斯·霍格”的身份取代“埃特里克的牧羊人”，攻击便随之而来。在爱丁堡的文学圈中，他就是一个边缘人，“从未能真正获得在文明的文学圈中的立足之地”[①]。他是一个永远无法进入中心，却又永远无法离开这个中心的边缘人。

（三）恶魔性的具象化——吉尔·马丁的身份

吉尔·马丁是谁，这个身份的认定对于了解罗伯特的故事具有关键性的意义。罗伯特对他的身份也曾有过多次猜测，因为他身上具有莫大的吸引力，让罗伯特欲罢不能地跟随他的脚步。罗伯特曾怀疑，这个自称“在欧洲有着众多追随者”的人可能是彼得大帝。但最令人感到困惑的是吉尔·马丁第一次露面时，相貌几乎与罗伯特一模一样，使罗伯特以为自己看到了幻象。吉尔·马丁对他说：

> 你以为我是你的兄弟，或者我是你的第二个自我。我的确是你的兄弟，不过与肉体血缘无关，乃是因为我信仰同样的真理及对于同模式的救赎保证，这种真理比世界上的一切东西都要伟大和辉煌。[②]

吉尔·马丁似乎就是魔鬼撒旦的化身，看到他我们都会想到弥尔顿的《失乐园》，想到歌德的《浮士德》。显然，他具备一切撒旦的特征。他神秘出没，可以随意改变外表（如第一次是罗伯特的样子，和布兰切特争执时脸部瞬间转变为布兰切特的样子，后来装扮成德鲁蒙德等），他拥有强大的精神力量，甚至可以侵入他人的思想。假设真如罗伯特所言，吉尔·马丁杀死了断言他如若跟随吉尔·马丁必将走向反宗教和反人类之途的布兰切特牧师，谋杀了宣判罗伯特有罪的大法官，协助他杀死哥哥乔治等均为事实，加上吉尔·马丁借上帝的宗教之名宣扬的反社会、反人类思想，他必然就是撒旦无疑。

---

① Duncan, Ian. Introduction. James Hogg (Ian Duncan ed.), The Private Memoirs and Confessions of a Justified Sinner, Oxford: Oxford University Press, 2010. Pix.

② Hogg, James, The Private Memoirs and Confessions of a Justified Sinner, PP80-81.

要相信罗伯特的指控，我们必须弄清罗伯特的自传具有多大的可靠性。18 世纪末 19 世纪初人们仍然认为，自传性的写作具有向他人呈现自我内心的能力，而且可以呈现自我的一致性。[①]因此当时涌现了大量的自传性的作品，其中包括自传、书信体的小说，以及旨在表明文本可信度的第一人称作品等。然而，首先编者自己就读不懂罗伯特的自传，“无法理解作者的意图”。其次，罗伯特的精神状态始终处于压抑之中，他一面忏悔，一面认为自己无需忏悔。最初他的形象似乎是完整的、统一的。然而，随着故事的深入，他的讲述开始凌乱起来。在发高烧病倒之后，他甚至无法弄清自己的身份：

> 我总是以为自己变成了两个人……这个第二自我当然出现在他的位置上……大部分时候我很少认为自己是这两个人中的任何一个。我想的最多的就是我的同伴是他们之一，我的兄弟和另一个人；而且我发现，被迫长期以另一个人的形象来讲话和回答问题是一件最令人厌恶的事。难道我没有意识到一个被称义的人不会做错事吗？这是不可能的，我同时既在做一件事又没在做一件事……我有第二个自我；或者说有人冒充我的相似的形象。[②]

罗伯特坚持认为那些大家不断前来质疑和指责他的事情并非他亲手所做。他甚至怀疑吉尔·马丁是他的第二自我，做了那些他不曾知晓半分的事。这与他第一次见到吉尔·马丁时产生的印象相印证。但是，到底谁谋杀了他的母亲和恋人（他一直拒绝承认这个人的存在）？从他的仆人思科瑞普的隐晦回答中，我们得知，他的母亲和恋人很可能被他杀死了。因为吉尔·马丁的存在几乎无人可以证实。在编者的叙述部分，吉尔·马丁仅在贝尔·科尔沃特口中以德鲁蒙德的形象出现过，在罗根女士面前以死去的乔治的形象出现过。但编辑者的态度鲜明，他以现代的启蒙态度对待所发现的手稿，讲述经过科学考证之

① Kelly, Gary, English Fiction of the Romantic Period 1789-1830, London: Longman, 1989. P261.

② Hogg, James The Private Memoirs and Confessions of a Justified Sinner, Hertfordshire: Wordsworth Edition Limited 1997. P106,113,122.

后还原的事件。两个女人提供的证据虽然证明罗伯特是杀人凶手，但她们的讲述显然也是真实与虚构交织的，充满迷信和无知，不可尽信。

罗伯特既对自己的身份不确定，又对周围发生的事情不确定，使读者不由得怀疑他的自传无法表现真相，甚至无力描述一个完整的自我。作者詹姆斯·霍格显然是在以怀疑主义的态度提醒读者提出质疑，自传性的作品是否真的可信和有效。有人认为，罗伯特的表现让读者看到了医学著作尚未关注过的精神分裂症患者的描写。[①]社会身份的转换和不确定性极易令人产生挫败感，因此精神疾病已成为18世纪的社会现象。在霍格生活的年代，上流社会的亲属们为了逃避耻辱和避免成为邻人关注的焦点，通常将精神疾病患者送到私人医生的疗养所隔离。[②]罗伯特醒来之后所有的亲人都不见了，与其说死亡，倒不如说他被彻底隔离了。思科瑞普转述村子里老太婆们的话，指出"魔鬼化为你的外形，或者魔鬼进入你的身体，你自己就会变成魔鬼"[③]。潜意识中，罗伯特也想将一个不受控制的自我和一个神秘的黑暗之友的存在归咎为撒旦的破坏。只是他始终无法面对这种真相，"如果不是自己的信仰已经坚信自己是在世界被造之前就已被选定为救赎的人，那么这一瞬间我几乎要相信这民间的信仰，堕入罪的深渊了"[④]。但他自己，或者说他的另一个自我已经变成了撒旦本身。

从他在病床上的挣扎，被殴打时的惨状，以及被打的一瘸一拐的腿，我们可以看到他的躯体是人类的，容易受到来自人类的伤害或疾病的折磨。然而，他的另一个自我追随撒旦的道路，逐渐变得具有破坏性，最终成了一个"杀死了父亲、母亲，唯一的兄弟和爱人"的谋杀犯。[⑤]上文我们提到，罗伯特的边缘身份使他对社会充满了仇恨，试图割断一切与世俗社会的联系，彻底脱离人类社会。然而社会属性是他作为人的独一无二的特征，失去了社会性，他就变成了一个失去

① Allan Beveridge, James Hogg and Abnormal Psychology: Some Background Notes. Gillian H. Hughes ed. Studies in Hogg and His World, No.2, 1991. P93.

② Ibid, P92.

③ Hogg, James. The Private Memoirs and Confessions of a Justified Sinner, P135

④ Ibid, P135.

⑤ Ibid, P146.

与上帝联系的魔鬼。他在自杀之前曾经向这个世界道别："永别了，我曾经逃避和鄙视过的女人；永别了，我曾经憎恨过的男人。"①这种道别是保持人类的社会性自我的临终遗言，而那瞬间出现的那张"暴怒的、恐惧的黑脸"是他的撒旦附体的第二自我。因此，不能说吉尔·马丁是一个独立存在的个体，他乃是罗伯特具有魔鬼性的第二自我的具象化。

无论罗伯特是在与撒旦交往，抑或是撒旦附体，他的特殊境况在城市中未引起特别的注意和质疑，这与此后他到乡下的遭遇形成极为鲜明的对比。对此，读者不由得产生巨大的疑问。老巴内特虽然只是一个普通的教堂看守人，却是第一个敏锐地觉察到罗伯特缺乏道德性并公开谴责他撒谎成性、自以为是的人；当罗伯特逃往乡下时，无论是在自耕农的房子里、织工的住所还是乡间破旧的旅馆，他身上的魔鬼气息都能引起人们的警觉，甚至马匹的巨大不安。他被马匹踩伤，赤裸的身体留下巨大的蹄印；他被同宿的旅客殴打；他被女仆迪比用笤帚追打，人们称他为"被魔鬼附体的人"②。

如果这些事实真的存在，那莫名的奇怪的骚动和恐怖的魔鬼气息，以及代表撒旦真面目的马蹄都印证了罗伯特的魔鬼性。为什么他在城市生活那么久，却没有被发现或者呈现出什么异状呢？当罗伯特污蔑陷害同学莫吉尔直至其被开除，唯一受到的惩罚是某一天在路上被他揍了一顿；吉尔·马丁（或者罗伯特的恶魔性自我）怒杀布兰切特和大法官，人们始终无法找到真正的凶手；明明是罗伯特杀死了哥哥乔治，法律却宣判德鲁蒙德有罪。

在罗伯特的叙述中，唯有布兰切特牧师的确曾亲眼见证过吉尔·马丁的存在。然而布兰切特之死表明，长老会无法真正地战胜魔鬼。大法官之死更证明，公义和公正形同虚设。父亲、母亲和哥哥的相继死亡或失踪，甚至那个我们无法判断是否真正存在过的恋人的被谋杀，都证明了罗伯特几乎彻底地割断了自己与社会的联系。这就是城市。在所谓文明化的城市之中，人们早已丧失了辨识魔鬼或魔鬼性

① Hogg, James. The Private Memoirs and Confessions of a Justified Sinner, P165.
② Ibid, P160.

的能力，更无法抵御魔鬼的入侵。在已经逐渐丧失了对民间信仰方式的纯正性的地方，人们极少能发现吉尔·马丁的影子。即使少数宗教或道德上极为崇高的人可以做到，他们对此也完全无能为力。

（四）结论

吉尔·马丁就是罗伯特的第二自我或精神自我，是他的恶魔性自我的具象化。这种具象化实际上是詹姆斯·霍格挑战司各特式的苏格兰历史的方式，是他对苏格兰传统、苏格兰文化的另一种理解和表达。在哲学家或者神学家以及科学家的眼中，下层民众、特别是偏远地区的人民由于对科学的无知而产生的对超自然事件或现象的理解是愚昧的迷信。然而霍格以罗伯特的故事公开挑战了这种观点，他将苏格兰民间最朴素的辨识撒旦的常识集中于对罗伯特的魔鬼性的辨识上。文明与城市，愚昧与乡村的对应关系恰恰要翻转过来。

当科尔沃特太太和罗根女士终于查清了罗伯特是谋杀案的凶手，他被迫逃亡时，我们看到，他作为一个唯信仰论者脱离人类社会的企图如何遭遇彻底的失败。他认为自己是这个团体的边缘者或被抛弃者，决定逃离苏格兰，逃往伦敦，做一个传授神学的牧师。然而，在投宿的第一站就被人打断了腿无法远行，只能留在苏格兰的境内遭受自己孤立和鄙视传统与他人所带来的惩罚。当他逃到边境的乡下，他的“朋友”吉尔·马丁曾在城市中横行的精神力量在这里遭遇了前所未有的失败。他失去了魔力，无法惩罚那些工人、农民、织工、女仆和牧羊人。他的弱点被鲜明地暴露在这些强大的人民面前。

这些人之所以具有辨识撒旦和他的代理人的真正面目的超凡能力，乃是因为他们依靠的是经验和本能，而不是所谓哲学、神学。城市文明和精英文化不能解决的问题，在乡间轻而易举地解决了。“霍格认为司各特对于超自然的怀疑削弱了文化遗产”，是一种对大众文化传统的背叛。[①]他认为，真正的智慧存在于民间故事和具有迷信色彩的故事之中。霍格说：“很多人总是因为那些虚弱的、迷信的观念而轻视他们的贫穷的、没有文化的乡民；但是我坚持认为，在他们所相信的

① Sandner, David. Supernatural Modernity in Walter Scott's Redgauntlet and James Hogg's Private Memoirs and Confessions of a Justified Sinner, Extrapolation, Vol. 48, No.1, 2006. P76.

情境之中，有比责备更多的值得赞赏的地方。”[①]民众的眼睛没有被所谓神学和哲学蒙蔽，显得格外清亮而透彻。因为村子的老婆婆们所讲述的故事早已预言了罗伯特的命运。苏格兰文化的根终究藏在边区，那些试图拒绝或割断他们与民族的历史和传统联系的人注定要失败。将真正的传统浪漫化和古典化的企图，往往会扭曲事实。

三、《忏悔》中的婚姻问题与霍格的反联合立场

司各特的作品中常常使用英格兰和苏格兰人的完美婚姻来阐释经历文化冲突与碰撞之后的联盟，这已经成为他的作品叙事结构的基础。他的这种托利联合主义的立场贯穿小说作品的始终，即使在描写中古传奇的故事中，也不忘记联合而不是分裂的政治立场。然而，霍格的《忏悔》却以一桩婚姻的破裂和随之而来的因财产分割导致的兄弟相残、父子反目的悲剧，与司各特的联合主义叙事的家庭罗曼史结构形成尖锐的对比。因此，霍格的《忏悔》不仅仅是某些学者说的“一个不正常的自我分裂和精神变态的病例”[②]。

来自苏格兰乡间的真正牧羊人詹姆斯·霍格，对女性表现出异乎寻常的宽容和尊重，深深地同情女性在父权统制下丧失个人的婚姻自主权利的命运。老科万与妻子的婚姻破裂与其说是信仰不同导致的，倒不如说是格拉斯哥治安法官为政治、经济利益而牺牲女儿幸福的结果。不同信仰之下的婚姻必然充满了冲突，而不是简单地因为爱情而获得琴瑟和谐的生活。司各特的英格兰主人公与苏格兰女性之间，都是以一个突然而至的幸福美满的婚姻结束，他很少去描述婚后发生了什么。但是柔和、顺从的苏格兰妻子显然要作出最大限度的让步和妥协，才能维持婚姻的表面和谐。回想起给读者留下深刻印象的狄安娜，那个曾经意气风发、骑马驰骋的女子，去世之后在丈夫的记忆中只留下“幸福美满的生活”和“悲痛欲绝的悼念”[③]。夫妻之间是否曾因

① Nelson C. Smith, James Hogg, Boston: Twayne Publishers, 1980. P126.

② 桑德斯著，高万隆等译：《牛津简明英国文学史》，北京：人民文学出版社，2000 年，第 504 页。

③ 司各特著，李俍民译：《红酋罗伯》，第 555 页。

为信仰崇拜模式的不同而有所争论，是否因为两个王国生活方式、习惯的不同而有所冲突，司各特都没有告诉我们。詹姆斯·霍格在作品一开始就以一则不匹配的婚姻的后果为我们戳破了司各特编织的幻梦。整个悲剧事件的发生，主人公罗伯特的悲剧人生就是这场不匹配的婚姻的直接后果。

被当作私生子而遭遗弃的罗伯特成年之后杀死了哥哥乔治，气死父亲老科万，从而获得了庄园的继承权。而一位高地绅士德鲁蒙德却被诬为杀害乔治的凶手而遭到通缉，无法返乡。罗伯特的母亲达尔卡索女士，不但被父亲当作利益交易的工具，在亲手抚养的儿子罗伯特眼中也不过是个无知的女人。罗伯特厌恶女人，发展到甚至连自己的母亲的声音也无法忍受。但是，女人却在他的世界中无处不在。在《忏悔》一书中，谋杀事件的真相还原完全出于几位女性的忠诚和执著。尽管编者和法官所采信的似乎是一个无名男子——科尔沃特太太的客人的证词，真相却是由两个女人——科尔沃特太太和罗根女士齐心协力查证的。管家太太罗根女士出于对从小看护长大的少爷乔治及老东家科万的爱，发誓要查清少爷被杀的真相。事件的目击者科尔沃特太太作为关键证人则是个妓女和抢劫犯。

作为关键证人，科尔沃特太太当时是狱中即将被处决的抢劫犯。罗根女士为了给她脱罪从而可以帮助自己查明真相，让小侍女出庭作伪证。没有文化的小侍女贝西与法官的法庭对答，宛如一出喜剧，充分地展现了小侍女无知却狡黠的天性，从而顺利为科尔沃特太太开脱罪名。

> 法官:“看看这些桌子上的物品。你以前曾经见过这些银勺子吗?”
>
> 贝西:“我以前见过一些***非常像***这些的勺子，不过我见过的银勺子做的都差不多一样啊。”
>
> 法官:“你能发誓以前从未见过这些东西吗?”
>
> 贝西:“不，不。我不能对这些银勺子发誓，除非我给那些东西亲手做了小标记。可是我从没给一个勺子做过标记呀。”

……

法官：“你以前见过这件外套吗？”

贝西：“我见过一件和它***非常像***的外套。”

法官：“难道你不能发誓这是你的女主人曾经穿过的外套吗？”

贝西：“不能，除非我看到她穿着，而且知道她已经付过款了。我对发誓是非常谨慎的。‘像’是一种很讨厌的标记，太讨厌了，我没法对任何东西发誓。”

法官：“但是你说过这件外套和你的女主人的那件***非常像***。”①

通常我们从文学作品中看到的都是流落到英格兰的苏格兰“女巫”或者“妓女”或者干脆是“强盗”。这一点在司各特的作品中特别突出，往往“女巫”代表着一种独特的苏格兰文化——贫穷的衍生物。凯伦·方指出，与司各特联合立场相反，霍格表现出一种反联盟，反英格兰的思想。②因为霍格的作品中相对应地也出现了罪犯和“女巫”形象，那就是科尔沃特太太。只是令人惊奇的是，这是一个从英格兰流浪到苏格兰的女人。科尔沃特太太和女儿一出场，就让我们想起《密得洛西恩监狱》中的玛格丽特·麦特劳（或称默多克森）和她的女儿玛吉野火。因为生活失去依靠、衣食无着，默多克森被迫带着女儿到处流浪，“有时以替人算命为幌子，有时作走私的买卖，事实上她接受赃物，偶尔也积极参与偷盗的勾当”③。在英格兰境内，她一直被民众视为来自苏格兰的“女巫”，时刻面临被处以私刑的威胁。这些人认为，“这个国家（即英格兰）受到苏格兰女巫和苏格兰娼妇这样的糟蹋真是可耻——我看得把她们绞死和淹死。”不由分说，默多克森与女儿玛吉成了“女巫”和娼妓的代名词。当一个老太婆辩解说默多克森“不

① James Hogg, The Private Memoirs and Confessions of a Justified Sinner, Hertfordshire: Wordsworth Edition Limited, 1997, PP48-49.

② Karen Fang, A Printing Devil, a Scottish Mummy, and an Edinburgh Book of the Dead: James Hogg's Napoleonic Complex. Studies in Romanticism, Summer 2004, Vol. 43 Issue 2, PP161-185, P25.

③ 司各特著，王楫、任大雄译：《密得洛西恩监狱》，第533页。

是个巫婆，她是个满手沾满鲜血的凶手和强盗”，她得到的回答却是：“——不过，无论如何我们发现她是个苏格兰人，这种人多一个不如少一个。”[①]女性作为弱势群体，一旦表现得强悍就成了“强盗”和“女巫”。苏格兰人在英格兰人眼中更是带来晦气的民族。司各特只以偏见来解释这种仇恨，因为他始终认为女性只能以弱势和服从获得家庭的幸福，过于聪明和激情、过于追求独立会落得不幸的后果。然而霍格笔下的科沃尔特太太在苏格兰并未被当作“英格兰娼妓和强盗”被杀死，而是被拯救了。

科尔沃特太太沦为妓女，也是因为被男性诱骗和抛弃。她又高又瘦，看得出当年有种“阳刚之美”（masculine beauty），这个词用在女性身上看着有些古怪。但是若是熟悉司各特作品也会知道，这种男性气质是不被社会认可的一切“女巫”的共同特征，包括红酋罗伯的妻子。女性的强壮可能会对父权制社会带来严重威胁。同样，她入狱的原因，是她曾亲眼目睹了谋杀案的真相——罗伯特在一个装扮成德鲁蒙德的男子的帮助下用匕首亲手杀死了乔治。然而，这样一种被社会抛弃的人，一个英格兰女人，并没有遭到如期被送上绞刑架的命运。她成功地被一个苏格兰女性解救了。尽管罗根女士有自己的私心，不可否认的是，她没有落井下石，而是救了同性，也拯救了即将被绞杀的真相。这个意义非比寻常。因为在这个世界里，即使所处地域不同，相同的却是男性的控制欲和女性的弱势地位，他们常常忽视女性的力量。罗伯特的仆人思科瑞普所说的“老巫婆们”所讲述的卡梅隆村庄的故事，看似与故事全无关系，实际上是通过被魔鬼诱惑和欺骗的宗教狂热主义者暗指罗伯特。思科瑞普虽然如此讲述，但并没意识到他可能是在讲述一个隐喻着罗伯特故事的故事。男性并不具备女性那样敏锐的直觉和记忆力，反而认为是这些老婆婆在“胡说八道”。然而这个故事足以触动罗伯特隐秘的内心秘密，只是他不愿承认也决不会向他人暴露。

霍格尊重女性的能力与能量，他认为民族的历史和真相通过她们

---

① 司各特著，王桱、任大雄译：《密得洛西恩监狱》，第 446～447 页。

才世代相传。他的老母亲是为司各特提供种种民间传说和歌谣的重要人物之一，但是苏格兰的民族传统却是司各特"创造"和"复原"的，这未免不公。因此，在霍格的笔下，女性才是能够保存事实和揭露真相的传统精神的守护者。那些被浪漫主义复兴和复原了的民族文化，是伪真相，因为在詹姆斯·霍格看来，"沃尔特·司各特爵士也变成了背叛者"[①]。

第三节 高尔特的"社会理论史"——《教区纪事》

约翰·高尔特（1779—1839）的作品将司各特笔下广阔的社会背景转化成更贴近普通大众生活的某一个村镇、某一个社团的风俗史，与大卫·威尔基的画作有异曲同工之妙。同时，他更注意到苏格兰方言在具体人物、社区的运用，不但从细微之处彰显人物个性身份，更将苏格兰方言的喜剧化效果放大，对读者产生了强大的吸引力。这个时代的小说作家，注定无法与商业摆脱干系。高尔特更是其中的异数，他将谋生的写作当作积累商业资本的手段，屡次将好不容易积攒的酬金雄心勃勃地投资到小工厂或商业计划之中。非常可惜的是，尽管他少年时代所学的几乎全部是与商业知识相关的学科，却注定成不了商人。他的投资屡次失败，每次都将他拖入濒临破产的境地，在晚年甚至还曾因欠债而被投入债务人监狱。

一、高尔特生平及作品

约翰·高尔特于1779年5月出生在苏格兰埃尔郡的一个名叫欧文的村子。10岁时随同父亲搬到克莱德港口的格林诺克镇上。高尔特的父亲曾当过海员，拥有丰富的海上经验，搬到格林诺克后就投入了与牙买加之间的贸易活动，成了一个商人。高尔特虽然没有完整地接受正规学校教育，但是学习了数学、拉丁文、法语、英语等对贸易商来

① Hogg, "The Mysterious Bride, by the Ettrick Shepherd," Blackwood's Edinburgh Magazine 28 (December 1830), P943.

说非常重要的学科和商业知识。16岁时高尔特便进入格林诺克税务所实习，不久又成功地在格林诺克镇的一家商行当了初级书记员。但是高尔特不甘心过这么平淡的生活，1804年离开苏格兰前往伦敦寻找实现梦想的机会，可惜没有成功，后来试图与弟弟汤姆合开公司，结果尚未筹措完毕即宣布失败。在别人的推荐下，他终于在伦敦一家苏格兰人的杂志社获得了一份编辑工作，为其撰写一些商业和经济方面的文章。此后，他大部分时间待在伦敦。

但是高尔特生性不安于现状，直到而立之年尚一无所成。他无牵无挂地到欧洲大陆和地中海地区旅行，遍游直布罗陀、西西里、马耳他、希腊、小亚细亚和康斯坦布尔等地。正是在漫游期间，他偶遇拜伦，结识俄国王子克斯洛夫斯基。后来他与拜伦结成好友，并成为拜伦传记的作者。1809～1812年这段时间，他出版了一些无足轻重、但也给他带来不少收入的作品。高尔特始终没有放弃经商的梦想，在漫游欧陆和地中海国家期间，他产生了大胆的计划，打算针对拿破仑对英国采取的“大陆封锁令”，以直布罗陀为中转站向欧陆走私货物。但是计划刚开始实施，威灵顿公爵就打败了拿破仑，高尔特再次陷入财政困境。

1813年，高尔特娶出版商洛克的女儿为妻，除了为数不少的陪嫁之外获赠《星报》一半的股份，生活终于稳定下来。从这时起，他不得不考虑赚钱养家。高尔特在伦敦期间，对一位年轻的苏格兰画家大卫·威尔基的画作产生了浓厚兴趣。威尔基后来被授予了爵位，与司各特过从甚密。威尔基的绘画以表现苏格兰乡间生活为主，颇有荷兰画派之风，当时在伦敦十分流行。高尔特受到启发，打算着手创作描写小镇生活的作品。婚后的安定生活让他决心开始创作《牧师》(即《教区纪事》的初稿)。但是完稿之后，当时的出版业巨头康斯坦堡拒绝出版这部以乡村牧师的名义创作的苏格兰散文集，认为这种题材不可能有销路。但是当司各特的第一部小说《威弗莱》在1814年大获成功之后，高尔特曾对康斯坦堡大发怨言。1813～1816年，高尔特并没有发表什么重要的作品，虽然也为杂志社撰写了一些文章，但对决心成为专业作家的他而言，实在是糟糕至极。

养家糊口的巨大压力让他不得不求助于岳父的提携，最终在一位成功的企业家和出版商理查德·菲利普斯爵士的帮助下获得了一份撰稿工作。他在1817～1823年为《每月杂志》撰写了无数匿名文章。在这期间，因为他创作的悲剧作品的上演，他逐渐在文学界站稳了脚跟，但仍然面临严重的财政危机，不得不拼命为杂志撰稿。由于康斯坦堡出版社对高尔特的作品出版不太积极，高尔特被迫转向布莱克伍德。在创作的同时，高尔特始终热衷于商业事务，1824年被任命为"加拿大公司"——负责协助英国在上加拿大地区建立殖民地的特许权公司的书记官。1829年高尔特因被指控工作不力而被召回英国，随后不久又被任命为"不列颠美洲公司"的书记，前往下加拿大地区。1832年高尔特因健康恶化返回家乡格林诺克定居。他的子孙后来均移民加拿大，儿子亚历山大·高尔特曾出任加拿大的第一任财政部长。

二、高尔特与《布莱克伍德的爱丁堡杂志》

1820年6月至1821年1月，《布莱克伍德的爱丁堡杂志》连载了约翰·高尔特的《埃尔郡的遗产继承人》(*The Ayrshire Legatees*)，非常成功，明显增加了杂志的销量。1821年5月，曾被康斯坦布尔拒绝的小说《牧师》改名《教区纪事》(*Annals of the Parish*)出版了。这部仅为一卷本的作品大获成功，杂志上的评论口碑也颇为不错。布莱克伍德在伦敦的代理人曾写信说："《纪事》相当成功，卖得非常好。"[①] 1820年到1822年底，几乎每一期《布莱克伍德的爱丁堡杂志》上都有高尔特的作品，各种各样的文体——连载小说、书评、关于农业经济学的论述。

约翰·高尔特加盟布莱克伍德杂志的这段时间，是其创作上的黄金时期。在此前，他虽稍有文名，但其职业只能算一个专栏作家，以撰写各种各样的稿件为生。1820～1822年仅仅三年的合作时间，却成就了高尔特作为一个小说家的地位。1817年创办《布莱克伍德的爱丁堡杂志》，布莱克伍德从一个爱丁堡的古董书商转变为19世纪最重要

① Ian A. Gordon, John Galt: The Life of A Writer, Edinburgh: Oliver & Boyd, 1972. P38.

的出版商之一，他精确把握了小说市场的发展趋向，并大胆启用和提拔年轻的作家，这是他成功的重要原因。期刊杂志如雨后春笋纷纷出现，但是具有持久生命力的却不多。《布莱克伍德的爱丁堡杂志》却站稳了脚跟，不但成为重要的文学评论阵地，后来还成为维多利亚时期最重要的期刊之一。

1819年8月或9月，高尔特开始为《布莱克伍德的爱丁堡杂志》投稿，内容是在伦敦的苏格兰人，特别是艺术家的生活。当他有了更好的念头与布莱克伍德分享时，常常能得到非常积极的回应和鼓励，这大大增加了他的自信心。与此前遭遇的康斯坦堡对其百般推脱相比，无疑布莱克伍德向他伸出了友谊之手。他终于稳定下来，开始着手实现记录"西部社会理论史"大计划。《埃尔郡的遗产继承人》首先在《布莱克伍德的爱丁堡杂志》上连载，第二年（1820年）单独成书出版。这部作品的成功促使高尔特将原在康斯坦堡被拒的《牧师》，在布莱克伍德的建议下经过修改，改名《教区纪事》发表。另一重要代表作《限定继承权》虽因稿酬问题未能在布莱克伍德出版社出版，此后也被其购得版权。

高尔特在布莱克伍德期间，创作上受到极大的鼓励，文体上的创新也常能被接受，是布莱克伍德当时旗下最重要的作者之一。

不过，1822年高尔特写作《继承人》期间，遭遇了和詹姆斯·霍格类似的酬金问题。由于布莱克伍德拒绝再次增加酬金，1823年，高尔特将《限定继承权》交由伦敦的奥立佛和博伊德公司出版。后来，这部小说的版权也由布莱克伍德购得。《埃尔郡的承租人》、《教区纪事》和《继承人》是高尔特最成功的三部作品，而这时正是苏格兰地域小说的黄金时期。此后他虽一直勤奋写作，偶尔获得成功，但都无法与这个时期相比。1826～1827年经济萧条，银行破产危机使投资虚高的出版业遭受重创，康斯坦布尔的出版公司面临破产，威廉·布莱克伍德公司也陷入重重危机之中。司各特的拼力耕耘未能挽救整个苏格兰文学呈现的颓势，高尔特的声誉地位显然更不能对此产生重要影响。爱丁堡作为出版业大都市的地位逐渐被伦敦取代。

三、高尔特的创作风格

苏格兰画家大卫·威尔基的画作对高尔特的创作具有非常明显的影响。大卫·威尔基的早期画作，用微带讽刺的笔调描绘苏格兰小镇生活，在伦敦颇有市场。这种绘画风格实际上颇有荷兰画派的特点，即采用写实的手法，描摹中下层人民的生活。高尔特本人对美术十分感兴趣，在伦敦期间，常常流连于画廊之间。威尔基的作品吸引了他的注意，令他想起在格林诺克的生活。在写给威尔基的信中，他提到，"在离开苏格兰之前，我常常感觉到自己被农村特殊的行为、思想和观念所吸引，一度产生用我们古代的幽默歌谣的方式来描写这些东西的念头，但是由于事务繁忙无暇顾及，我未能完成这最初的计划。"①

苏格兰的埃尔郡是高尔特日后雄心勃勃的"西部社会理论史"的重要背景。《埃尔郡的遗产继承人》采用书信体，与斯摩莱特的《汉弗莱·克林克》颇为类似，是四个主要人物之间通信的连缀。主人公是普林格尔博士及妻子、儿子、女儿，他们一行四人前往伦敦继承获赠的遗产，以喜剧化的风格高度幽默地展示了来自乡间的普林格尔博士夫妇的习惯与大都市生活之间的强烈反差。普林格尔博士两个正值婚龄的子女在伦敦的罗曼史进一步丰富了故事的线索。更重要的是，每封与家乡的通信，都会被乡人用苏格兰方言评论一番，更凸显了伦敦与苏格兰乡间在生活、习俗、观念上的反差。

高尔特的早期作品具有强烈的喜剧性，多采用苏格兰方言，更精细地描画苏格兰生活。他对苏格兰方言的运用非常精妙，对每个人物所使用的语言都经过了精心的思考和编排，力求最大限度地还原生活的真实。高尔特的小说在过去常被视为"二流苏格兰小说"、"地域小说"、方言喜剧、苏格兰社会历史的文献等。他的传记作者戈登认为，这些都不能完整地概括高尔特的贡献。近年来，对高尔特的评价已经出现了新的转折点。他开始被当作更加严肃的作家，而不是一个肤浅的、使用苏格兰方言的喜剧作家。高尔特受到苏格兰启蒙思想的深刻

① Ian A. Gordon, John Galt, The Life of A Writer, Edinburgh: Oliver & Boyd, 1972. P10.

影响，非常关注18、19世纪重要的经济和知识分子问题。亚当·弗格森和托马斯·里德的常识哲学及亚当·斯密的政治经济学在高尔特的小说作品中留下了鲜明的印记。

四、社会理论史——《教区纪事》

传统上，《教区纪事》(1821)被看作约翰·高尔特的重要代表作之一，因为这部作品最大限度地展示了高尔特写作一部苏格兰“西部社会理论史”的雄心。《教区纪事》又称《牧师米加·巴尔惠德尔任职期间的达尔美令地区的年鉴》，作品出版之时连出版商布莱克伍德都心怀忐忑，难以预测这部仅为一卷本、支付了60个金币就获得版权的作品能否获得成功。非常值得庆幸的是，小说出版后的销量和评论都相当不错。《爱丁堡评论月刊》和伦敦的《评论季刊》、《约翰·布尔》(《约翰牛》)杂志都给出了较好的评价。克里斯蒂安·伊索贝尔·约翰斯通也针对这部小说发表了匿名评论，她敏锐地感觉到了《教区纪事》与威尔基的绘画《威克费尔德的教区牧师》之间的相通之处，她指出：“米加·巴尔惠德尔是我们当代的历史学家，就像威尔基是苏格兰画家一样。”[①]

事实也的确如此，高尔特在《自传》中提及，他曾经希望有一天能“写一本对苏格兰来说具有像《威克费尔德的教区牧师》之于英格兰的意义一样的书”[②]。小说发表之初，约翰·威尔森以克里斯托弗·诺斯的笔名在《布莱克伍德的爱丁堡杂志》上评论道，《教区纪事》不是小说，而是事实。[③]也就是说，它像一部真正的历史书一样，精确地记录了苏格兰西部小镇五十年来的变迁和进步。高尔特本人，虽然并未公开否认作品是小说，实质上也是将这部作品当作“历史”来写的。他在《自传》中写道：

> 对我自己而言，这始终是一种乔治三世治下的苏格兰西部社

① Ian A. Gordon, Edinburgh: Oliver & Boyd, 1972. P35.
② Ibid, 1972. P36.
③ Christopher North (John Wilson), Annals of the Parish, William Blackwood's Edinburgh Magazine, Volume 9, 1821. P203.

> 会理论史专论；写这部作品的时候，我从没想过它会被当成一部小说来看。寓言通常能比抽象的理论更好地表现哲学真理；我将《教区纪事》定位为这个层次的作品；但是既然公众认为这是一部小说，我也没必要去考虑改变这种已经被接受的印象……[①]

这部作品从样式上来看显得很松散，各部分内容之间很难找到共同的线索，与小说这种文体似乎相差甚远，更像当时乡间牧师习惯性记录的文本。这也是《教区纪事》常被批评之处。但是，正如20世纪早期的著名文学家和政治家约翰·布臣的评价，这是“一部独特的历史现实主义的杰作，采用了独特的目标和技巧”，表明高尔特是一个更加具有艺术自觉性的作家。[②]这种艺术自觉性就在于，高尔特敏锐地察觉到，半个世纪以来苏格兰人的生活方式和组织结构发生了巨变，悄然之中一个全新的现代社会不期而至。1760～1810年，是整个不列颠帝国最具活力的历史时期，也是大事件频发的时期。从1776年美国独立革命、1780年戈登骚乱、1782年以来的英法之战、1789年法国大革命到1798年爱尔兰起义及拿破仑战争，这是一个动荡不安而又不断进步的时期。这些战乱伴随着英国的工业革命、农业革命及随之引发的社会阶层剧烈变动的社会革命。高尔特采用独特的视角，选择苏格兰西部的小镇为观察对象，通过展现一个偏远角落如何受到外界的渗透、影响，逐渐发生翻天覆地变化的过程，记录下了这段社会变迁的历史。

1760年巴尔惠德尔牧师来到达尔美令教区，这里封闭、落后，走私贸易猖獗，人们根本无视英国法律的权威。这让一向忠君爱国的牧师十分无奈，在“神圣的乔治（三世）国王陛下登基”的“同一年同一月同一日被任命为达尔美令教区的牧师”[③]，这是巴尔惠德尔一向引以为豪的事情。然而这个年代的苏格兰，人们对国王心怀敌意，更是不惜采取一切恶劣手段阻止国王派来的牧师。人们除了一路上冲他

① David Buchan, Galt's Annals: Treatise and Fable, Nineteenth-Century Scottish Fiction: Critical Essays, edited by Ian Campbell, Manchester: Carcanet New Press Limited. 1979. PP 18-36, P19.

② Ibid. PP 18-36, P35

③ John Galt, Annals of the Parish. Rockville, Maryland: Serenity Publishers, 2009. P7.

丢石头、咒骂，迎接他的还有门窗被钉死的牧师住宅。然而当巴尔惠德尔记录下他担任牧师最后几年的事件时，“经历动荡和起伏之后，国家的繁荣”时期已经到来。

农业革命首先到来。布莱德兰庄园原本被从印度殖民地回来的“纳巴布”上校与妹妹吉尔兹租住，不久之后代表腐朽制度的二人葬身火海，布莱德兰庄园易主。不劳而获的海外殖民地掠夺者被新一代“农场主”取代。随着农业经济的发展，18世纪英格兰的农业文明进入成熟期，而在苏格兰的低地也开始了农业改革的浪潮。很多拥有小块土地的农民卖掉自己的田地，租种大型农场，采用英格兰流行的轮耕制，大大提高了土地的利用率和产量。库尔特先生就是其中的一位，他来到布莱德兰庄园之后，第一件事就是砍掉一切华而不实的植物，栽种一切可以结果实的树木。在农场里，则采用最新式的耕种方式，让牧师大开眼界。巴尔惠德尔的岳父，经营本地农场的吉伯克先生，是一位不拘一格、富有冒险精神的农场主，“可以在别人看到风险和损害的地方找出利润和优势”[①]，率先在自己农场四周的荒山上种植了大片枞树。这是苏格兰农业改革的重要一步。1773年约翰逊游历苏格兰、1776年亚当·斯密写作《国富论》时，看到的和思考的还是苏格兰土地触目惊心的荒凉景象。碎石或干脆没有任何东西作为土地的边界，成为苏格兰农业落后的最主要特征。高尔特选择1766年吉伯克先生的种树显然经过精心思考和设计。几年以后蔚然成林的景象在路人眼中看来颇有些异域风情，也吸引了其他守旧的地主开展变革。

农业革命，不仅仅是土地耕作方式的变革，也代表着社会组织结构发生了悄然变动。首先，地主阶层虽然是土地的拥有者，但新兴的农场主采用新式的耕作方式同时对土地进行改良，实际上已经成为农业发展的最重要的力量。土地的产出增加，地租也随之增加，这些人是亚当·斯密心目中对增加国家收入最重要的人。因为国民财富的一切基础来自地租。另一方面，随着农业发达、农村经济的发展，走私贸易逐渐被更大的、更正常化的贸易需求所取代。农业革命不仅仅体

① John Galt, Annals of the Parish. Rockville, Maryland: Serenity Publishers, 2009. P34.

现在土地的使用上，吉伯克一家的牧场收入同样很丰厚。以牧师的第二任太太吉伯克先生的女儿为例，她不但在牧师住宅养鸡、养牛，还制贩奶油、奶酪，同时编织羊毛毯出售，使得牧师家的经济条件陡然好转。无数的家庭去模仿，竟形成了以小镇为中心的手工业生产基地。佃农转变成手工业者，而马尔科姆太太也开起了商店。

工业革命并非像布莱德兰庄园的大火一样从天而降。农村经济和贸易的繁荣，促使小镇开始修路筑桥。道路则是通向外部世界的通道，煤炭资源的发现更进一步促进了小镇经济的发展。从此之后，小镇如同坐上了过山车，飞速发展起来。小镇的面貌迅速发生变化，新房子开始沿路修建，小酒馆变成了大酒店，迎来送往、盛极一时。曾代表新式生活方式、爱读小说、跳舞的玛卡达姆太太的房子变成了村子的中心。卡杨先生租下玛卡达姆的房子，如同最初库尔特先生租下布莱德兰庄园一样，预示着另一场革命的到来。

卡杨先生来自美国，由于属于支持英国政府的反独立分子，其在美国的种植园和一切财产都被“暴民”没收。他蛮横、火爆的脾气，“在我们这个镇，甚至整个国家都闻所未闻”①。但是他旺盛的精力预示着一个企业家的基本特征。格拉斯哥发达的纺织业突然有一日因为一条大坝修建在布劳尔河上而成就了一个新的纺织厂和一个镇上最富有的人——卡杨先生。工厂对小镇的生活方式产生了巨大的影响。庞大的工人需求导致伊斯兰织工、爱尔兰劳工和英格兰女工的到来，形成了小镇之外的另一个中心——卡杨村。甚至，全村的女孩子都在学习刺绣和纺织，女校长萨布丽娜小姐也禁不住诱惑，“如果一个女人刺绣能比编织挣更多的钱，那就最好刺绣而不是编织”②，小镇的价值观开始发生变化。金钱的诱惑突然比任何时刻更明显地吸引了人们，以至牧师巴尔惠德尔悲伤地看到来教堂的人越来越少。与之形成鲜明对比的是，曾经的有产者阶层，即古老的世家，境况变得愈来愈窘迫，甚至难以为继。卡杨先生有着敏锐的嗅觉和旺盛的精力，是个精明的资本家。一次灾荒之年，他从美国运输囤积了大批粮食，高价卖给当

① John Galt, Annals of the Parish. Rockville, Maryland: Serenity Publishers, 2009. P99.

② Ibid, P107.

地人，大发横财。他的丑恶行径被当地人称为“邪恶的敲诈预言家”，牧师等上层人却称之为“约瑟夫”。工业的发展造成了明显的阶级分化。中产阶级新贵取代了原有的地主阶层，成为整个地区举足轻重的人物。出身不再是人们看待一个人的重要凭据。各阶层因为通婚而逐渐融合，阶层之间的明确界限被打破了。比如在应对法国入侵的威胁时，当地组织民团，虽然推举了绅士阶层休·蒙哥马利爵士担任民团司令，实则他们已经失去了政治和经济上的优势地位，仅留传统的一点威严而已。当牧师仆人的女儿结婚时，参加的人来自各个阶层，大家混杂在一起欢宴、舞蹈，看不出区别。

另一方面，纯粹依靠工资生活的工人阶级在不断形成和壮大。卡杨村的规模越来越大，最后发展成一个商店、书店齐全甚至开始出现医生的社区。但是牧师对这种工业发展的态势开始产生怀疑，因为他在格拉斯哥发现面目苍白的人比教堂听神学课程的人多得多，这些人都是终年不见天日的纺织工人。巴尔惠德尔写道：

> 他们看起来与卡杨村的那些人面貌很相似，只不过是住在一个更拥挤的城镇，无法呼吸乡村的空气，因而更不健康。因此我非常高兴自己是在一个乡村的教区做牧养工作，如此一来我就不会看到还有这么多的年轻人，在这个生活日益提高的年代里，仍然如此苍白虚弱。①

随着剥削的加剧，同时伴随着法国大革命而来的，还有工人阶级兴起及教育普及之后，人们信息渠道的通畅和思想的变化。牧师惊讶地发现，书店不但卖书，还负责订阅报纸，信息传达的速度越来越快，爱丁堡的新书当月之内就能到达这个偏远的苏格兰小镇。工人们开始有意识地谈论并参与政治，发现自身的价值和人权，愿意组织起来为整个阶层而斗争。尽管并没有发生大规模的骚动，却也让企业主胆战心惊。比如纺织工人中出现了“想要追求自己的自然权利”的民主派，

① John Galt, Annals of the Parish. Rockville, Maryland: Serenity Publishers, 2009. P114.

卡杨先生称他们为背叛者和改革者。他们否认自己是背叛者，同意自己是改革者，他们说，难道伟大的主基督耶稣不就是一个改革者吗？卡杨大喊道："那他妈的有什么用？他不是被钉死在十字架上了吗？"①

高尔特巧妙地将当时苏格兰的巴拉克斯菲尔德勋爵的轶事运用到卡杨先生这个粗俗、暴虐的资本家身上②，表明随着工厂主利益与保守政治的结合，苏格兰的自由主义精神正在逐渐被专制和独裁统治。邓达斯家族在法国大革命后对苏格兰自由主义思想和社团的疯狂迫害与压制，堪称整个不列颠臭名昭著的典范。

工业革命的深化带来一部分人的发达，也伴随着另一部分人的破产。死亡的阴影伴随着社会的繁荣，实业的兴旺也伴随着传统贸易商的衰落。贸易商梅特兰先生曾经拥有大型船只开展海外贸易，积累了大量财富，但是随着英法之间贸易封锁令的实施，竟然宣告破产，最终自杀。卡杨先生的纺织厂虽然规模越来越大，背后投下的却是无数小型纺织厂破产的阴影。比如，斯派克接下卡杨纺织厂的管理权之后因经营不善破产，引发了德威宁夫妇的自杀。德威宁是原在曼彻斯特经营纺织厂的英格兰人，在经历自家纺织厂破产之后被迫技术入股卡杨纺织厂，一旦工厂破产他们便一无所有，绝望之中夫妇二人留下年幼的子女双双自杀身亡。可见曼彻斯特地区纺织业竞争的激烈程度，导致很多企业主破产被迫沦为工人或更大型企业的技术人员。这些人对工资的依赖程度过高，完全仰仗企业发展的繁荣程度，因此一旦企业陷入破产，就无可挽回地走上了绝境。另一方面，拿破仑战争中，大陆封锁令对英国纺织业的打击远远大于英国对法国的封锁带来的影响。

五、《教区纪事》中的人物形象与语言

《教区纪事》虽然仅有一卷却勾勒出了五十年来一个苏格兰小镇的社会变迁，小说中的几个人物形象仍然给读者留下了深刻的印象。

① John Galt, Annals of the Parish, P119.

② 肯尼斯·O. 摩根主编，王觉非等译：《牛津英国通史》，北京：商务印书馆，1993 年，第 453 页。

首当其冲的是卡杨先生。这个新兴资产阶级代表来自另一个世界——美国。然而他带来的不是当时人们心目中美国所代表的自由、独立的美好印象。他暴躁的性格、独裁的作风却是种植园奴隶主的秉性，因为他是反对美国独立的美国人。对这样一个人，完全不同于小镇居民的外来人（当地人称之为"海外投机商"），高尔特非常喜剧化地描写了他的言行：

> ……芥末没拿下来，卡杨先生吼叫着让人送。一个女仆浑身颤抖带着芥末罐下来。结果这罐子似乎几天没用了，盖子就像被胶水粘住一样牢牢卡住，卡杨先生打不开，这几乎让他发狂，于是他一把将罐子朝着黑人小伙子萨姆波的头就扔了过去，可是罐子撞到墙上弹了回来，盖子弹开了，于是乎所有的芥末都扣在他自己的脸上，那个情景可真是没法说。[①]

高尔特将这样一个人物设置在苏格兰小镇的背景之中，取代了读小说为消遣、以在法国受过教育而著称的玛卡达姆夫人，其用意颇深。玛卡达姆夫人原为当地的恩主之一，但是她所依靠的是丈夫的遗产，本身没有任何生产性的贡献。卡扬先生这个精力旺盛的人取代了"头脑简单"的玛卡达姆，与来自印度的纳巴布上校被农场主库尔特取代一样，玛卡达姆去世之后其住宅被卡杨先生租住，也就意味着"夫人"的历史结束了。更进一步，卡杨先生和他带着鲜明地域特色的姓名的女儿弗吉尼亚、卡罗丽娜，打开了苏格兰小镇通向外部世界之门。

精力旺盛意味着他有强大的行动力，尽管他的脾气和姓氏一样火辣、暴躁（Cayenne 有"辣椒"之意）。他对教区事务的粗暴干涉一度让牧师们将其称为当地的"毒蛇疫害"。但是他成为当地最大的实干家，并不令人意外。偏僻的苏格兰小镇是整个英国社会的缩影，所谓有产者都是继承家产的绅士阶层，不劳而获，以知书达理、谦和为荣，也因此缺乏远见。卡杨来自大洋彼岸，似乎拥有打开另一个世界之门的

① John Galt, Annals of the Parish, P99.

钥匙。一旦机会来临，他就会毫不犹豫地抓住。但是高尔特以 1798 年的大灾荒为例，暗示商人无限的贪欲膨胀、对金钱的追求会导致道德沦丧。卡杨囤积居奇，灾年到来之前就从美国、地中海国家订购粮食，灾荒时高价卖给当地和附近的人，还得意洋洋地夸口“这一个月赚的钱，比整个苏格兰王国境内的任何一个人在一年之中挣的都多”[①]。对经济发展过程中产生的道德问题，《教区纪事》主要通过牧师对来教堂做礼拜的人数和牧师本人站在中产阶级层面上作出的一些反思来表现，但是反思和批判的力度远远不够。

比如，爱尔兰起义爆发时，一部分爱尔兰贵族流亡到苏格兰小镇，卡杨对这些人的妥善安置和热情好客的态度令人一度以为他真的是同情这些和他在美国遭遇相似的人。可是所谓的同情不过是一种伪善，背后隐藏的真正目的却是期待这些人返乡之后会加倍返还酬报。卡杨与爱尔兰流亡贵族的联姻，则完全出于投机目的，希望借此提高自己的身份。

另一个值得一提的人物是梅格·贾肖。显而易见，梅格这个形象的塑造是受到司各特笔下的玛吉野火(《密得洛西恩监狱》)和梅格·梅瑞丽思（《盖·曼纳令》）的启发和影响。梅格母女的地位也与默多克森母女相似，都是人格受到侮辱和损害的人群。同时，她们的言行举止代表了苏格兰旧时代愚昧和忠诚的传统。与疯癫的玛吉相似，梅格也是一个“傻子”（daft Meg)。但是，这种“疯癫”或“傻”与《限定继承权》中瓦蒂·瓦金肖的“白痴”状态完全不同。比如，玛吉野火对民间歌谣了如指掌，随时随地都可以唱出各种内容和风格的曲调，几乎是苏格兰民间歌谣的保存者。这部作品中的梅格·贾肖，具有某种颠覆性的意义。比如，她不像玛吉那样疯癫中保持着高度浪漫主义的色彩，却保存了很多古老的、连老牧师巴尔惠德尔都不了解的习俗。特别是母亲詹妮·贾肖去世后，梅格举行的令人毛骨悚然的古怪的丧葬仪式在众人眼中显得古怪、离奇而又压抑，代表了一种一去不回的、陈旧的传统。

① John Galt, Annals of the Parish, P133.

但是，贾肖母女在教区生活无着，偶尔偷窃或依靠施舍过活，表明当地士绅阶层逐渐放弃了原本应该对穷人承担的责任。连牧师都在银行存了1000镑的时候，詹妮·贾肖死后，梅格还要挨家挨户乞讨，为母亲置办“寿衣”（dead clothes）。梅格每隔一周就要到牧师家“吃一顿肉”[①]，有一天看到教区给牧师的贡献无处可容时，她突然大发预言：

> 当寡妇的坛子[②]灌满这所房子里的所有容器时，主就不会再多给了。真的，真的，我告诉你们，如果你的谷仓满了，你的柜子再也装不下，一定要去看看穷人的盆，把你那多多的玉米、油和葡萄酒倒给他们，这样你才能得到主的祝福。[③]

这时候的梅格又与《盖·曼纳令》中那个吉卜赛风格的、爱预言、爱占卜的梅格·梅瑞丽思变得相似起来。不过，就是这个被称为“傻子”的梅格却爱上了来自英格兰的梅尔库姆先生。梅尔库姆对这个打扮古怪、行为离奇的姑娘表现出异于常人的善意，不但愿意和她散步，还在众人面前挽上她跳了一曲。这种善意实际上是一种不负责任的调情，在任何人看来都是不正常的，然而大家并未指责这个“在我们这个地方见过的最完美的年轻绅士”[④]。只因为梅格是个“傻子”。梅尔库姆为结婚而从英格兰来到这偏远的苏格兰小镇，对象自然不是梅格，而是金钱和地位。英格兰人表面上对苏格兰的古老传统心怀善意，实质是扼杀它们的真正凶手。换句话说，梅格已经不为苏格兰人所珍惜，更何况英格兰人？当梅格在梅尔库姆结婚那天跳下为教区带来工业革命的水库大坝，已经为苏格兰的旧时代划下了永远的句号。

但是新时代的到来也不意味着偏见能彻底消除。英格兰人与苏格兰之间仍然存在难以沟通的桥梁。比如自杀身亡的德威宁夫妇，虽然在卡杨的纺织厂工作，但很少与当地人交往。牧师带着些微讽刺的语

① John Galt, Annals of the Parish, P105.
② the widow's cruse，寡妇的坛子，指取之不尽的资源。
③ John Galt, Annals of the Parish, PP105-106.
④ Ibid, P129.

气说："他肯定不是个普通人，他的妻子从各方面来讲也是一位女士，但是他们自视甚高，不与人交往，将所有的精力都集中到自己的两个孩子身上，他们一定比我们村的孩子们种族要更好一些。"①

高尔特的语言非常富有表现力，寥寥几句就可勾勒出一幅异常生动、滑稽的场面，比如卡杨先生暴怒的场面。牧师本人是个严肃的人，所以当他描述那些极为可笑的场景时，仍然用比较严肃的笔调，更制造出了绝佳的喜剧效果。如 1803 年传言拿破仑即将攻打英国，苏格兰小镇的人主动组织了民团准备抗击入侵：

> 组成军队之后，他们推选了军官，他们让我担任随军牧师，马里戈德医生担任军医。他个子矮小、挺着很大的肚皮，像一只矮脚公鸡那样斗志昂扬。
>
> ……
>
> 随后，志愿军服从军令向我们演示如何与法国人作战，演练中发生了不幸的灾难；他们举着刺刀潮水一般向我们涌来，所有的观众立刻四散奔逃。接着我逃，医生也跑，他的大肚子实在太碍事，根本跑不动，结果一骨碌摔倒在地，我被绊倒和他滚在一起。人们那一场哄堂大笑，震撼全场，真是前所未闻。②

牧师记录文本使用的语言是英语，但是布道中仍然采用中上层苏格兰律师、牧师通常使用的苏格兰方言，而记录村民谈话时，又忠实地采用了他们所使用的下层方言。这一点在《教区纪事》中并不明显，苏格兰方言的运用在《限定继承权》中达到了精妙的程度。

高尔特对苏格兰方言非常珍视。牧师巴尔惠德尔曾为新一代牧师在布道中使用标准英语，而不是传统的苏格兰方言感到伤感。威廉·马尔科姆的布道，"逻辑和道理都没问题，大家很满意。但是一些上年纪的人觉得他的语言未免太英语化了，我也这么想。因为我自己从来无法放弃朴素的古老苏格兰方言，其中所包含的冷静的、讽刺性

① John Galt, Annals of the Parish, P162.
② Ibid, P148.

的、长老会特点的简洁，不管词汇还是事例，都没法从英格兰的主教制里找”①。其实巴尔惠德尔的伤感源自对民族传统逐渐在本民族的社会宗教生活中失去地位的敏感。尽管高尔特雄心勃勃地想要开拓一个更广泛的读者市场，似乎他并未忌惮大量使用方言可能带来的销量不佳。读者可以从《限定继承权》中发现这一点。

第四节 婚姻与继承权
——高尔特的现代民族史《限定继承权》

一、《限定继承权》对司各特的挑战

司各特在爱丁堡反观苏格兰的历史时，怀着与埃奇沃斯类似的目的，希望将苏格兰民族展现在世人面前，获得英格兰人民的理解和认可，从而消解民族之间的隔阂。高尔特与司各特不同，他从事商业贸易的努力虽然经历重重失败，但在后期也得到了政府机构的重用，曾在英属加拿大的公司担任秘书长一职。高尔特久居伦敦，从记录活跃在伦敦的苏格兰人的生活开始，他逐渐将重心集中于他出生与成长的苏格兰西部。从《里根·吉尔海兹》对司各特的《清教徒》的历史观念发起挑战开始，高尔特致力于颠覆司各特模式下的苏格兰民族史。高尔特一系列具有浓厚的商业色彩的小说，记录了签署联合法案之后，苏格兰西部飞速发展的社会历程。他反对司各特在一系列历史小说中塑造的浪漫主义民族史，通过树立资本主义经济全球化发展的现实主义立场，否定了司各特执著于怀旧、从历史中寻找民族根源的努力。与司各特作品中以历史事件和婚姻模式对联合问题进行反复讨论和验证不同，高尔特的作品揭露了一个无情的事实：精心设计的婚姻不一定能达到预期的结果，偶然性如此重要地主导着人生的方向。

1822年，国王乔治四世访问爱丁堡是19世纪苏格兰的一大盛事。

① John Galt, Annals of the Parish, P111.

学者邓肯认为，乔治四世访问爱丁堡反应了爱丁堡的文化自信心，表明在苏格兰失去最后一个统治机构（议会）长达一个多世纪之后，爱丁堡向世人展示出一个国家大都市的面貌。①也就是说，一方面这件事标志着爱丁堡作为大都市获得认可，另一方面苏格兰也彻底失去了政治上的独立意义。高尔特将1823年出版的《限定继承权》献给国王乔治四世，毫无疑问是对司各特权威的挑战。詹姆斯·霍格曾经将长篇叙事诗《女王的觉醒》献给苏格兰的布克莱公爵夫人（Buccleuch），而前者是司各特的重要“恩主”之一。经由司各特提携进入文坛的霍格试图越过司各特直接向公爵夫人邀宠的行为，引起了他的不快。他在日记中记录了一段布克莱公爵嘲笑霍格原始、粗野的谈话。这一事件在洛克哈特的《司各特生平传记》中有详细的记录。②与此同时，约翰·高尔特也不例外，想通过“恩主”的等级和地位，树立起超越司各特的文名和地位。因此，他在小说的献辞中这样写道：

> 他（作者）打算描绘陛下您所有的领土中最古老、最忠诚的一部分的独特的形象和风俗；它涵盖了上个世纪的大部分时间，即苏格兰历史上最繁荣的时期，陛下您的卓越家族的统治格外辉煌的时期……③

高尔特将“苏格兰历史上最繁荣的时期”归功于汉诺威王朝的统治——也就是从1707年《联合法案》签订之后到1800年左右的这段历史，强调苏格兰逐渐摆脱贫困纯粹是与英格兰联合的结果。④我们知道，司各特在作品中一向表现出倾向于汉诺威王室的政治立场，一定程度上表现了联合对苏格兰经济发展的良好影响，但是他对苏格兰历史、特别是詹姆士党的那段历史格外钟情。这种浪漫主义的怀旧情

---

① Ian Duncan, Edinburgh: Edinburgh University Press. P8.

② J. B. Lockhart, Memoirs of the Life of Sir Walter Scott, V4, Boston: Ticknor and Fields, 1861.P272.

③ John Galt, The Entail, Oxford University Press, 1984. Pxxii.

④ 后文会提到，他在《限定继承权》中，借人物之口，直接表明“联合……结束了苏格兰的独立与贫困”。

绪在高尔特看来是有害的。因而在这里，他不但暗示了司各特追溯民族历史根源的努力对苏格兰发展具有不利的影响，还借“恩主”身份提高了自己的地位。

司各特对苏格兰商业未来的关注集中在《红酋罗伯》和《密得洛西恩监狱》中。伦敦大商人控制了苏格兰的经济命脉，恢复了以前失去的、在封建制度下象征着地位的产业——奥斯巴尔迪斯顿庄园。格拉斯哥城和纺织工人出身的尼科尔·贾尔维是联合法案的直接受益者。斯图亚特王朝复辟叛乱的失败，更进一步促成了贾尔维与伦敦的奥斯巴尔迪斯顿之间的合作，这种合作是使他和格拉斯哥城共同走向“繁荣昌盛”的重要保障。高尔特在《限定继承权》中也选择了联合前后的格拉斯哥城，显然并非偶然之举。当我们看到贾尔维的妻子，原来的女仆梅蒂身着狐皮貂裘、头戴羽毛装饰的帽子，俨然一副贵夫人的样子出现的时候，就知道高尔特的用意绝非向司各特致敬那样简单。

贾尔维选择与出身低微的女仆梅蒂结婚时，一再强调她与某贵族的家族渊源——“梅蒂姑娘可不是普通的姑娘，她究竟是黎默菲尔德勋爵的亲戚”[①]，同时他非常看重梅蒂单纯、朴实的性格。然而高尔特让她以招摇的“格拉斯哥市长夫人”的面貌出现，恰恰颠覆了贾尔维的判断。如果缺乏道德的纬度，无人能抵抗金钱和地位的腐蚀作用。司各特笔下的民族历史，与浪漫主义的传奇密不可分，法兰西斯与狄安娜的婚姻更是一种富有传奇性的浪漫主义的结合。然而，在高尔特看来浪漫主义给苏格兰民族带来毁灭性的影响，其后果就如“达连灾难”一样。高尔特故意将老女仆毛奇的浪漫传奇故事与克莱德的父亲随船出海前往巴拿马群岛的投资失败联系起来，讽刺盲目的、不计后果的浪漫主义或臆测的浪漫主义。这种浪漫主义也将在克劳德的长子身上呈现，同样为他带来了毁灭的生活。高尔特以事实证明，浪漫主义行不通。克劳德对过去的执著，显然也是家庭悲剧的根源，他追求经济利益的动机与现实互相冲突。在现实的经济发展的大趋势中，必须摒弃浪漫主义和对过去的执著记忆，才能获得真正的幸福和繁荣。

---

① 司各特著，李俍民译：《红酋罗伯》，第511页。

"联合（法案）……结束了王国的独立和贫困。"[①]在高尔特看来，联合虽然结束了苏格兰王国政治上的独立地位，同时也结束了其贫困的历史。面对现实，人们不应该执著地回顾和留恋过去。高尔特的作品，也因此更贴近现实生活。

用《布莱克伍德的爱丁堡杂志》当年所刊登的一篇匿名评论（出自威尔森或洛克哈特之手）的话来说，"相应地，我们发现'威弗莱的作者'的作品中，没有一个起主导作用的人物能影响和损害所有人的命运……人人各司其职，有时候每个人的工作都是最重要、最高贵的。因此，在这一类的作品中，我们认为，主角有需要是重要的优点；因为这使他们更符合现实，也让我们置身于自己的经验之中"[②]。

这种"现实主义"的态度与苏格兰启蒙运动中创立"常识学派"的托马斯·里德的影响分不开。托马斯·里德的理论就是在与休谟针锋相对的过程中逐渐产生并系统化的，代表了与休谟的怀疑主义截然不同的主流启蒙理性思想。休谟的理论继承贝克莱、洛克的思想，采用假设、推理的方法，将怀疑主义思想发挥到极致，从而动摇了基督教信仰的根基。托马斯·里德曾担任牧师多年，敏感地意识到休谟的理论必将走向彻底的怀疑主义，因此他反对预设论，重视归纳推理的科学方法。凯斯·M. 考斯顿指出，里德反对预设论，是因为他认为"预设是想象的产物，他攻击形而上学因为他认为形而上学的思想家满足于停留在预设的领域中"[③]。里德指出，猜想和理论都是人的创造，它们永远不同于上帝的创造。与此相对应，"感觉和记忆是心灵简单的、原始的、截然不同的运作，它们也是信念的初始原则。想象不同于它们，也不是信念的原则。感觉意味着其对象的当下存在；记忆意味着它们的过去存在；但通过想象看到的对象则是未加修饰的，不伴随任何相信它存在或不存在的信念，因而被学界称为简单的领悟"[④]。

---

① John Galt, The Entail, Edinburgh: William Blackwood, 1823. P9.

② The Entail, Blackwood's Edinburgh Magazine, Vol. III (January to June, 1823), Edinburgh & London: William Blackwood and T. Cadell. Strand. 1823. PP77-86. P78.

③ Keith M Costain, The Scottish Fiction of John Galt, The History of Scottish Literature. Vol.3: The Nineteenth Century, edited by Douglas Gifford. Aberdeen: Aberdeen University Press, 1988. P107.

④ 托马斯·里德著，李涤非译：《按常识原理探究人类心灵》，杭州：浙江大学出版社，2009年，第25页。

可见，里德将想象贬低到甚至低于感觉和记忆的地位，彻底否认了想象的创造性。高尔特受其影响，也试图否认想象在文学艺术中的作用。他曾多次在自传中谈及对想象的观点，认为想象在自己的创作中仅仅起到了粘合剂或机械的作用："没有任何一种技巧能制造出一种全新的东西。人类只能将旧的结合在一起；尽可能地把腿、胳膊和翅膀连接起来，只有以前创造出来的东西的样式可以被模仿。"[①]相应地，高尔特还受到大卫·威尔基早期画作的影响，作品呈现出一种朴素的现实主义特色。

二、婚姻与继承权——高尔特的现代民族史《限定继承权》

（一）《限定继承权》的内容与接受

《限定继承权》将18世纪的商业城市格拉斯哥纳入了背景之中。主人公克劳德·瓦金肖就是一个成长于当时尚未繁荣的格拉斯哥的孤儿。父亲死于苏格兰移民加勒比海的达连计划，祖父去世之后家族地产基托思顿修冲抵负债。祖父搬到格拉斯哥的一家破旧公寓居住，幸得忠心耿耿的女仆毛奇·杜比辛苦将克劳德拉扯成人。12岁时，克劳德便外出经商，从一个走街串巷的行商晋升为成功的格拉斯哥布料商，并购回了祖先产业的一部分——葛瑞皮。这时，47岁的他开始考虑娶妻生子，以便产业能后继有人。经过仔细考察，他与埃尔郡普里兰庄园主的独生女结婚，并订立契约规定庄园在普里兰地主西皮尔去世之后由克劳德的次子继承。两个人生下三子一女，葛瑞皮的继承人是长子查尔斯，次子沃尔特（瓦蒂）则拥有普里兰庄园的继承权，三子乔治是格拉斯哥的商人。

但是克劳德又打起了将两份产业合而为一的主意，频繁与律师沟通如何采用法律工具实现这一目的。由于长子查尔斯与破产的银行家之女贝尔·法泽兰斯私奔，他断然取消了其继承权。又通过哄骗瓦蒂与波道尔的独生女贝蒂结婚，将三份产业的继承权都归于瓦蒂名下。然而，贝蒂生下女儿之后就因难产而死，没有留下克劳德期望的男继

① John Galt, The Literary Life and Miscellanies of John Galt, Vol. I, Edinburgh and London: William Blackwood and T. Cadell, Strand, 1834. P229.

承人。此时，查尔斯由于得知父亲的阴谋而郁郁寡欢，不久就去世了，留下一双儿女和寡妇贝尔。全部心思放在祖先的产业和瓦金肖之名代代相传上的克劳德，在面对瓦蒂的白痴状态、思及查尔斯遗下的孤儿寡妇的凄凉现状、耳闻《圣经》中雅各与以扫的故事、得到朋友的规劝之后，临死之前终于决定更改遗嘱，将产业分给查尔斯的寡妇和儿女一份。但是一生冷酷无情、斤斤计较的克劳德临死之前终于产生了做点好事的念头，却被妻子破坏了。在她的唆使下，瓦蒂为维护自己的利益而拒绝在文件上签字。

一贯受折磨而唯唯诺诺的克劳德寡妇变成了颐指气使的“太太”（the Leddy），成了智力低下的瓦蒂的产业管理人。唯一的女儿小贝蒂之死让瓦蒂的状态变得更加糟糕。这时，行事风格酷似父亲的成功的格拉斯哥商人乔治·瓦金肖以冷酷、狡诈的面貌出现，利用法律手段宣告瓦蒂是个精神病人，从而夺取了基托思顿修的产业，成为新一任地主。母亲和瓦蒂则被驱逐到格拉斯哥的一所破旧公寓居住。但是，多年之后乔治·瓦金肖也开始为继承人问题发愁，因为他只有一个女儿。他将目光投向长兄查尔斯的遗孤詹姆斯，意图将女儿罗比娜嫁给他。但詹姆斯与艾伦·弗雷泽相爱，断然拒绝了他的提议。正当乔治·瓦金肖前往乡下，打算劝说詹姆斯回心转意之时，克劳德的遗孀“太太”西皮尔抢先一步，鼓动罗比娜与瓦基（西皮尔的外孙）私下举行婚礼，破坏了乔治·瓦金肖的计划。乔治气急败坏之下，盯上了詹姆斯的未婚妻艾伦，决定再娶。他突然对詹姆斯表现得慷慨大方，愿意出资赞助他参军。随后他在心怀恶意前往艾伦所在的小岛时葬身风暴肆虐的大海之中。

乔治·瓦金肖的突然去世，使他的女儿罗比娜和瓦基·米尔洛基特夫妇变成了基托思顿修的产业继承人。老太太西皮尔对米尔洛基特夫妇的吝啬非常不满，通过种种途径发现，当年丈夫克劳德的继承权文件中规定，女继承人必须嫁给自己家族中姓“瓦金肖”的男性，才能继承基托思顿修，这也是乔治·瓦金肖苦心孤诣采用各种手段试图劝说甚至迫使詹姆斯·瓦金肖与女儿结婚的真正原因。老太太为长孙詹姆斯争取到了继承权，她得意洋洋地对律师说：“你一定知道我对法律还是有些了解的。”[①]结局皆大欢喜，詹姆斯与艾伦·弗雷泽成婚，在对法国的战争中立下赫赫战功，后来生下九个儿子。这下，基托思顿修终于不用担心继承人问题了。

《限定继承权》被认为是高尔特“最杰出的作品”（戈登），这部作品不论从结构、线索还是对人物形象的刻画，都反映出高尔特对小说创作具有非同一般的驾驭能力。小说如同一部精彩纷呈的戏剧，高潮迭起而又从未偏离中心。这部小说发表之后，引起评论界的一致关注。司各特给出高度评价[②]，拜伦对克劳德的寡妇这一形象赞赏有加，认为“这是自莎士比亚以来为女性画廊增加的一位最完整最具有独创性的角色”[③]。约翰·威尔森、杰弗里等都撰文称赞了这部“具有非凡成就的作品”。不过，相比评论界的高调赞扬，这部作品在读者之中并没有得到像《埃尔郡的遗产继承人》或《教区纪事》等作品那样的反响。伦敦的几家报刊对小说中不断地暴露出来的道德的丑恶而深感震惊，公众也为这个故事中的冷酷而残忍的人物形象及悲剧本质而震惊。因为他们一贯欣赏的是高尔特轻松幽默的笔调和充满了温情喜剧性的苏格兰乡村风格。

同时，苏格兰方言的大量运用也成为公众接受的障碍。此前，高尔特作品中的苏格兰方言是借以表现苏格兰与英格兰风俗、文化和思想观念之间的差异的工具。而《限定继承权》则在大量对话中使用苏格兰方言，不同的人物使用不同层次的方言，如摄影机一般精确地描绘了不同的社会阶层和人物性格之间的细微差别。比如，克劳德和他的妻子、次子瓦蒂说的是纯正的苏格兰西部乡村方言，牧师和律师说的是上层社会流行的苏格兰语（和《教区纪事》中牧师巴尔惠德尔一样），出身富有的银行家之女贝尔·法泽兰斯与受过系统教育的商人乔治·瓦金肖说的是标准的英语。在文学作品中使用苏格兰方言，自罗伯特·彭斯的第一部诗集《主要用苏格兰方言写作的诗集》（1786）就

① John Galt, The Entail, PP205-6.

② 高尔特在给布莱克伍德的信中提到，“司各特爵士的观点……的确非常令人高兴”。见Gordon, John Galt: the Life of A Writer, Edinburgh: Oliver & Boyd, 1972, P60。

③ Ian A. Gordon, John Galt: A Life of A Writer, P60.

开始了，汉密尔顿的《格兰伯尼的农舍居民》（1808）和沃尔特·司各特的苏格兰小说系列中适当地使用苏格兰方言增强地域色彩、表现人物性格。但是，汉密尔顿的苏格兰方言使用者只是下层民众，而司各特出于读者接受能力的考虑，作品中也没有过多使用过方言。高尔特从第一部获得成功的小说《埃尔郡的遗产受赠人》中就开始大量运用方言，但是还从未出现《限定继承权》中各阶层如此大面积使用方言的情况。这显然是导致《限定继承权》出版后多年，直到高尔特去世之前也未能再版的主要原因。

（二）达连灾难与联合王国

苏格兰由于历史上与英格兰多次征战，时刻面临被英格兰武力吞并的威胁，而对英格兰始终怀着强烈的敌意和戒心。即便斯图亚特家族的詹姆士六世变成了英格兰的詹姆士一世，两个王国处在同一位国王的统治之下，英格兰多次寻求与苏格兰合并时，始终受到强有力的抵制。为什么到了1707年，苏格兰议会却能一致通过《联合法案》，同意两个王国合并呢？原因是多方面的，但苏格兰政治上的弱势地位导致了难以有效地开展对外贸易，是促成合并的一个显而易见的重要因素。历史上，苏格兰与大陆各国贸易往来较多，但是随着英格兰经济的飞速发展与繁荣，事实上已经成为苏格兰的重要贸易对象。英格兰有效地控制了海外贸易的渠道，"航海条例"的颁布也使苏格兰无法与英格兰的海外殖民地展开贸易。[①]17世纪90年代，雄心勃勃的达连计划应运而生，苏格兰人打算筹措资金组建"非洲和东西印度群岛贸易公司"，在南非创建一个贸易殖民地，从而打通大西洋和太平洋之间的贸易通道。[②]事实证明，这个计划的领导和策划都非常不周全，整个事件可称得上是一次不切实际的冒险。但是当时苏格兰群情激荡，对这个计划的未来充满了种种幻想，从上到下各阶层积极出钱，最后竟然在苏格兰本土筹到了40万英镑。据说，这个数字相当于当时苏格兰全国财政的1/5强。这次计划前后共有约2500人参加，苏格兰人在

---

① 王觉非主编：《近代英国史》，南京大学出版社，1997年，第207页。

② Christopher A. Whatley, Derek J. Patrick, The Scots and the Union, Edinburgh University Press, 2006. P139.

达连湾登陆，并将当地命名为“新喀里多尼亚”[①]。但是，他们原本设想将货物销售给当地人及过往的货船和贸易商人的计划根本无法实现，当地人根本不需要这些物品，过往商船稀少，所谓贸易机会几乎是一种空想。更重要的是，苏格兰的这次行动实际上直接触动了西班牙的利益，当西班牙海军对苏格兰人发动攻击时，苏格兰人根本无力抵抗。由于英格兰不想破坏和西班牙的关系，要求海军和殖民地不得援助苏格兰人，因此苏格兰人出现严重的供给不足。当地的疫病、饥饿和西班牙军队的围攻导致这次计划彻底失败。最后，在1700年返回苏格兰的只有不到300人。

当时苏格兰正值农业连年歉收，达连计划的失败对政府的财政和民间财力的打击是灾难性的，这也是为什么这次事件通常被称为“达连灾难”的原因。这次商业投机、政治冒险也是导致苏格兰议会终于投票同意与英格兰合并的导火索，是压垮苏格兰独立的“最后一根稻草”[②]。

高尔特将瓦金肖家族的历史设置在“达连灾难”之后的背景之中，从一个家庭的侧面展示了苏格兰的历史，特别是《联合法案》签署前后直到格拉斯哥发展成为一个繁荣程度不下伦敦的商业大城市的过程。《限定继承权》在开篇就提到了“达连探险”（Darien Expedition）对瓦金肖一家的毁灭性打击。克劳德的父亲带着全部的财产随船前往达连，死在了那里。随着金色梦想破灭的就是瓦金肖家族的地产基托斯顿修被变卖，母亲伤心而死。老祖父带着刚刚出生的克劳德搬到格拉斯哥城一处破旧公寓居住，原本乐观开朗的老地主逐渐失去了生机，不到一年就去世了。克劳德成了孤儿，老奶妈毛奇·杜比带着他艰难谋生。

毛奇·杜比是克劳德父亲的奶妈，受过一些教育，熟知各种传说和故事。高尔特戏谑，正是杜比的那些浪漫传奇促成了克劳德父亲的出海冒险和葬身他乡，年幼的儿子却更加喜欢惠廷顿和他的猫的故事

① 喀里多尼亚（Caledonia）是苏格兰的古称。
② Christopher A. Whatley, Derek J. Patrick, The Scots and the Union, P166.

以及威廉·华莱士的丰功伟业。[①]高尔特将“达连灾难”定性为一种浪漫主义激情刺激下的“冒险”，对司各特的怀旧的浪漫主义民族史是一种讽刺——不切实际的浪漫激情既可能带来一个家庭的毁灭，也可能会导致一个民族的沉沦。克莱德年幼时所喜欢的两种故事——惠廷顿和华莱士的故事——也是对后文克劳德一方面积累钱财，另一方面又执著于恢复祖先产业的暗示。

《惠廷顿和他的猫》是一个古老的英国童话，讲的是孤儿惠廷顿到伦敦寻找机会，靠一只猫积累下第一桶金并进而开始做起布料生意，发了大财，连国王也要向他借钱。后来他甚至连当三任伦敦市长。约翰·高尔特一贯在作品中将伦敦视为金钱与名利之地，对财富和权力的追求并无厌弃之感。他那部引起争议的作品《安德鲁·威利斯爵士》就强化了一个小人物在伦敦的奋斗史，实际上承载着高尔特自己在伦敦扬名立万的梦想。[②]与当时主要的苏格兰小说家——司各特、霍格、法里尔、约翰斯通不同，高尔特不愿屈居苏格兰的小镇，而前往伦敦谋求发展，并最终定居伦敦。《限定继承权》的主人公克劳德就即将从孤儿演变成一位成功的布料商，与惠廷顿的故事类似。克劳德 11 岁时就当上了小贩，最后选择了英格兰与苏格兰的边境地区作为自己开展生意的最佳地点。叙事者再一次以“忠实的历史学家”的身份提醒大家，不要将浪漫主义的情感灌注到克劳德的动机之中。因为他选择边境的理由是发现在那里获得的利润最高、人们也最好客，而绝不是出于对家族历史的敬畏感。[③]这种“历史”，完全颠覆了司各特的浪漫史。

如果说司各特的“浪漫主义的历史”是在休谟的哲学思想影响下形成的，那么约翰·高尔特显然是托马斯·里德的信徒。托马斯·里德是苏格兰启蒙学派的另一位重要哲学家，“常识学派”的代表。里德批判休谟的《人性论》所导致的极端怀疑主义立场，认为那必将走向彻底的虚无主义。在这个基础上，他首先否定了休谟对想象的重视，将想象视为获取知识的障碍而不是手段，他指出“要获得关于自然万

① John Galt, The Entail, P4.
② Ian Duncan, Scott's Shadow, P91.
③ John Galt, The Entail, P23.

物的知识，途径只有一条，那就是观察和实验”[①]。想象则被贬低到类似幻想的地位。高尔特在评论自己的创作过程时，指出自己的想象力只起到了一种次要的、机械的整合作用。比如，他在自传《文学生涯》中说:“我只是做了画家的工作——将各种素描草图结合在一起形成一幅整体构图。”[②]他推崇古希腊的雕刻家从“活生生的形象和现存的事物中选材”，力求将自己的小说建立在真情实景的基础上，而人物则从真实的生活中选取样本。正是由于小说人物极度贴合 19 世纪的社会现实，“《限定继承权》被视为巴尔扎克、狄更斯、左拉、哈代和高尔斯华绥等人的先驱”[③]。

（三）祖先的产业——执著于过去的困境

自积攒下足够的财产买下葛瑞皮开始，克劳德·瓦金肖陷入了恢复在“达连灾难”时失去的家族产业的困境之中。高尔特从克劳德恢复家族产业的动机中彻底剥离了政治因素，威廉·华莱士为争取苏格兰独立而斗争的意义在克劳德看来也不过是恢复祖先的土地，而不是光荣。小说的线索因而不再是司各特笔下的政治斗争和武装谋求独立的斗争，而成了一种发展经济的动力，承载着找回失去的土地（而不是精神）的愿望，避开了司各特笔下苏格兰民族史的政治性和浪漫色彩。

克劳德千方百计谋求赎回整个基托斯顿修而导致的悲剧，在读者看来，似乎暴露了无限度的贪欲对人性的损害。凯斯·考斯顿就认为，高尔特的目的是创作一部“表现（人类本性中）激情的破坏性影响的小说”，一部不属于某个特定的国家或时代的“浪漫主义悲喜剧”[④]。显然，作品的道德寓意非常明显，副标题“葛瑞皮的地主们”也有“贪婪的地主们”之意（Grippy 是苏格兰方言，与英语中的 greedy 对应）。克劳德为恢复祖先产业而利用联姻、法律等手段，将儿女置于悲惨境地的过程，暴露了人性中的黑暗面。高尔特熟知商业知识，对亚当·斯

① 托马斯·里德著，李涤非译：《按常识原理探究人类心灵》，杭州：浙江大学出版社，2009年，第 2 页。

② John Galt, The Autobiography of John Galt, Volume 1,London: Cochrane and M'crone, 1833. P146.

③ Roderick Watson, The Literature of Scotland, Macmillan Publishers Ltd, 1984. P279.

④ Douglas Gifford, Scottish Literature, Edinburgh University Press, 2002. P266.

密的理论非常了解。如果说,《教区纪事》可称为《国富论》指导下的西部小镇发展史,《限定继承权》则像《道德情感论》一样,将商业社会的道德败坏问题提升到一个重要的高度。但是,这部小说决不仅仅是一部道德劝诫小说。

首先,克劳德的动机并非仅仅源自对金钱的贪婪欲望。更重要的是,他采取各种手段力图将已经遭到分解的祖先产业聚集成原来的基托斯顿修时,其目的并非将更大的地产当作增加财富的手段,而仅仅是修复一段儿童时期深刻的"创伤记忆"。克劳德成年之后,一旦涉及家庭或财产问题,就会对他人喋喋不休地重复这句话——"如果不是我祖父老糊涂,把整个基托思顿修都装上去往达连的货船……(我就是整个产业的继承人)"①,颇有些鲁迅先生笔下的祥林嫂不断地重复"我不知道春天也会有狼"的意味。克劳德在未满1岁时,家庭便遭此横祸,分崩离析,本不会有什么记忆。老奶妈毛奇·杜比承担了家族历史和民族故事的传授者的身份。每当幼年的、生活极端贫困的孤儿克劳德对拄着拐杖的地主乡绅、穿着华丽绸衣的太太们瞪大眼睛的时候,毛奇·杜比总是不忘提醒他,基托思顿修的排场比这些新贵不知大多少倍。②显然,这是一种典型的弗洛伊德式的"创伤记忆"。而"达连灾难"作为深刻影响了整个苏格兰民族的一种"创伤记忆",在克劳德这里,演变成对"基托思顿修的瓦金肖家族"的执著追求。对高尔特来说,克劳德由于无法遗忘过去,试图通过现代手段恢复历史面貌的努力,对社会的发展是一种严重的阻碍。司各特笔下关于布雷德沃丁家族庄园和奥斯巴尔迪斯顿庄园失而复得的意义,也局限于此。司各特在考古和怀旧热情驱使下,往往将一个庄园的历史、家族的纹章与家族的荣耀相联系。高尔特像经济学家那样敏锐地意识到,简单的乡村经济必然逐渐地被农业资本主义取代,这种忠诚于祖先的产业的思维,显然是落后的、固步自封的根源。

克劳德从行商小贩到格拉斯哥布料商的转变过程,是苏格兰历史上经济发展的一个缩影,具有积极的意义。但是,当他终于购置葛瑞

① John Galt, The Entail, V1, P27.
② John Galt, The Entail, V1, P9.

皮庄园，进而扩展野心时，反而变成了一种倒退。因为他的欲望是非生产性的，执著于过去而不是开拓新的未来，从而变成了不利于经济发展和商业繁荣的代表。发展经济的动机一旦与过去相联系，就会陷入困境之中。亚当·斯密早已宣告，现代资本主义发展的秘诀是不断地将利润变成再生产的资本，从小贩变成布料商的克劳德恢复已经被淘汰的封建地主庄园制的欲望显然与此相冲突。

同时，克劳德为了获得整个基托斯顿修而对家人行使了在他人看来异常残酷的行为——剥夺长子查尔斯的继承权，从而导致他的死亡和孤儿寡母寄人篱下的悲剧。有人认为，这种剥夺继承权的关系很容易令人想到斯图亚特王朝的隐喻。①苏格兰与英格兰的联合、斯图亚特王朝被剥夺王位与高尔特笔下的继承权问题的确有隐隐相合之意。高尔特将两种奇特的场景结合在一起，制造了一种具有高度讽刺性的效果。92 岁的克里斯蒂娜·海瑞迪奇正在立遗嘱，要将当年查尔斯·爱德华王子睡过的床和毯子等一干物品当传家宝；此时此地在同一张律师桌上，克劳德·瓦金肖则在询问律师如何让瓦蒂获得整个产业（预示着必须剥夺长子查尔斯的继承权才能做到）。②克劳德的妻子，西皮尔太太一贯称查尔斯为克劳德的“亲爱的骑士”③，熟知英国历史的人都知道，“骑士”是苏格兰人对1745 年复辟的查尔斯·斯图亚特的美称。长子查尔斯与1745 年的历史事件相契合，他被剥夺继承权则意味着这段历史的彻底结束。斯图亚特王朝被汉诺威王朝取代，只余下耄耋老妇的记忆。高尔特高调地在献辞中对汉诺威王朝表了忠心，彻底否定了司各特在历史小说中不断重复这段历史记忆的意义。④

（四）高地的象征意义

熟悉苏格兰小说的读者都知道，由于高地的血缘、信仰和传统与

① Alyson Bardsley, “Novel and Nation Come to Grief: The Dead’s Part In John Galt’s The Entail.” Modern Philology, 99, No. 4 (2002): PP540-563, P543.

② John Galt, The Entail, Vol I, P75.

③ Ibid, P157.

④ 当然，司各特的小说不断地重复1715年或1745年斯图亚特复辟战争的历史记忆，并非强调苏格兰政治独立的意义，“詹姆士主义只是古老的苏格兰爱国主义的借代”，正如埃奇沃斯重复1798 年起义的故事，实际上要为爱尔兰寻求的“同情”与和解。见 Murray Pittock, Scottish and Irish romanticism, Oxford: Oxford University Press, 2008, P187。

苏格兰低地大不相同，更是两次斯图亚特王朝复辟过程中的重要力量，自启蒙运动以来，人们普遍将其看作不开化的蛮荒之地。司各特笔下的苏格兰高地充满了政治冲突和战争阴云（尽管充满浪漫主义色彩），另一位苏格兰作家克里斯蒂安·伊索贝尔·约翰斯通笔下的高地则是氏族被清洗、居民被迫移民海外的血泪史。高尔特的作品则始终避讳谈论政治问题。虽然他选择了与司各特的《红酋罗伯》和《密得洛西恩监狱》几乎同样的历史时期，却没有像司各特那样采用斯图亚特王朝复辟、高地叛乱为故事的线索或渲染苏格兰人英勇尚武、忠贞爱国的民族感情。在前两卷中，1715 和 1745 年的事件不但没有成为背景，甚至几乎无迹可寻。至于美国独立革命，也仅出现过两次。第一次是乔治·瓦金肖对邓赫姆牧师抱怨美国叛乱引起了商人的巨大恐慌；第二次则是叙事者提到“美国的战争已经结束，整个欧洲高枕无忧，丝毫没有意识到暴风骤雨即将来袭”，所以 14 岁的詹姆斯·瓦金肖参军无望。[①]

小说的最后一卷突然将背景转向高地，他在前两卷中精心打造的商业文化陷入了高地的包围。原本弥漫着黑色幽默的悲剧故事被一股“浪漫主义”之风吹散，皆大欢喜的结局令人匪夷所思。尽管这部分内容中，成功为詹姆斯·瓦金肖夺回了继承权的葛瑞皮老太太（克劳德的寡妇）狡黠的权谋制造了喜剧效果，这个角色颇受人们青睐。大部分评论家仍然将第三卷的突然转变视为不折不扣的败笔。高尔特的传记作者戈登也认为，这部分内容与此前的创作截然不同，与他承受着巨大的市场压力和布莱克伍德的介入有关。[②]但是，这是否意味着高尔特放弃了自己的现实主义立场，对浪漫主义民族史作了妥协和让步呢？

从表面看，布莱克伍德的积极干涉可能改变了小说的创作方向，高尔特步了司各特的后尘。詹姆斯与牧师伊迪夫妇的养女（内侄女）艾伦·弗雷泽青梅竹马的关系，将我们带到了苏格兰高地。具有特殊的预见能力、父辈参与了 1745 年复辟的高地女性、现任长老会牧师伊

① John Galt, The Entail, Vol II, PP122-3, PP262-3.

② Ian A. Gordon ed., The Entail, Edinburgh: Oliver & Boyd, 1972, P57.

迪先生的太太葛楚德·伊迪，仍然怀着强烈的氏族情感，也执著于另一种历史的记忆。她不但时常提及和怀念1745年之前的生活，还坚信被他人看作迷信的高地传统，比如从月亮的阴影看吉凶、从梦境判断人生的命运轨迹等，并常常据此作出相关的预言和判断。格拉斯哥的商人乔治·瓦金肖利用法律手段成功地从“白痴”弟弟沃尔特（瓦基）的手中夺取了基托思顿修的继承权后，又面临后继无人的困境。长兄查尔斯的儿子詹姆斯·瓦金肖作为第三代唯一的男丁，进入乔治的视线。而在一系列的唇枪舌剑和明争暗斗中，第二代地主乔治·瓦金肖显然不敌伊迪夫人。因为瓦金肖家族的第三代，即克劳德的长孙詹姆斯·瓦金肖，非常尊重伊迪夫人，且受其影响颇深。叙事者提到，比起代表着金钱和地位的格拉斯哥，詹姆斯更喜欢高地清新的空气和充满浪漫主义的高地英雄主义（传统）。①

这场胜利，实际上并非表面的浪漫主义的胜利，高地的理想化，是一场道德的胜利。第三卷的故事以格拉斯哥和高地为背景，在现实主义的、以个人利益为主导的物质世界与浪漫主义的、支持追求恋爱婚姻自主的世界之间作了对比。格拉斯哥的商业繁荣显然也产生了克劳德和乔治的不择手段与冷酷无情。隐含的反抗线索，从克劳德的父权压制导致长子查尔斯的抑郁离世，乔治在利益驱使下夺取弟弟瓦蒂的继承权，查尔斯的儿子詹姆斯，之所以陡增反抗叔父的勇气，争取自然的、自主的恋爱婚姻，乃是获得了高地精神的支持。

伊迪夫人对弗雷泽家族历史的执著，主要体现在对高地传统的维护和坚持，这是一种对现实无害的、比以利益为趋向的商业道德更人性化、更民主的道德观。伊迪夫人为家族城堡的失而复得而欢欣鼓舞，但是城堡失而复得实则意味着她念念不忘的1745年历史彻底失去了意义，也证明浪漫主义只能停留在精神层面。弗雷泽顺从汉诺威王朝的权威并积累了足够的财富，才是重获弗雷泽家族的城堡和地产的最关键因素。因此，伊迪夫人对詹姆斯的精神支持远远无法解决如何养家糊口的现实问题。她只能写信寻求弗雷泽的帮助，为詹姆斯谋得另

① John Galt, The Entail, Vol III, P133.

一种出路。

弗雷泽的父亲与伯父（伊迪夫人的父亲）参与1745年叛乱而同时在卡莱尔被处决，弗雷泽则通过努力用钱赎回了原本被没收的、即将被拍卖的地产葛伦盖尔。在政治上，从弗雷泽这一代就已经撇清了与詹姆士党的关系，弗雷泽本人忠于汉诺威王朝，如今是爱丁堡的律师。高地氏族传统对家族荣誉的重视，表现在他赎回产业并将即将被迫离散海外寻找生路的氏族成员召集到自己的土地上。约翰斯通的《阿尔宾族》，也采取了类似方式恢复高地的繁荣。从诺曼·阿尔宾、克莱格·纪连到格兰特上校等人，都是通过在军中服役，从而积累大批财产，最终得以回到家乡购置田地，打造商业社会中的“伊甸园”。[①]经历了大清洗和大屠杀之后的高地人，似乎只能通过在军中服役的方式承认汉诺威王朝权威，一方面在战争中表现英勇无畏的氏族精神，一方面顺应市场经济发展的大潮流。高地历史与民族史的联系，是通过参加战争——特别是拿破仑战争转嫁了国内的革命危机，在国家面临入侵威胁时，“即使是织工……也不再谈论个人暴力”[②]。高地军团作为不列颠军队的重要力量，在对外战争中确立了与汉诺威王朝的关系，实质上消除了与斯图亚特王朝的关系。如果说，尚有什么东西留存的话，可能就是以伊迪夫人为代表的浪漫主义感伤情绪。高地氏族所能做的就是，原本的首领在军中获得功名和财富，从而得以返回高地，通过正常的途径购回原有的地产。这是一个赤裸裸的商业社会，但这个社会也为被驱逐和离散的高地人提供了最快捷的通道。

相比之下，司各特对财产处置的手段，在市场经济面前只能是一种浪漫主义幻想。无论是《威弗莱》还是《红酋罗伯》，作品中詹姆士党人因参与1715或1745年的复辟而被剥夺的财产，要么来自英格兰的赠予，要么早与英格兰的产业合并。比如，《红酋罗伯》中的奥斯巴尔迪斯顿庄园和沃尔依两家的产业早在叛乱发生之前就合二为一。狄安娜通过与法兰西斯的联姻才真正取得了家族财产。但是，司各特在1822年出版的《雷德冈利托》作为对詹姆士党主题的总结，也已经回

① 关于这部分的论述，详见第五章。
② John Galt, The Entail, Vol III, P148.

到市场经济的现实中，重申了汉诺威王朝的政治立场，比如约书亚·格迪斯所继承的家族产业蒙特沙龙，也是父亲与英格兰人联姻之后在商业上获得巨大财富之后赎回的。

（五）婚姻问题

提到婚姻问题，我们会想到，高尔特笔下的婚姻会不会也像司各特那样，具有象征两个王国联合的意义呢？事实上，由于高尔特对汉诺威王朝的统治丝毫不存在疑问，他笔下的生活都具有浓重的现实色彩，否定了浪漫主义，否定了司各特对历史问题的执著。婚姻现象也不例外。《限定继承权》中的婚姻，除了查尔斯·瓦金肖与儿子詹姆斯·瓦金肖之外，都是一种赤裸裸的金钱和利益趋势下的婚姻。在婚姻和金钱、财产与继承权的问题上，“高尔特更关心婚姻的社会和经济后果”①。当然，为了解决道德问题，高尔特让詹姆斯·瓦金肖与高地氏族后裔艾伦·弗雷泽结婚，似乎想用高地清新自然的空气和人性化的传统解决克劳德·瓦金肖和乔治·瓦金肖的非道德导致的家族困境。

克劳德之所以结婚，是终于买回了家族产业的一部分——即葛瑞皮庄园，觉得该为自己生几个继承人了，才去考虑选择结婚对象。“经过对自己野心范围之内的所有的女继承人各方面条件的细细考虑，他决定自己的感情应该直接投向格丽兹·西皮尔小姐，普里兰地主玛拉基·西皮尔的独生女。”②克劳德·瓦金肖在为自己选择妻子的时候，与普里兰的地主玛拉基两个人像谈生意一样地讨论这件婚事。地主玛拉基则像推销商品一样，向克劳德推荐自己的女儿，夸奖她如何适合做一个女主人。结果不到一个月，“格丽兹·西皮尔小姐就变成了瓦金肖太太”③。如同安排自己的婚姻一样，克劳德试图强行干涉儿子的婚姻。克劳德最初默许了查尔斯在格拉斯哥城与银行家法泽兰斯的女儿贝尔的自由恋爱。然而，在1772年埃尔郡银行破产案中，法泽兰斯

---

① Jenni Calder, Heroes and Hero-makers: Women in Nineteenth-century Scottish Fiction, The History of Scottish Literature. Vol.3: The Nineteenth Century, edited by Douglas Gifford. Aberdeen: Aberdeen University Press, 1988. P266.

② John Galt, The Entail, P26.

③ Ibid, P51.

破产，贝尔从一个千金小姐沦为绣房女工。克劳德于是筹划让查尔斯与波道尔家的独生女结婚，以便继续扩大自己名下的产业。在克劳德心目中，相比破产的法泽兰斯，"贝蒂·波道尔小姐是更合算的商品"[①]。尽管她是个"彻头彻尾的傻姑娘"，也根本无所谓。[②]当查尔斯私自与贝尔·法泽兰斯结婚后，他勃然大怒，剥夺了查尔斯的长子继承权。查尔斯如同一件无法增值的器皿，被他弃之不顾。

瓦蒂和波道尔的婚姻颇有点喜剧色彩。天生智力不足的瓦蒂，常被称为"自然人"（the natural）[③]，贝蒂·波道尔恰巧也是一个没头脑的姑娘，两个人的婚姻似乎是上帝的安排，和谐美满。只是贝蒂因难产去世，女儿小贝蒂也早早夭亡。瓦蒂在此打击之下，变得更加"白痴"。弟弟乔治趁机上诉，以瓦蒂智力低下无法管理自己的产业为由，夺取了基托思顿修的继承权。

小说中的婚姻问题都是围绕继承权展开的，每一代都不例外。乔治精心设计，打算让侄子詹姆斯与女儿罗比娜结婚，表面上一直强调是为了詹姆斯的幸福。唯有伊迪夫人一针见血地指出，"利益，除此之外没有别的东西能驱使一个人强迫他所声称要爱护的人去过不幸福的生活"[④]。至于瓦基·米尔路基特与罗比娜·瓦金肖的婚姻，虽说是祖母诱导的结果，罗比娜作为庞大的基托思顿修地产的女继承人的身份，却是米尔路基特父子两人对她动心的真正原因。经济利益是大部分婚姻的最初动机。

即便是最终拒绝了乔治建议的詹姆斯，也是经过剧烈的思想斗争之后，才决心不放弃艾伦·弗雷泽。詹姆斯·瓦金肖在堂妹罗比娜和艾伦·弗雷泽之间选择良久，选择前者一方面是继承基托思顿修的美好前景和一个善于持家的美貌妻子及可能获得商业上的巨大成功，另一方面也有可能沦为叔叔的奴隶，不分日夜地工作。同时，选择罗比娜就意味着要牺牲美丽活泼的艾伦和高地的美景，以及伊迪夫人所感

① John Galt, The Entail, Vol I, P133.
② Ibid, Vol I, P 134.
③ Ibid, Vol 1, P301; Vol II, P25, P59, P65.
④ Ibid, Vol III, P49.

到自豪的高地血统和英雄传统。[①]显而易见，罗比娜虽然脾气不好，但也是貌美的姑娘，更重要的是叔父家财产丰厚，能改变母亲一直以来漂泊动荡、担惊受怕的生活。母亲贝尔听说儿子拒绝了这门婚事，虽然尊重他的意愿，心里却大为失望。如此种种的恋爱与婚姻，显然更贴近现实，每个人都能从周围的婚姻中找到相似的样本。

格丽兹·西皮尔，即克劳德的寡妇葛瑞皮老太太，吝啬、精明而不失温情的形象，给读者留下了深刻的印象。通常，限嗣继承的财产根本与女性无关，一切法律文件都是在男性之间展开的。自克劳德临终之时，葛瑞皮老太太突然从一个对丈夫唯唯诺诺、勤俭持家的妻子，一跃而起，成为主导继承权问题走向的重要人物。虽然，在高尔特的讲述中，我们可以清楚地看到，她在这些事件中的一连串胜利，基本上无关"女性美德"，甚至无关人类的美德。因为在这部作品中，"人人计算利益得失，人人追求金钱和财产"[②]。但是，葛瑞皮的胜利，尽管大多出自对自身利益的考虑，事实上也是一个逐渐回归正常人性的过程。如她因为更偏爱瓦基而告诫他不要轻易签字，从而使克劳德临终前更改遗嘱的愿望落空；瓦蒂成为整个基托思顿修的继承人之后，她又因为瓦蒂时而反抗她的权威而轻信乔治之言，协助他夺取了财产的继承权；事实证明，乔治夫妇更黑心，她和瓦蒂被赶到格拉斯哥一处破败的公寓居住。从此之后，她的良心似乎开始觉醒，一方面鼓励孙子、孙女反抗乔治的权威，一方面毫不吝啬地资助长孙詹姆斯。她促成罗比娜和瓦基的婚姻，并收留了他们，然而对方获得经济独立之后，突然对她冷漠无情。她巧妙地利用法律手段"敲诈"了他们2000镑（住宿费和餐饮费），并决定把这份财产当作遗产赠给孙女玛丽。当瓦基和罗比娜发现，詹姆斯才是基托思顿修的继承人，气急败坏地协同律师前来索要那2000镑时，她甚至让律师哑口无言、灰溜溜地离去了。甚至从根本上来说，詹姆斯可以获得最终的继承权，也是她的"敲诈"行为的直接后果。

① John Galt, The Entail, Vol III., P4.

② Jenni Calder, Heroes and Hero-makers: Women in Nineteenth-century Scottish Fiction, The History of Scottish Literature. Vol.3: The Nineteenth Century, edited by Douglas Gifford. Aberdeen: Aberdeen University Press, 1988. P269.

葛瑞皮老太太在继承权问题上的主导作用具有极大的偶然性，她的主观愿望与所达成的效果并不一致，却是形成最终结果的最直接因素。这说明高尔特反对预设论主导下的司各特浪漫主义，力图通过一种宿命论的、具有偶然性的因果关系，探索思想观念与历史之间的联系。

第五章　阴影下的舞蹈
——苏格兰女作家的创作

第一节　浪漫主义时期的女作家创作概述

一、概述

18 世纪苏格兰的启蒙运动是一次彻头彻尾的城镇运动，除了涉及农业改革的部分，几乎完全与乡村无关。同时，这次启蒙运动也是一次完全在男性主导下开展的运动。苏格兰的女性通常只出现在画室里、钢琴旁，或者偶尔创作诗歌、小说。尽管她们存在于整个历史的大背景之中，却很难构成知识分子群体之中的任何一部分。这些文人通常是在酒馆或男性沙龙中聚会、高谈阔论。[①]恰在那时，风靡不列颠各岛的两部重要的关于女性行为规范的著作出现在苏格兰。这就是 1766 年出版的苏格兰牧师詹姆斯·福迪斯的《针对年轻女性的布道词》和 1774 年出版的约翰·格里高利的《一位父亲留给女儿们的遗产》。在这些著作中，他们要求女性服从男性的喜好，同时对女性的行为规范、言语方式、日常着装等各方面提出了琐碎严密的要求。特别是福迪斯的《针对年轻女性的布道词》，不但苏珊·法里尔笔下的姑祖母们将其视为女性必读书目，我们甚至可以从简·奥斯丁笔下那位荒谬可笑的表兄柯林斯常常征引的片段中窥见一二。这种企图用男性权威压制女

① 亚历山大·布罗迪主编：《苏格兰启蒙运动》（英文版），北京：生活·读书·新知三联书店，2006 年，第 24 页。

性行为，限制她们受教育和发展独立人格的机会的作品，不但在整个不列颠影响深远，更深刻地影响了苏格兰女性的生活。比如，《婚姻》中玛丽·道格拉斯的姑祖母们认为道格拉斯夫人让玛丽读了太多书。格丽兹认为，“我认为阅读是一种非常危险的事情。我敢保证玛丽糟糕的身体完全是读书造成的。”杰基则认为，“福迪斯的布道书和苏格兰史是我会为年轻女孩推荐的极少数中的两本。”①

苏格兰的宗教文化力量对女性的压制相比其他不列颠诸岛要严重得多。究其根本原因，还在于长老会派的宗教信仰、特别是清教思想在对娱乐活动的限制基础上加强了对女性行为的要求。福迪斯的《针对年轻女性的布道词》出现在苏格兰也并非偶然现象。女作家的创作，往往受到这些行为规范的束缚，只能在作品中采用教育和道德主题，社会风俗小说应运而生。文明社会中的行为规范的话题，在汉密尔顿、布朗顿和法里尔的作品中比比皆是。当然，在小说形式尚未获得稳定地位之时，男作家也受到这种潮流的影响，被迫在作品中承担道德教育的职责。相比之下，女性承担更重的压力。

伊恩·邓肯教授认为，苏格兰启蒙运动的全面的文化遗产，以及托利党政治下的庇护制和文人职业化的浪潮将苏格兰女性逐渐排除在19世纪早期文学繁荣的图景之外。②尽管司各特开始创作小说之前，苏格兰的女作家有伊丽莎白·汉密尔顿、简·波特、乔安娜·贝利、玛丽·布朗顿等人活跃在文坛，布朗顿因难产去世之后，则只有苏珊·法里尔还在苦力支撑以道德教育为主题的小说。克里斯蒂安·约翰斯通虽然也出版了两部重要小说，但她对女性创作的道德主题非常不屑，而且她的主要领域在报刊编辑和评论方面，小说只是尝试之作（当然也非常成功）。

匿名出版小说在当时是再正常不过的事情，即便那些永远不可能被人以诽谤罪起诉的女作家也不例外。连司各特都匿名出版小说，“威弗莱的作者”的身份尚未揭开之时，小说虽然已经日益占据了文学殿堂的重要位置，人们对它仍然心怀疑虑。女作家更不愿意受到读者的

① Susan Ferrier, Marriage, Oxford: Oxford University Press, 1986. P179.
② Ian Duncan, Scott's Shadow, Princeton: Princeton University Press, 2007. P43.

过多关注，另一方面也不愿让自己与小说创作的不道德因素产生联系。在小说作家职业化的进程中，女作家逐渐从一个活跃的群体转变成日渐沉默的群体。

由于第一部小说发表之后，玛丽·布朗顿的名字被泄漏出去，她在给朋友伊泽特太太的信中提到了身为一个女作家的无奈之处和担心：

> 你完全知道，我宁可无名地活着，也不想拥有（我不想称之为享受）名声，不管那多么光辉灿烂。被指指点点——被关注和评论——像文学女性那样被拒绝，被同性的那些更真挚的人回避；像文学女性那样被厌恶；被他人误解！——我亲爱的（朋友），我很快就会成为一个绳子上的舞者——我宁可蜗居山上湖边的家中……[①]

法里尔也承担着同样的恐惧。她在和好友克拉夫令的通信中，说明了《婚姻》必须采取匿名的原因："如果我们真的做这件事，就对所有人保密吧。如果有人认为做这些事情和我有牵连，我的兄弟姐妹们一定会谋杀我，我父亲肯定要把我活活烧死。"[②]法里尔的口气虽然非常夸张，忧虑之情却溢于言表。她在作品中对"女学者"的讽刺和质疑，也表明她对'女作家'的身份存在深深的焦虑。

尽管女作家不得不承受来自各方面的巨大压力，19世纪早期仍可谓是人们关注女性主义问题的重要时期，也是一个充满文化活力的时期。玛丽·沃尔斯通克拉夫特的女性主义思想，对一些作家和作品产生了相当重要的影响。教育问题、特别是女性受教育的问题几乎出现在所有女作家的小说作品中。法国大革命和美国独立革命之后，一些作家还对政治问题表现出强烈的关注。汉密尔顿的两部讽刺小说都是大革命之后产生的辩论之作。汉娜·摩尔从最保守的立场指出由于性

① Alexander Brunton, A Memoir of Mary Brunton, in Mary Brunton, Dsicipline, London, 1842. PP7-8.

② Mary Cullinan, Susan Ferrier, Boston: Twayne Publishers, 1984. P43.

别不同，女性天然地在视野和理解力上比男性弱势。沃尔斯通克拉夫特则认为"灵魂或思想没有性别之分"，女性只是由于受教育不够才导致了理解力的缺陷。汉密尔顿则持中间立场，一方面强调应该扩大女性受教育的范围和权利，另一方面认为女性的活动范围仍然应该限于家庭内部。《一位印度王公的通信》（1797）和《现代哲学家回忆录》（1800）以讽刺小说的形式，批判了葛德汶等人的雅各宾立场。

这一时期也是苏格兰对自我身份提出质疑和思考的时期。1707年联合的后果仍然在延续，在小说作品中呈现出最明显的表征。司各特的作品表现出重塑民族文化身份的热情，霍格和高尔特则在挑战司各特权威的同时，从苏格兰乡村传统和西部苏格兰城镇商业发展的角度，再现了这段思想动荡的苏格兰历史和不确定的苏格兰身份。女作家们的作品也思考了"苏格兰人"和"不列颠人"的双重身份问题。联合的大背景下，她们的创作主题与整体的苏格兰小说呈现出较为一致的趋势。比如，布朗顿在《自制》中提到了语言问题，主人公认为"对苏格兰耳朵来说，等级更高的英语的发音传达了一种敏捷与优雅"[①]。高尔特的《教区纪事》中的老牧师也感叹，新一代牧师不再使用更符合本地教会特征的、更富有表现力的苏格兰方言。[②]

在19世纪的爱丁堡，司各特是这一时期爱丁堡乃至整个不列颠小说的主导者，为历史小说的形成、民族小说的成熟作出了卓越的贡献。然而，值得一提的是，女作家在历史小说和地域小说的发展中起到了非常重要的作用。在司各特之前，一些女作家就开始对高地和乡村生活表现出关注和兴趣，简·波特的《苏格兰的酋长们》和汉密尔顿的《格兰伯尼的农舍居民》显然为司各特的创作提供了不少灵感。与此相关的"苏格兰民族性"成为19世纪小说中受到高度关注的一个问题。

二、伊丽莎白·汉密尔顿

伊丽莎白·汉密尔顿（Elizabeth Hamilton, 1758—1816）是一位散文作家，主要写作教育教学方面的文章，也曾是伦敦的《绅士杂志》

① Mary Brunton, Self-control, Pandora press,1986. P2.
② John Galt, Annals of the Parish, Rockvill, Maryland: Serenity Publishers, LLC. 2009. P111.

的评论家之一。她1808年发表的《格兰伯尼农舍居民》(*Cottagers in Glenburnie*)是19世纪初期较有影响的关于苏格兰高地风习的小说。汉密尔顿出生于贝尔法斯特的一个苏格兰商人之家，在苏格兰度过了一生中的大部分时光。她出版了很多重要的教育著作，其中包括《教育通信》、《关于人类的思想》、《关于教育的基本原则的通信》、《致一位贵族的女儿》、《宗教和道德原则的形成》以及《为学校的赞助人和董事的一些提示》等。除此之外，她比较有名的作品还包括反雅各宾派的《一位印度王公的通信》(1796)和参与当时关于女性教育问题争论的讽刺小说《现代哲学家回忆录》(*Memoirs of Modern Philosophers*, 1800)。

在18世纪末19世纪初的女权主义论争中，汉密尔顿的立场较为折衷和保守。她一方面支持为女性提供公平、均等的教育机会，一方面又无法摆脱传统的桎梏，仍然强调女性的活动空间仍然是家庭而不是承担更多的社会责任。在针对被称为英国雅各宾派的葛德汶、潘恩等人的讽刺小说中，我们可以看到她的这种保守的立场。由于她希望女性仍然局限在家庭之中，因此小说《格兰伯尼农舍居民》虽然将目光对准了苏格兰高地，并不是一部具有真正革命意义的著作，而是一种试图通过教育来"改良"落后的风俗习惯的努力。司各特在《威弗莱》的后记中，特别指出了汉密尔顿的《格兰伯尼农舍居民》和格兰特夫人的《论高地人的迷信》对苏格兰的贡献，认为这两位作家的天才为苏格兰争光增色。[①]

1808年，汉密尔顿出版了《格兰伯尼农舍居民》。小说的主角是梅森太太，她来到苏格兰高地的格兰伯尼，试图改变当地肮脏、邋遢的生活习惯，改善居民的健康和卫生状况。"梅森"这个词就是"砖瓦匠、泥水匠"的意思。梅森太太这个形象首次出现在玛丽·沃尔斯通克拉夫特的早期小说《原创故事集》(1788)之中，她承担着两位年轻女子的教养工作。汉密尔顿借用这个人物，表明了梅森太太仍然需要承担教化的职责，而且是用文明的法则破除落后的习惯。梅森太太的

① 司各特著，石永礼译：《威弗莱》，北京：人民文学出版社，1987年，512页。

身份非常特殊，因为她虽然被冠以“太太”之称，实际上并没有出现丈夫的身影。这也是她可以自愿且独立地去尝试高地之旅的必要条件，因为无论在18世纪还是19世纪，女性都不可能摆脱夫权或父权的控制。

汉密尔顿对苏格兰语情有独钟，但是《格兰伯尼农舍居民》中叙事者使用的语言仍然是标准英语，苏格兰语则是作品中没有受过教育的下层苏格兰民众所使用的语言。这种试图彰显民族语言，而又只能将其贬低到下层语言的地位的两难处境，实际上正是联合之后爱丁堡社会面对苏格兰民族性的困境。汉密尔顿是较早在小说作品中展现苏格兰语和英语之间的竞争关系的作家，后来司各特、高尔特、霍格和法里尔等人都在作品中采用不同的方式表现了这种关系。比如，高尔特和法里尔非常善于挖掘苏格兰方言中蕴藏的喜剧因素，善于根据人物形象选择不同的语言从而栩栩如生地表现苏格兰生活。

另一位女作家简·波特的小说则是苏格兰历史小说的早期形式和例子。

三、简·波特

据说简·波特（Jane Porter, 1776—1850）幼年时期便十分刻苦学习，每天凌晨4点就开始起床读书，儿童时期就读完了爱德蒙·斯宾塞的整部《仙后》。在她的父亲去世后，母亲携全家搬回爱丁堡居住。沃尔特·司各特是她幼年的玩伴之一。后来有段时间，她们搬回伦敦，姐妹们在那里结识了很多文学女性，包括伊丽沙白·英奇巴尔德、汉娜·摩尔、伊丽莎白·汉密尔顿和德克里斯皮格尼夫人等人。

《华沙的撒迪厄斯》（*Thaddeus of Warsaw*, 1803）是简·波特的第一部历史小说，源自波兰流亡者的亲口叙述，是一部关于18世纪90年代发生在波兰华沙的独立战争的作品。这部小说一经出版便广受欢迎，先后印刷了十二版之多。玛丽·布朗顿的《自制》的女主人公劳拉·蒙特维尔就将波特笔下的撒迪厄斯视为最喜欢的英雄。《苏格兰酋长们》（*The Scottish Chiefs*, 1810）是关于苏格兰民族英雄威廉·华莱士和布鲁斯的小说，出版时也相当受欢迎。此书的法文版本遭到拿破仑的禁令。如今，这部作品在苏格兰的孩子们中间依然非常受欢迎。

《苏格兰的酋长们》获得成功，除了作者创作技巧的成熟和魅力外，无疑还要归功于苏格兰因素在读者群体中的广泛流行。18世纪以来，麦克弗森的《莪相诗歌》风靡整个欧洲，成为浪漫主义的苏格兰的象征。一个有利的例证就是，詹姆斯·麦克弗森的《莪相诗歌》尽管是伪作，却大大促进了民族主义文化的发掘和保存工作，成为苏格兰浪漫主义的代言人，《莪相诗歌》也常常被当时的作家引用。同时，几乎每个苏格兰作家都对《莪相诗歌》表现出异乎寻常的热情。显然，简·波特也不例外。在这部小说中，罗伯特·德·布鲁斯在与华莱士交谈时，波特让其征引了很多《莪相诗歌》和其他苏格兰吟游诗人的著作片段，选取的都是表现英雄情感的部分。在《苏格兰的酋长们》出版之前，华莱士的故事和生平早已在各种小册子中流行，已经成为民族英雄和民族主义的象征。不过，简·波特的目的是用这段历史和人物完成一部"现代罗曼史"，对英雄给予浪漫主义的赞美。这部作品的深厚历史传统和文化背景，是连接古老的苏格兰文学与现代的历史小说之间的纽带。尽管简·波特无意呈现历史背后的深刻内涵，她的小说对以司各特的威弗莱系列为代表的苏格兰历史小说的诞生却具有直接的推动作用。

四、玛丽·布朗顿

玛丽·布朗顿（Mary Brunton, 1778—1818）的小说曾在简·奥斯丁的通信中频频出现，她既期待故事的结局又担心发现"太机智"的小说，害怕自己的故事和人物被别人抢了先。玛丽·布朗顿初次发表小说就引起了奥斯丁的关注，简·奥斯丁认为《自制》是一部"非常有意义、遣词优雅的作品，没有任何偶然性"①。

玛丽的丈夫亚历山大·布朗顿曾在多个教区担任牧师职位，后来被爱丁堡大学聘为东方学教授。玛丽在嫁给布朗顿之前，并没有受过完整的教育，仅在母亲指导下学习了意大利语、法语和音乐知识。20

① Ian Littlewood, Jane Austen: Critical Assessments, Vol 1, East Sussex: Helm Information Ltd., 1998. P144.

岁与牧师亚历山大·布朗顿结婚后，玛丽·布朗顿在丈夫的影响下开始对哲学产生浓厚的兴趣。布朗顿的小说创作也是在丈夫的大力支持和鼓励下展开的。她的代表作有《自制》(*Self-Control: A Novel*, 1810)、《戒律》(*Discipline*, 1815)和未完成的《埃米琳》(*Emmeline*, 1819)等。布朗顿的小说与当时文坛上的女作家一样，受到社会道德规范对女性要求的限制和束缚。身为牧师的丈夫在宗教观念和伦理道德方面的观点对她也有深刻的影响。从她的小说题目就可以看出，她所致力于表现的仍然是基督教道德对女性要学会自我控制、遵守戒律的要求，具有非常明显的道德说教的意义。

玛丽·布朗顿的《自制》背景设置在苏格兰，她对高地风景的描绘令人称道，与汉密尔顿过多地在风景中添加道德寓意不同，在她的描写中真挚的感情与大自然的美景合而为一，呈现相当强烈的民族自豪感。玛丽·布朗顿将《自制》献给当时活跃在文坛的名女人乔安娜·贝利(Joanna Baillie)，她将贝利视为苏格兰女性创作的标杆和先驱人物。同时，布朗顿也承认玛丽亚·埃奇沃斯对自己作品的影响。

总的来说，这一时期的苏格兰女作家的小说，在继承苏格兰传统的基础上，大部分都多少受到来自英格兰和英籍爱尔兰作家的影响。如布朗顿对理查逊的小说的模仿，奥斯丁作品对苏珊·法里尔的影响，都可以从她们的作品中找到痕迹。

第二节 全新的对话
——苏珊·法里尔的《婚姻》与《遗产》

一、苏珊·法里尔生平及创作

在英国文学界，苏珊·法里尔有“苏格兰的简·奥斯丁”之称。因为法里尔创作的《婚姻》(1818)、《遗产》(1824)、《命运》(1831)三部曲题材范围不出家庭内外，且以女性的择偶及婚姻生活为主线，政治问题和社会变革均不在小说的讨论之列。法里尔甚至还在第二部小说《遗产》的卷首套用了《傲慢与偏见》的开篇名言，“没有什么感情比得过傲慢更深入人的本性，这是普世公认的真理”[①]。尽管如此，法里尔与奥斯丁的创作风格可谓天壤之别。简·奥斯丁对人物形象和社会道德均给予温和讽刺，而苏珊·法里尔则以漫画般的笔法、近乎残酷地揭露人物的弱点。法里尔的作品堪称喜剧小品，机智乐观的性格通过对各色人物的描写展露无遗，从自己狭小的社交和生活圈子中提炼出苏格兰人生活的幽默和智慧。她批判对女性处处受限的不公，与其说《婚姻》写的是对理想婚姻的追求，不如说是未婚、已婚或在追求婚姻的各色女性生活的精妙画廊。

当然，“苏格兰的简·奥斯丁”是后人加诸苏珊·法里尔的称呼。司各特认为，苏珊·法里尔所继承的是范妮·伯尼的传统。这是因为她的作品非但没有激进的女性主义者社会政治现实的关怀，甚至也没有对女性地位的强烈挑战或质疑。虽然，法里尔的确表现了女性成长中面临的种种问题，但道德和教育问题是她所关注的中心。由于爱情罗曼史的泛滥，当时女作家的小说十有八九被归为不入流的作品。范妮·伯尼是18世纪最优秀的女作家，小说《伊夫林娜》等作品充满喜剧色彩，探讨的是女性成长过程中所面临的困境。换句话说，在司各特看来她的创作终究要归类到“女性小说”之列。所谓“女性小说”由于创作的良莠不齐，在当时名声不好。这也是刘易斯对法里尔涉足小说创作持极为激烈的反对态度的原因，他在和一位女士的通信中，为一个聪明、风趣的朋友即将步入令他“厌恶、同情和不屑”的“三流女作家”之列甚感不安。[②]

与司各特、霍格、高尔特和约翰斯通对政治和社会变革的关注相比，法里尔是苏格兰浪漫主义时期小说作家之中唯一通过家庭的狭小领域进行创作的。她谈论女性的恋爱和婚姻问题，突出了苏格兰民众

① “It is a truth, universally acknowledged, that there is no passion so deeply rooted in human nature as that of pride”. C. f. “It is a truth well known to all over the world that an unmarried man in possession of a large fortune must be in need of a wife.”

Susan Ferrier, The Inheritance, Vol. 1, Edinburgh: William Blackwood, London: T Cadell. 1824. P1.

② Mary Cullinan, Susan Ferrier, Boston: Twayne Publishers, 1984. P45.

与英格兰生活之间的差异，以及道德修养上的差别。法里尔通过对文学、音乐、婚姻、道德等问题的评论，突出了苏格兰民族呈现出的优异之处。法里尔本人无论是在日常通信还是传记中都没有提到自己要超越或挑战他人的意识。但是，她对婚姻的理解上升到民族性上，更突出了经济发展不够发达的苏格兰更能培育出具有良好品德的青年。在婚姻双方的选择上，她颠覆了司各特作品中英格兰男子与苏格兰女子结合的模式，强化了苏格兰（特别是高地）男性对浮华的英格兰女性的吸引力。他们或具有更强烈的男性特征，或对家庭更负责，而不像英格兰（伦敦）社会的男性那样或冷漠或贪食。她的代表作《婚姻》中的理想婚姻对象均来自苏格兰高地。

苏珊·法里尔（1782—1854）出生于爱丁堡，父亲詹姆斯·法里尔就职于高等民事法庭，曾与沃尔特·司各特爵士共事，也因此有较多的来往。苏珊在十个子女中排行最末，四姐妹中唯有她终生未婚。她对老父亲悉心照料，直至其于 1829 年以 85 岁高龄去世。法里尔身体状况不尽如人意，加上兄长和姐姐们相继成家或出嫁或离家，她需要承担照顾父亲的责任，不得不经常拒绝来自各方的邀请。法里尔幼年时代就以调皮、机智著称，4 岁时就曾模仿父亲的声音唬住了疯狂玩闹的哥哥们。成年之后，法里尔也曾受邀前往爱丁堡和伦敦等地暂住，但她一生中绝大部分时间都在爱丁堡度过。

法里尔性格活泼开朗、幽默机智，与她交往的人都非常享受其风趣的谈话风格。道格拉斯·麦克拉甘爵士说年轻时候的苏珊“皮肤黑、个子高挑、面容清秀，性格非常吸引人，是个才气过人的谈话者，一个在爱丁堡杰出的小圈子中的核心人物”①。正是如此，她是一个颇受欢迎的玩伴。司各特曾多次邀请法里尔父女前去做客，但父亲詹姆斯·法里尔去世之前，苏珊·法里尔仅去拜访过一次。司各特非常珍视与法里尔的温暖友谊，他在 1829 年的日记中写道：“法里尔小姐来了。她很有天赋，不但拥有超凡的才能，谈话时也是作家里面最随和的，至少是我所交往过的女作家中最不挑剔的。她单纯、幽默感十足、

① John A. Doyle ed., Memoir and Correspondence of Susan Ferrier (1782—1854), London: John Murray 1898, P15.

异乎寻常地机智、妙语连篇；完全没有那些蓝袜子的造作。”[1]

“蓝袜子”是对18世纪中期英格兰流行的一种非正式的女性社交和教育沙龙的称呼。这种沙龙聚会突出教育和互相合作对女性的重要作用，18世纪50年代由伊丽莎白·蒙塔古、伊丽莎白·维西和其他女性文学团体创办。女作家范妮·伯尼曾是这种沙龙的主角。但是法里尔本人对这种沙龙似乎并无好感。《婚姻》中，主人公玛丽来到大都市伦敦，曾经受邀参加了一位布鲁密茨太太的文学沙龙。在这里她发现，这些太太小姐们的聚会不过是“炫耀如何度过光阴，表现属于自己性别和地位的优雅”。她们引经据典、大段背诵所谓流行作品中的片段，评头论足，似乎通过背诵和评论文学作品才能显示自己的教养和知识渊博。玛丽暗暗思量和评判，并未发言，却受到某位小姐的嘲讽。法里尔通过叙事者之口说道，“除善良之外，玛丽最看重才智。她深知，同性之中的确有人在文学方面享有盛名。但那些布鲁密茨文学圈中的人让她极为失望，她们只不过是这个名字的伪装者”[2]。玛丽读书是为了增加才智和修养，却不是为了卖弄或挑剔他人言谈中的失误。玛丽的表妹艾米莉相当尖刻地指出这些人谈论司各特或拜伦的天才，就像苍蝇妄图爬上勃朗峰一样，根本不配。[3]这种对毫无才能的女性谈论文学或戏剧的场景同样出现在《遗产》中，变成了两个女性严肃而荒谬地讨论一出名为《恋爱中的牡蛎》的戏剧。

从法里尔的通信和日记中，我们可以了解到，她曾深深地思考过玛丽·沃尔斯通克拉夫特讨论过的问题，关于女性权利、社会地位和教育问题等。但是，苏珊·法里尔本人不是一个具有革命意识的人，她所做的几乎止步于暴露荒谬。法里尔本人对知识女性的态度相当矛盾。她一方面认为女性应该享有公平的受教育的机会，获取更多的知识而不是被琐碎的家庭生活所累；另一方面她又不能接受女性摆脱社会和家庭的沉重负担。她虽然认为女性应该为爱而结婚，却从未像克里斯蒂安·伊索贝尔·约翰斯通那样大胆驳斥包办婚姻，将爱或性的

---

① Mary Cullinan, Susan Ferrier, Boston: Twayne Publishers, 1984. P31.
② Susan Ferrier, Marriage, Oxford: Oxford University Press, 1986. P424.
③ Ibid, P424.

激情看作婚姻的唯一指南。显然，她更强调女性在社会中所应该承担的道德责任。《婚姻》作为她第一部小说，充满强烈的喜剧精神，把从老处女到各种婚姻状况中的女性角色的荒谬之处放大，往往引人捧腹大笑。苏格兰高地格兰芬的喜剧人物姑妈和侄女们，均所受教育有限而社会却对她们期待过高。同时，无论是否受过教育，是社交名媛还是老处女，女性世界的苍白与荒芜令人触目惊心。

法里尔始终保持着对周围世界的强烈的好奇心，虽然由于身体状况欠佳，很少获得机会远游，从她和亲友的大量通信表明，她常常要求亲友详细描绘当地的风土人情和发生的任何有趣的故事。比如1798年10月12日詹姆斯·法里尔写给苏珊·法里尔的信中提到："你真吓我一跳，这么着急让我描绘一下当地的照明情况，这可超出了我的描写能力，但是我可以给你大概说一下，剩下的你就充分发挥你的想象力吧。"①

法里尔和哥哥沃尔特的通信中曾详细复述了令她生厌的人，言辞尖刻，毫不留情，从此已经可以看到她此后将在《婚姻》和《继承人》之中使用的语言风格：

> 今天我不怎么高兴，因为来了整整一窝的蠕虫和牡蛎。她开始给我讲在家里必须要做的事情，我打断了她，让她不必费心讲这些我已经知道的事儿。她根本不在意，还是不断地讲些无聊透顶的事儿外加撒谎扯淡，最后我很不礼貌地阻止了她……我敢说，他们（另外一对）是被送到这个世界上的最无可救药的生物，我的意思不是说他们很坏。我倒是更希望他们能对什么东西表现出一点好或坏的态度来！②

法里尔与好友克拉夫令的长达八年的大量通信表明，《婚姻》是两个人合作的结果。克拉夫令对法里尔写作中出现的问题——比如对伦

---

① John A. Doyle ed., Memoir and Correspondence of Susan Ferrier (1782—1854), London: John Murray, 1898, P23.

② Ibid, PP44-45.

敦上流社会的描写不够真实等问题提出了不少重要建议。同时，克拉夫令还为作品贡献了一章，即“道格拉斯夫人的历史”（第十四章）。这一章无论从主题还是语言上都与当时三流的爱情小说无异，和《婚姻》整体相比有些不匹配。

1818 年苏珊·法里尔匿名发表了《婚姻》，出版商是威廉·布莱克伍德。布莱克伍德对法里尔的小说表现出强烈的兴趣，马上就决定出版。事实证明他的眼光没错，《婚姻》非常成功地吸引了读者的目光，很快就成了苏格兰和英格兰文人以及大众读者阶层所讨论的对象。这促使法里尔开始构思下一部作品《遗产》。1824 年，虽然当年司各特的《雷德冈利托》和霍格的《一个被称义的罪人的回忆录与忏悔》相继出版，法里尔的《遗产》还是吸引了评论界和读者的注意。《遗产》被认为是法里尔在创作技巧上表现得最成熟的作品。与《婚姻》相比，《遗产》的喜剧场景和故事不再漫无边际，均是围绕故事情节展开或为其服务，但小说的喜剧精神不再像《婚姻》那样强烈。法里尔此时已经步入了中年，原来非常强烈的喜剧精神逐渐消退，性格中像艾米莉那样坦率地指摘社会弊病的成分逐渐被基督教情感取代。

法里尔在 1831 年发表最后一部作品《命运》之后就停止了创作。虽然出版商多次邀稿，朋友汉娜·麦肯齐（亨利·麦肯齐的女儿）也多次给法里尔写信表明很多出版商希望能向她约稿，但法里尔都拒绝了。病痛的折磨及父亲的去世使法里尔突然感到自己“无用”，就像自己曾经创作过的那些女性形象一样，找不到自己在社会中的定位。不过，苏珊·法里尔的三部小说足以使她在文学界获得尊重。

二、全新的对话——苏珊·法里尔的《婚姻》和《遗产》

恋爱和婚姻是重要的文学题材，无论是小说家理查逊笔下的克拉丽莎还是奥斯丁笔下的伊丽莎白，人们在选择爱情与婚姻对象的旅途上所展示的众生百态表现了 18、19 世纪中产阶级在道德、财产、身份等方面的诉求和矛盾。婚姻问题最大限度地展示了工业化进程中社会各阶层地位的剧烈变动，也暴露了社会道德和价值观念在面对金钱、地位和利益面前毫不掩饰的丑恶面目。

《婚姻》是关于两代人的婚姻故事，以第二代玛丽的婚姻为主要内容，探讨了女性的教育问题。玛丽和阿德莱德是英格兰伯爵之女朱丽安娜与出身于苏格兰高地乡绅之家的亨利·道格拉斯私奔苏格兰之后产下的双胞胎。玛丽被道格拉斯夫人收养留在苏格兰，阿德莱德则被朱丽安娜带回了伦敦。玛丽18岁那年前往伦敦与母亲共同生活。通过玛丽与阿德莱德的对比，法里尔强调了教育在女性性格和修养的形成中的重要作用。玛丽、艾米莉和阿德莱德三个女孩子年纪相仿，对爱情和婚姻的追求截然不同。阿德莱德在朱丽安娜的教育下变成了美丽但骄傲、冷酷和虚荣的代言人，她放弃对表哥林多的爱，嫁给年纪足可以当她祖父的阿尔塔蒙特伯爵，经历无法忍受的痛苦之后又不计后果与林多私奔。表妹艾米莉虽然接受同样的教育，但因为地位独立，保持了天性中坦率、自然的一面，对人性的虚伪、自私和虚荣大加鞭挞。她与自小青梅竹马、天性乐观但智力平庸的爱德华·道格拉斯结婚，意识到自己在道德方面的缺失。玛丽在道格拉斯夫人的教育下，一方面保持了苏格兰人对自然和天性的尊崇，另一方面具有基督徒的真正慈善和对美德的尊崇。她对待爱情，希望首先两个人心灵相通，互相“同情”。无论面对阿尔塔蒙特伯爵的金钱，还是威廉·莱特将要继承的庄园，她都没有动心。最终她与财产微薄、但心心相印的莱诺克斯上校结婚，两个人返回苏格兰高地生活。

《婚姻》的主要线索是婚姻对象的选择和女性教育问题，这是英国女性小说中司空见惯的主题。但是在苏珊·法里尔笔下，不但描写了各色女性人物的夸张形象，还通过她们表现出苏格兰高地社会由于知识欠缺而形成了固定的偏见和无知，以及社会群体呈现出简朴、真诚、自然的面貌；而英国社会，以伦敦为例则表现出冷淡、奢侈和空虚。《遗产》则取材于发生在苏格兰的一桩轶事。小说描写了苏格兰贵族之家的圣克莱尔先生与平民萨拉结婚之后不被认可，两人只能到法国生活。由于哥哥罗斯维尔爵士后继无人，只要圣克莱尔夫妇生得一子半女，他们便有可能返回苏格兰。由于健康问题，圣克莱尔夫妇盘桓法国多年，直到葛楚德十几岁才与母亲返回罗斯维尔庄园。罗斯维尔伯爵希望她嫁给自己的政治搭档和侄子德尔莫先生，葛楚德却与花花公子德尔莫上校相恋。表兄林赛先生深爱葛楚德，最终将她从虚荣和谬误中拯救出来。结局证明，葛楚德并非真正的继承人，只是一个使女的女儿。圣克莱尔太太只不过希望利用她骗取庄园的继承权。亚当叔叔和林赛先生的爱让葛楚德恢复了本性的天真自然，她继承了亚当叔叔的布莱克花园，嫁给林赛为妻。林赛则在舅舅罗斯维尔死后继承了罗斯维尔庄园。与《婚姻》相比，这部小说的道德寓意更强，“在她视线中那令人迷惑的浪漫主义激情不再流光溢彩，而变成了易逝的光辉；但是虔诚和美德闪耀着平静而永久的光芒，照亮了一种幸福而有用的未来生活历程”[①]。

尽管法里尔的喜剧精神在《遗产》和《命运》中逐渐消退，道德说教的倾向性也越来越明显，作品中非常重要的一点不容忽视。那就是经济发展落后、文化艺术也不太发达的苏格兰比起商业繁荣的英格兰或奢华无度的法国更有助于道德感的培养，从而也更容易获得幸福的婚姻。法里尔一方面批判伦敦甚至苏格兰的上层社会对流行的意大利歌剧、法国戏剧的崇尚和吹捧，提倡珍视丰富的民族音乐、诗歌和文化传统；另一方面她批判感伤主义对社会风气特别是年轻人行为的恶劣影响，强调谨言慎行和奉献精神对一个人能否获得幸福至关重要。非常有意思的是，法里尔所批判的感伤主义潮流源头是法国，并非针对麦肯齐的《有感情的人》。

（一）风景与民族性

在英格兰或大陆文明社会的眼中，苏格兰素来以其贫困荒凉而著称，高地地区更是贫瘠甚至蛮荒之地的代名词。然而，在苏格兰作家笔下，我们却感受到了荒凉的背后是慷慨激昂的民族主义热情。比如，司各特也曾在《威弗莱》、《红酋罗伯》等作品中以高地荒凉的风景为描写对象，为人物形象和故事情节增添强烈的浪漫主义色彩和民族主义感情。当威弗莱想要请教盖尔语诗歌的含义时，弗洛娜颇为神秘地刻意选择在高地的一处激流瀑布的所在，并且宣称高地的风光、诗歌与音乐是一体的：

① Susan Ferrier, The Inheritance, V3, Edinburgh: William Blackwood, 1824. P358.

> 用我们这地方的诗的语言来说，盖尔族的诗神就在孤寂的荒山野岭的迷雾中，那山泉淙淙，就是她的声音。向她求爱的人必须爱这光秃的山岩胜于爱富饶的谷地，爱这荒野的孤独，胜于爱宴会厅里的欢乐。[①]

苏珊·法里尔在风景描写中也灌注了深深的感情。她的风景描写往往通过强烈的对比效果，给主人公以视觉上的冲击力，从而暴露出人物的本性。英格兰伯爵之女朱丽安娜与亨利·道格拉斯私奔到苏格兰高地时，特意选择在11月。面对冬日的苏格兰呈现出令人触目惊心的荒芜、萧杀的景象，朱丽安娜瞬间惊呆了，她浑身颤抖地尖叫：天啊，这是什么景象！这显然与亨利·道格拉斯刚刚向她描绘过的“八月里城堡四周的荒野美景”和“城堡前的湖泊附近的草地上举行的数不清的舞会”[②]截然不同：

> ……就在山谷下，耸立着一座又高又薄、灰色的房子，看起来更像塔楼。房子前面是一个小小的、看起来阴沉黯淡的湖泊，岸边既没有树，也没有任何灌木丛。后面则是连绵起伏、云雾笼罩的荒山，山坡上竟然还有人徒劳地种了一些树苗，仅有的一块平地上是清一色的芜菁，周围散落着一些石头作围墙……[③]

同时，一场密密的冬雨更增加了阴冷的感觉，只有湖面上偶尔的鸟叫才打破那沉闷的静寂。法里尔使用“阴冷”、“沉闷”、“黑暗”、“灰色”等词汇来加强朱丽安娜对高地的不良印象。同样的词汇和场景在《遗产》开篇不久就出现了，对象就是早年离家的圣克莱尔太太与在法国长大的女儿葛楚德。圣克莱尔夫人从法国南部的温暖阳光和舒适宜人的葡萄园突然置身于荒芜的苏格兰，感到“真是太可怕了”——惊涛拍岸的大海、“光秃秃的土地上栖息着成群的乌鸦，不和谐的叫声混

① 司各特著，石永礼译：《威弗莱》，第163页。
② Susan Ferrier, Marriage, P8.
③ Ibid, P9.

合着海浪的巨大声响”。傍晚降临时，“浓雾逐渐弥漫，遮掩一切”，彻骨的寒冷使圣克莱尔太太不由得裹紧斗篷。[①]圣克莱尔夫人虽然是苏格兰人，长期的海外生活及对虚名和财富的追求已经改变了她的心性；而朱丽安娜显然更无法与苏格兰相容。然而真正的苏格兰人则会产生截然不同的感受，哪怕从未到过这里。比如，与圣克莱尔夫人面对同样的景色，葛楚德却感叹这风景之中蕴藏的壮美和崇高：

> 真的，妈妈，我的确认为在这样的景象之中有一种美妙的东西，尽管我几乎说不出来有什么诱人之处，或者为什么会让人深深感觉到伟大的美或壮美的景观；但是对我来说，在这个仅有泥土和水的地方存在一种如此单纯、如此崇高的东西，我感到就像我在观看上帝造物之初的大自然一样。[②]

这暗示葛楚德对民族身份的强烈认同，风景作为构成民族文化的重要因素，承载着表达强烈的民族感情的重任。武汉大学教授张箭飞研究认为，自朗吉努斯的《论崇高》以来，“崇高与壮美”成为重要的美学范畴，并被应用到文学艺术的各个领域。其中，“荒野”的意象逐渐演变成“浪漫主义崇高感的最佳载体”[③]。同时，这种“崇高感”也与民族主义紧密相关。

（二）音乐与民族性

在18世纪意大利歌剧兴盛、法国喜剧逐渐发展成熟、德国的交响乐日趋完善的时候，英国本土却没有出现重要的音乐家。英国上流社会将弹奏和演唱意大利歌剧和法国喜剧视为一种时尚，是客厅沙龙聚会中不可或缺的东西。譬如，普拉特小姐的讽刺之言“现在到处都一样——不管你走进哪所房子都不缺音乐之家”[④]。调音、定弦手忙脚乱，竖琴、钢琴丁当作响。在苏格兰也不例外，中产阶级家庭聚会也逐渐

① Susan Ferrier, The Inheritance, Edinburgh: Blackwood, 1824. PP13-15.

② Ibid, P14.

③ 张箭飞：《作为浪漫主义想象的风景——司各特的风景意象解读》，《云南大学学报》（社会科学版），2008年第8期，第85页。

④ Susan Ferrier, The Inheritance, V3, P161.

将崇尚外国音乐上升到代表对高雅艺术的鉴赏力的高度。

在法里尔笔下，对真正的音乐和艺术的欣赏力实际上代表了这个人的道德倾向和民族意识。相比欧洲大陆的腐败、英格兰的堕落，只有苏格兰还保留着纯洁的民族感情。她认为那些所谓热爱外国艺术的人只不过是借此伪装或掩饰自己不可告人的目的。德尔莫上校动辄使用法语，他认为“法语是表达感情的语言”，更因为他发现“音乐……是最安全也是最优雅的传达激情的媒介”，是他无数次成功地与各类女士调情的工具。他对音乐的热爱和流畅表达（歌唱其中的片段）也是吸引葛楚德的重要原因。至于卡戴尔太太则完全是附庸风雅，通过贬低民族音乐实现提升自我品味的目的。当葛楚德提出希望她能演唱一首苏格兰歌曲的时候，她带着震惊与轻蔑的语气惊叹：“苏格兰歌！我希望，表妹，你不会认为我太粗俗而应该唱苏格兰歌曲吧？我向你保证，现在这种歌都不在客厅唱了：它们被称为厨房歌曲。”[①]与此同时，葛楚德的成长与林赛的成熟，也是通过对苏格兰音乐的推崇表现的。葛楚德终于从一个法国小姑娘变成了真正的苏格兰人，她超越浮华、虚荣的阶段开始欣赏和学习苏格兰音乐，“不管别人怎么称呼，我一定要学唱我自己国家的歌，还要用我自己的方式来唱，怀着深情地唱。”林赛作为法里尔对文学和艺术观点的代言人，指出了民族歌曲“直达人心和感情，后者（外国歌曲）仅是表明自己的听力或趣味，或者可能是表现听众的无知”[②]。更重要的是，意大利咏叹调在法里尔看来，缺乏感情和变化，没有苏格兰歌曲的自然和质朴的真情。她的主人公往往会选择彭斯的歌来表达这种真挚的感情，比如：玛丽在表明自己的婚姻对象选择时，哼出“我的心儿在高原，我的心不在这里”；葛楚德则勇敢地唱出“你愿做我的爱人吗”；英格兰姑娘艾米莉面对旧日的朋友莱诺克斯唱起了《昔日的时光》。

民族音乐是适合民族地域和传统的音乐，虽然的确有些源自乡间的歌词不可避免地有些粗俗，但对用心而不是用耳朵来听的人来说，这种音乐无比美妙怡人。法里尔非常擅长用不同的音乐形式表现主人

① Susan Ferrier, The Inheritance, V3, P18.
② Ibid, P19.

公的性格和教养。朱丽安娜第一次参加格兰芬城堡的饭后聚会，哼唱威尼斯歌剧的小调，甚至借此挑衅道格拉斯夫人。前面我们已经谈到，欣赏音乐在18、19世纪是一种品位高雅的象征，朱丽安娜此意不外是炫耀自己的地位，借此贬低苏格兰人。道格拉斯夫人则在权衡之下选择用纯正的苏格兰语演唱一首高地曲子，约翰·莱顿的《麦克格里高尔的秋天》。众人兴致勃勃地准备跳舞时，欢快的苏格兰乡间小调和尖利的风笛声竟然将朱丽安娜吓得魂飞魄散，搅了大家的兴致。法里尔指出，道格拉斯夫人虽然也在伦敦受教育，但她的心始终是苏格兰人的心，使她能够在苏格兰乡间安定幸福地生活。朱丽安娜的性格则是伦敦奢侈浮华的社会中形成的自私和自我的象征，注定要回到伦敦。可以发现，在法里尔笔下，愿意演唱苏格兰歌曲的人都是正面形象，比如玛丽、道格拉斯夫人、艾米莉、葛楚德、林赛和布莱克小姐。

（三）自然与同情

“自然”是法里尔最珍视的一种品质。苏珊·法里尔为我们勾勒了启蒙思想影响下苏格兰的教育方向，突出天性、强调理性以及对人类思想的思考，承担道德责任，思考道德问题。

“自然”也是玛丽在苏格兰所受教育方式的一个关键词。在感性却理智的养母道格拉斯夫人的教育方法之中始终贯穿着爱与正确的引导。她一方面强调人在社会中应该承担的道德责任与奉献的义务，一方面鼓励玛丽独立自主地在舞蹈、歌唱和绘画方面发展。法里尔强调，玛丽没有像上层社会淑女们那样接受全面的、正规的艺术教育，却成就斐然，这得益于她天性自然、敏感和独特的品味。[①] 比如，姑祖母格丽兹的话非常鲜明地指出了玛丽所受的教育与传统的女性教育的区别。她说，比起自己与其他女孩子在玛丽这个年纪所受的编织、绘画等教育，玛丽的画显得太随意，就像孩子画的一样，简直“没有一幅可以装裱进画框。只不过是些粉笔划出的线条，任何一个孩子都可能会这样画”[②]。与那些过于精细逼真的作品相比，玛丽的作品显得十分粗糙，但是表达了自由和自然，不受陈规的束缚。

① Susan Ferrier, Marriage, PP158-159.
② Ibid, P162.

另一方面，玛丽彻底摆脱了姑妈和老姑祖母们的生活方式——无休止地编织袜子、指责佣人、修剪花束、粘瓷器、喋喋不休地闲聊，也意味着摆脱了苏格兰女性封闭、无知的命运。比如姑妈和祖母们世代学习缝制的“格兰芬的项圈”，无疑是一种将女性束缚在家庭之中的象征。法里尔发现了女性生活中面对的残酷的桎梏，但她只是希望用教育打破这种束缚，却没有对男性的自由和权利提出更多的质疑。

艾米莉是法里尔作品中最激进的一个人物形象，她身上似乎保留着法里尔早期的革命精神。她与阿德莱德一样在朱丽安娜的安排下受教育，拥有同样的法国和意大利家庭教师，同样对宗教一无所知，对时尚了如指掌。但是，艾米莉的独立地位（朱丽安娜携女儿阿德莱德寄居哥哥家）使她避免了阿德莱德的骄傲、虚荣和冷漠。她崇尚自由，喜欢真实和自然，痛恨虚伪的礼节和伪装的感情，同时又言辞尖刻、毫不留情。她痛恨女性甘当玩偶：

> 啊！仅仅当个小姐多么乏味！温柔地装笑的物品，粉红的脸颊、丰美的头发、时髦的衣服——眼睛除了盯着情人之外一无所顾——耳朵除了谄媚之辞一无所闻——品味除了舞会一无所有——大脑根本什么也不想！①

艾米莉的评价一方面是对女性自身的不觉醒的批判，是一种怒其不争的立场。生活在这种状态下的女性，不再是具有独立人格的人，甚至不再是一种生物，仅仅是毫无生命力的“物品”。另一方面，对“自然”的推崇还可以从艾米莉对恋人爱德华·道格拉斯的评价中窥见一二。玛丽的弟弟爱德华是个船员，自小跟随母亲长大，性格开朗、乐观、俏皮。但是玛丽发现他的思想缺乏内涵，观点十分浅薄，以艾米莉的才华竟然会爱这样一个男性，玛丽对此十分不解。艾米莉的解释则是，爱德华观点浅薄，但是至少他不虚伪造作。她并非因为被爱蒙蔽了双眼才忽视了他的缺点，她所爱的是爱德华的全部，甚至包括他

① Susan Ferrier, Marriage, P285.

的缺点，因为“他的缺点是真实的、真正的、自然的缺点；而且，在这样一个装模作样的年代里，能遇见一个自然的生物多么清新宜人啊”①。

不过，在法里尔看来，艾米莉与玛丽相比，过于放纵自我的感觉，缺乏“同情”。“同情”（sympathy）是“自然”之外，法里尔在《婚姻》中格外强调的一个概念。这种“同情”不是单纯对他人的悲惨状况产生怜悯之情。那么是什么呢？艾米莉在小说中也向玛丽提出了同样的问题。拜访莱诺克斯夫人之前和之后，两个人就这个问题展开了探讨：

> “我不是很明白所谓同情的那种神秘感情的本质。每当我去拜访莱诺克斯太太的时候，总会让我哭一场，而我则试图让她笑出来——那就是你所谓的同情吗？”
>
> 玛丽笑了，摇了摇头。
>
> “那么，我猜测，擤鼻涕和读《圣经》？那是同情吗？要不同情到底是什么？”

玛丽无法确切地给“同情”下个定义。在最后一刻，艾米莉很无所谓地说：

> “来吧，再为你的莱诺克斯叹最后一口气，为林多展开第一个笑容吧。”玛丽则答道，“这就是同情啊。”

“同情”是苏格兰启蒙运动中非常重要的一个概念，也是亚当·斯密的《道德情感论》中最基本的概念，被认为是整个社会道德感产生的基础。他认为，人要通过想象和换位思考才能与他人的情感产生共鸣，或产生相同的情感。所以艾米莉的试图取悦莱诺克斯太太或和她做一样的事情，不是同情；只有当她为林多考虑，想象他的到来会产生的喜悦场景时，才真正地表现出同情的内涵。玛丽和道格拉斯夫人

① Susan Ferrier, Marriage, P484.

正是凭着这种同情心，无论在苏格兰高地还是伦敦，都能设身处地为他人着想，不像艾米莉那样言辞激烈，也不像阿德莱德和朱丽安娜那样冷漠。其实，同时期的女作家克里斯蒂安·伊索贝尔·约翰斯通的著作《阿尔宾族》也曾对“同情”给予特别关注。比如主人公诺曼，作者特意指出他只能为弗洛拉的痛苦而悲伤，却无法产生“同情”，因为他永远不可能处于女性的地位（即使两个人从小一起长大也不能）；面对伯克混乱的民族情感和观念，他却天然地产生了“同情”，这是因为他也处于和伯克同样的状况甚至同样的立场之下。

在玛丽所置身的伦敦社会中，她所遇见的人，包括艾米莉都无法理解“同情”的涵义，或者根本无法产生这种感情。这就是法里尔所谓经济的繁荣与文明的发达并不意味着道德的高尚。“同情”是社会道德感产生的重要基础，伦敦却没有这种基础，又何谈道德呢？

（四）感伤主义与道德败坏

在法里尔看来，弗里德里克·林多与阿德莱德·道格拉斯（《婚姻》）、葛楚德与德尔莫上校（《遗产》）都是浪漫主义激情的产物；而林多与阿德莱德不顾后果私奔法国的行为，更是感伤主义小说的不良影响的表现。林多与德尔莫上校不同，他对周围的一切都以一种淡漠的态度对待，并非花花公子一般到处与女孩子调情的人。他们的私奔是两个不懂得如何去爱他人的年轻人由于漫不经心和自恋虚荣，而犯下的双重错误。阿德莱德因为虚荣的缘故，放弃对林多的爱，投入老伯爵的怀抱，证明那婚姻不过是一场画眉鸟为锦衣玉食而自投罗网的悲剧。不出三周，阿德莱德便无法忍受毫无共同语言的枯燥生活、如古董般陈旧的生活习惯，更加意识到林多的可贵。《新爱洛伊丝》是两个人私奔之前共同阅读的小说。法里尔暗示，正是这本书为他们旧情复燃、私奔法国提供了依据。然而，他们的行为由于冲动和自私，完全没有朱丽叶和圣普乐的道德层面的价值。德尔莫上校对葛楚德虽然一半是调情，但至少还有一半真情在内，但这一半真情面对葛楚德并非罗斯维尔庄园继承人时就彻底消失了。法里尔对法国小说、戏剧似乎都怀有一种民族主义的偏见。对法国风尚了如指掌的德尔莫上校、久居法国且最终又返回法国的圣克莱尔夫人与朱丽安娜和阿德莱德一样，在法国找到了适合自己生活的土壤，选择了一去不返。

私奔的例子全部出现在伦敦。朱丽安娜似乎就是根源，她不愿嫁给年纪老迈的公爵为妻，与道格拉斯私奔苏格兰；她又因为无法忍受高地的寂寞和清苦，重返伦敦，奢华的生活导致丈夫道格拉斯被迫前往印度谋求生路、病死异乡。她的女儿阿德莱德就是在她的教育下变得虚荣、自私，也是在她的推动下走上了她曾经拒绝的道路——嫁给一位年老体衰的贵族，进而走上了私奔异国的道路。阿德莱德的舅母，艾米莉的母亲科特兰伯爵夫人也在早年抛下年幼的子女与人私奔。小说中出现的三个私奔的例子，全部出现在伦敦的这个家庭，说明什么呢？法里尔从叙事者的角度分析，这是失败的家庭教育和道德沦丧的伦敦社会造成的必然结果。法里尔对感情上的放纵深恶痛绝，这也是她赞赏道格拉斯夫人的教育方式的原因。道格拉斯夫人对玛丽的教育，在保存其天性和创造力的基础上，强化了自制力和为他人牺牲的美德。

（五）爱情与婚姻

艾米莉对未来婚姻的设想已经上升到比较深刻的境界。艾米莉表示，她关注的是婚姻中女性的地位。假如她结婚，丈夫和她应该分享更公平的地位，因为尽管男人是一种理性的生物，但是他应该知道并认可女性也一样——有时候——理智。男人总是自以为理智，从而认为女性是愚蠢的，想在婚姻中树立威严，让孩子们害怕、妻子们崇拜。[①]然而玛丽认为幸福婚姻的基础应该是美德和心心相印（"同情"），她认为过于强调独立性可能会导致自私狂妄的波士顿太太式的荒谬。

法里尔通过对各种婚姻状态之中的女性生活的描写，表现出对婚姻的极度失望。既有在爱丁堡乡间高否先生夫妇生活方式的极端对立，也有伦敦普仁斯太太对家务的严苛要求带来的普仁斯先生生活上的不便，更有将婚姻生活当作一场秀来演出的苏弗顿女士。更不要说朱丽安娜与道格拉斯或阿德莱德与老伯爵的婚姻生活都不啻是一场灾难。这些灾难不仅仅是由这些荒诞可笑的女性带来的。

伦敦社会的繁荣造就了奢侈和攀比之风，一切行为都蒙上了虚伪

① Susan Ferrier, Marriage, P385.

的阴影。玛丽充满期待的伦敦之行，整体弥漫着一种失望的阴影。法里尔笔下的伦敦社交圈中，我们看到的形形色色的男性，都呈现出某种病态。比如科特兰伯爵生性冷淡，由于妻子卷走财产与人私奔而变得更加淡漠，从来没有对任何事情表现出热情；赖在伯爵家骗吃骗喝的莱德吉尔医生庸俗、势利、自私，极端鄙视女性的智力；阿尔塔蒙特公爵自私、愚蠢、独裁、守旧，将妻子当作私人物品看待。年轻的男子也呈现出某些缺陷，比如林多漫不经心、莱特善良懦弱、爱德华热情但不够机智。但是相比之下，具有苏格兰血统的男子表现出更优异的品质。道格拉斯先生彬彬有礼、冷静理智。莱诺克斯更是作者笔下最完美的形象：他不但生性理智、谨慎，同时也有道格拉斯先生欠缺的对爱的感受力；他在战场上英勇无畏，对母亲敬爱有加；他孜孜不倦地追求爱情，又对别人一贯鄙视的小人物表现出周到的礼节和尊重。用艾米莉的话说，“能见到一个既不是傻子又不是花花公子的帅哥真让人神清气爽”[①]。

这一切都因为莱诺克斯属于“半个高地人”。苏珊·法里尔对苏格兰高地文化有着近乎偏执的喜爱，她曾在一封给朋友的信中提到：“你知道我对高地绅士有偏爱……”[②]这种偏爱，是整个苏格兰文化中对更具有原生性的传统的偏爱。众所周知，19 世纪的苏格兰小说中，高地几乎成为苏格兰传统的代名词。在面对英格兰政治合并、经济入侵、文化威胁之时，高地成了最后一块可以保存和发掘自身文化传统的净土。司各特出于特殊的考虑，将作品中的婚姻以英格兰男子和苏格兰女子的模式固定下来。但是，法里尔摒弃了小说的政治层面的关注，仅从道德品质角度考虑，发现苏格兰男子比英格兰男子更理想。其实，早在作品的第一卷，玛丽就宣布自己要嫁就嫁真正的苏格兰高地人，“一个穿着花格呢、佩着短剑，有预见能力的人”[③]。追求玛丽的两个男子——莱特和莱诺克斯都有品质上的优异之处。但是莱特对母亲的过度顺从，压制了他的男性气质，玛丽虽然对他的绅士风度和友好态

① Susan Ferrier, Marriage, P353.

② John A. Doyle ed., Memoir and Correspondence of Susan Ferrier (1782—1854), London: John Murray, Albemarle Street, 1898. P39.

③ Susan Ferrier, Marriage, P216.

度表示好感，却宁愿选择仅有小笔财产的莱诺克斯。这暗合此前玛丽随同道格拉斯先生到爱丁堡拜访麦克沙克太太时埋下的伏笔。麦克沙克太太赠予玛丽钻石耳坠时就强调：“他们必须是苏格兰人。如果让我知道你嫁给了一个英国布丁，魔鬼就会把我送给你的东西拿走。”①

第三节　克里斯蒂安·伊索贝尔·约翰斯通《阿尔宾族：一个民族故事》

一、克里斯蒂安·伊索贝尔·约翰斯通生平与著作

克里斯蒂安·伊索贝尔·约翰斯通（1781—1857）与前面我们所讨论过的女作家截然不同。她曾批判玛丽·布朗顿作品中提倡的所谓“女性道德”，又曾毫不留情地批判玛丽亚·埃奇沃斯的作品，认为她的创作是为资产阶级和上流社会而作，完全没有抓住爱尔兰真正的民族性，甚至不能算一个爱尔兰民族作家。她还曾写下大量关于讨论社会问题和政治现实的文章，言辞犀利，是托马斯·德·昆西认定以写作为职业而非乐趣的作家，也是卡莱尔心目中“善良而勇敢的女士”、“极少数将激进主义付诸实践的拥护者”②。克里斯蒂安·伊索贝尔·约翰斯通出生于1781年，16岁时嫁给一位名叫托马斯·麦克科雷什的爱丁堡印刷商。两人于1805年分居，1814年离婚。1815年克里斯蒂安再婚，嫁给了原为邓弗姆林学校校长的约翰·约翰斯通，后来他也成为爱丁堡的一位印刷商。克里斯蒂安的第二次婚姻十分幸福长久，也是她文学生涯最富生命力的时期。爱丁堡当时是英国北方的文化大都市，有“雅典”的美誉。文化产品与商业模式的成功结合，促使各种期刊杂志如雨后春笋般繁荣起来，出版了大量文学作品。司各特可以说是第一个结合了商人与作家身份的成功的范例。一个作家

---

① Susan Ferrier, Marriage, P220.

② Ralph Jessup, “Margaret Oliphant, Christian Isobel Johnstone,” A History of Scottish Women's Writing, edited by Douglas Gifford and Dorothy McMillan, Edinburgh: Edinburgh University Press, 1997. P224.

完全可以依靠自己出色的讲故事的才能脱离庇护制，成功地谋生甚至获得巨大财富。这从精神上极大地激励了爱丁堡及整个苏格兰的文人投身创作大潮，以期改变现状或实现理想。约翰斯通性格大胆积极，常常勇敢尝试创新，因此她的文学生涯远远超出一个"作家"或"评论家"的范围。

克里斯蒂安的文学生涯大致可以分为两部分，第一个时期是小说创作，她创作了一大批小说作品，其中包括最著名的《阿尔宾族：一个民族故事》（1815）和《伊丽莎白·德·布鲁斯》（1827）。克里斯蒂安的小说作家身份属于浪漫主义时期；第二个时期可以从1832年约翰斯通夫妇创办杂志开始直到克里斯蒂安去世。这个时期，由于印刷业受到严重打击（司各特是最著名的一个债务人），爱丁堡作为小说印刷与创作中心的地位不断下滑。1832年后，多数作家如威尔森、洛克哈特等人已经成了专业的期刊撰稿人，几乎不再涉足小说创作。约翰斯通也于1827年《伊丽莎白·德·布鲁斯》的出版不及《阿尔宾族：一个民族故事》成功之后，将重心转向了期刊。1832年，克里斯蒂安与丈夫一起创办了《约翰斯通的爱丁堡杂志》，由于财政困难后来与威廉·泰特的杂志合并为《泰特的爱丁堡杂志》。此后，她实际上承担了文学版面的编辑工作，同时也是主要的撰稿人之一，发表了大量的文学评论。此前，她也曾为当时影响巨大的《布莱克伍德的爱丁堡杂志》撰写过稿件，是"维多利亚时期重要期刊的第一位有偿的女性编辑"①。

此外，克里斯蒂安还曾发表过很多非小说作品，比如《撒克逊和盖尔》（1814）、《爱尔兰农民的真实故事》（1838）。非常有意思的是，她署名玛格丽特·多兹的《烹调与家庭主妇手册》（1826），尝试将小说与指南两种完全不同的体裁相结合，将司各特和法里尔笔下的人物和苏格兰传统食谱融合，引起了人们极大的兴趣，成为她最畅销的作品，"在1857年去世之前已经印刷了第十版"②。当然，大部分作品都是匿名印刷发行的。直到她晚年出版《爱丁堡故事集》（1846）开始才署上真名。

---

① Ian Duncan, Scott's Shadow, P298.

② Ibid, P289.

在当时的爱丁堡，克里斯蒂安不但多才多艺、勇于创新，更可谓卓尔不群、惊世骇俗。从玛丽·布朗顿、苏珊·法里尔的作品及处世态度都可看出，女性在文学领域的地位正在不断地消退。她们的创作也停留在暴露而不揭露问题、提出而不讨论问题的层次，只敢小心翼翼地在道德问题上展开讨论，而避免对社会问题提出质疑。尽管和约翰斯通是同时代的作家，法里尔虽然在当时也久负盛名，却仅以三部小说流传，也从来没有为出版社的杂志撰稿。[①]她尽量避免发表公开的言论，避开公众的关注，甚至时时排斥自己的“作家”身份。克里斯蒂安虽然大部分作品也是匿名或以笔名发表，其敏锐的政治意识和强烈的正义感促使她敢于触碰敏感的政治和现实问题，而不是囿于道德说教或描摹浪漫的爱情故事。在浪漫主义时期的苏格兰诸多女作家之中，甚至在整个不列颠的女作家群体之中，克里斯蒂安都以勇于直面现实而著称。作为维多利亚时期的女编辑和评论家，她文风多变，激情洋溢，同时关心女性的地位问题。性的问题在当时可谓避之唯恐不及，女作家极少敢涉足这个话题。克里斯蒂安对此却表现出无所畏惧的精神，并借此扩展到婚姻和恋爱的激情上。她曾大声疾呼“婚姻乃天堂所定”，坚决反对包办婚姻，认为爱或性的激情，尽管容易犯错，却是我们所有的唯一的指南：

> 以上帝的名义，为爱而结婚，凡是结婚的人都够傻！爱则是迈出这荒谬一步的唯一歉意。激情燃烧的、无法控制的感情将两个人融化为一体；为获得灵魂、肉体和利益的合体而不断地斗争，直至本性屈服才满意；但也可证明这个无法松绑之结终于绑紧。这是疯狂，但这是一种符合自然秩序的疯狂，必须执行的疯狂。给那些不幸的、踟蹰于暴风雨的重负之下的人们的唯一建议，就是尽可能地保持头脑清醒——尽可能地像理智的人那样交谈和行动——不断地提醒自己生活在一个梦想中的世界里，因为他们有

① 法里尔小说的出版商是著名的布莱克伍德，他麾下聚集了一大批年轻作家，其中詹姆斯·霍格、约翰·高尔特、洛克哈特和约翰·威尔森都同时是《布莱克伍德的爱丁堡杂志》的撰稿人。

> 一天终会从梦中醒来，唯有如此才能保证当耀眼夺目的幻想逐渐退却，当他们返回现实世界时，不那么震惊……人生中总会有一段时光会在闲暇之中产生令人危险不安的想法；那些莫名的悸动和憧憬被唤醒，它们模糊不清而又无法言说，威力强大而令人无所适从，会在此期间形成动荡的、活跃的爱的温床和华盖。如果没有一种足以让思想走出自我的指导，就会不可避免地导致毁灭。我们文学的基调、日常对话的总趋向，就增加了这种危险。[①]

约翰斯通对社会现实的直接批判多半是通过后期发表在期刊杂志上的文章，奴隶贸易、济贫法、爱尔兰问题、教派冲突等问题都曾出现在她笔下。但是这些问题的思考并非从19世纪30年代以后开始的，尽管那时候她的思想可能更成熟、更系统。她的小说代表作《阿尔宾族：一个民族故事》早在1815年，甚至更早之前就已经提出了社会的种种问题和弊端。小说各卷分别以苏格兰、英格兰、爱尔兰、法国、西班牙等地为背景，全方位地展现了18世纪末19世纪初的动荡、战争、暴乱的社会现实。小说以爱情罗曼史为线索，揭露了苏格兰高地被压迫、清洗的历史和高地氏族被迫移民海外、离散各地的事实。同时，借奥古斯塔夫人之口批判英国政府不顾民众的利益，将少数人的意志强加于人民头上，造成背井离乡、饿殍遍地的惨象。约翰斯通在作品中提出了一个发人深省的问题：如果政治利益不等同于民众福祉，那么政府存在的意义是什么？由于高地移民主要流向了美洲，奥古斯塔又大胆地提出期望——希望那里的政府更自由，能让这些移民历经痛苦挣扎之后获得平淡的幸福。同时，对政府质疑的力度通过1798年起义被镇压之后爱尔兰人民更加悲惨的生活现状进一步加强。她以“叛国者”菲利姆·伯克的个案提出了爱尔兰的民族身份问题，“背叛”与“爱国”这两个概念的冲突引人深思。反过来说，存在这种反抗压迫可能性的苏格兰高地的诺曼·麦克阿尔宾及苏格兰军团的各级军官

① Ralph Jessup, “Margaret Oliphant, Christian Isobel Johnstone,” in A History of Scottish Women’s Writing, edited by Douglas Gifford and Dorothy McMillan, Edinburgh: Edinburgh University Press, 1997. P225.

和士兵们为何能坚持效力不列颠军队并埋骨他乡，约翰斯通都通过对事件的描写和人物形象的塑造尝试给出答案。小说中还通过对半岛战争的描写，揭露战争的残酷和血腥与人民的幸福背道而驰，细节描写部分甚至令人想起《静静的顿河》中的战斗场面。

与司各特借历史事件映射现实不同，约翰斯通笔下的“历史”不过十年或二十年之遥，虽然1745年复辟也是故事的重要起因之一，但此后苏格兰高地的现实和人民的生活及民族的未来才是她更关注的问题。同样，司各特在一系列作品中的政治隐喻，即以英格兰男子与苏格兰女子的婚姻表明联合主义的立场和强调两个王国人民之间的紧密联系，在约翰斯通这里则是截然不同的一种表现。

小说出版时的副标题是“民族故事”（national tale），其实暗示其内容与当时颇为流行的爱尔兰民族故事的题材相近。民族故事，如今一般特指18世纪末19世纪初英国的爱尔兰小说，也可推及欧洲、美国等地出现的具有民族主义色彩的小说或叙事作品。“民族故事”的创作者多数为爱尔兰作家，如摩根夫人、玛丽亚·埃奇沃思、查尔斯·马图林（Charles Maturin）等人，致力于在作品中探讨苏格兰、爱尔兰与英格兰及整个不列颠帝国之间的关系。从创作的艺术水平来看，这些作品多数属于二流小说之列，难以摆脱流浪汉小说或成长小说的形式。但毋庸置疑的是，“民族故事”这种文体的出现为司各特的“历史小说”、“苏格兰小说”提供了素材和方向。而司各特在1814年出版的第一部小说《威弗莱——六十年之前》表明，他创作的是“小说”，而不是“虚构故事”，试图划清自己与哥特小说和当时部分虚构杜撰的民族故事的界限。约翰斯通在1815年出版的《阿尔宾族：一个民族故事》却特意加上了“一个民族故事”的副标题，可谓意味深长。一方面，这是克里斯蒂安为了表明《阿尔宾族：一个民族故事》虽紧随《威弗莱》之后出版、且都涉及苏格兰高地，却并非抄袭或跟风之作。如约翰斯通还特意以编辑者的身份写下一则《公告》，在说明小说的内容和主题的同时还指出，小说的创作和出版其实“早在那个意气风发的伊沃族历史学家之前”（即《威弗莱》中描写的高地氏族麦克伊沃族）[①]。另一方面，“民族故事”可以更明确地指出她的创作意图——这是一部为民族而作的小说。英格兰一方在作品中几乎均以政客、压迫者和失策的统帅的面目出现。约翰斯通似乎更希望强调苏格兰高地与爱尔兰人民之间的相似之处，除了语言（盖尔语与凯尔特同源）、习俗和性格上类似，更有现实的共同利益。诺曼·麦克阿尔宾的身世及其与曾在高地流浪的爱尔兰康奈尔祖孙两个人的关系，以及诺曼与爱尔兰少女莫尼米亚的婚姻都强调了爱尔兰人民与苏格兰高地之间血浓于水的亲情关系，再次提出不列颠帝国之内英格兰对苏格兰（特别是高地）和爱尔兰的“殖民”问题。菲利姆·伯克的“叛国罪”与司各特的《威弗莱》中高地首领麦克伊沃被执行绞刑一样令观者并非心怀对受刑者的愤怒，而是对这样一个人物死去的沉重和惋惜，以及对现存制度的怀疑。然而，司各特强调法律对待高地氏族的“不公”，因此实际上认可了高地被英国统治的现实。约翰斯通则借伯克之口指出爱尔兰人的肉体虽可被英国人自由处置，“自由和爱尔兰精神”却会长存。

不过，无论约翰斯通的立场如何激进，她始终无法为那些受压迫的士兵、流离失所的民众指出一个明确的方向。从结局来看，她安排了一个高地峡谷作为收留这些贫苦无依的、来自社会各阶层的民众的“伊甸园”，希望教育能改变高地人民被欺凌和侮辱的局面。

二、质疑与颠覆——《阿尔宾族：一个民族故事》

（一）《阿尔宾族：一个民族故事》的内容

《阿尔宾族：一个民族故事》的故事开场非常类似于彭斯的长篇叙事诗《汤姆·奥·桑特》。狂风暴雨之夜，一个醉醺醺的高地汉子从集市和酒馆返家，在漆黑泥泞的路上不时被鬼魂的幻象、自家狗的狂吠和老马的止步不前吓得魂飞魄散，还要不断地想着如何向长老忏悔自己贪杯的罪行，更要考虑怎样让家里的婆娘饶了自己。他在这种夜晚救下一个神秘女子，谁知她生下一个男婴之后就撒手人寰，至于她姓

① Christian Isobel Johnstone, Clan-Albin: A National Tale. Glasgow: University of Glasgow, 2003. P1.

甚名谁又来自哪里，人们完全不得而知。而这一夜出现的女性都将是男婴此后人生中的重要人物，后来被诺曼称为“小妈妈”的玛丽、将近 90 岁的老姆妈和“母亲”奥古斯塔女士。

第一卷就是关于“陌生人”所生的男婴被隐居格伦阿尔宾（即阿尔宾谷）的湖中小岛艾琳纳琳的奥古斯塔女士收养，并以她死去的哥哥的名字命名为诺曼·麦克阿尔宾。这个男孩在高地成长、受教育。然而高地贫困但宁静的幸福生活在诺曼 18 岁时举行的一场狂欢中戛然而止。邓阿尔宾村的地主为了实现利润最大化，不顾佃农们的苦苦哀求将土地租给他人用来牧羊。这些世代居住于苏格兰高地的居民被迫寻求其他出路，除了老姆妈、风笛手休、奥古斯塔女士和诺曼之外，都踏上了漫漫移民之路。随后，伦敦的蒙塔古先生带着他哥哥的寡妇、爱尔兰少女莫尼米亚住到了邓阿尔宾城堡。莫尼米亚与艾琳纳琳的居民结下了温暖的友谊，而代表一个“新阶级”的蒙泰古先生和戈登一家站在了古老的高地文化和自然风光的对立面。从爱尔兰一直流浪卖唱来到高地的双目失明的费茨康纳尔老人与小玛丽触动了莫尼米亚的心弦，她收养了身世与自己很相似的玛丽。

第二卷，伪装高地贵族出身的戈登一家，特别是阿奇巴尔德·戈登怀着财色兼收的目的，追随莫尼米亚来到高地。他强烈的占有欲和毫无道德感的丑陋本性在一次山地游猎中暴露无遗，不但对诺曼的救命之恩倍感羞辱，并且偷走了诺曼心爱的狼狗卢斯。面对高地的困境，诺曼挺身而出，承担了一个男子汉的责任。解决了布坎南被逼债、好友弗洛拉面临抵债的威胁之后，他选择了离家参军。军队驻扎都柏林，诺曼与德鲁蒙德结成好友，经历了勇敢、英俊而又乐观的爱尔兰士兵菲利姆·伯克被阿奇巴尔德·戈登陷害和报复进而失踪的事件。诺曼试图在自己的军营中改变赌博、酗酒和争吵不休的局面，开展了读书的活动，并辅导两个士兵拼写。正当这种风气开始在各营帐间普及时，戈登再一次进行破坏，并再次迁怒于诺曼。

第三卷，军队的一次检阅活动中，诺曼幸运地见到久已失去联系的莫尼米亚，双方才得知由于戈登夫人的诡计，彼此的信件从未到达过。莫尼米亚寄宿于伯父格兰维尔家。在约翰斯通的笔下，爱尔兰贵族分为两类，一种就是因参与争取独立和自由的起义而被血腥镇压和剥夺财产的康奈尔家族，另一种就是格兰维尔，以置身于国会而自豪、用虚荣葬送和出卖爱尔兰的贵族地主阶层。偶然中，诺曼得知伯克是自己的表兄，而母亲正是小玛丽·费茨康奈尔的姑妈杰拉尔丁·费茨康奈尔，他因此开始追查父亲的下落。

第四卷，英国军队被派往西班牙与法国军队作战。战争中，诺曼经历了暂时的胜利和可怕的大撤退。虽然在摩尔将军的指挥下英国军队最终战胜了法国人，战争的血腥和造成的伤亡与离散却让诺曼逐渐从对战争和爱国主义的狂热中清醒过来。同时，好友菲利姆·伯克突然在法国军队中以军官的身份出现更是对他当头一击，迫使他开始思考"爱国"与"叛国"的问题。在寻找弗洛拉的过程中，诺曼和西班牙抗击法国的游击队相遇，在失火的城堡中差一点被父亲卡斯蒂扬杀死。原来，诺曼是奥古斯塔女士的孙子，卡斯蒂扬就是当年被法国女伯爵抢走的儿子，如今担任西班牙抗法游击队的指挥。卡斯蒂扬将财产分配安排好之后，死在杀敌的战场上。诺曼回到邓阿尔宾，与莫尼米亚结婚，并成为那片土地的主人和老姆妈口中的"族长"，将那里打造成一个现代"伊甸园"，接纳了来自各民族的流离失所的人。

第一卷中闯入偏僻、封闭的苏格兰高地的"陌生人"（stranger）具有强烈的象征意义。尽管高地生活要到十八年后才发生彻底的变化，陌生人的到来已经带来了变化的信号。陌生的女子如何会闯入这一向偏僻的山地，这个谜直到最后一章才能解开。尽管约翰斯通的叙事表明，仅是沉船事件导致诺曼的母亲杰拉尔丁·康奈尔来到高地，但这似乎又是冥冥之中的安排，将孙子送到祖母身边。"陌生人"最后被证明并非真正的陌生人，高地与爱尔兰之间的血缘关系并非直到诺曼与莫尼米亚结婚才建立起来。

（二）改良与教育

《阿尔宾族：一个民族故事》很少涉及当时女作家作品中频繁出现的道德主题，将矛头直接对准了民族身份问题。不过这部作品与玛丽亚·埃奇沃斯或伊丽莎白·汉密尔顿等作家笔下的涉及民族问题的小说又存在根本的不同。汉密尔顿在《住在格兰伯尼农舍的人》中所表现的就是文明的理想对于提高和改善苏格兰高地的修养和风俗的作用，这是一种普遍的对于改造“野蛮不开化”的世界的理解。[①]即便是埃奇沃斯的小说也没有脱离这种范式，企图用文明社会的标准改善和提高“野蛮”地区的文化和习俗，才能将其与文明社会放到对等的地位来衡量，从而使其被文明世界接纳和理解。约翰斯通的作品中也常常出现“improvement”这个词。

奥古斯塔女士作为最后一位真正意义上的阿尔宾族长幸存的后代，15 岁就被送到法国接受宫廷教育。然而，她的回忆表明她对那段虚荣和奢靡的日子充满了无限的悔恨。当她经历种种磨难之后最终回到高地隐居时，她在艾琳纳琳小岛上的房子与高地的农舍共存共生。虽然她曾希望风笛手休好好接受教育，从而得以与高地之外的世界沟通；她给玛丽的结婚礼物茶、糖及“邓阿尔宾村从来没见过的一套茶具”[②]，她作为一个“代表了奥古斯都时代的理性”，却不是一个强行推行自己价值观的人，从未利用自己巨大的影响力改变村民，只是尽其所能为大家提供医疗、教育和与外界沟通的帮助。甚至她从未提到过“改善”这个词。显然，被打上“现代”标签的英格兰人迈尔斯·蒙塔古一来到高地就意图“改善”。他是暴富的中产阶级的代表，矮小、滚圆、打扮得一丝不苟，但是思想上无知、粗俗、偏见，同时又因为拥有财富而傲慢无理，自以为有钱就可以位列文明的上流社会，是“一个新种类（阶层）”、“邓阿尔宾的现代居民”[③]。他震惊于老姆妈棚屋，更震惊于她使用的语言，质疑她“怎么可能以这么一种古怪的、过时的方式生活”。他对奥古斯塔女士直言不讳地说：“在伦敦生活了五十年，突然来到这么野蛮的乡下地方，没有市场，没有道路，没有桥梁，没有邻居；一切都不再是自己生活的方式——我告诉你吧，一切都非常不自在、不舒服。”[④]

因此蒙塔古来到邓阿尔宾不久，就对所居住的古代城堡作了“改善”，得意洋洋地向客人们展示“养禽场和猪圈”、“刷成白色的篱笆和

① Ian Duncan, Scott's Shadow, P43.
② Christian Isobel Johnstone, Clan-Albin: A National Tale, P43.
③ Ibid, P112.
④ Ibid, P113.

小门”，还打算对这里彻底清理，把藤蔓和野花全部清理干净，甚至打算把整个城堡粉刷成白色，让这里变得“整洁而舒适”①。这种实践和设想被莫尼米亚讽刺为“英式改良的丰碑”②。几百年来高地居民安静而幸福的生活，被“入侵者”彻底破坏了。所谓“文明”坚决地站在“野蛮”的对立面。佃农由于无法续租而被迫背井离乡前往美国寻找一线生机，留下的几个老弱根本无力阻止即将到来的羊群。同时代的作家詹姆斯·霍格就在自传中记录过这种状况，1803 年他为了寻找一个合适的牧场而去了高地，在阿索斯公爵的产业上，他曾与人交谈，“十九个佃农为一个人让路，迁出了公爵的田地，那个人就占了所有他们曾经合家欢乐、幸福生活的地方”③。约翰斯通比霍格更敏锐地意识到“文明”社会对高地的入侵。当他们以文明的眼光看待传统的、古老的生活方式的时候，真正表现出野蛮和无知的正是这群来自城市的、来自文明社会的人——比如戈登一家和蒙塔古。

显然约翰斯通对“改良”的态度仍然不乏矛盾之处，她希望在不破坏原始风俗的基础上，通过受教育的方式增强高地居民面临风险时的生存能力。如风笛手休不但忠诚、爽朗、能干，还会演奏各种乐器，熟知各种歌谣，是邓阿尔宾最出色的猎人和渔夫，熟知高地的每一个角落和每个氏族。然而，由于他不愿意学习知识，让奥古斯塔女士深感失望，更成为他在危难时刻无法成为英雄的原因。他受女士之托携带首饰前往格拉斯哥，却因语言不通被投入监狱。这也是高地无法抵御外界入侵的重要原因，化解危机的是诺曼，弗洛拉终未被戈登一家的狗腿子麦克弗森抢走抵债。

玛丽·沃尔斯通克拉夫特认为，教育将会在时尚和舞厅之外对塑造一个更加有用、有技能的女性起到重要的作用。教育同时也是 19 世纪女性小说作家所关注的一个主要问题。《阿尔宾族：一个民族故事》中弗洛拉的良好品行和莫尼米亚自我保护的能力，在奥古斯塔女士看来都是受过良好教育的结果。但是约翰斯通并未像玛格丽特·奥里芬

① Christian Isobel Johnstone, Clan-Albin: A National Tale, P118.
② Ibid, P119.
③ Gillian Hughes, James Hogg, a Life. Edinburgh: Edinburgh University Press, 2007. P49.

特、乔治·艾略特或勃朗特姐妹一样在作品中努力寻求女性平等的受教育机会。她从更高的层面敏锐地意识到，知识可以成为人类觉醒和自我保护的武器，这不仅仅是针对女性而言的。当诺曼·阿尔宾参军之后失去单独的营帐，从而丧失学习的机会时，主动吸引那些整日打牌、饮酒或赌博度日，常常为了一点小事而大打出手、争端不断的士兵们和他一起学习和分享知识。但是以戈登为代表的军官阶层却严厉斥责这种行为，宣称宁愿自己的士兵是一群“无知的野兽”，因为“一群政治家和读者”不会无条件地服从命令。[①]通过这种方式，约翰斯通揭露了政府的愚民与高压政策。这也为爱尔兰士兵伯克的最终觉醒埋下了伏笔。

（三）战争和政治问题

在揭露现实问题方面，约翰斯通显得比司各特更大胆、直接，也更有力度。约翰斯通借奥古斯塔夫人之口曾发表过两次长篇的评论，一是对政治，二是对战争。当高地佃农由于地主拒绝续租而被迫出走他乡时，她一方面批判了英国政府不顾民众的利益，将少数人的意志强加于人民头上，造成背井离乡、饿殍遍地的惨象，另一方面则指出政策和社会经济学的导向错误：

> 我对王国的政治利益（兴趣）一无所知，但是我认为它们不该与人们的幸福互不相容。倘若任何一个国家的政治繁荣不等同于个人福利——包括相关的改善和内在的凝聚力，我会感到非常遗憾。如果积累财富对国家来说比无数民众的幸福相比更重要的话，纵容奢侈的确应该是件好事。而增加我们的朋友的痛苦的体系的那一部分——让高地变成英格兰的草场——肯定也是好的吧……
>
> ……
>
> 我不想假装自己要为国家的利益操心。我既不是政治家也不是诡辩家。但是我曾见过我的家乡人口繁多而又幸福，现在我只

① Christian Isobel Johnstone, Clan-Albin: A National Tale, P262.

看到一片荒芜。……我们听到了被流放的多数人的痛苦呻吟，看到了他们的眼泪；令人惊讶的现代辉煌成就背后是恐怖和憎恨。[①]

约翰斯通以爱尔兰贵族莫妮米亚的伯父格兰威尔的政治雄心和组织的一次聚会为例，表现了政治现实的丑陋和政客们的无用。莫妮米亚被迫参加了一次宴会，通过伯父介绍给她的六七个国会议员和廷臣，她很快就了解到她的国家……被名利贿赂和出卖了。[②]

如果政治利益不等同于民众福祉，政府存在的意义是什么？这个深刻的问题同样伴随着约翰斯通对战争的质疑。几百年来，由于高地农耕条件恶劣，高地男子沿袭着外出当兵的传统，家里通常留下父母妻儿苦苦等待、艰难度日。约翰斯通过赤裸裸地描写战争的血腥和残酷，揭露了战争对人民生活的巨大戕害，将军事检阅称为一次“谋杀彩排”。从某种意义上讲，约翰斯通对半岛战争的描写再一次回顾了1808年《爱丁堡评论》上发生的关于英国军队是否应该支援西班牙的争论。

但是，诺曼仍然试图从战争中获得属于男人的“荣光”和身份。战争让弗洛拉的丈夫失去了一条胳膊，诺曼却安慰道：“我亲爱的弗洛拉，一点点轻伤换来的是无尽的荣光。”弗洛拉从一个女人的角度，震惊于他的轻描淡写：“一点轻伤！——别告诉我什么荣光！——告诉我克莱格·纪连的情况！哦，荣光对我来说算什么！”[③]诺曼虽然关心弗洛拉的痛苦，却不能感同身受，他仍然心怀为国家民族而战斗的梦想，从而“忽视了那些太经常获得的胜利付出了多么可怕的代价”[④]。这种代价不仅仅包括克莱格·纪连失去的一条胳膊或风笛手休的重伤，还包括黑夜中那些遍地的死尸和没有及时逃走的法国伤兵及深深刺进他们胸膛的刺刀！

约翰斯通向主人公诺曼和我们展现了一幅更加悲惨的画面。由于统帅指挥失误，军队被迫撤退，还没来得及调整，更糟糕的消息传来。

① Christian Isobel Johnstone, Clan-Albin: A National Tale, PP84-85.
② Ibid, P458.
③ Ibid, P427.
④ Ibid, P428.

由于法国军队从马德里派来了大批部队，英国军队被迫再次大规模撤退。约翰斯通指出："撤退……展示了如此黑暗的一幅图景，充斥着疯狂的失望，绝望的勇气，惊人的沮丧和从人类内心迸发出的恐惧，令人震惊，根本无法用同情之情来思考。"①

诺曼不由自主地对比撤退前和撤退时，同一个地区截然不同的两种面貌。他在这个地区旅行时，看到的是一个果实累累、风景如画的幸福之地，如今则是一幅残酷的战争地图："撤退的路线就是在一个崎岖的覆盖冰雪的山地国家，到处被激流阻隔，缺乏供给：撤退的军队同时还暴露在持续不断的狂风暴雨之中，军队还被无数的伤者和病患，痛苦的女人和更加可怜的孩子们所牵扯着。"②当诺曼冒着齐膝深的积雪登上山顶俯视自己走过的路，看到最后一队人缓慢地爬上"令人绝望的路……布满了死尸，'星星点点地染红了雪地'，还有那些绝望无助地躺在地上等死的人"③。

像约翰斯通这样描写战争场面的作家，非常罕见。司各特笔下的战争通常是大场面，极少细致入微地表现个人的痛苦；而同时期的霍格专注于对个人扭曲心灵的刻画，高尔特笔下更是一部波澜不惊的社会风俗史。而约翰斯通不断地强调阴冷、痛苦和伤者的呻吟，加重读者对战争带来的灾难的憎恶和恐惧："啊！啊！战争真是太可怕了！"④林达·科里认为，约翰斯通对战争的描画比起同时期苏格兰的爱国主义绘画，更像西班牙画家戈雅（1746～1828）的《战争的灾难》。约翰斯通对半岛战争的评价表现出她激烈的反战立场，是1808年《爱丁堡评论》上发生的激烈论战的缩影。

诺曼曾向奥古斯塔女士提出一个问题：您认为战争会永远消失吗？奥古斯塔的回答充分表达了约翰斯通对社会发展和人类进步的理解：

我非常希望会这样。社会进步虽然缓慢，但是毕竟在进步。人类的激情常常阻碍社会的前进脚步，有时候还会倒退；但是仍

① Christian Isobel Johnstone, Clan-Albin: A National Tale. P434.
② Ibid, P438.
③ Ibid, P438.
④ Ibid, P428.

然会获得根基。在我有生之年看到人类已经获得了多大的进步，我由衷地感到高兴。我曾见过奴隶获得自由，拷问不再，教育普及，法律改进；曾经让整个欧洲弥漫恐怖气氛的黑暗的宗教裁判所，几乎彻底从那个被它弄的虚弱而羞耻的国家被扫除。无疑很多邪恶势力曾经一度战胜正义，国家和个人一样，会趋利避害；我相信前者是暂时的，而后者是永恒的。在过去的动荡和危险的二十年里，尽管法国人失去了，英国人在痛苦中煎熬，我仍相信人类已经获得了进步。①

尽管战乱令人厌恶，带给民众无尽的痛苦，毕竟人类一直在进步。约翰斯通是一个法国大革命的支持者，尽管拿破仑的对外战争打破了她对法国一贯的认可，但仍然没有改变她对自由和人权的信念。

（四）民族身份问题

虽然作品题名《阿尔宾族》表明是苏格兰高地的故事，爱尔兰的命运却不时地被作者拿出来对照和思考。1715 和 1745 年的复辟已经过去半个多世纪，1798 年的爱尔兰起义成为约翰斯通反观民族主义的现实例证，也成为她激进的民主主义立场的表现。第一卷末尾，爱尔兰女孩莫尼米亚在苏格兰高地的邓阿尔宾城堡居住时，遇到了一对流浪到高地卖唱的费茨康纳尔祖孙两人。

一位双目失明、贫困潦倒、上了年纪的老人带着 6 岁的孙女，倚靠着竖琴，身体虚弱、饥肠辘辘，却将最后一块干硬的面包分成两块，一块给孙女，一块给自己的老狗。颇具讽刺性的是，弗洛拉和莫尼米亚亲眼见到这濒临绝境的祖孙之前，却从门外传来的竖琴声中听到了“某个英勇的骑士化身行吟诗人”、“流浪之子的歌……将人带回了传奇和骑士的年代”②。通过这种方式，约翰斯通暗暗讽刺了司各特的复古浪漫主义诗歌将世风带向远古骑士制度，却无视民众的现实痛苦。约翰斯通在记录老人弹唱的歌谣时，显然借鉴了司各特的《末代行吟诗人之歌》的开场白，但是与司各特的詹姆士主义的感伤完全不同的

① Christian Isobel Johnstone, Clan-Albin: A National Tale, P174.
② Ibid, P126.

是，她的歌是为爱尔兰民族和人民而作。

（爱尔兰老人费茨康纳尔的）歌

哦，请打开你那好客的门窗，
因我可怜、年迈又眼瞎；
从爱尔兰的明媚海岸被流放，
将希望和家乡远远抛下。
我喝干苦涩的伤痛之杯，
我吞咽贫困的面包食粮，
时光虽可令人摆脱伤悲，
我却已不再有爱的祝福满仓。

邪恶文明的冲突之暴怒，
要我年迈之人流亡，
让濒临绝境的生命哀哭，
可怜、贫穷又眼瞎，我流浪。
爱尔兰呀！如今我被迫逃亡，
悲伤、绝望而瞎眼的流放，
哦，我是否还能再次拥抱绿色故乡
那海岛上降落的太阳！

没有温柔请求，也无亲情纽带
连接在我四处奔波的脚步左右；
分享我早年的一切欢乐畅快
再也没有活人招呼我"父亲！""朋友！"
——再也没有分担我那年老烦忧的活人，
与我同哭爱尔兰的冤魂，
因为我珍爱那三叶草美人，
她的橡树，她的竖琴，她的行吟诗人。
如今我那橡树的枝条已枯萎，

我的竖琴悬上苍白的柳树条，
我的心中流淌着爱尔兰的伤悲，
我为她被屠杀的子民痛苦哀嚎；
因我亲眼见证那些日子的暗黑，
爱尔兰与自由同时血流成河，
骄傲的英格兰憎恨绿色的明媚，
用本地人的鲜血为我们遍染朱色。

尽管八十年时光已将我的头发染霜
热爱自己的国家成了罪行一桩
自由的幸福也随之逃亡：——
但爱尔兰的冤屈远胜我的悲伤；——
我的伤痛为爱尔兰的冤屈而起
因为她的一切希望我都视若宝贝；
尽管光明已从我年迈的双眼逃离
它们也曾流下沉默的眼泪。

那些打破命运的精神永远不会屈服，
他们已从奴役逃向死亡啦，
我长久地为每个殉难的朋友哀哭，
但是谁是那个留下哭我的人呐？
哦，打开你那好客的门户，
哦，为我把悲悯的泪水奔流，
因为我可怜、年迈又贫苦；——
我活着——爱尔兰却没自由。[①]

爱尔兰老人的命运与爱尔兰的独立、自由紧密联系，这种民族主义和爱国主义感情与 1798 年失败的反抗英格兰的起义联系在一起具

① Christian Isobel Johnstone, Clan-Albin: A National Tale, PP122-128.

有一种更崇高、更深刻的意义。这是约翰斯通对爱尔兰的民主、自由事业的致敬。司各特的《末代行吟诗人之歌》的开场白，所哀叹的是斯图亚特王朝被取代，年迈的行吟诗人所歌颂的故事已经失去了听众：

> 旧时代、旧风尚一去不回，/陌生人占了斯图亚特王位；/这铁的时代，偏执的人们/已说他无害的技艺是罪行。①

这与爱尔兰老人所悲叹的“热爱自己的国家成了罪行一桩”显然不可同日而语。这位老人哀伤地提到被迫离开家乡，来到异国的土地上为人们弹唱谋生：“如今我那橡树的枝条已枯萎，/我的竖琴悬上苍白的柳树条。”司各特笔下同样年迈、贫穷的诗人却这样唱道：“流浪的竖琴手遭人歧视/苦得只能够一家家地乞食/并且为庄稼人调弦又定音/这张竖琴呀，国王曾爱听。”②这种“爱国主义”和“民族主义”实际上是一种十分狭隘的保皇主义立场。

菲利姆·伯克是爱尔兰被奴役和压迫的另一个更具有象征意义的例证。他作为曾经的爱尔兰贵族之子，实际上早已经沦落为一无所有的贫民，17 岁就被迫参军自谋生路。他因遭受阿奇巴尔德·戈登的不公正侮辱而参加了法国军队，后来战争失败被俘，回到家乡接受审判，承担了“叛国罪”的罪名。尽管如此，伯克却呈现出一生中最宁静和最高贵的面貌。他指出，正是英国人的锁链惊醒了他负罪的灵魂。他对早年因冲动参军为英国征战各地而后悔，意识到自己的身份——作为一个爱尔兰人本身就应该是反英的：

> 我就是那个伯克呀，他的国家、亲属、家族和信仰已经在英格兰人手中挣扎了六百年，承受着种种残酷、羞辱和压迫；在水深火热中被屠杀，冷血无情地被谋杀，——被剥夺，——流放，——折磨。我就是那个伯克，曾为毁灭了我的种族的人流血战

① 司各特著，黄杲炘译：《末代行吟诗人之歌》，上海：上海译文出版社，1987 年，第 2 页。
② 同上，第 3 页。

斗……[①]

伯克对现实的这种清醒的认识，是温和、保守的女作家埃奇沃斯所不可能去表现和争辩的，这也是约翰斯通在杂志中言辞激烈地指责她的作品根本无法触摸到真正的爱尔兰民族性的原因。

伯克被捕之后并没有被立即处死，而是被送往“帝国的那部分（爱尔兰）”，因为政府认为只有在那里当众审判和惩罚他才会对爱尔兰人起到威慑作用。约翰斯通本人的立场实际上也是非常矛盾和模糊的。因为伯克在爱尔兰小镇被判当众执行绞刑之后，叙事者说道：“人人都会认为判决非常公正，然而人们仍然会为其必要性而感到遗憾。”[②]也就是说伯克犯下的叛国之罪是毫无疑问的。这与她所表现的伯克的高贵、清醒的爱尔兰独立意识相矛盾。最终，英国统治者所期待的震慑效果并没有如愿以偿。因为伯克在聚集的民众和军队面前，在被执行绞刑之前自杀了，临死前他发出了这样的呼喊：

> 如果我真的欠英格兰一条命，现在我已经用自己的手偿还了。只要他们愿意，就让他们砍断我毫无价值的尸体吧；但是刽子手的绳索永远不可能第二次贬低我的自由和爱尔兰精神所寄存的肉体！——来吧，刽子手们——奴隶们——[③]

伯克是否欠英格兰一条命，也就是说是否真的算是叛国，这个问题也成为困扰主人公诺曼的疑问，引发了他严重的怀疑战争的意义、怀疑自我身份的思想危机。

值得一提的是伯克在狱中的服饰——破旧的绿色服装，类似1798年参加爱尔兰大起义的那些军官们所穿的制服。面对质疑，他回答说：“现在我的行为必须为我说话。我的服装也一样。”要怪，“只怪我太穷”[④]——显然，伯克不是因为穷无钱更换服装，一方面绿色是爱尔

① Christian Isobel Johnstone, Clan-Albin: A National Tale. P442.
② Ibid, P536.
③ Ibid, P541.
④ Ibid, P540.

兰之色，另一方面衣服的破旧表明了爱尔兰人的贫困状态，服装的样式又融合了 1798 年起义的精神实质。那些前去观看行刑的人们纷纷抢夺伯克的绿色衣服碎片，自豪地分发和珍藏这同乡的遗物，就表明了这些内涵。1810 年的爱尔兰，"叛国者"依然在民众心中享有无限荣光。

约翰斯通在 1838 年出版的《爱尔兰农民的真实故事》(*True Tales of the Irish Peasantry*)中，细致入微地描绘了爱尔兰农民的悲惨生活状况，言辞激烈地抨击了爱尔兰地主阶层对民众的残酷盘剥。卡莱尔读后特意从伦敦写信给威廉·泰特（即约翰斯通任职的《泰特的爱丁堡杂志》的主编）说："请向心地善良而勇敢的女士代致我的思念、美好的祝愿和喝彩。——激进主义，我很悲伤地说，只有极少数这种付诸实践的拥护者！激进主义，当有人在这里考虑它的时候，是一个人宁愿没有给它命名的东西。"[①]约翰斯通是在维多利亚时代爱丁堡仅有的几位敢于坚持激进的自由主义立场的评论家之一，因为这一时期的苏格兰文艺界已经逐渐走向了美化乡村生活、宣扬宗教道德的窄路上。正因为这样，才更说明约翰斯通的勇气值得尊敬，也说明约翰斯通多年来持之以恒地保持了对民众生存状况的关注。在她看来，爱尔兰民众与苏格兰高地一样，遭受了最严重的盘剥和清洗。18 世纪以来爱尔兰的贫民生活无着，大量流入英格兰和苏格兰，在城市中承担了当时最苦、最累的活。[②]高尔特的《教区纪事》中所提到的牧师记录的年度大事件，就包括 1798 年之后爱尔兰难民涌入达尔美令教区，沦为卡杨棉纺厂的雇佣工人。在苏格兰高地的移民大潮中，实际上还有更多爱尔兰移民背井离乡前往美洲寻找生活的希望。正如约翰斯通所说，若不是陷于绝望，谁会选择离开自己的家乡呢？

对法国的战争虽然胜利了，民众依然贫困，退役的士兵们却无所依靠、艰难谋生。老兵帕特里克·黎瑞染上黄热病始终没好，丧失了劳动能力，回到妻子朵拉的家乡生活，开了一个啤酒坊，主顾却是帕

---

① Ralph Jessup, "Margaret Oliphant, Christian Isobel Johnstone," A History of Scottish Women's Writing, edited by Douglas Gifford and Dorothy McMillan, Edinburgh, Edinburgh University Press, 1997. P224.

② 参见克拉潘著，姚曾廙译：《现代英国经济史》，北京：商务印书馆，1997 年，第 89 页。

迪（帕特里克的昵称）自己。绝望中他又买了一匹老马和车，靠接送客人挣点小钱。但是即使这样，仍然朝不保夕。1798 年爱尔兰大暴动之后时局动荡，民心不稳。在英格兰掠夺下爱尔兰人始终没有屈服，一次又一次地试图反抗并寻找新的出路。希望过上和平生活的帕迪在这里毫无希望。他提到了“人人痛恨奥社团、代理人和什一税”，代表着英国对爱尔兰实施高压政策的军队也在大家的排斥之列。帕迪为了找工作而参加的那个“组织，要求新宪章，降低土地租金、清除奥社团”。由于帕迪本身受教育程度低，且长期受雇于军队，所以他对这个社团想要什么样的政府没有明确的概念。而诺曼朦胧猜想，“可能是曾在以色列繁荣的那种制度，那个时候没有国王，人人行自己双眼所认为正确的行为”[①]。

帕特里克·黎瑞所描述的大约是民间的新教奥社团和天主教的绿丝带社团之间的冲突。绿丝带社团是 19 世纪早期爱尔兰农村要求平等的秘密团体，政治上支持“爱尔兰联合会”，寻求爱尔兰脱离不列颠帝国，经济上要求维护佃农的权利，反对地主。他们不断地与奥社团、英国士兵产生冲突，街上每天都会有骚乱发生。对此，约翰斯通指出“每一次新战争都孕育着未来战争的种子”[②]。显然，约翰斯通厌恶战争，厌恶政治，厌恶宗教争端。虽然她的思想也比较激进，对人们提出的这些平等的要求和暴力的行为仍心存恐惧。新教的奥伦治社团和类似的天主教绿丝带社团之间的冲突，及他们的要求，约翰斯通尚且无法真正理解和接受，他们的暴力冲突增加了约翰斯通的厌恶感。她不敢断言，这种行为是否预示着爱尔兰的独立。虽然伯克如 1802 年真实发生的爱尔兰的德斯帕德上校阴谋叛国案一样预言了自由和爱尔兰精神永存，约翰斯通却没有加上德思帕德的那句预言：“公民们，祝你们健康、幸福、昌盛。虽说我不能活着体验那神圣的变化带来的幸福，然而请你们相信，公民们，那一天终会到来，而且会很快到来！”[③]她看到了某种东西隐藏在动荡的现实背后，但是不敢轻易地断言。

① Christian Isobel Johnstone, Clan-Albin: A National Tale. P544.
② Ibid, P545.
③ 王觉非：《近代英国史》，南京：南京大学出版社，1997 年，第 407 页。

（五）女性

从角色来看，这部风格十分男性化的小说仍然是一部女性小说，女性是这部作品的灵魂。比如开篇中救人的高地汉子罗纳尔德在陌生女子面前自我介绍时说："我是罗纳尔德——那个铁匠的妻子的丈夫。"[①]罗纳尔德的女儿玛丽与同村的阿兰相恋多年，但阿兰自从参军打仗之后便杳无音讯。玛丽痴情地等待阿兰，直到自己变成了无法出嫁的老处女。有朝一日，当阿兰归来的时候，村中人们奔走相告："罗纳尔德家的玛丽的阿兰回来啦。"[②]由于高地名叫玛丽的人太多，大家都使用"某某家的玛丽"来区别，因此实际上阿兰的身份是玛丽的恋人，而不是独立的某一个人。男性竟然依附于女人的身份而存在，约翰斯通笔下这两个带着一些喜剧色彩的情节，暗示了高地传统的社会组织结构仍然为女性保留了一定的地位。

以活了百岁的老姆妈为例，她并未因为年纪老迈、守旧而被视为"老巫婆"——男作家笔下，这样的例子比比皆是。但是约翰斯通所塑造的老姆妈乌娜，绝不是已被定型的衰老、阴郁、刻薄和令人厌恶的"老女巫"。她开朗热情，对生活充满美好希望，也愿意预言美好和幸福，受到大家的热爱而不是厌弃。她一人身兼数职，既会传统的预言和医术，也是大家公认的能驱逐邪灵的保护神。在我们看来，她更是古老氏族民众的象征，而不是等级制度或陈旧思想的代言人。

> 在一个人人是诗人的山谷中，没人能创作出比姆妈更好的盖尔语诗歌……她对所有的古老的行吟诗人的歌谣，包括内容更广泛的故事集《莪相的芬格尔》的熟悉程度无人能出其右。……至于周围高地各氏族的谱系，她更了解了。至于阿尔宾族！——麦克阿尔宾族——姆妈可以一直从诺曼爵士飞速地罗列到阿尔宾族的第一支，比一个天主教的神父重复他的天主经可要流利和自如得多。[③]

① Christian Isobel Johnstone, Clan Albin: A National Tale, P5.
② Ibid, P40.
③ Ibid, P39.

从这些描述中，可以看出乌娜实际上只是一个普通的女性，但是老姆妈保存了氏族历史和风俗的“令人崇拜的才能、力量和美德”，在族人看来，足够作为“圣人”受到热爱和尊敬。

诺曼的世界中虽然也有休、德鲁蒙德、克莱格·纪连、格兰特上校等男性，但真正对他的人生起到重要影响的角色几乎全部是女性，从收养他的奥古斯塔夫人，到“小妈妈”玛丽和老姆妈，从莫尼米亚到弗洛拉。更重要的是，约翰斯通笔下的女性命运与整个社会变革的历史背景和重大历史事件无不相关，而女性的命运就是民族的命运。在约翰斯通笔下，有一点非常明确，让诺曼得以在一个麻烦不断的世界里生存下来的是女人。她指出“女人的确是诺曼无法预料的命运之路上的守护神”。诺曼和菲利姆·伯克的生活轨迹相似，但是却得以避免像伯克一样走上“叛国”的绞刑架。拉尔夫·杰色普认为这种不同结局的根本原因是诺曼继承了奥古斯塔女士的理性精神。[①]她暗示女性甚至比男性更理性，更愿意抚平伤痕而不是挑起战斗，真正伟大的是人性主义而不是爱国主义，理性比冲动的感情拥有更强大的力量。

（六）高地“伊甸园”

尽管过程曲折惨烈，故事的结局却非常完满。约翰斯通对正义和社会进步的诉求变成了邓阿尔宾地产成功被诺曼·麦克阿尔宾购回，将其打造成一个理想中的“伊甸园”的结局。爱尔兰少女莫妮米亚与诺曼终于结成夫妻。在爱丁堡大学接受大学教育之后的诺曼，开始对这块古老的地方进行改革。从前因为移民而变得日渐荒芜的谷地逐渐恢复了生机，磨坊、道路、集市、带菜园的房子，以及图书馆、学校和小教堂都修建起来。这里不但容纳了高地人，还有那些跟随诺曼前来的爱尔兰士兵、英格兰士兵及其家室。甚至形成了一个小小的“英格兰人的殖民地”，居住着战争中失去一条腿的英格兰士兵艾里斯一家和被骗失财的蒙塔古先生，“门前是修剪整齐的菜园，朝着小路缓慢延伸，低矮的树篱与路隔开。小灌木从向两边伸展：艾里斯的花床和蔬菜，

① Ralph Jessup, “Margaret Oliphant, Christian Isobel Johnstone,” A History of Scottish Wome's Writing, edited by Douglas Gifford and Dorothy McMillan, Edinburgh, Edinburgh University Press, 1997. Pxiv.

蜂房，棚子和延伸到湖边的鹅卵石小径，成了这个地方一大特色”[①]。

百岁的老姆妈高兴地称诺曼为邓阿尔宾的“族长”，将高地的历史与现实交织在一起。这个理想的结局表明作家克里斯蒂安·伊索贝尔·约翰斯通，一方面厌恶战争及工业革命产生的民众流离失所的后果，另一方面她也无法为民众找到一个合理的出路。因此，她只能回归到传统的社会组织结构，即高地原始的以“族长”为核心的稳定的社会制度中寻找未来。但这毕竟只是一种样式上的相似，居民的多样性已经表明了时代的变迁。未来究竟如何？毕竟这些赎回地产的苏格兰高地绅士们所依靠的仅是军中生活积累的财富甚至“意外的财富”，这样一个理想的村镇是否能够在工业革命的英国生存下来？这个自给自足的世外桃源是否会被山外更具有活力和创造性的、席卷整个欧洲的生产方式取代？她无法给出一个明确的答案。

① Christian Isobel Johnstone, Clan-Albin: A National Tale. P559.

第六章 结 语

由于身处大不列颠联合王国之中，不列颠人和苏格兰人双重身份导致 18 世纪以来的苏格兰知识分子产生了严重的身份认同上的危机感。启蒙运动在理论上的奠基，基本决定了苏格兰中上层对不列颠联盟的态度。启蒙运动思想家们积极面对联合，同时对苏格兰独特的历史文化遗产倍加珍视，从而在苏格兰兴起了崇古和怀旧之风。由于政治观念的差异，来自下层民众的以罗伯特·彭斯为代表的群体反对联合，怀念布鲁斯和华莱士英勇抗击英格兰入侵的英雄历史和他们以鲜血铺就的苏格兰独立自由之路。而以司各特为代表的小说家怀念的却是苏格兰的精神和传统文化，完全摒弃了民族身份的政治意义。这一时期苏格兰文学的独特性在于面对从独立王国转变为联盟的一部分（甚至附庸）的政治现状，积极地作出回应，从而在历史小说、地域小说和社会小说的不同表现形式中体现出了鲜明的现实主义特征和独特的苏格兰民族特征。

小说作为一种特别富有表现力、传播途径更为广泛的文体，对苏格兰高地取代低地成为苏格兰传统的代表起到了不可忽视的作用。司各特通过一系列苏格兰地域小说树立了知识分子历史的、以高地为依托的苏格兰传统，为 1814 年以后的苏格兰小说的大繁荣奠定了基础。司各特在他的历史小说中融入了历史的记忆，又通过历史反观了他所生活的时代现实。他的联合主义思想与重塑民族身份的热情对 20 世纪以来全球化浪潮下民族主义意识的兴起具有重要的参考意义，使他的思想带有了预言性质。

19 世纪早期苏格兰小说中所表现出的对民族关系、人际关系、婚姻关系和财产继承关系的讨论，仍然是 18 世纪以来产生的身份危机的重要延续。但是，这一时期的不列颠联合王国已经度过了最严重的危机时刻——1745 年斯图亚特王朝复辟已经过去了半个多世纪，联合王国之内相对欧洲而言更加和平稳定的环境，逐渐巩固了人们对“不列颠人”身份的认同。因此，司各特对历史的执著回顾，尽管是在强调“联合”的基础上展开的，也还是引起了一些作家的反对。19 世纪，人们开始正视英格兰与苏格兰的关系，而苏格兰的经济状况与此前相比已发生了根本变化。约翰·高尔特率先毫不犹豫地确立了认同汉诺威王朝的鲜明立场。他创作的一系列具有浓厚的商业色彩的小说，记录了签署《联合法案》之后，苏格兰西部飞速发展的社会历程。通过树立资本主义社会迅猛发展的现实主义立场，他反对司各特在一系列历史小说中形成的浪漫主义民族史观，从而否定了司各特执著于怀旧、从历史中寻找民族根源的努力。正是由于小说人物极度贴合 19 世纪的社会现实，“《限定继承权》被视为巴尔扎克、狄更斯、左拉、哈代和高尔斯华绥等人的先驱”[①]。

詹姆斯·霍格作为真正出自民间的作家，仍然在作品中表现出强烈的分离感。他的故事集如断裂的历史残片，集中了构成“民族文化”的各种原始材料——传说、歌谣、故事草稿等。[②]他拒绝整合这些素材，认为这才是民间文化的真相。因此，霍格的最著名的代表作《忏悔》才表现出惊人的特征——混乱的意识、扑朔迷离的真相、无法言说的自我、理性背后隐藏的暴力冲突等。霍格的分离感一方面源自其反联盟的立场，另一方面则更多源自对文学身份的逐渐否定和试图确立自我——霍格作为一个个体的存在——的努力，他不愿再承担以往的“牧羊诗人”所代表的原始、粗野的民间传统的职责。城市文人与民间诗人的对立在一定程度上反映了代表文明的话语对原生文化的压制。霍格通过自己的小说来挑战以司各特为代表的“精英文人”对苏格兰民间文化的阐释方式，消解城市文人对所谓迷信和超自然现象的启蒙式的理性解读，力图恢复民间传统的功能和地位。霍格细致入微的、具有明显的现代主义特征的心理描写对英国现当代、特别是苏格兰的当代文学艺术产生了不可估量的影响。

---

① Roderick Watson, The Literature of Scotland, P279.

② Ian Duncan, Scott's Shadow, P207.

女作家们的作品也思考了苏格兰人和不列颠人的双重身份问题。在联合的大背景下，她们的创作主题与整体的苏格兰小说呈现出较为一致的趋势。即使将主题囿于家庭小说范围的小说家，如玛丽·布朗顿和苏珊·法里尔等人，她们对文学、音乐、婚姻、道德等问题的探讨，也突出了苏格兰民族所呈现出的优异之处，指出经济发展不够发达的苏格兰更能培育出具有良好品德的青年。在婚姻双方的选择上，法里尔颠覆了司各特作品中英格兰男子与苏格兰女子结合的模式，突出苏格兰（特别是高地）男性的吸引力。他们或具有更强烈的男性特征，或对家庭更负责，或既理性又富有感情，而不像英格兰（伦敦）社会的男性那样或冷漠或贪鄙。

克里斯蒂安·伊索贝尔·约翰斯通是这一时期苏格兰作家中最关注社会现实的一位。敏锐的政治意识和强烈的正义感促使她敢于触碰敏感的政治和现实问题，而不是囿于道德说教或描摹浪漫的爱情故事。约翰斯通更强调苏格兰高地与爱尔兰人民之间的血缘关系，在作品中对伦敦政府的政治、经济等各方面的决策都提出了质疑。尤其值得关注的是，她在作品中提出了“民族身份”在面对“帝国身份”时，“爱国主义”与“叛国罪”应该如何定义的尖锐问题。尽管她最后只能通过制造一个“伊甸园”的方式解决民族问题，但她的探索精神给后世留下了深刻的印象。

随着时代的发展，19 世纪后半期现实主义兴起，淹没了人们对司各特及以其为代表的苏格兰作家和作品的兴趣。毋庸置疑，维多利亚时期的小说无论在叙事技巧、还是对现实的思考深度上都远远超越了他们的成就。但这个重要的时期及其作家群体作为一种独特的文学现象，其重要性却不容忽视。司各特及同时代的苏格兰小说家为维多利亚时代乃至整个英国小说的大繁荣提供了充分的准备和重要的启示意义。

参考文献

（一）英文文献

文学作品:

Brunton, Mary

1. Self-Control, London: Pandora Press, 1986.

2. The Discipline, London: Henry Colburn and Richard Bentley, 1832.

Ferrier, Susan

3. Marriage, Oxford: Oxford University Press, 1986.

4. The Inheritance, Edinburgh: William Blackwood, 1824.

5. Destiny, London: J.M. Dent, 1894.

Galt, John

6. Annals of the Parish, Rockville, Maryland: Serenity Publishers, 2009.

7. The Entail, Edinburgh: William Blackwood, 1823.

8. The Literary Life and Miscellanies of John Galt, Edinburgh and London: William Blackwood and T. Cadell, Strand, 1834.

Hamilton, Elizabeth

9. The Cottagers of Glenburnie, London and Edinburgh: William and Robert Chambers, 1859.

Hogg, James

10. The Queen's Wake: a Legendary Poem, Edinburgh: George Goldie, 1813.

11. The Brownie of Bodsbeck and Other Tales, Edinburgh: William

Blackwood; London: T. Cadell, 1818.

12. The Private Memoirs and Confessions of a Justified Sinner, Hertfordshire: Wordsworth. Edition Limited, 1997; Oxford: Oxford University Press, 2010.

13. The Three Perils of Man, Edinburgh: Edinburgh University Press, 2012.

14. The Three Perils of Woman, Edinburgh: Edinburgh University Press, 2002.

15. The Collected Letters of James Hogg, Edinburgh: Edinburgh University Press, 2004.

Johnson, Samuel and Boswell, James

16. A Journey to the Western Islands of Scotland and The Journal of a Tour to the Hebrides, London: Penguin Classics, 1984.

Johnstone, Christian Isobel

17. Clan-Albin: A National Tale, Glasgow: University of Glasgow, 2003.

18. Elizabeth de Bruce, Edinburgh: William Blackwood; London: T. Cadell, 1827.

19. The Cook and Housewife's Manual, Edinburgh: Oliver & Boyd etc, 1826.

Lockhart, John Gibson

20. Adam Blair, Edinburgh: The Saltire society, 2002.

21. Peter's Letters to His Kinsfolk, Edinburgh: William Blackwood; London: T. Cadell, 1819.

Porter, Jane

22. The Scottish Chiefs: a Romance, Exeter: J. B. Williams, 1827.

Scott，Walter

23. Waverley, New York: Oxford University Press, 1998.

24. Guy Mannering, Edinburgh: Edinburgh University Press, 1999; Penguin Classics, 2003.

25. Rob Roy, Edinburgh: Edinburgh University Press, 2008.

26. Heart of Mid-Lothian, Edinburgh: T.C. & E. C. Jack Causewayside, 1901.

27. Old Mortality, Edinburgh: Edinburgh University Press, 2004.

28. Black Dwarf, Edinburgh: Edinburgh University Press; Columbia University Press, 1993.

29. Redgauntlet, New York: Quil Pen Classics, 2008; Edinburgh: Edinburgh University Press, 1997.

30. The Antiquary, New York: Oxford University Press, 2002.

31. Letters on Demonology and Witchcraft, London: George Routledge and Sons, 1885.

Smollett, Tobias George

32. The Expedition of Humphry Clinker, Athens, Ga: University of Georgia Press, 1990.

Wilson, John

33. Lights and Shadows of Scottish Life, Edinburgh: William Blackwood, 1822.

34. The Trials of Margret Lyndsay, Boston: Saxton & Kelt, 1845.

作家传记：

35. Buchan, John. Sir Walter Scott, New York: Coward-McCann, Inc., 1932.

36. Cullinan, Mary. Susan Ferrier, Boston: Twayne Publishers, 1984.

37. Doyle, John A. (ed.) Memoir and Correspondence of Susan Ferrier (1782-1854), London: John Murray, 1898.

38. Gordon, Ian A. John Galt: The Life of A Writer, Edinburgh: Oliver & Boyd, 1972.

39. Hughes, Gillian. James Hogg: A Life, Edinburgh: Edinburgh University Press, 2007.

40. Hutton, Richard H. Sir Walter Scott, new edition, London:

Macmillan and Co., 1888.

41. Johnson, Edgar. Sir Walte Scott: The Great Unknown, 2vols, New York: Macmillan, 1970.

42. Lockhart, John Gibson. The Memorial Life of Sir Walter Scott, Boston: Ticknor and Fields, 1861.

43. Smith, Nelson C. James Hogg, Boston: Twayne Publishers, 1980.

44. Sutherland, John. The Life of Walter Scott: A Critical Biography, Cambridge, MA: Blackwell, 1997.

45. Wilson, A.N. The Laird of Abbotsford: A View of Sir Walter Scott, Oxford and New York: Oxford Univ. Press, 1980.

学术专著：

46. Alexander, J. H. & Hewitt, David (ed.) Scott in Carnival, Aberdeen: Association for Scottish Literary Study, 1993.

47. Blackstone, William. Commentaries on the Laws of England (1765-1769), London: Reeve & Turner, 1896.

48. Broadie, David (ed.) Scottish Enlightenment, Beijing: SDX Joint Publishing company, 2006.

49. Brown, Ian (ed.) The Edinburgh history of Scottish Literature, V2, Edinburgh: Edinburgh University Press, 2007.

50. Buzard, James. Disorienting Fiction: The Autoethnographic Work of Nineteenth-Century British Novels, Princeton: Princeton University Press, 2005.

51. Campbell, Ian. Nineteenth-Century Scottish Fiction: Critical Essays, Manchester: Carcanet New Press Limited, 1979.

52. Campbell, Jacqueline Matthew. Memory and Memorials, 1789-1914: Literary and Cultural Perspectives, London, UK: Routledge, 2000.

53. Carler, Ronald. Routledge History of Literature in English:

Britain & Ireland, Florence, KY, USA: Routledge, 2001.

54. Carruthers, Gerard. English Romanticism and the Celtic World, West Nyack, NY, USA: Cambridge University Press, 2003.

55. Chandler, James. England in 1819: The Politics of Literary Culture and the Case of Romantic Historicism, Chicago: University of Chicago Press, 1998.

56. Chandler, James. Gilmartin, Kevin. Romantic Metropolis: The Urban Scene of British Culture, 1780-1840, Cambridge: Cambridge University Press, 2005.

57. Christensen, Jerome. Romanticism at the End of History, Baltimore, MD, USA: The John Hopkins University Press, 2000.

58. Corbettt, Mary Jean. Allegories of Union in Irish and English Writing 1790-1870, Cambridge: Cambridge University Press, 2000.

59. Craig, Cairns. Out of History: Narrative Paradigms in Scottish and English Culture, Edinburgh: Polygon, 1996.

60. D'Arcy, Julian Meldon. Subversive Scott: The Waverley Novels and Scottish Nationalism, Reykjavik: University of Iceland Press, 2005.

61. Davidson, Neil. Origins of Scottish Nationhood, London: Pluto Press, 2000.

62. Davis, Leith. Acts of Union: Scotland and the Literary Negotiation of the British Nation 1707-1830, Stanford: Stanford University Press, 1998.

63. Davis, Leith. Duncan, Ian. Sorensen, Janet (ed.) Scotland and the Borders of Romanticism, Cambridge: Cambridge University Press, 2004.

64. Dekker, George. The Fictions of Romantic Tourism: Radcliffe, Scott, and Mary Shelley, Stanford: Stanford University Press, 2005.

65. Dennis, Ian. Nationalism and Desire in Early Historical Fiction, London: Macmillan Press Ltd, 1997.

66. Duncan, Ian. Modern Romance and Transformations of the Novel: The Gothic, Scott, Dickens, Cambridge: Cambridge University

Press, 1992.

67. Duncan, Ian. Scott's Shadow: Novels in Romantic Edinburgh, Princeton: Princeton University Press, 2007.

68. Dunnigan, Sarah M. Woman and the Feminine in Medieval and Early Modern Scottish Writing, New York: Palgrave Macmillan, 2004.

69. Dwyer, John. The Age of Passion: an Interperetation of Adam Smith and Scottish Enlightenment Culture, East Linton: Tuckwell Press Ltd., 1998.

70. Ferris, Ina. The Achievement of Literary Authority: Gender, History, and the Waverley Novels, Ithaca and London: Cornell University Press, 1991.

71. Ferris, Ina. The Romantic National Tale, Cambridge: Cambridge University Press, 2002.

72. Flesher, Caroline McCracken. Possible Scotlands: Walter Scott and the Story of Tomorrow, Oxford: Oxford University Press, 2005.

73. Gamer, Michael. Romanticism and the Gothic, Port Chester, NY, USA: Cambridge University Press, 2000.

74. Gifford, Douglas（ed.） The History of Scottish Literature. Vol.3: the Nineteenth Century, Aberdeen: Aberdeen University Press, 1988.

75. Gifford, Douglas. Dunnigan, Sarah. MacGillivray, Allan (ed.) Scottish Literature, Edinburgh: Edinburgh University Press, 2002.

76. Gifford, Douglas and McMillan, Dorothy. A History of Scottish Women's Writing, Edinburgh: Edinburgh University Press, 1997.

77. Harvie, Christopher T. Scotland and Nationalism, Florence, KY, USA: Routledge, 1998.

78. Hayden, John O. (ed.) Walter Scott: the Critical Heritage, London, UK: Routledge, 1995.

79. Hughes, Gillian H. (ed.) Studies in Hogg and His World, No.2, 1991. Stirling James Hogg Society.

80. Kelly, Gary. English Fiction of the Romantic Period 1789-1830,

London: Longman, 1989.

81. Lee, Yoon Sun. Nationalism and Irony: Burke, Scott, Carlyle, Oxford: Oxford University Press, 2004.

82. Ian Littlewood, Jane Austen: Critical Assessments, Volume 1, East Sussex: Helm Information Ltd., 1998.

83. Mack, Douglas S. Scottish Fiction and the British Empire, Edinburgh: Edinburgh University Press, 2006.

84. Makdisi, Saree. Romantic Imperialism: Universal Empire and the Culture of Modernity, Cambridge: Cambridge University Press, 1997.

85. Manning, Susan Fragments of Union: Making Connections in Scottish and American Writing, New York: Palgrave Macmillan, 2002.

86. Nairn, Tom The Break-up of Great Britain: Crisis and Neo-nationalism, London: NLB, 1977.

87. Pittock, Murray. Scottish and Irish Romanticism, Oxford: Oxford University Press, 2008.

88. Richards, Eric. A History of the Highland Clearances: Emigration, Protest, Reasons, London: Croom Helm Ltd, 1984.

89. Richetti, John (ed.) Columbia History of British Novel, Beijing: Foreign Language Teaching and Research Press, 2005.

90. Robertson, John (ed.) A Union for Empire: Political Thought and the British Union of 1707, Cambridge: Cambridge University Press, 1995.

91. Runmhar, Tomas. Killing the Celt, Lincoln: iUniverse Inc., 2005.

92. Smith, Adam. The theory of Moral Sentiments, Mansfield Center, CT USA: Martino Publishing, 2009.

93. Trumpener, Katie. Bardic Nationalism: The Romantic Novel and the British Empire, Princeton. NJ: Princeton University Press, 1997.

94. Watson, Roderic. The Literature of Scotland, London: Macmillan Publishers Ltd., 1984.

95. Watson, Roderic. The Literature of Scotland, Volume 1, London: Macmillan Publishers Ltd., 2006.

96. Welsh, Alexander. The Hero of the Waverley Novels, Princeton: Princeton University Press, 1992.

97. Whatley, Christopher A. & Patrick, Derek J. The Scots and the Union, Edinburgh: Edinburgh University Press, 2006.

98. Wilt, Judith. Secret Leaves: The Novels of Walter Scott, Chicago: University of Chicago Press, 1985.

杂志：

99. Blackwood's Edinburgh Magazine, Volume 9, April–August 1821, Edinburgh: William Blackwood, London: T. Cadell and W. Davies, Strand.

100. Blackwood's Edinburgh Magazine, Volume 13, January–June 1823, Edinburgh: William Blackwood, London: T. Cadell and W. Davies, Strand.

101. Tait's Edinburgh Magazine, Volume 7, October 1832, Edinburgh: William Tait; London: Simpkin & Marshall; Dublin: John Cumming.

期刊论文：

102. Bardsley, Alyson. Novel and Nation Come to Grief: The Dead's Part In John Galt's The Entail, Mdern Philologu 99, No. 4 (2002): PP540-563.

103. Bardsley, Alyson. In and Around the Borders of the Nation in Scott's Guy Mannering. Nineteenth-Century Contexts, 2002, Vol. 24 Issue 4, PP397-415.

104. Burgess, Miranda J. Scott. History, and the Augustan Public Sphere. Studies in Romanticism, vol. 40 No. l. Spring 2001, PP123-135.

105. Celikkol, Ayse. Free Trade and Disloyal Smugglers in Scott's Guy Mannering and Redgauntlet, ELH 74, 2007, PP 759-782.

106. Cohen, Michael. Empowering the Sister: Female Rescue and

Authorial Resistance in the Heart of Mid-Lothian. College Literature, Vol.20, No.2, June 1993, PP58-69.

107. Connell, Liam. Modes of Marginality: Scottish Literature and the Uses of the Postcolonial Theory. Comparative Studies of South Asia, Africa and the Middle East, 23:1&2 (2003) PP41-53.

108. Duncan, Ian. Primitive Inventions: Rob Roy, Nation, and World System. Eighteenth-century Fiction, Vol. 15, No. 1, October 2002, PP81-102.

109. Fang, Karen. A Printing Devil, a Scottish Mummy, and an Edinburgh Book of the Dead: James Hogg's Napoleonic Complex. Studies in Romanticism, Vol. 43, No. 2, Summer 2004, PP 161-185.

110. Hannaford, Richard. Dumbiedikes, Ratcliff, and a Surprising Jeanie Deans: Comic Alternatives in The Heart of Mid-Lothian, Studies in the Novel, Vol. 30, No. 1, Spring 1998, PP1-19.

111. Humma, John B. The Narrative Framing Apparatus of Scott's Old Mortality, Studies in the Novel, Vol. 12. Issue 4, Winter 1980, PP301-315.

112. Kerkering, Jack: We are Five-and-Forty: Meter and National Identity in Sir Walter Scott. Studies in Romanticism, (40:1), Spring 2001, PP85-98.

113. Lincol, Andrew. Conciliation, Resistance and the Unspeakable in The Heart of Mid-Lothian, Philological Quarterly, Vol. 79, No. 1, Winter 2000, PP69-90.

114. Lincol, Andrew. Scott and Empire: The Case of Rob Roy. Studies in the Novel, Vol. 34, No. 1, Spring 2002, PP43-59.

115. Mackenzie, Scott. Confessions of a Gentrified Sinner: Secrets in Scott and Hogg. Studies in Romanticism, Spring 2002, PP3-32.

116. Monk, Leland. The Novel as Prison: Scott's The Heart of Midlothian. Novel: A Forum on Fiction, Vol. 27, Issue 3, Spring 1994, PP287-304.

117. North, Christopher (John Wilson). The Entail, Blackwood's Edinburgh Magazine, Vol. XIII (January to June, 1823), Edinburgh & London: William Blackwood and T. Cadell. Strand. 1823, PP77-86.

118. Sandner, David. Supernatural Modernity in Walter Scott's Redgauntlet and James Hogg's Private Memoirs and Confessions of a Justified Sinner, Extrapolation, Vol. 48, No.1, 2006, PP73-83.

119. Schmidgen, Wolfram. Picturing Property: Waverley and the Common Law. Studies in the Novel, Vol. 29, No. 2, Summer 1997, PP191-213.

120. Sutherland, Kathryn. Scottish Editing as Conjectural History. Scottish Studies Review, Vol. 2, Issue 1, Spring 2001, PP109-120.

121. Velasco, Ismael. Paradoxical Readings: Reason, Religion and Tradition in James Hogg's Private Memoirs and Confessions of A Justified Sinner. Scottish Studies Review, Spring 2006, PP38-52.

（二）中文文献

小说：

122. 司各特著，石永礼译：《威弗莱》，北京：人民文学出版社，1987。

123. 司各特著，李俍民译：《红酋罗伯》，上海：上海译文出版社，1983。

124. 司各特著，王楫、任大雄译：《密得洛西恩监狱》，南京：江苏人民出版社，1980。

125. 司各特著，章益译：《中洛辛郡的心脏》，北京：人民文学出版社，1981。

126. 司各特著，王培德译：《修墓老人》，北京：人民文学出版社，1981。

127. 司各特著，陈漪、陈体芳译：《古董家》，上海：上海译文出版社，1986。

128. 司各特著，刘尊棋译：《艾凡赫》，北京：人民文学出版社，

1978。

129. 司各特著，高殿森译：《皇家猎宫》，上海：上海译文出版社，1982。

130. 司各特著，叶冬心译：《海盗》，上海：上海译文出版社，1990。

131. 司各特著，陈兆林译：《帕斯丽人》，上海：上海译文出版社，1992。

132. 司各特著，曹明伦译：《湖上夫人》，长沙：湖南人民出版社，1986。

133. 司各特著，黄杲炘译：《末代行吟诗人之歌》，上海：上海译文出版社，1987。

学术专著：

134. 埃里克·霍布斯鲍姆著，李金梅译：《民族与民族主义》，上海：上海人民出版社，2006。

135. 保罗·朗多尔米著，朱少坤等译：《西方音乐史》，北京：人民音乐出版社，2002。

136. 本尼迪克特·安德森著，吴叡人译：《想象的共同体：民族主义的起源与散布》，上海：上海人民出版社，2003。

137. 勃兰兑斯著，徐式谷译：《19 世纪文学的主流》第四卷，北京：人民文学出版社，1997。

138. 柴惠庭著：《英国清教》，上海：上海社会科学院出版社，1994。

139. 大卫·休谟著，关文运译：《人性论》，北京：商务印书馆，2004。

140. 大卫·休谟著，郑之骧、曾文经译：《自然宗教对话录》，北京：商务印书馆，1962。

141. 弗朗西斯·哈奇森著，江畅等译：《道德哲学体系》，杭州：浙江大学出版社，2010。

142. 菲利克斯·格罗斯著，王建娥、魏强译：《公民与国家：民族、部族和族属身份》，北京：新华出版社，2003。

143. 弗洛伊德著，周泉等译：《精神分析导论讲演》，北京：国际文化出版公司，2007。

144. 弗洛伊德著，程小平、王希勇译：《精神分析导论讲演新篇》，北京：国际文化出版公司，2007。

145. 黄梅著：《推敲“自我”：小说在18世纪的英国》，北京：生活·读书·新知三联书店，2003。

146. 侯维瑞、李维屏著：《英国小说史》，南京：译林出版社，2005。

147. 胡振明著：《对话中的道德建构：18世纪英国小说中的对话性》，北京：对外经济贸易大学出版社，2007。

148. 吉尔·德拉诺瓦著，郑文彬、洪晖译：《民族与民族主义》，北京：生活·读书·新知三联书店，2005。

149. 克拉潘著，姚曾廙译：《现代英国经济史》，北京：商务印书馆，1997。

150. 肯尼思·O. 摩根主编，王觉非等译：《牛津英国通史》，商务印书馆，1993。

151. 刘文荣著：《19世纪英国小说史》，北京：中国社会科学出版社，2002。

152. 林·亨特著，郑明萱、陈瑛译：《法国大革命时期的家庭罗曼史》，北京：商务印书馆，2008。

153. 罗素著，何兆武、李约瑟译：《英国哲学史》，北京：商务印书馆，1963。

154. 刘意青主编：《英国18世纪文学史》（五卷本英国文学史增补版），北京：外语教学与研究出版社，2005。

155. 罗斯玛丽·帕特南·童著，艾晓明等译：《女性主义思潮导论》，武汉：华中师范大学出版社，2002。

156. 李赋宁等主编：《欧洲文学史》第一卷，北京：商务印书馆，1999。

157. 李赋宁等主编：《欧洲文学史》第二卷，北京：商务印书馆，2001。

158. 马尔萨斯著，郭大力译：《人口论》，北京：北京大学出版社，2008。

159. 马克斯·韦伯著，康乐、简惠美译：《新教伦理与资本主义精神》，桂林：广西师范大学出版社，2007。

160. 玛丽·伊格尔顿主编，胡敏、陈彩霞、林树明译：《女权主义文学理论》，长沙：湖南文艺出版社，1989。

161. 玛里琳·巴特勒著，黄梅、陆建德译：《浪漫派、叛逆者与反动派》，沈阳：辽宁教育出版社，牛津大学出版社，1998。

162. 孟华主编:《比较文学形象学》,北京:北京大学出版社,2001。

163. 牛京辉著：《英国功用伦理主义思想研究》，北京：人民出版社，2002。

164. 钱青主编：《英国19世纪文学史》（五卷本英国文学史），北京：外语教学与研究出版社，2005。

165. 桑德斯等著，高万隆等译：《牛津简明英国文学史》，北京：人民文学出版社，2000。

166. 叔本华著，金铃译：《爱与生的苦恼》，北京：光明日报出版社，2006。

167. 索立著，段德智译：《英国哲学史》，济南：山东人民出版社，1992。

168. 斯塔夫里阿诺斯著，吴象婴、梁赤民译：《全球通史——1500年以后的世界》，上海：上海社会科学院出版社，1999。

169. 汤林森著，冯建三译：《文化帝国主义》，上海：上海人民出版社，1999。

170. 托马斯·里德著，李涤非译：《按常识原理探究人类心灵》，杭州：浙江大学出版社，2009。

171. 王觉非主编：《近代英国史》，南京：南京大学出版社，1997。

172. 王佐良著：《英国浪漫主义诗歌史》，北京：人民文学出版社，1991。

173. 王佐良译：《苏格兰诗选》，长沙：湖南人民出版社，1986。

174. 王佐良译：《彭斯诗选》，北京：人民文学出版社，1985。

175. 文美惠编选：《司各特研究》，北京：外语教学与研究出版社，1982。

176. 亚当·斯密著，谢祖钧等译：《国富论》，长沙：中南大学出版社，2003。

177. 亚当·斯密著，谢宗林译：《道德情操论》，北京：中央编译出版社，2008。

178. 亚·沃尔夫著，周忠昌等译：《18世纪科学、技术和哲学史》，北京：商务印书馆，1997。

179. 伊恩·P. 瓦特著，高原、董红钧译：《小说的兴起》，北京：生活读书新知三联书店出版，1992。

180. 雨果著，柳鸣九译：《雨果论文学》，上海：上海译文出版社，1980。

181. 袁可嘉译：《彭斯诗钞》，上海：上海译文出版社，1981。

182. 张京媛主编：《当代女性主义批评》，北京：北京大学出版社，1999。

183. 张亚东著：《重商帝国：1689～1783 年的英帝国研究》，北京：中国社会科学出版社，2004。

184. 赵立行著：《商人阶层的形成与西欧社会转型》，北京：中国社会科学出版社，2003。

论文：

185. 张箭飞：《风景与民族性的建构》，《外国文学研究》，2004年第4期。

186. 高灵英：《苏格兰民族形象的塑造——沃尔特·司各特爵士的苏格兰历史小说主题研究》，河南大学博士论文，2007年。

187. 张箭飞：《作为浪漫主义想象的风景——司各特的风景意象解读》，《云南大学学报（社会科学版）》，2009年第1期（第八卷）。

188. 高继海：《历史小说的三种表现形态——论传统、现代和后现代历史小说》，《浙江师范大学学报（社会科学版）》，2006年第1期（第31卷）。

189. 高灵英：《论司各特的自然风景描写与苏格兰形象的塑造》，《中州大学学报》，2008年8月第4期。

190. 刘洪涛、谢丹凌：《19世纪英国历史小说简论》，《湖南大学学报（社会科学版）》，2001年1月第1期（第23卷）。

191. 陈兵：《英国历险小说：源流与特色》，《安徽大学学报（哲学社会科学版）》，2006年11月第6期（第30卷）。

附 录

附录 A：沃尔特·司各特作品年表

1802 年，《苏格兰边区歌谣集》第一、二卷（歌谣）*The Minstrelsy of the Scottish Border*

1803 年，《苏格兰边区歌谣集》第三卷（歌谣）*The Minstrelsy of the Scottish Border*

1805 年，《末代行吟诗人之歌》（长篇叙事诗）*The Lay of the Last Minstrel*

1808 年，《玛密恩》（长篇叙事诗）*Marmion*

1810 年，《湖上夫人》（长篇叙事诗）*The Lady of the Lake*

1811 年，《唐·罗德里克的幻像》（长篇叙事诗）*The Vision of Don Roderick*

1813 年，《洛克比》（长篇叙事诗）*Rokeby*

《特里亚明的婚礼》（长篇叙事诗）*The Bridal of Triermain*

1814 年，《威弗莱》（小说）*Waverly*

1815 年，《滑铁卢战场》（长篇叙事诗）*The field of Waterloo*

《盖·曼纳令》（小说）*Guy Mannering*

《岛屿领主》（长篇叙事诗）*The Lord of the Isles*

1816 年，《古董家》（小说）*The Antiquary*

《清教徒》（小说）*Old Mortality*

《黑侏儒》（小说）*The Black Dwarf*

《保罗与家人的通信》（小说）*Paul's Letters to his Kinsfolk*

1817 年，《勇敢的哈罗德》（小说）*Harold the Dauntless*
　　《红酋罗伯》（小说）*Rob Roy*
1818 年，《密得洛西恩监狱》（小说）*The Heart of Midlothian*
1819 年，《拉美莫尔的新娘》（小说）*The Bride of Lammermoor*
　　《蒙特罗斯传奇》（小说）*A Legend of Montrose*
1820 年，《艾凡赫》（小说）*Ivanhoe*
　　《修道院》（小说）*The Monastery*
　　《修道院长》（小说）*The Abbot*
1821 年，《肯纳尔沃斯堡》（小说）*Kenilworth*
　　《海盗》（小说）*The Pirate*
1821～1824 年，《小说家列传》（评传）*Lives of the Novelists*
1822 年，《尼格尔的家产》（小说）*The Fortunes of Nigel*
1823 年，《巅峰的派沃瑞尔》（小说）*Peveril of the Peak*
　　《昆廷·杜沃德》（小说）*Quentin Durward*
　　《圣罗南之泉》（小说）*St. Ronan's Well*
1824 年，《雷德冈利特》（小说）*Redgauntlet*
1825 年，《待嫁的新娘》（小说）*The Betrothed*
　　《符箓石传奇》（小说）*The Talisman*
1826 年，《皇家猎宫》（小说）*Woodstock*
　　《玛拉基·玛拉格罗特书信》（小说）*The Letters of Malachi Malagrowther*
1827 年，《坎农盖特纪事》第一卷（三篇短篇小说）*Chronicles of the Canongate*
1827～1828 年，《拿破仑传》（传记共八卷）*The Life of Napoleon Bonaparte*
1828 年，《宗教对话录》（散文）*Religious Discourses*
1828 年，《珀斯丽人》（小说）*The Fair Maid of Perth*
1828～1831 年，《祖父故事》（小说）*Tales of a Grandfather*
1829 年，《苏格兰史》（历史）*History of Scotland*
　　《盖尔斯坦的安妮》（小说）*Anne of Geierstein*

1830 年，《魔鬼学与巫术信札》（论文）*Letters on Demonology and Witchcraft*

1830 年，《迪沃高伊尔的厄运》（剧本）*The Doom of Devorgoil*

1831 年，《巴黎的罗伯特伯爵》（小说）*Count Robert of Paris*

《危险城堡》（小说）*Castle Dangerous*

附录 B：詹姆斯·霍格作品年表①

1801 年，《苏格兰牧歌》（诗集）*Scottish Pastorals*

1807 年，《山地歌者》（诗集）*The Mountain Bard*

1810 年，《森林行吟诗人》（诗集）*The Forest Minstrel*

1813 年，《女王的觉醒》（长篇历史叙事诗）*The Queen's Wake*

1814 年，《巴德尔威的追踪》（中篇故事）*The Hunting of Badlewe*

1814 年，《朝圣太阳》（长篇叙事诗）*The Pilgrims of the Sun*

1814 年，《荒野的玛多》（长篇叙事诗）*Mador of the Moor*

1816 年，《诗歌之镜》（诗集）*The Poetic Mirror*②

1817 年，《奇妙故事集》（短篇故事集）*Dramatic Tales*

1818 年，《博德斯贝克的棕仙和其它故事》（小说）*The Brownie of Bodsbeck and Other Tales*

1819 年，《苏格兰的詹姆士党遗迹》（歌谣及故事集）*The Jacobite Relics of Scotland*

1820 年，《冬季黄昏故事集》（短篇小说集）*Winter Evening Tales*

1821 年，《苏格兰的詹姆士党遗迹系列二》（歌谣及故事集）*The Jacobite Relics of Scotland Second Series*

1822 年，《男人的三重危险》（长篇小说）*The Three Perils of Man*

---

① 根据纪莲·休斯所著的《詹姆斯·霍格的一生》和斯特灵大学詹姆斯·霍格协会的目录年表编制。

② 又称《当代不列颠诗人》（*The Living Bards of Britain*），收入了仿写拜伦、司各特、华兹华斯、柯勒律治、骚塞、霍格本人和约翰·威尔森的诗歌。

1823 年，《女人的三重危险》（长篇小说）*The Three Perils of Woman*
1824 年，《一个被称义的罪人的私人回忆录和忏悔》（长篇小说）*The Private Memoirs and Confessions of a Justified Sinner*
1824 年，《海因德王后》（长篇叙事诗）*Queen Hynde*
1827 年，《牧羊人日历》（诗体故事集）*The Shepherd's Calendar*
1831 年，《埃特里克牧羊人的诗歌》（诗集）*Songs by the Ettrick Shepherd*
1832 年，《一部古怪的书》（诗集）*A Queer Book*
1832 年，《阿尔特里弗故事集》（短篇故事集）*Altrive Tales*
1834 年，《布道书》*Lay Sermons*
1834 年，《沃尔特·司各特爵士的轶事随笔》（传记）*Familiar Anecdotes of Sir Walter Scott*①
1835 年，《蒙特罗斯战争故事集》（故事集）*Tales of the Wars of Montrose*

附录 C：约翰·高尔特作品年表

1812 年，《关于政治和商业问题的初步思考论稿》（论文）*Cursory Reflections on Political and Commercial Topics*
《红衣主教沃尔西的生平及任期》（评传）*The Life and Administration of Cardinal Wolsey*
《悲剧集：玛德琳、阿伽门农，麦克白夫人，安东尼奥和克莉奥佩特拉》（剧集）*The Tragedies of Maddelen, Agamemnon, Lady Macbeth, Antonia and Clytemnestra*
《海陆游记》（游记）*Voyages and Travels*
1813 年，《来自黎凡特的信》（游记）*Letters from the Levant*
1816 年，《本杰明·韦斯特生平与研究》（传记）*The Life and Studies of*

① 又名《沃尔特·司各特爵士的日常习惯与私人生活》（*The Domestic Manner and Private Life of Sir Walter Scott*），这部“不够权威的传记”遭到洛克哈特的严厉抨击。

Benjamin West
《马加罗》（剧本）*The Majolo*
1818 年，《上诉》（剧本）*The Appeal*
1820 年，《流浪的犹太人》（剧本）*The Wandering Jew*
《地震》（剧本）*The Earthquake (3 volumes)*
《葛伦菲尔》（剧本）*Glenfell*
《本杰明·韦斯特生平、研究及作品》（论著）*The Life, Studies and Works of Benjamin West*
1821 年，《教区纪事》（小说）*Annals of the Parish*
《埃尔郡的财产继承人》（小说）*The Ayrshire Legatees*
1822 年，《安德鲁·威利爵士》（小说） *Sir Andrew Wylie*
《教区长》（小说）*The Provost*
《蒸汽船》（小说）*The Steam-Boat*
1823 年，《限定继承权》（小说）*The Entail*
《西部集会》（小说）*The Gathering of the West*
《里根·吉尔海兹》（小说）*Ringan Gilhaize*
《女术士》（小说）*The Spaewife*
1824 年，《单身汉的老婆》（小说）*The Bachelor's Wife*
《罗森兰》（小说）*Rothelan*
1825 年，《预兆》（小说）*The Omen*
1826 年，《末代地主》（小说）*The Last of the Lairds*
1830 年，《劳立·托德》（小说）*Lawrie Todd*
《拜伦生平》（传记）*The Life of Lord Byron*
《萨森南》（小说）*Southennan*
1831 年，《伯格尔·柯贝特》（小说）*Bogle Corbet or The Emigrants*
《演员们的生活》（小说）*The Lives of the Players*
1832 年，《成员》（小说）*The Member*
《极端主义者》（小说）*The Radical*
《斯坦雷·布克斯顿》（小说）*Stanley Buxton*
1833 年，《自传》（传记）*Autobiography*

《伊本·厄尔斯金，或称旅行者》（小说）*Eben Erskine or The Traveller*

《天堂卷》（诗集）*The Ouranoulagos or The Celestial Volume*

《诗集》（诗集）*Poems*

《被盗的孩子》（小说）*The Stolen Child*

《学习的故事》（短篇小说集）*Stories of the Study*

1834 年，《文学生涯及杂谈》*Literary Life and Miscellanies*

《为格林诺克灾难基金而作》*A Contribution to the Greenock Calamity Fund*

1835 年，《一个残疾人的奋斗》*Efforts by an Invalid*

1839 年，《命运的恶魔及其它诗歌》*The Demon of Destiny and Other Poems*

附录 D：女作家作品年表

玛丽·布朗顿

1811 年，《自制》（小说）*Self-Control*

1814 年，《戒律》（小说）*Discipline*

1819 年，《埃米琳》（小说）*Emmeline, with some other pieces*

苏珊·艾莫斯顿·法里尔

1818 年，《婚姻》（小说）*Marriage*

1824 年，《遗产》（小说）*The Inheritance*

1831 年，《命运》（小说）*The Destiny*

克里斯蒂安·伊索贝尔·约翰斯通[①]

1814 年，《撒克逊人和盖尔人》（散文）*The Saxon and the Gaël*

1815 年，《阿尔宾族：一个民族故事》（小说）*Clan-Albin: A National Tale*

① 根据 Andrew Monnickendam, Introduction and Notes to Clan Albin: A National Tale, Glasgow: University of Glasgow, 2003 整理，详见第 xix 页。

1823 年，《约瑟福斯的犹太战史》（翻译）*The Wars of the Jews, as related by Josephus*

1826 年，《厨师和家庭主妇手册》（半虚构）*The Cook and Housewife's Manual*[①]

1827 年，《伊丽莎白·德·布鲁斯》（小说）*Elizabeth de Bruce, A Novel*

《学生，或希腊哲学家传》（传记）*The Students; Or Biography of the Grecian Philosophers*

《蜂巢和蚁山所展示的勤劳场景》（散文）*Scenes of Industry Displayed in the Beehive and the Anthill*

1828 年，《霍莉考特的消遣；或母亲的思考艺术》（散文）*The Diversions of Hollycot; or, The Mother's Art of Thinking*

1831 年，《德雷克、卡文迪什和丹皮尔的生平与航行》（传记故事）*The Lives and Voyages of Drake, Cavendish, and Dampier*

《威斯敏斯特的公共建筑》（散文）*The Public Buildings of Westerminster*

1832 年，《圆桌之夜；或珍妮姑妈和她的朋友们的故事》（短篇小说集）*Nights of the Round Table; or Stories of Aunt Jane and her Friends*

1839 年，《爱尔兰农民的真实故事》（故事集）*True Tales of the Irish Peasantry, as Related by Themselves. Selected by Mrs Johnstone from the Report of the Poor-Law Commissioners*

1842 年，《理智阅读课程；或儿童寓教于乐的练习》（散文）*Rational Reading Lessons: or, Entertaining Intellectual Exercises for Children*

1845～1846 年，《爱丁堡故事集》（短篇小说集）*The Edinburgh Tales*

① 这是约翰斯通的一种新的文体尝试，以真实的苏格兰食谱为基础，融合了当时流行的司各特、布朗顿等人作品中的虚构的人物形象和情节。

致 谢

在本书即将出版之际，我要对所有曾帮助过我、带给我温暖的人说声谢谢！

首先要感谢恩师王立新教授和师母沙日娜多年来无微不至的关心和爱护。王老师开启了我走向外国文学研究的大门，正是他激情洋溢、旁征博引的讲课吸引了本科时代的我，使我不可抑制地喜欢上了《圣经》，喜欢上了文学中蕴藏的珍宝。读研时，王老师又用他睿智的眼光、独到的见解引领我初窥学术之门径，产生渴望进取之心。王老师对我们的学业要求极为严格，平日里却又十分谦逊，态度和蔼，对学生爱护有加。得遇良师如此，是我一生的幸运。

还要感谢求学时遇到的王志耕教授，他睿智博学，襟怀磊落，是人生难得的良师益友。感谢刘意青教授、刘建军教授、孟昭毅教授、曾艳兵教授为我的论文提出了宝贵意见和建议。

感谢美国加州伯克利的导师伊恩·邓肯教授，我虽已离开伯克利四年，他却始终如一地关注着我在苏格兰文学研究方面的进展，并持续地提供无私的帮助。

感谢文学院带给我的温暖，感谢吕梁、张雅琼、石丽娜、张丽、周菡、汪贻菡等好友，犹记得当年上课讨论、下课游荡、宿舍卧谈的美好，更记得几个人在宿舍挤成一团看天线宝宝时的快乐！感谢读博时对我助益良多的师兄弟姐妹们，邓宏艺、王旭峰、范煜辉、蔡勇庆、刘晓华、郭星、王钢、贺权宁等人，课堂交流时迸发的智慧火花和答辩时的互相鼓励将成为我的宝贵财富。

感谢父母多年的养育之恩，如今他们毫不犹豫地承担了帮我抚育孩子的重任，使我没有任何后顾之忧。感谢爱人多年来对我的宽容和宠爱，他不但忍受了我的坏脾气，还是我所有论文的第一位读者和编辑。特别感谢好友孙会玲，多年来她不但在精神和物质上都给予我极大的帮助，更教会我如何善待自己、学会更洒脱地生活。

最后我要感谢河北工业大学史耕山院长的鼓励和支持，感谢赵永欣老师的关心和爱护，感谢于艳华副院长、闫慧老师及各位同事在教学方面给予的提点和帮助。

感谢南开大学出版社王冰老师及各位编辑的辛勤劳动！

石梅芳

2014年3月

南开大学出版社网址：http://www.nkup.com.cn

投稿电话及邮箱：022-23504636　QQ：1760493289
QQ：2046170045(对外合作)

邮购部：022-23507092

发行部：022-23508339　Fax：022-23508542

南开教育云：http://www.nkcloud.org

App：南开书店 app

南开教育云由南开大学出版社、国家数字出版基地、天津市多媒体教育技术研究会共同开发，主要包括数字出版、数字书店、数字图书馆、数字课堂及数字虚拟校园等内容平台。数字书店提供图书、电子音像产品的在线销售；虚拟校园提供 360 校园实景；数字课堂提供网络多媒体课程及课件、远程双向互动教室和网络会议系统。在线购书可免费使用学习平台，视频教室等扩展功能。